CAROLINE CAUCHI

An der Seite van Goghs

ROMAN

HarperCollins

Die Originalausgabe erschien 2023 unter dem Titel
Mrs Van Gogh bei One More Chapter, London.

1. Auflage 2023

Deutsche Erstausgabe

Gesetzt aus der Stempel Garamond
von GGP Media GmbH, Pößneck
Druck und Bindung von CPI books GmbH, Leck
Printed in Germany
ISBN 978-3-365-00304-6
www.harpercollins.de

Klimaneutral
Druckprodukt
ClimatePartner.com/15109-2009-1001

MIX
Papier
FSC FSC® C083411

Kugina, dieses Buch ist für dich.
Ich werde niemals aufhören, dich zu vermissen.

(Dr. Jacqueline Azzopardi,
geb. Cauchi: 1969-2016)

»Denn in den Routinen des täglichen Lebens bleibt so wenig Zeit zum Nachdenken, und manchmal vergehen Tage, in denen ich gar nicht richtig lebe, sondern das Leben einfach nur geschehen lasse, und das ist schrecklich. Ich fände es furchtbar, am Ende sagen zu müssen: ›Ich habe im Grunde umsonst gelebt, ich habe nichts Großes oder Wunderbares erreicht.‹ …«

Johanna Bonger,
17 Jahre alt (26. März 1880)

DIE FRAU HINTER VINCENT VAN GOGH

Sonntag, 17. Juni 2018

Seit seinem Tod am 29. Juli 1890 glauben die meisten Menschen, dass der bekannte Künstler Vincent van Gogh Selbstmord begangen hat. Spekulationen darüber halten sich jedoch auch nach mehr als einhundert Jahren immer noch hartnäckig. Wenn man bedenkt, dass einem Großteil der Öffentlichkeit sein Name erst Jahrzehnte später geläufig wurde, stellt sich die Frage, was nach dem Tod des Post-Impressionisten eigentlich mit seinen Kunstwerken geschah.

Heute ist van Gogh eine der berühmtesten und richtungsweisendsten Figuren der westlichen Kunstgeschichte. Vielen ist gar nicht bewusst, dass der Künstler, dessen Name im Zusammenhang mit Kunst fast jedem bekannt ist, zu Lebzeiten gerade mal ein oder zwei Bilder verkaufte und stattdessen seine Werke lieber gegen Essen und Alkohol eintauschte. Natürlich wussten andere Künstler in van Goghs gesellschaftlichem Umfeld seine Gemälde zu schätzen, doch der breiten Öffentlichkeit wurde Vincent van Gogh erst Jahrzehnte nach seinem Tod ein Begriff.

Wie kam es zu dieser nachträglichen Berühmtheit? Was geschah mit Vincents Werken nach seinem Tod? Wer war es, der seine Bilder der Welt präsentierte?

Die Antwort lautet: eine gewisse Johanna Gezina van Gogh-Bonger. Und abgesehen von Vincents künstlerischer Begabung ist allein sie dafür verantwortlich, dass Vincent van Gogh heute ein Name ist, den jeder kennt.

Doch was wissen wir eigentlich über diese Frau?

TEIL 1
BEGINNEN

SOMMER 1888
PARIS

EISENBAHNWAGGONS

»Schwesterherz!«

Dieses eine Wort, und ich verwandle mich vor dem Bahnhofsgebäude des Gare du Nord in ein hässliches, heulendes Häufchen Elend. Mir ist egal, was die anderen Reisenden denken. Meinen kleinen Koffer habe ich zu meinen Füßen fallen lassen, und Tränen laufen mir über die Wangen. Womöglich gebe ich sogar ein kleines, maunzendes Wimmern von mir. Das Taschentuch steckt zu tief in meinem Ärmel hinter den engen Bündchen, um es hervorholen zu können. Da sehe ich ihn. Meinen großen Bruder, mit seinem Bowler-Hut hoch über der Menge winkend ruft er nach mir, während er sich durch den Strom der Zugpassagiere kämpft.

Ich verharre, wo ich bin, und sehe zu, wie er sich zwischen den Steinsäulen vor dem Bahnhof hindurchschlängelt. Andere Reisende eilen vorbei, Gepäckträger mit zu hohen Kofferstapeln schwanken hinterher. Ein Getümmel und Gedränge, *Au-revoir*-Rufe, Herren mit Melone und Bettler. Hauben, Gelächter, Zylinder und barfüßige Kinder. Damen entfalten ihre Schirme, damit ja kein Sonnenstrahl ihre Haut trifft, und manche haben sogar Fächer, so groß ist ihre Sehnsucht nach frischer Luft. Ich habe nichts, was mich vor der Nachmittagssonne schützen würde. Fremde Sprachen, Dialekte, die ich nicht wirklich einordnen kann. Endlich fühlt es sich real an: *Ich bin in Paris.*

»Du bist gekommen«, stottere ich zwischen meinen Schluchzern.

»Oh weh, was für eine Hitze!«, stöhnt Andries. Er tupft sich die Stirn mit einem seidenen Taschentuch ab. Mein Bruder besitzt das, was andere ein jugendliches Gesicht nennen: ovale Form, glatte Haut, ziemlich markante Ohren, und die Enden seines Schnauzbarts würden sich gerne nach oben kringeln. »Wartest du schon lange? Ich wäre früher da gewesen, aber Mamas Brief kam erst vor ein paar Stunden an, und es gab so viel zu organisieren …«

»Dann haben sie es dir also erzählt?«, frage ich. Andries nickt. Sein Blick springt dabei von einem Passanten zum nächsten und weicht meinem aus. Das lässt mich gleich wieder Rotz und Wasser heulen. Die Schande, die Peinlichkeit, das Riesenschlamassel, das ich aus meinem Leben gemacht habe. Ich hebe den Ärmel meiner Bluse, um mir die Tränen zu trocknen, aber Andries drückt mir sein Taschentuch in die Hand. Ich tupfe mir Augen und Wangen ab, dann schnäuze ich so fest, dass es trötet wie eine Trompete. Als ich anschließend meinem Bruder das Taschentuch hinstrecke, lehnt er dankend ab.

Stattdessen zieht Andries mich an sich. Er drückt mir einen Kuss auf die Stirn, dann legt er mir den Arm um die Schultern. »Wird schon alles gut«, sagt er.

»Ich werde nie wieder unterrichten können«, jammere ich. Ein junger Träger bleibt an meiner ausladenden Turnüre hängen, woraufhin ein kleiner Reisekoffer aus seinem wackeligen Stapel auf den Gehsteig poltert.

»*Pardon, mademoiselle*«, sagt er. Mit gesenktem Blick verbeugt er sich leicht, woraufhin die verbliebenen Koffer bedenklich ins Wanken geraten. Rasch richtet er sich auf, um seine Last ins Gleichgewicht zu bringen. Es ist ihm peinlich, diesem Jungen, der noch mehr Kind als Erwachsener ist. »Mein erster Tag«, nuschelt er in schnellem Französisch. Ich muss unwillkürlich lächeln.

»Meiner auch«, erwidere ich auf Holländisch, aber ich glaube nicht, dass er mich versteht.

»Diese Turnüre ist eindeutig zu groß für Paris«, gebe ich widerwillig zu. »Ich schwöre, die Leute zeigen auf mich und lachen.« Um es Andries zu beweisen, drehe ich mich um. Das Ding ragt wie ein Regalbrett heraus, wodurch meine Silhouette dem Hinterteil eines Pferdes gleicht. Die Bahnhofsuhr schlägt vier. Andries bückt sich, um das heruntergefallene Gepäckstück aufzuheben, und stapelt es auf den schiefen Turm aus Lederkoffern. Dann wankt der junge Träger davon.

»Hasst du mich?«, frage ich.

»Sei nicht albern. Du bist mir der liebste Mensch auf der Welt.«

»Pa hasst mich. Er sagt, ich habe meine Ausbildung weggeworfen und Schande über euch alle gebracht.«

»Es wird andere Beschäftigungen geben«, meint mein Bruder nur. Dann nimmt er meinen Koffer und bedeutet mir, ihm durch die Menschenmenge zu folgen.

»Mein Ruf ist ruiniert. Dafür wird Eduard Stumpff schon sorgen.«

»Er hat Pa geschrieben«, berichtet mir Andries, während er uns einen Weg durch die Menge bahnt. »Er behauptet, du hättest ihm nachgestellt, und gibt dir die Schuld daran, in einer *unangemessenen* Umarmung ertappt worden zu sein. Meinte aber, es sei ein einmaliges Versehen gewesen.« Andries geht so schnell, den Hut immer noch über die Leute gestreckt, dass ich laufen muss, um mitzuhalten.

»Wie bitte?«, sage ich. »Das mit uns ging seit drei Jahren ...«

»Es war ein einmaliges Versehen«, wiederholt Andries, den Blick fest nach vorn gerichtet. Anscheinend wurde meine Geschichte während der langen Zugfahrt von Amsterdam nach Paris neu geschrieben. Die Schuld liegt allein bei mir. Der offizielle Standpunkt ist geklärt. »Pa hat bereits eine ›ehrenvolle Entlassung aus der Lehrtätigkeit aufgrund gesundheitlicher Beschwerden‹ ausgehandelt, unter der Bedingung, dass du dich von Stumpff fernhältst.«

»Ich will aber allen die Wahrheit sagen. Er war ein Heuchler ...«

»Du hättest ihm widerstehen sollen, Jo«, erwidert Andries.

»Aber er ist Schriftsteller!«, entgegne ich, als wäre das eine Erklärung für meine Unfähigkeit, Nein zu sagen.

Ich sehe Eduard vor mir. Wie ihm das dunkle Haar in die Augen fällt, wie er mich mit der einen Hand um die Taille fasst und mit der anderen gegen die Tafel drückt. Kreide in meinem Haar. *Ich liebe dich, Jo. Bald werden wir zusammen sein.*

Andries bleibt abrupt stehen, und das Bild verschwindet, als ich gegen seinen Rücken pralle. Der Straßenlärm des 10. Arrondissements erfüllt wieder meine Ohren. Andries dreht sich zu mir um.

»Jo, was hast du dir nur dabei gedacht?« Ich höre die Enttäuschung in seiner Stimme.

»Offenbar habe ich nichts gedacht, aber er ist kein Heiliger. Er …«

»Komm schon.« Mein Bruder geht weiter. »Gemeinsam kriegen wir das wieder hin. Ich finde, wir sollten einen *fiacre* zu meiner Wohnung nehmen. Dann sparst du dir heute den Fußweg.«

Wir steuern auf die Reihe an Kutschen vor dem Bahnhof zu. Haufenweise Pferdeäpfel zieren die Pflastersteine, und der Gestank steigt mir in die Nase. Ich presse Andries' Taschentuch vors Gesicht, doch es hilft nicht viel. Ich warte, während er mit dem Kutscher unser Ziel bespricht. Der Geruch scheint keinem von beiden etwas auszumachen. Die Peitsche des Kutschers ist länger als alle, die ich bisher gesehen habe, und sein Zylinder höher, als man ihn zu Hause trägt.

Paris ist größer und unerschrockener als Amsterdam. Alles hier fühlt sich jetzt schon außergewöhnlich an. Ich könnte schwören, dass sogar die Sonne heller und kräftiger scheint.

Zwei Jungen versuchen, den Pferdemist aufzusammeln. Schaufel in der einen, Besen in der anderen Hand. Die Aussichtslosigkeit ihres Unterfangens ist ihnen deutlich anzusehen: Ihre Schaufeln sind zu klein, die Haufen sehr groß.

Nachdem die Verhandlungen abgeschlossen sind, reicht Andries dem Kutscher meinen Koffer und hilft mir in die Kabine. Mühsam klettere ich mit meinem ausladenden Kleid die drei Stufen hoch und durch die schmale Tür in das überdachte Gefährt. Drinnen atme ich erst einmal tief durch. Es fühlt sich an, als hätte ich die letzten drei Jahre den Atem angehalten. Auf der Kante der Lederbank sitzend, arrangiere ich meine lächerliche

Turnüre in dem engen Raum, während Andries mir ins Innere des Wagens folgt und die Tür schließt.

Er ruft dem Kutscher etwas zu, und nach einem lauten »*Hé, la-bas*« setzt sich der *fiacre* auf dem Kopfsteinpflaster in Bewegung.

SCHUPPEN AM MONTMARTRE

Fünf Minuten lang beobachten wir beide das Pariser Treiben, dann fragt mein Bruder: »Was hat die Köchin eigentlich gemacht, als sie euch erwischt hat?«

»Hysterisch geschrien, bis der Rektor kam«, antworte ich.

»Es überrascht mich nicht, dass er dich auf der Stelle entlassen hat.«

Ich nicke, kann jedoch die kribbelnde Hitze nicht unterdrücken, die mir den Hals hinauf in die Wangen steigt. »Aber Eduard hat seine Stelle behalten.« Ich sehe meinen Bruder an und warte auf seine Reaktion. Nichts.

»Und in Amsterdam wussten sie bei deiner Heimkehr bereits Bescheid?« Andries vermeidet es, mich anzuschauen, und blickt lieber aus dem Fenster.

»Pa hat mich am Bahnhof erwartet. Er war wütend, hat rumgeschrien, mir eine Ohrfeige verpasst und mir auf den Kopf geschlagen. Vermutlich werde ich in der Nachbarschaft noch wochenlang Gesprächsthema Nummer eins sein.« Unwillkürlich berühre ich meine Wange. Ich spüre das Brennen immer noch.

»Was hast du denn von ihm erwartet?« Jetzt sieht er mich an.

»Verständnis.« Meine Worte sind fast ein Flüstern. »Ich habe einen Fehler gemacht, mich hinreißen lassen, aber ist das nicht menschlich? Ich wusste nicht mal, was mich hier erwartet.«

»Ach, Jo.« Er drückt meine Hand. »Ich freue mich immer über eine Gelegenheit, Zeit mit dir zu verbringen.«

»Eduard hat gesagt, er liebt mich. Dass er unsere Verbindung bekannt macht, sobald sein Roman veröffentlicht ist.«

Andries schnaubt kopfschüttelnd. Ich bin mir nicht sicher, ob er sich über mich lustig macht, oder ob meine Worte ihn erheitern, aber ich weiß, er ist mir nicht böse. »Du Närrin! Du bist doch erwachsen. Fünfundzwanzig Jahre alt«, sagt er. »Du solltest es besser wissen.«

»Pa hat mir gar keine Gelegenheit gegeben, es zu erklären. Ich durfte nicht mal eine einzige Nacht zu Hause verbringen. Stattdessen wurde ich in den nächsten Zug hierher gesetzt.«

Wieder drückt mein Bruder mir mitfühlend die Hand.

Jetzt bin ich in Sicherheit.

»Du hast diesem Mann alles gegeben, was er wollte, ohne dass er dich heiraten musste.«

»*Das* habe ich ihm nicht gegeben!«, widerspreche ich. »Wir haben nie ...« Ich will, dass er diese Wahrheit kennt.

»Das ist jetzt Vergangenheit.« Andries zupft an losen Fusseln auf seinen Hosenbeinen herum.

»Ich habe mich noch nie so elend gefühlt«, sage ich.

»Hat keinen Sinn, weiter darüber nachzugrübeln, Schwesterherz. Du bist hier, in Paris, bei mir. Am besten genießt du stattdessen deine Strafe.«

»Meine Strafe?« Ich sehe ihn fragend an. Er lächelt.

»Na, dass Pa dich den Sommer über aus Amsterdam *verbannt* hat.«

Ich lächele ebenfalls. Dann schließe ich die Augen und lausche dem Klippklapp der Hufe.

»Du hast doch Bücher und Kunst immer geliebt«, sagt Andries. Ich öffne die Augen.

»*Frauen sollten die schönen Künste unterstützen, aber niemals Künstlerinnen sein*«, ahme ich Pas strengen Tonfall nach.

Andries sieht mich an und lacht laut heraus. »In Paris gibt es ganz viele Künstlerinnen.«

»Und wie viele verdienen sich damit ihren Lebensunterhalt?«, will ich wissen. »Wie viele dürfen ihre Werke in den Salons ausstellen?« Die Antwort meines Bruders lässt auf sich warten. Ich nehme an, er geht in Gedanken seine Bekannten durch beim Versuch, ein Beispiel für seine Behauptung zu finden.

Kunst fasziniert mich – das Machen, das Entdecken, auch das Analysieren. Hat sie schon immer. Ich will unbedingt die verschiedenen Maltechniken verstehen und wie Künstler etwas erschaffen. Früher habe ich davon geträumt, in Paris zu studieren, aber Pa hörte sich meine Argumente nicht einmal an. Für meine Kunst hatte er weder Zeit noch Interesse, ja, er weigerte sich sogar, meine Leinwände oder Skizzen überhaupt anzusehen. Sie stapeln sich immer noch im Keller, meine Versuche mit Aquarellfarbe, Kohle, sogar einige Ölgemälde, allesamt im Grunde armselige Experimente. Ich habe nie behauptet, Talent oder genialen Schöpfergeist zu besitzen. Als ich beschloss, mir Bildung zu erkämpfen und die erste Frau in unserer Familie zu sein, die traditionelle Rollenbilder ablehnt und nach etwas anderem strebt – etwas Besserem, nach mehr –, da war mir klar, dass es kein Studium der bildenden Künste sein würde. Stattdessen wählte ich Englische Literatur – Romanschriftsteller und Poeten –, und aus meiner Liebe zur bildenden Kunst wurde Liebhaberei, eine heimliche Schwäche. Nur Andries wusste, wie sehr sie mich weiterhin faszinierte. Pa hätte mir erklärt, es sei bloß Verschwendung von Zeit und Geld.

»Ich habe einen Freund, der macht sich gerade einen Namen als Kunsthändler. Hat viele Kontakte hier in der Stadt. Ich werde ihn mal nach Künstlerinnen fragen und um Hilfe für deine Ambitionen bitten. Aber jetzt musst du dich erst einmal darauf konzentrieren, diesen Mann zu vergessen«, erklärt Andries. Er macht eine wegwischende Handbewegung, als wolle er Eduard einfach fortzaubern. Ich nicke. Meine Lider werden schwer, und das Hufgetrappel lullt mich ein.

Ich habe diesen Mann, Eduard, zu Beginn meines zweiten Jahres als Lehrerin kennengelernt. Wir waren beide an einem Mädchenpensionat in Utrecht angestellt. Er war intelligent, witzig und besaß die hellsten blauen Augen, die ich je gesehen habe – und war zehn Jahre älter als ich. Er wusste viel, hatte Erfahrung: mit Literatur, mit Kunst, mit Frauen. Ich verliebte mich auf der Stelle in ihn, und im Gegenzug hob er meine Welt aus den Angeln. Er schwor mir, er habe vor mir noch niemanden geliebt, ich sei seine Muse, und wenn ich ihn verließe, würde er nie wieder ein Wort schreiben. Während der drei Jahre, die wir uns trafen, machte er mir nie einen Antrag, und ich fand immer neue Entschuldigungen dafür. Ich glaubte seinen Worten und wilden Ansichten. Versuchte, es zu ignorieren, als die Köchin erwähnte, Eduard Stumpff sei verlobt, oder wenn er vergaß, irgendwelche Reisen zu erwähnen, oder wenn Gerüchte über Eduard und die junge Musiklehrerin in der Schule die Runde machten. Ich akzeptierte sein Schmollen, tolerierte seine unangenehmen Phasen des Schweigens und war sofort zur Stelle, wenn er spontan ein Stündchen oder zwei für mich übrig hatte. Ich benahm mich wie eine lächerliche Witzfigur.

»Es ist erst zwei Tage her. Das hier«, sagt Andries, und als ich die Augen öffne, sehe ich ihn mit der Hand vor meinem Gesicht herumwedeln, »wird vorbeigehen.« Ich hatte gar nicht gemerkt, dass ich weinte.

»Er ist der einzige Mann, den ich je lieben werde.« Doch noch während ich das sage, weiß ich, dass es nicht stimmt. Er ist der erste Mann, den ich geliebt habe, und er war der Falsche. Ich hätte ihn nie lieben dürfen, diesen Dieb unterm Deckmantel eines Schulmeisters. Drei Jahre meines Lebens hat er mir gestohlen, und wofür?

Andries lacht nur. »Du, ich … *wir* als Familie haben einen Ruf zu wahren. Dazu gehören gewisse Erwartungen, und das weißt du genau.« Einen Augenblick lang richtet er den Blick schweigend auf die vorbeiziehenden Gebäude. »Es wird eine neue ›Liebe‹ geben. Mama und Pa werden dafür sorgen. Vor Ende des Jahres werden sie dich unter die Haube bringen.«

»Ich werde niemals heiraten.«

Er wischt meine Worte beiseite. »Es gibt Dinge, die du schlicht und einfach wirst tun müssen. Du musst die Konsequenzen deines Handelns tragen, Jo. Aber alles kann wieder geradegerückt werden. Jetzt hast du erst einmal einen ganzen Sommer, um zu lesen, zu zeichnen und zu malen. Montmartre wird dein Spielplatz sein.«

»Solange ich von Männern verschont bleibe, vor allem von Schriftstellern«, sage ich und werfe nun meinerseits einen Blick aus dem Kutschenfenster. »Ich kann immer noch nicht glauben, dass du dir ausgerechnet das Montmartre-Viertel als Quartier ausgesucht hast.«

»Nicht ganz der Montmartre«, korrigiert mich Andries. »Mama ist der Ansicht, dass ich auf der *richtigen* Seite des Boulevard de Clichy wohne, wobei sie mir vermutlich nie verzeihen wird, dass ich nicht das 8. Arrondissement gewählt habe.« Andries grinst. »Ich habe dir übrigens ein Geschenk mitgebracht.«

Er greift in die Innentasche seines Gehrocks und überreicht mir ein Skizzenbuch.

»Führe Tagebuch über deine Zeit hier. Fülle die leeren Seiten mit Worten und Skizzen.«

Ganz plötzlich meldet sich ein Kribbeln in meinem Bauch bei dieser unerwarteten Aussicht, tief in die Pariser Kunstwelt einzutauchen. Ich habe mir sehr gewünscht, meinen Bruder in Paris besuchen zu dürfen, und nun scheint meine ›Strafe‹ genau darin zu bestehen.

»Lass uns diesen gemeinsamen Sommer genießen, bevor du nach Amsterdam zurückkehrst, egal welche Lösung unsere Eltern sich für dich ausdenken«, sagt er.

»Was wird denn da gebaut?«, frage ich und deute aus dem Fenster. Auf der Kuppe eines kleinen Hügels ragen zwischen einem quadratischen Gerüst weiße Mauersteine aus der Erde.

Andries beugt sich vor, um an mir vorbeischauen zu können.

»Das da? Auf dem Butte Montmartre?« Er zeigt auf den höchsten Punkt der Stadt. »Das soll irgendwann mal eine Basilika werden. Eine Kapelle gibt es dort schon. Man kann sie hinter dem Gerüst erahnen. Alle, die ich kenne, haben mindestens für einen Stein gespendet, aber ich bekomme trotzdem dauernd Anfragen, ob ich nicht eine Säule finanzieren will. Weiß der Himmel, ob das Ding je fertig wird.«

»Die Aussicht wird jedenfalls atemberaubend sein«, sage ich.

Andries nickt. »Paris verändert sich. Warte ab, bis du siehst, was Eiffel auf dem Champ de Mars baut«, berichtet er begeistert. »Wir schauen uns das jede Woche an.«

»Wir?«, frage ich.

»Erinnerst du dich an Sara Voort?«

Kopfschüttelnd wende ich mich meinem Bruder zu. »Bist du verliebt?«

Er lacht schallend. Anscheinend findet er den Gedanken an ihn und Miss Voort als Paar sehr erheiternd.

»Erinnerst du dich an Pas Freund, Samuel Voort? Sie ist seine Tochter. Hat Mama ein paarmal besucht. Hässlich. Ein Gesicht so rund wie der Vollmond, Knollennase und winzige, gemeine Schweinsäuglein.«

»Was für eine entzückende Beschreibung, Bruderherz.« Ich versetze seinem Arm einen Klaps mit meinem Skizzenbuch.

»Sie läuft ständig einem Freund von mir hinterher. Theo van Gogh – hast du von ihm gehört?« Ich schüttele den Kopf. »Er ist der aufstrebende Kunsthändler, den ich vorhin erwähnt habe. Kennt alle vielversprechenden Nachwuchskünstler. Theo und ich verbringen viel Zeit zusammen. Du wirst ihn mögen. Ich besorge dir eine Audienz bei ihm. Dann kannst du ihm deine Werke zeigen und …«

»Andries, ich habe wirklich kein Talent.«

»Dann nutze diesen Sommer, deine künstlerischen Fähigkeiten zu perfektionieren und von anderen zu lernen. Konzentriere dich darauf statt auf einen aufgeblasenen Idioten, der dir das Herz gebrochen und *Schande über unsere ehrbare Familie gebracht hat*.« Er ahmt Mamas keifende Stimme nach. Dieses Mal versetze ich seinem Bein einen Klaps mit dem Skizzenbuch. Dann hake ich mich bei ihm unter und lehne den Kopf an seine knochige Schulter.

»Danke«, sage ich.

»Wofür?« Er küsst mich aufs Haar.

»Dass du mich nicht in ein stinkendes Kellerloch sperrst.« Ich weine schon wieder, aber dieses Mal mischen sich Freude und Erleichterung unter meine Tränen.

PARISER VORORTE, BLICK VOM MONTMARTRE

»Übrigens, wir gehen heute Abend aus«, erklärt Andries, als wir sein Appartement betreten und er meinen Lederkoffer abstellt. Ich sehe mich um: weiße Wände, schwarz-weiß gefliester Fußboden und ein Tischchen mit aufwendigen Schnitzereien und gedrechselten Beinen. Fasziniert streiche ich über das glatte Holz. Mein Bruder hat einen erstklassigen Geschmack, wenn es um Möbel geht.

Andries nimmt seine Korrespondenz vom Tisch und wedelt mir damit beim Sprechen vor dem Gesicht herum. »Ein erster Vorgeschmack auf deine Pariser Freiheit, Jo.«

Ich bin immer noch damit beschäftigt, diesen Eingangsbereich auf mich wirken zu lassen, doch mein Bruder wartet auf eine Erwiderung. »Muss ich wirklich mitkommen? Ich bin nicht unbedingt in Stimmung, Leute zu treffen.« Die Reise war lang und ermüdend, und die Vorstellung, mich nach Amsterdamer Mode zurechtzumachen und mich mit Fremden unterhalten zu müssen, birgt keinerlei Reiz.

»Es wird dir guttun. Du kannst nicht in Paris sein und dich zu Hause eingraben«, beharrt er. »Außerdem handelt es sich um *den* Ort, um gesehen zu werden. Eine Windmühle. Alle zieht es dorthin: Studenten, Künstler, Glückssucher. Vertrau mir, es wird dir gefallen.«

Ich schüttele den Kopf. »Vielleicht nächste Woche.«

»Stürz dich mitten hinein, Jo. Pack Paris beim Schopf. Solche Gelegenheiten bieten sich nur diesen Sommer.«

Ich verschränke die Arme vor der Brust. »Ich will aber nicht«, schmolle ich. Andries funkelt mich an. Er wartet auf eine Erklärung. »Ich habe nur noch ein anderes Kleid dabei, und das ist für so etwas kaum passend. Ich sehe darin aus wie eine altbackene

Schulmeisterin.« Das Gefühl, nicht dazuzugehören, für diese Stadt nicht kultiviert genug zu sein, ist mit einem Mal überwältigend. Ich bin hier fehl am Platz – so wie ich mich mein ganzes Leben fehl am Platz gefühlt habe.

Ein Lächeln breitet sich auf dem Gesicht meines Bruders aus. »Und das ist der einzige Grund, nicht mitzukommen?«, fragt er. Ich nicke. Nun lacht er. »Clara hat ein neues Kleid für dich besorgt.«

»Wie bitte?«

»Es liegt auf deinem Bett.«

Ich drehe mich auf der Stelle um und eile den Flur entlang. Meine Absätze klappern auf den Fliesen.

»Dritte Tür rechts«, ruft er mir hinterher.

Ich öffne die Tür und mache beim Anblick des wunderschönen Kleides vor Freude einen kleinen Luftsprung. Dunkelroter Satin mit pfauenblauem Samt als Kontrast. Ein verlängertes Korsett, enge Ärmel und ein hochgeschlossener Kragen. An diesem Kleid ist nichts prüde: Meine Figur unterm Stoff wird nicht unbemerkt bleiben. Ich nehme es vom Bett und drehe mich, um es von allen Seiten zu begutachten. Die Röcke sind mehrlagig und gestuft, vorne mit Karree-Ausschnitt und hinten mit einer kleinen Schleppe, mit Plisseefalten sowohl im Rock als auch in dem aufwendigen Besatz. Es gehört eine Turnüre dazu, die aber weniger ausladend ist, irgendwie weiblicher. Mutiger, kompromissloser. Nie habe ich etwas Ähnliches besessen oder auch nur getragen wie dieses Kleid.

»Gefällt es dir?« Als ich mich umdrehe, steht Andries in der offenen Tür.

»Mama würde nie …«

»Nun, jetzt weilst du unter *meinem* Dach«, sagt er schlicht.

Ich eile zu ihm und schlinge ihm die Arme um den Hals, das Kleid noch in der Hand. »Danke.«

»Clara hat es ausgesucht.« Sie ist sein Hausmädchen und war zuvor in Amsterdam unsere Angestellte. Sie kennt mich, seit ich ein Baby war, und liebt uns beide abgöttisch.

»Wo ist sie?«, will ich wissen.

»Wahrscheinlich in der Küche. Komm, wir suchen sie und essen etwas, und dann hilft sie dir beim Ankleiden für heute Abend.«

Juni 1888

Bonjours, Paris!

Mein allererster Eintrag in dieses Skizzenbuch. Früher habe ich über alle gelacht, die Tagebuch schrieben, aber Dries lag vollkommen richtig, inzwischen verspüre auch ich den Drang, meine Zeit hier in Worten und Skizzen festzuhalten. Ich glaube, es wird mir helfen, all das, was ich erlebe, zu reflektieren, und auch über die Vergangenheit nachzudenken. Außerdem will ich versuchen, mich zu bessern. Ich werde während dieses Sommers in Paris wachsen und lernen – das ist mein neues, aufregendes Ziel. Es wäre doch furchtbar, wenn ich am Ende meines Lebens nichts erreicht hätte, das großartig oder wenigstens bemerkenswert ist.

Und ich bin hier frei. Und verloren. Ich bin ohne Eduard.

Wie gerne würde ich ganz Utrecht die Wahrheit ins Gesicht schreien, Pa erklären, was Eduard in Wirklichkeit war: ein Feigling, ein Heuchler, der mich nie anständig behandelt hat – oh, wenn ich das doch nur könnte. Der ganzen Welt würde ich das verkünden. Alle sollten es wissen. Ich würde ihn am liebsten brandmarken – ihn, der sich über alle anderen erhoben hat, aber eigentlich so viel, viel tiefer steht als wir.

Doch welchen Nutzen hätte eine solche Rache?

Lieber bin ich meinem Bruder wahrhaft dankbar. Eine Dries-förmige Welle reißt mich mit. Ablenkung ist eindeutig der beste Weg, die Sache durchzustehen. Ich kann nicht jede Stunde damit verbringen, mir zu wünschen, Eduard wäre nicht Teil meiner Geschichte, dass meine Familie, meine Schüler, Fremde nicht über uns tuscheln und jedes hämische Flüstern nicht die Scham in meinem tiefsten Innern vergrößert.

Heute Abend muss ich diese Gedanken beiseiteschieben und mein bestes Pariser Gesicht aufsetzen. Ins kalte Wasser springen. Ich darf Dries nicht wieder enttäuschen, meinen größten Unterstützer und besten Freund. Nicht jetzt, wo ich gerade erst in seiner Stadt angekommen bin.

MOULIN DE LA GALETTE

Auf unserem kurzen Weg, Arm in Arm, erzählt mir Andries von diesem Lokal namens Moulin de la Galette. Dass er und seine vielen Freunde sich einmal im Monat schick machen und sich dort treffen, um zu tanzen, zu trinken und sich an Pfannkuchen zu laben. Andries berichtet mir von den verschiedenen Künstlern, die ich bestimmt kennenlernen werde, und dass diese sonntäglichen Treffen viele von ihnen immer wieder zu neuen Werken inspirieren. Meine Vorfreude wächst mit jedem Schritt.

»Kann sein, dass du Camille Claudel kennenlernst«, sagt er. »Sie ist Rodins Geliebte.«

»Meinst du, ich bin wie Mademoiselle Claudel? Dass meine Erfahrung mit Eduard ein gemeinsames Gesprächsthema sein könnte?« Meine Stimme quiekt, so aufgeregt bin ich.

»Du bist echt furchtbar«, schimpft er, lächelt aber dabei. »Camille ist Bildhauerin. Mein Freund Theo sagt, sie ist die beste in ganz Paris, möglicherweise sogar besser als Rodin, aber das werden wir in seiner Anwesenheit lieber nicht erwähnen.« Er lacht.

»Und doch definierst du sie über ihre Beziehung zu einem Mann?«, hake ich nach, woraufhin Andries nur mit den Schultern zuckt.

»So ist es eben.« Wir biegen um eine Ecke. »Hier müssen wir nach rechts.« Ich bin viel zu sehr damit beschäftigt, Andries anzufunkeln, um auf den Weg zu achten.

»*Pardon*«, entschuldige ich mich, als ich mit zwei Männern zusammenstoße, doch die beiden drehen sich nicht einmal um. Sie bilden das Schlusslicht einer sich langsam vorwärts bewegenden Reihe von Menschen, die sich durch die Rue Lepic schlängelt.

»Stehen die alle fürs Moulin de la Galette an?«, frage ich.

Andries nickt, während wir uns der Menge anschließen und gemächlich weiterschlendern. Von überallher erklingen Lachen und Gesprächsfetzen in breiten Dialekten. Mein Bruder legt mir den Arm um die Schultern, als wir um eine weitere Ecke biegen. Die Dunkelheit der Pariser Nacht ist verschwunden: Vor uns ragt hoch und stolz die hölzerne Windmühle auf. Wir treten durch ein Eingangstor ins künstliche Licht des Innenhofs.

»Die Männer starren dich bereits an.« Andries nickt denen zu, die er kennt.

»Aber ich lege es doch gar nicht darauf an, irgendwem zu gefallen …«, sage ich, weil ich befürchte, dass er genau das denkt.

»Du hast ja keine Ahnung, wie schön du bist.« Er küsst mich auf den Scheitel und nimmt den Arm von meinen Schultern. »Genieß die Atmosphäre und amüsier dich. Da drüben gibt es eine Terrasse mit Blick über Paris und die Seine.« Er deutet nach rechts. Farbenfroh gekleidete Männer und Frauen wirbeln und tänzeln um uns herum.

Ich will gerade in Richtung Terrasse gehen, um die Aussicht zu bewundern, als Andries einem Freund etwas zuruft. Ich beobachte, wie er sich durch die Menge schlängelt und einen Mann zur Begrüßung herzlich umarmt. Es wirkt, als hätte er ihn seit Jahren nicht mehr gesehen, aber vermutlich waren es nur ein paar Tage. Mein Bruder ist hier in Paris so ein völlig anderer Mensch als in Gegenwart unserer Eltern – nicht so reserviert, überschwänglicher, und er scheint sich in seiner Haut absolut wohlzufühlen. Ich rühre mich nicht vom Fleck, bleibe mitten im Eingangsbereich stehen, sodass die neu eintreffenden Gäste einen Bogen um mich machen müssen. Sie entschuldigen sich, wenn sie meine Schulter anrempeln oder gegen meine schmale Turnüre stoßen.

»Ihr Kleid, Ihre ganze Erscheinung ist geradezu atemberaubend«, sagt eine Frau in schnellem Französisch zu mir. Sie ist neben mir stehen geblieben und streicht mit einer Hand über den dunkelroten Satin, während die Finger ihrer anderen Hand den pfauenblauen Samt streicheln.

»*Merci*«, erwidere ich. Das französische Wort klingt etwas komisch aus meinem Mund. Sie wirft mir einen Luftkuss zu und lacht, ehe sie in der Menge verschwindet. Ich lächele. Und nicke. Ich nicke und lächele, während ich mich an den Rand des Gedränges aus Tänzern durchschlage. Die Musik ist laut und beschwingt. Ich strahle übers ganze Gesicht und bewege meine Hüften im Takt. Dieser ganze Ort verströmt eine Aura von Glück. Im Moulin de la Galette geht es zu wie in einem fröhlichen Bienenschwarm.

Hätte ich doch nur mein neues Skizzenbuch mitgebracht, um diesen Moment einzufangen und festzuhalten. Lächelnde, gut aussehende Paare tanzen in einer Reihe und werfen dabei die Beine so hoch in die Luft, wie sie nur können, ehe sie reihum die Partner wechseln. Wie sorglos sie wirken! Rechts von mir tanzt eine junge Frau, vielleicht nur wenig jünger als ich. Ihr Strohhut hat ein breites rosafarbenes Band, und ihr blau-rosa gestreifter Rock fliegt, wenn sie sich dreht.

Zwei jüngere Mädchen – offensichtlich Schwestern und kaum größer als die Tische, die ringsherum verteilt stehen – sind in Begleitung einer älteren Dame da, die wohl ihre Mutter sein muss. Ihr Fuß wippt im Takt, während die Mädchen ausgelassen tanzen. Weiter hinten entdecke ich einen Mann, der die Aufmerksamkeit der Umstehenden auf sich zieht. In seinen gestreiften Hosen, ohne Krawatte, wirkt er irgendwie exotisch, wie er da eine Polka mit einer beeindruckend schönen Frau in smaragdgrünem Kleid tanzt. Vor Schweiß klebt ihm das lange Haar auf der Stirn, doch dann verschwindet er, Pirouetten drehend, in der Menge.

Ich kann die vielen Paare gar nicht mehr zählen, die sich tanzend hier und da aus der Menge lösen, alle mit unerwarteter Eleganz. Mir scheint, als würde jedes Paar unterschiedliche Schrittkombinationen vorführen. Sie existieren als Individuen in einer Menge, verlieren sich ineinander, gänzlich uninteressiert an ihrer Umgebung. Sie interpretieren die Musik auf ihre eigene Weise und kümmern sich nicht darum, wie andere über sie urteilen.

Ist es so, Pariser zu sein? Könnte ich je an einen Ort wie diesen gehören?

Die, die nicht tanzen, stehen in Grüppchen oder paarweise herum und unterhalten sich, nur wenige sind allein. Manche sitzen an kleinen runden Tischen, wo tiefroter Wein ausgeschenkt oder gleich aus der Flasche getrunken wird, was die anderen ringsherum bejubeln. Die Luft ist erfüllt von Tabakqualm, Lachen und Musik.

Ich sehe die Szene als Gemälde vor meinem inneren Auge. Bei der Vorstellung, Staffelei und Farben in diese Feier hineinzutragen, muss ich lachen – in einem Raum voller Künstler ein schlechtes Bild zu malen. Hätte ich das nötige Können, würde ich leuchtende Farben verwenden, um die üppigen Formen und die Lebensfreude einzufangen. Die Lichtflecken würde ich in weichen Rosé- und Violetttönen halten, und mutigere Schattierungen von Rot, Grün und vielleicht sogar Blau für die Personen nehmen. Mir wäre die Bewegung wichtig, meinem Bild mit einem Farbklecks Tiefe zu verleihen, mit Licht und Schatten zu spielen. Ich würde alles daransetzen, die Energie dieser Szene auf die Leinwand zu bannen.

Doch noch gehöre ich nicht hierher. Was könnte meine Rolle sein, wo ich doch nichts Kreatives zum Montmartre beitragen kann? Oder darf ich hoffen, dass sich das eines Tages ändert?

TERRASSE UND AUSSICHTSPLATTFORM IM MOULIN DE BLUTE-FIN

Ich bin erst zehn Minuten im Moulin de la Galette und fühle mich jetzt schon lebendiger als die ganzen letzten drei Jahre. Trotzdem bin ich noch nicht mutig genug, mich mit hineinzustürzen.

»Jo!« Andries' Stimme. »Jo, komm mal her.« Ich suche in der Menge nach seinem Gesicht. Andries ist ein groß gewachsener Mann – alle Männer in unsere Familie sind lang und dünn –, darum entdecke ich ihn gleich jenseits der improvisierten Tanzfläche.

Tief durchatmen. *Lächeln.* Ich bahne mir einen Weg durch die tanzende Meute, ohne sehen zu können, mit wem sich mein Bruder unterhält. Ich höre eine Männerstimme und auch eine schrille Frauenstimme, doch Andries versperrt mir die Sicht. Mehr Gelächter – eines gackernd, das andere tief und rau. Andries fährt sich mit der Hand übers kurze Haar mit dem leichten Seitenscheitel. Ich tue es ihm gleich, um den Sitz meiner Hochsteckfrisur zu prüfen, aus der sich Locken gelöst haben. Dabei muss ich der Versuchung widerstehen, die Haarnadeln einfach alle herauszuziehen.

»Du erinnerst dich an Sara Voort?«, fragt Andries, sobald ich ihn erreicht habe. Sein Gebaren ist steif, förmlich. Mit einer Kopfbewegung bedeutet er mir, mich entsprechend zu benehmen. Dann tritt er zur Seite, und Sara kommt auf mich zu. Ihr Gesicht ist nicht rund wie ein Vollmond, ihre Nase nicht knollenartig und ihre Augen nicht winzig. Nein, sie hat mandelförmige braune Augen, eine schmale kleine Nase, volle Lippen in einem herzförmigen Gesicht. Mit anderen Worten: Sara ist bildhübsch. Ich hoffe, sie ist auch nicht so gemein, wie mein Bruder gesagt hat.

»Sara, wie schön, Sie wiederzusehen. Wie geht es Ihren Eltern?« Lächelnd versuche ich, selbstbewusst zu wirken.

»Liebste Johanna, wie geht es dir?« Sie ergreift meine Hände, tritt einen Schritt zurück und mustert mich von oben bis unten. »Man sagt, du bist zu einer Schönheit herangewachsen.« Kurze Pause. Ihre unnatürlich dunklen Augenbrauen treffen sich in der Mitte. »Ich habe von dieser *schrecklichen Sache* in Utrecht gehört.«

Ich werfe meinem Bruder einen Blick zu. *Du hast es ihr erzählt?* Er schüttelt den Kopf. Sie ist Holländerin. Ihre Eltern werden sein wie meine: schnell dabei, das Unglück anderer Leute weiterzutragen. Tratsch wird in den Niederlanden von Neidern und Narren verbreitet.

»Mama hat mir sofort geschrieben, als sie davon hörte«, sagt sie. Dabei lächelt sie zuckersüß – in die Lücke zwischen ihren Schneidezähnen würde eine Franc-Münze passen –, doch ihr Tonfall ist nicht freundlich. Sie lässt meine Hände los, um mir die Schulter zu tätscheln wie eine Mutter ihrem unliebsamen Kind.

»Meine Schwester ist hier, um den Sommer über Kunst zu studieren«, sagt Andries und zieht mich an sich.

Ich lehne meinen Kopf an seine Schulter, und genau in diesem Moment nehme ich aus dem Augenwinkel eine Bewegung wahr. Nur ein verschwommener Fleck am Rand meines Sichtfeldes. Instinktiv hebe ich den Kopf und drehe mich nach rechts.

Der Mann steht stocksteif da und wirkt im ausgelassenen Treiben des Moulin de la Galette völlig deplatziert. Als wäre er aus Holz geschnitzt. Er trägt einen eleganten, hoch geknöpften Mantel und in der Hand einen Bowler-Hut. Seine Züge sind fein, fast schon feminin, wenn auch ohne Wärme. Sein Teint ist rötlich blass, doch es sind seine hellblauen Augen, die mich fesseln. Alles an ihm wirkt steif und unnachgiebig, und trotzdem kann ich den Blick nicht von ihm abwenden, wie er allein inmitten all der Fröhlichkeit steht. Ich wage fast nicht zu blinzeln – aus Angst, er könnte verschwinden.

Da sieht er mich an. Eine plötzliche Verbindung zwischen uns, die ich so noch nicht erlebt habe. Etwas Fremdartiges und dennoch Notwendiges. Wie Magnetismus. Fühlt er es auch?

Andries zieht mich enger an sich. »Findest du nicht auch?«, fragt er, aber ich habe keine Ahnung, wovon er spricht. Ich lache, was wiederum Andries zum Lachen bringt und schließlich auch Sara. Deren Lachen klingt jedoch nicht echt. Ich sehe diesen Fremden unverwandt an, und auch er wendet den Blick nicht ab.

»Wer ist das?« Ich glaube, ich frage eher den Fremden als meinen Bruder.

»Wer?«, fragt Andries zurück, und ich zeige auf den rothaarigen Mann. Der Fremde betrachtet meine Hand und dreht sich weg.

»Na, das ist er. Der Freund, von dem ich dir erzählt habe«, sagt Andries. »Das ist Theo van Gogh.«

»Er und ich werden heiraten!«, verkündet Sara und entschuldigt sich dann, um in Richtung ihres Verlobten davonzueilen.

Juni 1888

In meinen ersten vier Tagen in Paris saß Andries geduldig neben mir, während ich rings um den Montmartre verschiedene Szenen zeichnete und mir notierte, was ich sah und hörte. Er lauschte meinen Geschichten von Eduard und machte mir dann Vorschläge, wie ich meine Gedanken davon abhalten könnte, Unterhaltungen und gemeinsame heimliche Momente immer wieder aufs Neue durchzuspielen. Er war geduldig und nett, und seine kleinen Scherze hoben meine Laune, ohne mir das Gefühl zu geben, dass er mich nicht ernst nahm.

Es gibt niemanden außer meinem Bruder, mit dem ich so offen über alles sprechen kann. Arm in Arm erkunden wir Paris, und jeder Tag mit ihm erinnert mich an die unbeschwerten Jahre unserer Kindheit. Nie hätte ich gedacht, solche Augenblicke noch einmal zu erleben. Nicht jetzt, wo er ein erwachsener Mann ist. Ich mag seine dumme kleine Schwester sein, die so wenig vom Leben und den Männern versteht, aber niemand könnte ihn je so lieben wie ich.

Meine Anspannung hat ein kleines bisschen nachgelassen: dieser fieberhafte Strudel, in den es mich zieht, wann immer ich an die Demütigung meiner Entlassung aus der Lehranstellung denke. Die schmerzhaften Stiche durch Eduards Verrat jedoch bleiben – ich kann mir immer noch nicht vorstellen, je wieder einem Verehrer zu vertrauen.

Abstand, Zeit, mein Bruder, Paris, Bücher und Kunst – das scheint alles zu sein, was ich im Moment brauche.

Vielleicht bin ich lieber einen einzigen Sommer lang durch und durch glücklich, als dieses Glück in kleinen Dosen auf mein ganzes Leben verteilen zu müssen.

Nach Theo van Gogh habe ich Andries noch nicht gefragt.

STILLLEBEN MIT PINSELN IN EINEM BLUMENTOPF

Wir stehen vor der Galerie Durand-Ruel in einer kleinen Straße, die vom Boulevard Haussmann abzweigt. Ich dachte eigentlich, wir würden den Hügel hinaufspazieren, um zu zeichnen, doch stattdessen zeigt Andries auf einen Aushang neben der Galerietür.

»Ja, ein Plakat«, sage ich, woraufhin mein Bruder wieder darauf deutet.

»Sprich mit mir.« Ich gebe ihm einen neckenden Klaps auf den Arm. »Ich habe keine Ahnung, weshalb das interessant sein sollte.«

Er fährt mit dem Finger unter den großen Buchstaben der ersten Zeile entlang, als wolle er sie unterstreichen. »Die Société anonyme des artistes peintres, sculpteurs et graveurs«, sagt er.

»Lesen kann ich selbst«, gebe ich leicht gereizt zurück. »Aber wer soll das sein?«

»Eine Gruppe von Künstlern. Monet, Degas und Pissarro waren Gründungsmitglieder«, erklärt er. »Sie haben sich zusammengetan, um unabhängig ausstellen zu können.«

Mit hochgezogenen Augenbrauen bedeute ich ihm fortzufahren.

»Damals war das richtiggehend radikal. Ende 1873, glaube ich. Sie haben sich selbst organisiert, außerhalb des jährlichen Salons.«

»Und das ist gut?«

Andries nickt. »Sie wollten sich nicht auf eine Jury aus Künstlern von der Académie des Beaux-Arts verlassen, die Werke auswählte und Auszeichnungen vergab. Es ging ihnen weniger um Prestige, sondern vielmehr darum, ihre Kunst zu zeigen.«

Ich deute auf das Datum der Ausstellung, denn ich begreife immer noch nicht ganz, was mein Bruder mir eigentlich sagen will. »Aber das Plakat ist zwei Jahre alt.«

»Diese Künstler wollen das moderne Leben darstellen. Das echte Leben.« Er hält einen Moment inne. »Und ist das nicht auch das, was dich interessiert?«

»Ja und nein«, erwidere ich. »Es ist eher so, dass meine bescheidenen Fähigkeiten bestenfalls erlauben, das zu kopieren, was ich vor mir sehe.«

Er schüttelt den Kopf. »Du wirst es lernen.«

»Aber das Plakat ist zwei Jahre alt … heißt das nicht, dass mein Geschmack schon wieder veraltet ist?«

Noch einmal schüttelt er den Kopf und klatscht in die Hände. »Du könntest eine neue Gruppe gründen, mit aufstrebenden Künstlerinnen.«

Ich will etwas erwidern, doch er bedeutet mir zu schweigen. »Wenn du so weit bist«, sagt er. »Und wenn du das *gelernt* hast, was du eben lernen musst, dann kenne ich jemanden, der dir dabei helfen kann.«

Dieses Mal bin ich diejenige, die den Kopf schüttelt. Andries ist mein größter Fan und will einfach nicht einsehen, dass meine künstlerischen Fähigkeiten begrenzt sind – und das auch bleiben werden.

Ich lasse den Blick über die aufgelisteten Namen wandern. »Keine einzige Frau dabei«, stelle ich fest. Ich zähle durch. »Sechzehn Männer.«

»Marie Bracquemond, Mary Cassatt und Berthe Morisot fehlen auf der Liste«, erklärt Andries und strahlt mich an. Er freut sich unbändig, dass er mir etwas beibringen kann. Plötzlich erfüllt mich unendliche Dankbarkeit. Anscheinend hat er sich seit meiner Ankunft hier mit jemandem über weibliche Kunstschaffende unterhalten.

»Kennst du eine von ihnen?«, frage ich.

»Nein, aber ich kenne jemanden, der es tut«, antwortet Andries. »Und zwar den, der mir erzählt hat, Degas hätte es als idiotisch bezeichnet, dass keine der Frauen aufgelistet wurde. Angeblich hat er sich deswegen damals sogar beschwert.«

Andries' Begeisterung ist ansteckend. Auf einmal bin ich ganz aufgeregt.

»Wer hat dir davon …«

»Ich bin sicher, wenn du interessiert bist, können wir ein Treffen mit Künstlerinnen für dich arrangieren. Was meinst du?«

Ich nicke heftig. Auf jeden Fall. Das fände ich großartig.

»Dann bitte ich ihn, das zu organisieren. Es wird genau das Richtige für dich sein, Jo«, meint er. »Aber jetzt lass uns hineingehen. Man hat mir empfohlen hierherzukommen, da drinnen gibt es ein Werk von Morisot.«

Noch im Sprechen dreht sich mein Bruder um und öffnet die Tür. Ein Glöckchen klingelt, und mit forschem Schritt betritt er die Galerie.

PORTRÄT EINES MANNES MIT ZYLINDER

»Das dort drüben ist der Kunsthändler Paul Durand-Ruel.« Andries bleibt stehen und deutet mit dem Kopf Richtung Ladentisch der Galerie. »Er hat Monet das Leben gerettet.«

»Wie bitte?« Mein Blick wandert zwischen Durand-Ruel und meinem Bruder hin und her.

»Hat ihn vor zwanzig Jahren davon abgehalten, in die Seine zu springen.« Andries starrt den Mann ein bisschen länger an, als es sich schickt.

»Kennst du ihn persönlich?«

»Leider nein«, seufzt er. Mein Bruder sammelt gewissermaßen besondere Menschen: Er glaubt, wenn er sich mit ihnen umgibt, färbt etwas von deren Glanz auch auf ihn ab. »Wir bewegen uns nicht in denselben Kreisen. Aber ich habe noch niemanden etwas Schlechtes über ihn sagen hören. Monet meint, ohne ihn wären die Impressionisten den Hungertod gestorben. Man sollte ihn auf jeden Fall auf seiner Seite haben.«

Ich betrachte Paul Durand-Ruel. Ein kleiner, bartloser Mann mit der Ausstrahlung eines altmodischen Geistlichen, wie man ihn vielleicht in einem Roman finden würde. Er unterhält sich mit einem Herrn mit Zylinder. Von hier aus klingt seine Stimme leise und etwas gedämpft. In diesem Moment hebt er den Kopf, bemerkt meinen Blick und tippt grüßend an seine Melone. Ich lächele. Irgendwie ist er mir sofort sympathisch.

»Er ist Witwer und hat fünf Kinder, geht jeden Tag in die Kirche und ist noch nie in einen Skandal verwickelt gewesen«, fügt Andries hinzu.

»Ein anständiger Mann also.« Ich starre immer noch den Kunsthändler an, doch er ist wieder mit seinem Kunden beschäftigt.

»Gerade erst aus New York zurückgekehrt, wo er in den American Art Galleries eine Ausstellung mit zweihundertneunundachtzig impressionistischen Gemälden auf die Beine gestellt hat. Es heißt, die Organisatoren wollen dasselbe in noch größerem Umfang in Manhattan wiederholen. Kannst du dir das vorstellen?«

»Nein«, erwidere ich. Das kann ich wirklich nicht, aber vielleicht werde ich es eines Tages verstehen.

Ich wende mich Andries zu, doch der sieht sich in der Galerie um. Etwas an der gegenüberliegenden Wand hat seine Aufmerksamkeit erregt, und er geht mit schnellen Schritten darauf zu. Als ich ihn einhole, steht er hinter zwei anderen Männern. Von hinten sind sie nicht zu unterscheiden, so ähnlich sehen sie sich mit ihren dunklen Gehröcken und Zylindern. Die beiden betrachten das Gemälde einer Mutter neben einer Wiege.

»Das ist der Morisot«, flüstert Andries. Er deutet mit dem Kopf auf das Gemälde, woraufhin ich einen Schritt zur Seite mache, um freien Blick darauf zu haben.

»Die Arbeit dieser Frau ist wirklich außergewöhnlich«, sagt einer der zylindertragenden Herren. Lächelnd trete ich etwas näher heran. »Zu schade, dass sie kein Mann ist«, setzt er hinzu.

»Hast du das gehört …«, wende ich mich empört an Andries.

»Pst!« Er legt mir rasch den Zeigefinger an die Lippen. Unwirsch schiebe ich ihn beiseite. »Das hier ist weder die richtige Zeit noch der richtige Ort für einen Streit«, flüstert er.

Wütend starre ich auf die Rücken der beiden Herren. Ich muss mich zusammenreißen, denn ich darf meinen Bruder nicht blamieren, wo er sich doch solche Mühe gibt, mich zu ermutigen und zu unterstützen. Ich weiß ja, dass er selbst nicht so denkt wie diese Männer.

»Sie malt wie Manet«, fährt derselbe Herr nun fort.

Da kann ich mich einfach nicht mehr zurückhalten. »Sie malt wie Morisot.« Meine Stimme ist ein wenig zu laut für die Galerie. Keiner von beiden dreht sich zu mir um, doch ich sehe, wie sie sich wortlos mit einem Seitenblick mokieren.

»Ich habe gehört, dass Manet und Morisot einander sehr respektieren«, sagt Andries im Versuch, die Situation zu entschärfen.

»Einige von uns betrachten beide als gleichwertig«, sage ich.

Das lässt die feinen Herren nun laut auflachen.

»Die weiß, was sie wert ist«, sagt derselbe Mann, immer noch mit dem Rücken zu mir, und bevor ich fragen kann, was das heißen soll, gehen die beiden weiter, um sich andere Gemälde anzusehen.

Mit geballten Fäusten blicke ich ihnen nach. Sie drehen sich nicht um.

»Du musst noch lernen, wann es sich lohnt, Streit anzufangen«, unterbricht Andries meine finsteren Gedanken. »Tief durchatmen. Bitte, Jo, beruhige dich.« Er wedelt mit der Hand vor meinem Gesicht herum, als wolle er meinem erhitzten Temperament ein wenig kühle Luft zufächeln.

Ich wische seine Hand weg, doch erst in diesem Moment habe ich wirklich freien Blick auf das Gemälde. Es zieht mich sofort in seinen Bann. Ich bin sprachlos. Minuten vergehen, und ich merke, wie mein Bruder mich beobachtet. Ich weiß, dass er lächelt.

Mit einem Kopfnicken in Richtung des Bildes trete ich einen Schritt näher heran. »Was weißt du über sie?«

»Sie versucht, beides zu vereinen. Familie – Ehemann und ein Kind – mit ihrer Arbeit als Künstlerin.«

»Diese Tiefe an Gefühl in dem Bild«, flüstere ich. »Das ist wunderschön. Es überrascht mich, dass die Kritiker bei diesem Sujet überhaupt auf sie aufmerksam geworden sind.«

»Sind sie nicht«, erwidert Andries. Ich kann mich nicht von dem Gemälde lösen.

»Aber dieser sanfte Blick der Mutter und das engelsgleiche Gesicht des Kindes.« Ich muss unwillkürlich lächeln, während ich die Schönheit der Szene regelrecht aufsauge. »Das ist einfach perfekt.«

»Sie ist darauf beschränkt, häusliche Szenen zu malen«, meint Andries.

Ich nicke und hoffe, dass er aufhört zu reden.

»Du wirst das irgendwann selbst erleben, aber diesen Sommer ist dir noch etwas Freiheit vergönnt.«

Wieder nicke ich, übertrieben begeistert. Ich will und muss mich jetzt einfach nur auf dieses Bild konzentrieren.

»Die Locken sind richtig fein gearbeitet.« Ich beuge mich näher zur Leinwand. »So liebevoll. Aber sonst ist der Pinselduktus ein ganz anderer. Ich wünschte, ich würde mehr davon verstehen.« Inzwischen bin ich so dicht davor, dass meine Nasenspitze es fast berührt. Tief atme ich den Geruch von Ölfarbe auf Leinwand ein. Mein Lieblingsduft. »Möchtest du es nicht kaufen?«

»Das Motiv ist nichts für mich«, meint Andries.

»Ich fühle mich genau wie damals, als ich Lewes' *Goethes Leben und Schriften* gelesen habe«, sage ich. »Ich möchte meiner Begeisterung irgendwie Ausdruck verleihen, aber in Gegenwart eines solchen Bildes fühle ich mich so unbedeutend.«

»Ich ziehe Kunstwerke vor, die Frauen in verschiedenen Stadien des Entkleidens zeigen.«

»Du willst eine Fantasie betrachten. Die Frau als hinreißende Kreatur, die dich in Versuchung führen und sich nach dir verzehren soll.« Eigentlich will ich dieses Gespräch gar nicht führen. Nicht jetzt. »Aber Morisot ist es irgendwie gelungen, die Struktur des Stoffes einzufangen.« Ich zeige auf den Besatz am Ärmel der Mutter. »Wie ist das möglich, Dries?«

Andries lacht. »Genau das, meine liebe Schwester, wirst du diesen Sommer lernen.«

Doch bei diesem Gemälde geht es um so viel mehr als nur Technik. Dieses Werk ist ein Triumph. Berthes Können ist außergewöhnlich, aber noch viel beachtlicher ist, dass sie der Pariser Kunstwelt wütend mit der Faust droht ob der Beschränkungen, die man ihr auferlegt. Ihr und allen weiblichen Künstlern. Ihre Botschaft ist klar: Sie kann mit sämtlichen männlichen Malern mithalten. Und sie wird weiterhin außergewöhnliche Kunstwerke erschaffen, egal welche Motive ihr zur Verfügung stehen, und trotz der Erwartungen und Einschränkungen, mit denen Männer sie gängeln wollen.

Mut, allen Widrigkeiten zum Trotz, das ist es, was ich lernen will in diesem Sommer.

Da kommt mir ein Gedanke. »Wer hat eigentlich vorgeschlagen, dass wir hierherkommen? Wer ist der Mann, mit dem du dich unterhalten hast?«

»Theo natürlich. Theo van Gogh.«

»Saras Verlobter?« Ich kann meine Neugier nicht verbergen. Andries antwortet nicht. »Und er wollte, dass ich *dieses* Gemälde sehe?«

»Er meinte, es würde dir bei der Suche nach einer Richtung für deine Kunst helfen.«

Wir schweigen.

»Morisot ist mit Manets Bruder Eugène verheiratet. Auch Maler. Aber ich habe Gerüchte gehört, dass er an einem Roman schreibt«, sagt Andries.

Ein plötzlicher Stich, oder vielleicht ist es auch Angst: Eduard. Gleichzeitig brodelt da jedoch noch etwas anderes in mir auf, das alle Gedanken an ihn verdrängt – Hoffnung, neue Möglichkeiten, Freude.

Ich wende mich Andries zu und schlinge ihm die Arme um die Taille. »Danke«, flüstere ich, den Kopf an seine Brust gedrückt.

Juli 1888

Ich bin schon sechs Tage hier und habe Dries nichts Neues mehr über diese katastrophale Beziehung in Utrecht zu erzählen. Über Eduard zu sprechen hat mich heute furchtbar wütend gemacht. Ich rege mich darüber auf, dass ich seine endlosen Lügen geglaubt habe. Je häufiger ich mich wiederhole, desto peinlicher ist es mir. Wie wenig originell von mir, meine Zuneigung einem Mann zu schenken, der drei lange Jahre nur damit gespielt hat.

Vielleicht hat mein Bruder das gespürt, oder vielleicht wollte er mich auch nur auf andere Gedanken bringen, denn heute hat er sich endlich breitschlagen lassen, mir Geschichten aus seiner Zeit hier in Paris zu erzählen.

Der Montmartre sei für ihn ein Fluchtort, um sich ablenken zu lassen, sagte er. Er gestand mir, dass er momentan mit seinen Freunden am liebsten ins Kabarett und in Café-Konzerte geht. Als er merkte, dass mich das nicht schockierte, sprach er über berühmte Schauspielerinnen in romantischer und anrüchiger Atmosphäre. Von heimlichen Begegnungen. Ich kicherte wie ein Schulmädchen über die Details wirrer Liaisons und unangemessener Beziehungen.

In seinen Beschreibungen war die Stadt randvoll von schillernden Künstlern, Komponisten, Schriftstellern, Malern, Dichtern, Musikern, Dramatikern und Bildhauern. Wenn es stimmt, was er sagt, dann scheinen in Paris sämtliche kreativen Künste zu Hause zu sein. Und möglicherweise feiert jede in ihrer Arbeit den Montmartre.

Laut Dries verfassen alle, die hier wohnen, entweder gerade einen epischen Roman, malen ihr Meisterwerk oder komponieren eine heldenhafte Symphonie. Jeder Einzelne lebt ein außergewöhnliches Leben. Er sagt, Montmartre sei eine Ecke von Paris, wo niemand als Versager gilt – er hat schlicht nur noch nicht sein größtes Werk erschaffen. Alle hier stehen im Bann kreativer Magie.

Ich kann nicht aufhören, daran zu denken. Ich will zu dieser Gruppe gehören. Ich muss hierbleiben.

Was erwartet mich denn in den Niederlanden? Mama, Pa und das ständige Gerede über die Schande, die ich über den ach so kostbaren Familiennamen gebracht habe.

Ich könnte einfach ganz hierherziehen. In Paris bleiben. Bedeutung erlangen. Auf ewig bei meinem Bruder leben. Glücklich sein!

STILLLEBEN MIT FLEISCH, GEMÜSE UND STEINGUT

In ihrem Brief hat Mama heute verlangt, dass ich ihr genau beschreibe, wo Andries lebt. Seit zehn Minuten sitze ich nun am Sekretär in meinem Zimmer und versuche, zu entscheiden, was ich preisgebe. *Das Appartement liegt im 9. Arrondissement*, schreibe ich. *Gegenüber vom Boulevard de Clichy, nicht weit von Pigalle entfernt*. Dass es sich am Fuß des Montmartre und nur einen Steinwurf vom 18. Arrondissement entfernt befindet, lasse ich weg. Mama muss nicht alle Fakten kennen.

Dann füge ich noch ein paar Details hinzu, von denen ich weiß, dass sie ihr Freude bereiten. Mit denen sie das nächste Mal in Gesellschaft prahlen kann. *Die Rue Victor ist ein ruhiges, schmales Sträßchen mit der Eleganz einer Ballerina und der Vornehmheit einer Königin. Man wohnt hier eher horizontal in Wohnungen übereinander. Wie seltsam das erscheint! Doch unsere vertikale Bauweise ist den modernen Parisern fremd. Die Gebäude wirken aber dennoch einheitlich, mit perfekt positionierten Balkonen, die den hohen, eleganten Fassaden Symmetrie verleihen. Es ist schwer, sich die verwinkelten Gassen und von Krankheiten heimgesuchten Elendsviertel vorzustellen, die es hier gab, bevor Baron Haussmann seine Zauberkräfte walten ließ.*

Wir betreten das Haus durch eine große porte cochère, *die von einem Concierge bewacht wird. Im Erdgeschoss dieses Hauses liegen die Stallungen und seine Wohnung. Er ist ein Mann ohne jeden Humor, ungefähr in Pas Alter, und ich habe ihn bis jetzt noch kein einziges Wort sprechen hören. Er bewacht das Gebäude vierundzwanzig Stunden am Tag. Wahrscheinlich wäre ich auch ein Miesepeter, wenn man mich zu jeder Tages- und Nachtzeit wecken würde, um die Außentür zu entriegeln, sobald einer der Bewohner nach Hause zurückkehrt! Dries sagt, er gibt dem Mann regelmäßig Trinkgeld, um ihn bei Laune zu halten.*

Eine breite, geschwungene Treppe führt zu den verschiedenen Appartements hinauf. Dein Sohn bewohnt die erste Etage des fünfstöckigen Gebäudes – Appartement Nummer 1. Es heißt, es sei das beste – sowohl was Raumhöhe als auch Ausstattung angeht – und daher, wie du dir vorstellen kannst, auch das teuerste.

Ich blicke mich in meinem Zimmer um, Federhalter überm Tintenfass schwebend. Dieser Raum ist hell und weitläufig, mit hoher Zimmerdecke und bodentiefen Fenstern. Er ist größer und eleganter als alle Zimmer, in denen ich bisher gewohnt habe, doch das schreibe ich Mama nicht. Sie würde das als Kritik auffassen. Sie ist eine Meisterin darin, eine harmlose Bemerkung in etwas Negatives umzumünzen. Einmal in die Tinte tauchen, dann schreibe ich: *Die Nutzung des großzügigen Innenhofs ist allein ihm vorbehalten, eine Tatsache, die er in den vergangenen zehn Tagen bereits mindestens sieben Mal erwähnt hat.*

Zehn Tage voller Sehenswürdigkeiten und mit ebenso vielen Besuchen auf dem Montmartre. Zwischen seinen beruflichen Verpflichtungen begleitet mich Andries jeden Tag dorthin. Zuerst hat mich das auf einem Hügel gelegene Viertel mit seinen alten Gebäuden, steilen, schmalen Sträßchen und bäuerlichen Windmühlen an die Niederlande erinnert. Doch ich begriff schnell, wie anders es in jeder Beziehung ist.

»Jo«, ruft Andries aus dem Korridor.

Ich lege meinen Federhalter beiseite, greife nach einem Roman auf dem Bett und eile auf die offene Tür zu. Andries steht gebückt und reibt mit dem Finger über eine schwarze Bodenfliese. Dann richtet er sich auf und hält sich den Finger dicht vor die Augen.

»Bruderherz?«

»Da bist du ja.« Er lächelt. Seine Gesellschaft während der vergangenen zehn Tage war die denkbar beste Strafe.

Er wischt sich den Finger am Ärmel seines Jacketts ab. Es ist schmal geschnitten, die Knöpfe sind teilweise geöffnet, sodass man seine hochgeschlossene Weste und die Uhrenkette sehen kann. Ein geknotetes Halstuch und auf Hochglanz polierte Schuhe vollenden seine Erscheinung. Seine Kleidung will Eindruck schinden, doch ich weiß nicht so genau, weshalb.

»Wir erwarten Gäste«, erklärt er, vielleicht weil er meine fragende Miene bemerkt hat.

»Ich dachte, ich habe heute Nachmittag frei, um zu lesen?« Um meine Worte zu unterstreichen, halte ich das Buch in die Höhe. »Du hast versprochen, dass wir danach zum Montmartre spazieren.«

Andries wedelt mit einem Blatt Papier durch die Luft. Was auch immer darauf steht, es übertrumpft offensichtlich mein Buch und unseren geplanten Spaziergang. »Ich habe arrangiert, dass uns Alexander Comte, ein reicher Kaufmann, zum Mittagessen Gesellschaft leistet. Er wird um ein Uhr hier sein.« Andries betrachtet das Papier. Sein Zeigefinger wandert über eine Liste von Namen und Uhrzeiten.

Ich beuge mich vor, um sehen zu können, was da genau steht. »Was …«

»Arthur Bouget, Sohn eines wohlhabenden Schusters um drei. Möglicherweise ein aber noch nicht bestätigter Termin um vier. Guy Loti, mein Anwalt, um fünf …«

»Was hast du, bitte schön, vor?« Ich lege meine Hand auf das Blatt, damit er aufhört, damit herumzufuchteln, und ich lesen kann, was da geschrieben steht. Das Papier ist dünn. Er versucht, es wegzuziehen. »Warum kommen all diese Herren heute vorbei?«

»Es hat sich herumgesprochen, dass meine kleine Schwester in Paris weilt, und dass sie eine Schönheit ist. Meine Freunde wünschen dich kennenzulernen.«

»Freunde?« Ich glaube ihm nicht. »In deinen *vielen* Geschichten hast du keinen dieser Männer je erwähnt«, widerspreche ich und deute auf das Blatt.

Mein Bruder zuckt mit den Schultern, weicht meinem Blick aus und wendet sich stattdessen wieder seiner Liste zu.

»Charles du Musset, frisch zu Reichtum gekommen, wird uns um halb sieben beehren, und Alfred Le Rouge, der Bankier, kommt um acht zum Dinner. Er hat sich geweigert, zuzusagen, wenn es nichts zu essen gibt.«

»Du musst Leute bestechen, damit sie mich treffen?« Ich merke, wie mir die Röte in die Wangen steigt. Was geht hier vor sich? »Auf deiner Liste steht kein einziger Künstler. Sollte ich nicht welche von denen treffen, wenn ich mehr über Maltechnik lernen will?«

Andries erwidert nichts. Zumindest nicht mit Worten. Seine Mundwinkel zucken nach unten, dann presst er die Lippen aufeinander, als würde er sie verschlucken wollen. Er hält das Stück Papier an die Korridorwand, holt einen spitzen Bleistift aus der Innentasche seines Jacketts und fügt der Liste etwas hinzu. Auf einmal wirkt er mehr wie Pa als wie er selbst. Steif, fest entschlossen und düster. Es liegt kein Hauch von Heiterkeit mehr in der Luft. Er verbirgt etwas.

»Bruderherz, was hast du vor?« Keine Antwort. Da schießt mir ein Gedanke durch den Kopf. »Sind diese Männer verheiratet?«

Schweigen. Andries hört auf zu schreiben, dreht sich aber nicht zu mir um. Denkt etwas zu lange über meine Frage nach. Seine Lippen tauchen wieder auf.

»Ich bin mir nicht sicher«, nuschelt er. Dann kritzelt er wie besessen weiter.

»Du bist dir nicht sicher, ob deine *Freunde* verheiratet sind?«

»Sie sind alle noch zu haben«, gibt er zu. Dann faltet er das Papier zusammen und wirft einen Blick auf das Buch, das ich an die Brust gedrückt halte.

»Hast du *Aurora Leigh* gelesen?«, frage ich ihn. Andries schüttelt den Kopf. »Es klärt für mich so viele Zweifel und Ängste, mit denen ich gekämpft habe.«

»Achte darauf, dass es nicht im Salon herumliegt, wenn unsere Gäste kommen«, sagt er. »Wir wollen ja nicht, dass sie denken, du wärst eine von *diesen* Frauen.«

Ich lache. »Aber ich bin eine von *diesen* Frauen.«

»Und ich liebe dich dafür.« Er greift nach meinem Buch, doch ich ziehe es ihm weg.

»Du kannst es nach mir lesen.«

Sein leises Lachen bringt mich zum Lächeln. Dann blickt er auf seine goldene Taschenuhr. Ich betrachte den Deckel, er ist mit einem Emaille-Bild verziert, das eine Szene an einem See mit Häusern und dem kleinen Porträt einer jungen Frau zeigt.

»Kennst du sie?« Ich deute auf den Uhrendeckel. Doch er hört mich nicht, sondern ist in Gedanken ganz woanders. Offensichtlich heckt er etwas aus, und da ich meinen Bruder kenne, weiß ich, dass er mir nicht die ganze Wahrheit sagt.

»Du hast fünfzig Minuten Zeit, um dich vorzeigbar zu machen«, erklärt er und scheucht mich mit einer Handbewegung in mein Zimmer zurück.

»Befiehlst du mir etwa, mich hübsch zu machen?«

Er nickt, grinst aber dabei. »Ich werde Clara vorbeischicken, damit sie ein Auge darauf hat.«

»Aber …« Ich bewege mich nicht von der Stelle.

Er dreht sich um und geht zurück in sein Zimmer, wobei er seine Liste studiert und bei jedem Schritt etwas vor sich hin murmelt.

STILLLEBEN MIT DREI STIEFELN

Ich höre sie, bevor ich sie sehe. Gelächter im Gang, Andries, der sie begrüßt.

Die letzte halbe Stunde habe ich vor meiner Staffelei gestanden und versucht, herauszufinden, was mit meinem Bild nicht stimmt. Heute sollte der Fokus auf einer neuen Technik liegen, die Cloisonismus genannt wird, aber inzwischen bin ich überzeugt, dass ich den falschen Gegenstand als Motiv gewählt habe. Ich trete einen Schritt zurück und betrachte die Leinwand aus zusammengekniffenen Augen, um in der kühnen Form mit den dicken schwarzen Konturen Andries' Bücherregal zu erkennen. Es ist wirklich nicht sonderlich gut gelungen. Ich wähle einen Pinsel mit runder Spitze, tauche die Borsten in die schwarze Ölfarbe und versuche, die Unterhaltung zwischen Andries und seinen Gästen draußen im Flur auszublenden.

Neun Besucher in vier Tagen – alles junge Männer und nicht ein einziger Künstler darunter. Ich habe wirklich keine Kraft mehr für einen weiteren unbehaglichen Nachmittag mit Gästen.

Nach dem vierten Besucher – Andries' Anwalt, Guy Loti – und einer unendlich öden Stunde, in der er mit seinem Einkommen prahlte und verkundete, dass seine Zukünftige ihm mindestens zehn Kinder schenken solle, erklärte ich meinem Bruder, ich hätte genug. Dass ich kein Interesse daran hätte, einen Mann zu heiraten, der in mir den Wunsch weckt, mir meine Pinsel in die Ohren zu stecken. Außerdem weigerte ich mich – was Andries besonders frustrierte –, an diesem Tag noch irgendjemanden zu treffen. Mein Herz sei wund, teilte ich ihm mit, und vielleicht heile es niemals. Darüber lachte er laut und herzlich.

Das war vor drei Tagen, und obwohl ich fünf weitere Treffen mit langweiligen Männern ertragen habe, bei denen ich ab und zu etwas gesagt oder auch mal Blickkontakt aufgenommen habe, weckte keiner von ihnen mein Interesse.

Einige Minuten später taucht mein Bruder in der Tür auf.

»Wir haben Gesellschaft«, sagt er.

Ich deute auf meine Leinwand und erkläre Andries, dass ich den Nachmittag gerne allein verbringen möchte, in der Hoffnung, dass er sich um den Besuch kümmern möge, egal um wen es sich handelt. Andries betrachtet mein Werk. An seiner Miene kann ich ablesen, dass er versucht, herauszufinden, was genau es darstellen soll. Es wird ihm aber nicht gelingen, so erschreckend schlecht ist das Bild. Rasch beschließe ich, allem zuzustimmen, was er darin sehen mag.

»Du bist zu gut, um dich zu verstecken«, sagt er.

»Das hier …« – ich zeige auf das Bild – »sagt nichts über heute aus. Es ist bestenfalls scheußlich.«

Er zögert kurz. »Mir gefällt es«, verkündet er dann und schiebt die Hände in die Hosentaschen. Andries ist ein ganz schlechter Lügner. Er hat keine Ahnung, was ich gemalt habe, und er findet es furchtbar.

»Nur du glaubst an mich«, sage ich.

»Ist das nicht alles, was du im Moment brauchst?« Er lächelt, und ich nicke. Das ist es in der Tat. »Und dieser Besuch ist anders.«

Mit fragendem Blick bedeute ich ihm fortzufahren.

»Zwei Männer, wovon einer um eine Audienz bei dir gebeten hat. Er hat sogar seinen Bruder, der Künstler ist, dafür bezahlt mitzukommen und dir Ratschläge zur Maltechnik zu geben. Das wird unterhaltsam, ich verspreche es.«

KOPF EINES JUNGEN MANNES MIT PFEIFE

Draußen auf dem Flur höre ich männliche Stimmen, doch mein Bruder versperrt mir die Sicht. Er wartet auf mich in der Tür. Andries lächelt, dann fährt er sich mit der Hand übers kurze Haar. Das tut er immer, wenn er nervös ist. Irgendetwas an all diesen Einladungen macht mir Sorgen. Seine plötzlichen Verkuppelungsversuche ergeben keinen Sinn. Er verschweigt mir etwas, aber danach fragen will ich ihn auch nicht.

»Jo«, sagt er. Ich verziehe hinter seinem Rücken das Gesicht. »Darf ich dir den fast schon berühmten Kunsthändler Theo van Gogh und seinen Bruder Vincent vorstellen.« Er verbeugt sich schwungvoll, soweit seine enge Hose das zulässt. »Messieurs, das ist meine Lieblingsschwester, Johanna Gezina Bonger.«

Andries hält inne und genießt sichtlich meinen überraschten Gesichtsausdruck. »Sie verbringt diesen Sommer bei mir.«

Ehe ich eine neutrale Miene aufsetzen oder meine Flucht in die Küche planen kann, um Clara bei einer Tasse Tee um Rat zu fragen, stehen die Gäste auch schon vor mir. Er ist es. Der Mann vom Moulin de la Galette, Saras Verlobter. Es ist Theo van Gogh.

An den roten Haaren kann man sofort erkennen, dass die beiden Brüder sind, obwohl sie unterschiedlicher nicht gekleidet sein könnten. Theo, der Kunsthändler, wirkt in seinem Gehrock mit Melone steif und elegant, während Vincent aussieht, als wäre er von einem lahmenden Pferd durch mehrere Hecken gezogen worden. Der graue Filzhut sitzt schief auf seinem Kopf, und seinen blauen Kittel ziert ein Regenbogen aus Farbflecken: gelb, blau, rot, grün. Er pafft an einer Pfeife und wirkt bereits jetzt gelangweilt.

Stumm starre ich die beiden Brüder an und grinse – vermutlich sehe ich aus wie eine Verrückte.

Während der vergangenen zwei Wochen habe ich viel über die Gebrüder van Gogh gehört. In Andries' Kreisen sind sie ein beliebtes Klatschthema, und jeder, dem wir begegnen, hat eine Meinung oder weiß eine Geschichte über sie zu erzählen. Wann immer über die beiden gesprochen wird, höre ich aufmerksam zu. Theo scheint ein aufstrebender Stern in der Kunstwelt zu sein, obwohl er der Jüngere ist. Andries spricht von ihm, als sei er praktisch der König von Montmartre. Angeblich gilt er als begehrter Heiratskandidat, was aber keinen Sinn ergibt, da Sara ja sagte, sie seien verlobt. *Seltsame Pariser Gepflogenheiten* – das ist der einzige Schluss, den ich daraus ziehen kann. Vielleicht pflegen die Herren hier ganz offen die Gesellschaft mehrerer Begleiterinnen gleichzeitig?

Vincent wird vor allem als »mittelloser Künstler« bezeichnet. Ich habe gehört, wie Andries und seine Freunde sich darüber unterhalten haben, dass Vincent gerne Bordelle besucht und den monatlichen Unterhalt, den Theo ihm zahlt, für die Damen dort ausgibt. Vincent ist für die meisten eine Witzfigur. Bei solchen Bemerkungen wird mir elend zumute, denn ich frage mich, wie viele sich wohl in Utrecht und Amsterdam gerade über mich lustig machen.

Ich verlasse meinen Platz an der Staffelei, um sie zu begrüßen. *Oh Gott! Die Leinwand.* Das heutige Bild ist nichts, das ich jemals freiwillig einem Fremden zeigen würde, und erst recht nicht zwei Fremden aus der Pariser Kunstwelt.

»Ich hatte keine Gesellschaft erwartet«, entschuldige ich mich. »Bitte ignorieren Sie das da.« Ich deute auf die Staffelei. »Bitte sehen Sie nicht einmal hin. Tun Sie so, als wäre es gar nicht da.« Mit meinen hektischen Gesten sorge ich erst recht dafür, dass sich die Aufmerksamkeit aller Anwesenden auf mein misslungenes Werk richtet.

Stille, ungefähr hundert Jahre lang. Alle starren das Gemälde an. Ich kann mich nicht überwinden, Theos Gesicht anzusehen.

Ich wünsche mir nichts sehnlicher, als mitsamt diesem schrecklichen Bild auf der Stelle im Boden zu versinken.

»Ich bin zum Malen gekleidet«, erklärt Vincent. Unwillkürlich sehe ich ihn an. Er zeigt mit der Pfeife auf seinen Kittel. »Aber *sie* dort braucht eindeutig mehr Unterricht, als ich es je bieten könnte.« Nun deutet er auf meine Leinwand.

»Ich habe lediglich eine Technik ausprobiert. Wollte mich dazu zwingen …«

»Sie ist ziemlich klein und unterentwickelt«, unterbricht mich Vincent an Andries gewandt und starrt dabei auf meine Brüste.

Sprachlos reiße ich die Augen auf. *Du aufgeblasenes Männlein.* Ich verschränke die Arme vor der Brust, und mir ist sofort klar, weshalb er Frauen für intime Stunden bezahlen muss. Was ich natürlich nicht laut sage. Ich muss mich benehmen, wie es von mir erwartet wird, doch meine Hand ist bereits zur Faust geballt. Ich möchte Andries so gerne eine Freude machen, aber eine einzige Bemerkung von diesem van Gogh, und ich stoße bereits an meine Grenzen.

»Vincent.« Aus Theos Mund klingt der Name seines Bruders, als wären es glühende Kohlen.

»Aber gleichzeitig wild und ungestüm«, erwidert Andries. »Hüten Sie sich vor den Fäusten meiner Schwester.« Er betrachtet meine Hand.

»Und ziemlich alt, um noch keinen Gatten zu haben«, fährt Vincent unbeirrt fort.

Ich stehe direkt vor ihm, und er besitzt die Frechheit, mich von oben bis unten zu mustern wie ein Objekt, das er erwägt zu kaufen.

»Bereits fünfundzwanzig, ja«, bestätigt Andries. Ich funkele meinen Bruder böse an. Seine gezwirbelten Bartspitzen biegen sich weder nach unten noch nach oben, als er mich anlächelt. Vielleicht will er die Situation auflockern. Vielleicht muss ich nicken, um meinen Bruder zu beruhigen, tief ein- und …

»Ich habe die Leute Anzügliches über sie reden hören. Dass …«

»Gerade du«, wird er von Theo heftig unterbrochen, »solltest wissen, dass Tratsch stirbt, wenn er auf die Ohren eines weisen Mannes trifft.«

»Vielen Dank«, sage ich. Ich erlaube mir einen winzigen Seitenblick auf Theo. Sein Gesicht zeigt keinerlei Gefühlsregung: ein Mann wie eine leere Leinwand. Rasch sehe ich wieder Vincent an. Der mustert mich immer noch mit unverschämter, unwillkommener Neugier. Die Ärmel meiner Bluse fühlen sich auf einmal zu eng an, und der hochgeschlossene Kragen schnürt mir die Luft ab.

»Monsieur van Gogh, ich bin kein Gemälde, das zu Ihrer Erbauung erschaffen wurde. Also starren Sie mich auch nicht an wie eines.«

Andries lacht dröhnend. »Hab doch gesagt, sie ist unzähmbar«, sagt er, als er sich wieder beruhigt hat. Die letzten drei Tage über verhielt sich mein Bruder steif und reserviert während der Besuche dieser heiratswilligen Herren. Nun habe ich ihn zum ersten Mal in Anwesenheit Fremder wieder lachen hören. Er genießt die Gesellschaft der van-Gogh-Brüder, vor allem die von Theo, und ich liebe Andries' Lachen, wenn es so herzlich ist, wenn er sich selbst vor Freude einen Augenblick lang vergisst.

»In der Tat«, sagt Vincent. Eine kurze Pause. Wie Narren warten wir mit angehaltenem Atem darauf, was er als Nächstes sagen wird. Stattdessen pafft er an seiner Pfeife und lässt uns zappeln, während sein Blick durch den Raum schweift. »Gibt es einen Künstler, den Sie schätzen, werte Johanna Bonger?«

»Mein Bruder hat mich kürzlich an Gauguins Werke herangeführt. Haben Sie von ihm gehört?«, frage ich.

Vincents Lachen hallt im Zimmer wider. »Ob *ich* von *ihm* gehört habe?«

»Er ist nicht so bekannt«, fahre ich vorsichtig fort, denn mir ist nicht klar, was ich so offensichtlich Erheiterndes gesagt habe. »Seine Kunst ist mutig und anders. Fast schon primitiv, mit kräftigen Farben und übertriebenen …«

»*Sie* wissen etwas über Kunst?«, unterbricht mich Vincent mit hochgezogenen Augenbrauen. Unsere Blicke begegnen sich. Ich bin mir nicht sicher, ob dieser van Gogh nur etwas seltsam und überaus direkt ist, auf jeden Fall aber ist er unverschämt und nicht die Art Mensch, mit der ich Zeit verbringen möchte.

»Unterschätzen Sie niemals meine Schwester«, sagt Andries wieder. Er stellt sich neben mich und legt mir den Arm um die Schulter. »Sie ist eine echte Künstlerin.«

»Das bin ich nicht«, widerspreche ich errötend, denn die übermäßige Begeisterung meines Bruders ist mir peinlich.

»Sie ist eine Frau«, murmelt Vincent, doch bevor ich etwas erwidern kann, sagt Andries: »Also dann, lernen wir uns doch erst einmal kennen.«

Vincent tritt einen Schritt auf mich zu. Widerwillig strecke ich ihm die Hand hin, wie es die Etikette verlangt. Sein Schnurrbart müsste gestutzt werden, und sein Blick ist stechend unter den buschigen rotbraunen Brauen. Er beugt sich über meine ausgestreckte Hand, doch statt sie zu schütteln, drückt er einen zarten Kuss darauf. Vermutlich erwartet er, dass ich nach Luft schnappe oder zu seinen Füßen in Ohnmacht sinke, doch ich verziehe nur das Gesicht und blicke Andries' Hilfe suchend an. Mein liebster Bruder weicht mir jedoch aus, indem er sich in seinen blau gepolsterten Sessel sinken lässt und die Quasten am Besatz glatt streicht. Mama hatte darauf bestanden, dass er unbedingt aufwendig mit teurem Stoff bezogene Sitzmöbel brauche. Wie bei allem anderen gelang es Andries, »aufwendig bezogen« noch zu steigern.

Als Vincent beiseitetritt, ergreift Theo meine inzwischen feuchte Hand und drückt sie fest.

»Es ist mir eine Freude, Sie endlich kennenzulernen«, sagt er. »Ich versuche seit zwei Wochen, mit Bonger ein Treffen auszumachen.«

»Wirklich?« Ich sehe zuerst Andries und dann wieder Theo an. »Wird Sara auch noch zu uns stoßen?« Ich versuche, selbstbewusst zu wirken und von meiner verschwitzten Hand abzulenken. Theo wendet den Blick ab. Es sieht aus, als stiege ihm Röte in die Wangen. Habe ich ihn in Verlegenheit gebracht?

Andries hüstelt, ein Hinweis für mich, die Initiative zu ergreifen.

»Meine Herren, wo sind nur meine Manieren geblieben?« Ich lächele unsere beiden Gäste an. »Ich bin sicher, mein *entzückender* Bruder wird für uns einen Nachmittagstee arrangieren. Schließlich sind *wir* seine Gäste.«

Andries lacht, doch er springt von seinem Sessel auf und eilt aus dem Zimmer, um Clara zu suchen.

KOPF EINES MANNES

Theo sitzt neben mir auf Andries' *canapé à confidante*. Er lässt Platz zwischen uns, knöpft seinen Mantel nicht auf und legt den Hut auf die Knie. Ich werfe ihm einen heimlichen Blick zu. Er sieht gut aus: rote Haare, roter Bart, Alabasterhaut, ein Sternbild aus Sommersprossen auf der langen Nase. Nur ein wenig älter als ich, doch er besitzt die selbstbewusste Ausstrahlung, die Erfolg und das Leben in Paris verleihen. Mit der Handfläche streicht er über die vergoldeten Holzschnitzereien des Möbelstücks und dann über das rosafarbene Damast-Polster. Vielleicht bewundert er es, vielleicht auch nicht, seine Miene bleibt ausdruckslos. Ich starre seine Hand ein wenig länger an, als ich sollte.

Vincent studiert indessen seine Umgebung. Mein Bruder hat sein Appartement ausgestattet, als wäre er ein reicher Mann. Er bewegt sich in den Kreisen der Berühmten und Vielleicht-mal-Berühmten der Pariser Bohème. Er selbst arbeitet aber in der Versicherungsbranche und schätzt in seiner Freizeit die Gesellschaft schöner Menschen und schöner Objekte. Sein Salon ist ein Fest für jeden Sammler: der Schiefertisch aus dem 17. Jahrhundert, der Wandschirm, ein Geschenk von Edward Burne Jones, und der Empire-Aubusson-Teppich. Doch es wird schnell klar, dass Vincent von den edlen Stücken wenig beeindruckt ist. Er geht im Zimmer herum, macht abfällige Bemerkungen und nimmt dann einen Roman aus Andries' Regal.

»Vincent«, knurrt Theo. »Fass seine Sachen nicht an. Du weißt, Bonger hasst das.« Er hat recht. Er kennt meinen Bruder gut, also sind sie wirklich befreundet. Meine Mundwinkel zucken.

Vincent stellt das Buch ins Regal zurück, dann kommt er auf uns zu. »Bonger ist ganz ähnlich wie Bismarck.« Ich warte auf eine weitere Erklärung, aber es folgt keine. »Warum muss ich sitzen? Weil Mademoiselle Bonger darum gebeten hat?«, fragt er.

Theo knurrt wieder.

»Ich habe das Gefühl, meine Konversation ist besser, wenn ich einige Momente stehe und mir diese *vulgären* Objekte ansehe, die unseren Gastgeber begeistern.« Dabei lächelt er Theo an und gibt sich keine Mühe, mich anzusehen, ehe er sich in den blauen Sessel setzt.

Theo beginnt eine Unterhaltung übers Wetter und ihre jüngsten Unternehmungen, und Vincent murmelt etwas, das ich nicht richtig verstehe. Vielleicht sind es Worte in einer anderen Sprache, weder Holländisch noch Französisch noch Englisch.

»Haben Sie etwas zu sagen?«, frage ich und merke erst beim Sprechen, wie unhöflich das klingt. Er antwortet nicht. Stattdessen grinst er anzüglich, woraufhin der Zorn in mir wieder hochkocht. Ich ärgere mich selbst über meine Reaktion. Ob es daran liegt, dass es mir überraschend wichtig ist, bei Theo einen guten Eindruck zu machen?

»Sie haben solches Glück, Teil der Pariser Kunstwelt zu sein.« Ich versuche, Vincent zu ignorieren, und wende mich stattdessen an Theo zu meiner Rechten. »Erzählen Sie, über wen spricht man gerade so?«

»Haben Sie von Henri de Toulouse-Lautrec gehört?«, fragt der. Ich schüttele den Kopf. »Es gab kürzlich eine Ausstellung, bei der er den Namen ›Tréclau‹ verwendet hat. Er bewundert meinen Bruder.« Wieder kann ich nichts Sinnvolles zur Unterhaltung beitragen. Ich weiß so wenig über die Pariser Kunst. »Doch mit Anquetins und Bernards Malstil sind Sie offensichtlich vertraut.« Er deutet mit dem Kopf auf meine Leinwand.

»Mein misslungener Versuch des Cloisonismus?« Entmutigt schüttele ich den Kopf. »Ich habe die schwarzen Umrisslinien zu dick gemalt, und alles wirkt so gewollt. Ich wünschte, Sie hätten es nicht gesehen.«

»Es ist vielversprechend. Ich kann erkennen, was Sie erreichen wollten.« Theo studiert immer noch mein Werk.

»Sie schmeicheln mir. *Ich* kann sehen, wie schrecklich es ist.« Und trotzdem freue ich mich, was meinen Worten Leichtigkeit verleiht. Ich bin gleichermaßen überrascht und ermutigt, dass er die Technik erkannt hat.

»Kunst ist ein Prozess«, sagt er. »Diese Dinge brauchen Zeit. Aber verraten Sie mir, Mademoiselle Bonger, was ist es, das Sie an Kunst mögen?«

Ich überlege einen Moment. »Mich fasziniert die Darstellung von Bewegung«, antworte ich. »Tanzende oder gehende Menschen. Wie gelingt es Künstlern, eine große Szene einzufangen, wenn die Leute selten still stehen?«

»Degas …« Theo hält kurz inne, um zu sehen, ob ich weiß, von wem er spricht. Was ich tue. Ich bedeute ihm nickend fortzufahren. »Er hat mir kürzlich von seiner Leidenschaft für Fotografie erzählt. Vielleicht wäre es interessant, wie einige Künstler solche Bilder als Referenz für ihre Gemälde benutzen. Ich weiß zumindest, dass Bonger seine Kamera liebt.«

Bei diesem Vorschlag muss ich lachen. »Es ist mir verboten, sie auch nur zu berühren, es sei denn, der Arc de Triomphe stürzt ein und ich wäre irgendwie in der Lage, das festzuhalten.«

Theo lacht. Er tut es mit dem ganzen Körper: Füße stampfen, Arme wackeln, Oberkörper wiegt sich, das Geräusch ist tief und laut. »Ihr Bruder ist ganz besessen«, sagt er.

Ich mag alles an dieser Unterhaltung, an seiner Reaktion, und vor allem mag ich, dass ich zum ersten Mal seit Tagen in Gesellschaft eines Mannes bin, der sich ernsthaft für mich zu interessieren scheint.

»Ich nutze diesen Sommer, um zu experimentieren«, erkläre ich und deute mit dem Kopf wieder Richtung Staffelei. »Um die Kunst zu verstehen.«

Ich höre ein abfälliges Zungenschnalzen, reagiere aber nicht darauf. Stattdessen warte ich, dass Theo etwas erwidert, doch er hat den Blick fest auf Vincent gerichtet.

»Haben Sie es mal mit Impasto versucht?«, fragt er und sieht dabei immer noch seinen Bruder an. »Vincent ist ein Pionier dieser Technik.«

»Leider habe ich keine Ahnung, was das ist«, muss ich peinlich berührt zugeben.

»Unverdünnte, dick aufgetragene Farbe, direkt aus der Tube. Sie wird mit einem Spachtel aufgebracht und auf der Leinwand gemischt«, erklärt Theo.

»Ich besitze keinen Spachtel.« Ich schäme mich, weil ich so unerfahren klinge. Natürlich habe ich nach meiner Ankunft in Paris eine Bestellung für die grundlegenden Materialien aufgegeben – eine Reihe von Farbtuben, zehn Meter Leinwand, Pinsel, eine Palette –, doch einen Spachtel zu kaufen war mir nicht in den Sinn gekommen.

Theo wischt meine Unzulänglichkeiten mit einer Handbewegung beiseite. »Ich werde Ihnen einen schicken. Dieser Farbauftrag verleiht den Bewegungen mehr Dimension und …«

»Wie du das sagst, klingt es einfach, Bruder«, unterbricht Vincent ihn. »Aber es ist keine Technik, es ist ein Gefühl und taugt schon gar nicht für Ungeübte.«

»Nun, vielleicht könntest *du* ja mal das Gefühl demonstrieren.« Theos Tonfall ist scharf. »Schließlich bezahle ich dich dafür, dass du Mademoiselle Bonger Unterricht anbietest.«

»Ich möchte keine Unan…«

»Sie hat nicht mal einen Spachtel.« Kopfschüttelnd murmelt Vincent etwas, das ich nicht ganz verstehe. »Bonger hat behauptet, sie sei Künstlerin, dabei besitzt sie nicht einmal die grundlegenden Werkzeuge.« Wieder schüttelt er den Kopf, diesmal nachdrücklicher, und gibt dabei abfällig klingende Laute von sich. Schweißperlen rinnen mir den Nacken hinunter. »Und ich bin mir auch nicht sicher, ob eine Frau mit so zarten Handgelenken wie sie das überhaupt kann.«

Schweigen. Theo wirft einen Blick auf meine Handgelenke, hält kurz inne, dann sieht er in mein Gesicht. Ich versuche zu lächeln, doch es ist ein schwaches, zweifellos wenig überzeugendes Unterfangen. Ich weiß einfach nicht, wie ich reagieren soll. Soll ich so tun, als sei ich schockiert, weil er meine Handgelenke angeschaut hat? Existiert eine Handgelenksetikette, die ich erst noch lernen muss?

»Gibt es denn keine aufstrebenden weiblichen Künstler?«, frage ich Theo. Es ist ein unbeholfener Versuch, das Thema von meiner Anatomie und seinem Bruder abzulenken, aber mehr habe ich nicht zu bieten.

Er lächelt. »Dieses Jahr bisher leider nicht. Abgesehen von Berthe Morisot natürlich.« Mein breites Lächeln bringt hoffentlich meine Dankbarkeit zum Ausdruck. Dass er Andries den Tipp mit der Galerie Durand-Ruel gegeben hat, ist mir die letzten Tage immer wieder durch den Kopf gegangen. »Allerdings ist sie inzwischen recht etabliert.« Er denkt einen Moment lang nach. »Virginie Demont-Breton entwickelt sich auch gut. Ihr Vater und ihr Onkel sind beide bekannte Maler. Sie hat letztes Jahr ausgestellt.«

In diesem Moment kommt Andries förmlich ins Zimmer gehüpft. »Was habe ich verpasst?« Sein Lächeln ist breit, und er strahlt Begeisterung und Schalk aus.

»Bonger, ich habe sie genauer studiert und bin verärgert, dass du nie erwähnt hast, was für eine Schönheit sie ist«, sagt Vincent.

Warum jetzt, Vincent? Weil dein Bruder mir die Aufmerksamkeit schenkt, die normalerweise dir vorbehalten ist?

Ich beiße mir jedoch auf die Zunge und drehe mich nicht nach ihm um, ignoriere ihn einfach. Ich werde den van Goghs zeigen, dass ich reif und gelassen bin, selbst wenn man mich provoziert. Stattdessen begegne ich Theos Blick, dessen Miene um Verzeihung bittet.

»Ich muss mich für meinen Bruder entschuldigen«, sagt er leise, die Hände im Schoß ineinander verkrampft. »Farbdämpfe haben sein Taktgefühl beeinträchtigt.«

Ich halte seinen Blick länger fest, als ich sollte. Auch ich lächele.

»Und ich muss mich für *meinen* Bruder entschuldigen«, gibt Vincent zurück. »Er ist jünger und hatte jetzt schon mehr Erfolg, als wir anderen zusammen je erreichen könnten. Ich fürchte, ein Teil davon steckt sogar in seiner gewölbten Stirn fest.«

Andries' Lachen hallt im ganzen Raum wider. Er hält die Gebrüder van Gogh ganz offensichtlich für ein unterhaltsames Duo.

Ehe ich etwas erwidern kann, betritt Clara den Salon. Sie war erst fünfzehn, als sie anfing, sich um mich zu kümmern. Ich war damals noch ein kleines Kind. Mama kannte Claras Mutter, Clara ihren eigenen Vater hingegen nie. Sie nannte ihn immer Othello und sprach von Plantagen in Curaçao, wenn ich nach ihm fragte. Ihre volleren Lippen, ihre immerwährende Sonnenbräune, das pechschwarze Haar und die dunklen Augen, all das deutet darauf hin, dass ihre Mutter seinerzeit dem Charme der Exotik erlag.

Clara schwankt ein wenig beim Gehen und hat offensichtlich Schwierigkeiten, das Gewicht der schweren Teekanne auf einem Tablett zu balancieren. Ich will aufstehen, doch mein Bruder legt mir fest die Hand auf die Schulter und drückt mich zurück in meinen Sitz. Wenn wir Gesellschaft haben, darf ich ihr nicht helfen. Stumm verfolgen wir alle die arme Clara, während sie das Tablett auf dem Walnussholztisch abstellt und uns einschenkt. Sie hält den Kopf gesenkt und spricht nur leise mit Andries, bevor sie den Raum wieder verlässt.

Vincent seufzt, woraufhin wir uns alle ihm zuwenden. Er wedelt mit etwas in der Luft herum, das ein rechteckiges Skizzenbuch, eingebunden in raues Leinenmaterial, zu sein scheint. Dann legt er es in seinen Schoß.

»Warum sind Sie nicht verheiratet?«, fragt Vincent. »Mademoiselle Voort hat mir erzählt, dass Sie oft Männer empfangen.«

»Vincent!«, ruft Theo.

Ich schicke ein stummes Stoßgebet gen Himmel, die Röte möge mir nicht weiter den Hals hinaufkriechen. Es verhallt unerhört. Meine Schuldgefühle, meine Scham und meine Wut prangen gemeinsam in meinem Gesicht.

»Die Indiskretion meiner Schwester ist wohl kaum ein angemessenes Gesprächsthema.« Andries' Tonfall ist scharf.

Tief durchatmen. Wir warten.

»Sind wir nicht hier, um Jo mit ihrer Kunst weiterzuhelfen?«, fragt Theo.

Ich bin eine Frau. Daher wird von mir erwartet, zu dulden, dass sie über mich sprechen, als wäre ich gar nicht anwesend.

»Und weshalb sind *Sie* nicht verheiratet?«, will ich von Vincent wissen. Ich war noch nie wirklich gut darin, das zu tun, was von mir erwartet wird. Auch auf die Gefahr hin, wie ein trotziges Kind zu klingen, fahre ich fort: »Haben Sie denn keine Frau gefunden, die Sie begehrt? Sind Sie ein Beispiel für die alleinstehenden Männer, die Paris zu bieten hat?«

Vincent lacht. Ich funkele ihn böse an. Es verunsichert mich, dass er meine Beleidigung offenbar lustig findet.

»Ich bin viel zu sehr damit beschäftigt, mich um die gebrochenen Herzen zu kümmern, die mein Bruder verursacht«, sagt er.

Fragend sehe ich Andries an. *Was soll das denn bedeuten?* Die *confidante* hat an jedem Ende zwei einzelne Sitzplätze, die nach außen zeigen, im rechten Winkel zum Mittelteil, auf dem ich mit Theo sitze. Mein Bruder hockt sich auf den Platz schräg neben mir und legt mir beschwichtigend die Hand auf den Arm. Er wird es mir später erklären.

»Im Gegensatz zu unseren älteren Schwestern, die sich den Haushaltspflichten verschrieben, bekam Jo von unseren Eltern die Erlaubnis, ihre Ausbildung in England fortzusetzen«, erklärt Andries. »Unsere Eltern bereuen diese Entscheidung nun seit mehreren Jahren, aber ich liebe meine kleine Schwester von Herzen. Sie ist die beste Frau, die ich kenne.«

»Ich habe kein Interesse an Haushaltsführung. Ich war Lehrerin, in Utrecht«, sage ich.

»Bis Sie entlassen wurden«, fügt Vincent hinzu. Seine Wangen werden hohl, wenn er an seiner Pfeife zieht.

»Ehrbare Entlassung aufgrund gesundheitlicher Probleme«, korrigiert Andries und fordert Vincent mit Blicken heraus, ihm zu widersprechen, doch der Künstler ist bereits aufgestanden.

»Gehen wir jetzt?«, wendet sich Vincent an Theo.

»*Du* kannst gehen«, antwortet dieser.

Wir beobachten, wie Vincent den Raum verlässt, ohne sich zu verabschieden. Andries lacht. Vincents Verhalten wird als exzentrisch entschuldigt, doch würde ich mir etwas Ähnliches erlauben, würde mich mein Bruder am Ärmel zurück in den Salon zerren.

»Ist er immer so unverschämt?«, will ich wissen.

»Geben Sie ihm etwas Zeit, und Sie werden die besten Freunde sein«, sagt Theo. Ungläubig schüttele ich den Kopf.

»Sagen Sie, Johanna, wie finden Sie Paris?«, erkundigt er sich nun und lächelt mich dabei an.

»Belebend, wenn auch ein bisschen zu heiß, und für meinen Geschmack ein van Gogh zu viel.« Theo und mein Bruder lachen.

»Dann werden Sie also den Sommer hier verbringen und malen?« Ich nicke.

»Lesen, schreiben, malen«, erwidere ich. »Ich hoffe, mehr über meine Vorlieben und Abneigungen herauszufinden.«

»Ein perfekter Sommer also.« Er neigt sich fast unmerklich zu mir herüber. »Ich vertrete viele Künstler. Und wenn ich irgendwie behilflich sein kann … Sie sollten andere Kunstschaffende kennenlernen und mehr über die Pariser Kunstwelt erfahren. Vielleicht könnte ich Sie mit Degas bekannt machen?«

»Das wäre wunderbar.« Ich strahle. »Ich würde auch sehr gern Künstler*innen* kennenlernen.«

»Bonger weiß ja, wie er mich erreichen kann.« Er deutet auf meinen Bruder. Ich lächele Andries an, der zustimmend nickt.

»Wissen Sie viel über Cloisonismus?«, frage ich, denn ich möchte unsere Unterhaltung unbedingt fortsetzen. Vielleicht schaffe ich es ja, seine Anwesenheit noch ein wenig zu verlängern. »Ich muss eindeutig mehr darüber lernen.«

Theo sieht wieder zu meiner Staffelei hinüber. »Ich wage es ja fast nicht zu sagen …« Seine Wangen röten sich stark. »Denn mir ist klar, dass ich schon viele Künstler erwähnt habe, aber sie gehören nun mal zu meinem Alltag. Ich will bei Ihnen keinen Eindruck schinden, und es soll auch nicht so klingen wie ›Sehen Sie mich an, mich und meine Künstlerfreunde!‹ … aber ich habe erst letzte Woche mit Dujardin über diese Bewegung diskutiert.«

Juli 1888

Dass Theo viele Verbindungen hat und angeboten hat, mich mit Pariser Künstlern bekannt zu machen, ist großzügig und überaus freundlich von ihm.

Warum nur möchte ich tiefer in seine Beweggründe dafür vordringen? Ich vertraute auch bei Eduard darauf, dass er die Wahrheit sagte. Was war ich doch für eine Närrin! Kann ich nicht einfach akzeptieren, dass Theo Dries hilft, indem er anbietet, mich zu unterstützen? Dass er einfach nur höflich ist, ein guter Freund, ein Gentleman?

Sara Voort behauptete, sie sei mit ihm verlobt. Theo ist also nicht frei, sich zu anderen Frauen hingezogen zu fühlen.

Und doch sitze ich hier und bin irgendwie ganz aufgekratzt. Tragisch.

STILLLEBEN MIT MUSCHELN UND GARNELEN

Ich genieße gerade die erste Gabel von meinen Garnelen, Muscheln und Erbsen, als es an der Tür klingelt.

Wenige Minuten später betritt Clara das Esszimmer. »Mademoiselle Jo«, sagt sie. »Theo van Gogh ist hier, um Sie zu sprechen. Ich habe ihn in den Salon gebracht.«

Sehnsüchtig betrachte ich den Teller mit dem noch heißen Essen. »Aber Dries arbeitet noch.« Ich bin mir unsicher, ob ich einen Gast empfangen darf, wenn mein Bruder nicht zu Hause ist.

»Ich werde mit im Raum bleiben«, beruhigt mich Clara. »Das Essen kann warten.« Sie lächelt.

»Sehe ich präsentabel aus?« Ich stehe auf und vollführe eine Drehung.

»Entzückend, Mademoiselle Jo.«

Ich eile hinaus auf den Flur, doch in der Tür zum Salon halte ich noch einmal inne. Ein tiefer Atemzug, um mich zu beruhigen, gibt mir Gelegenheit, Theos attraktive Erscheinung zu bewundern. Er sitzt, über meine Ausgabe von *Aurora Leigh* gebeugt, auf Andries' *confidante*, und das roséfarbene Polster bildet einen schönen Farbklang mit seinem roten Haar. Sein Schnauzbart ist eindeutig geölt und gebürstet, und diese Sommersprossen sind einfach hinreißend.

»Monsieur van Gogh.« Theo richtet sich hastig auf, wobei sein Zylinder zu Boden rutscht. Ich lächele. »Welch unerwartetes Vergnügen«, sage ich und gehe auf ihn zu. Theo ergreift meine ausgestreckte Hand. Dieses Mal ist seine Handfläche feucht, sein Händedruck weniger fest.

»Verzeihen Sie mir mein unangekündigtes Erscheinen«, sagt er. Er wirkt irgendwie angespannt, voller Sorge.

»Geht es Ihnen gut? Ist etwas mit Vincent?« Ich setze mich. »Nehmen Sie doch Platz.« Ich klopfe auf das Sofa.

Geduldig warte ich auf eine Antwort, während Theo seinen Gehrock aufknöpft und sich neben mir niederlässt. Seine Finger streichen über den Einband von *Aurora Leigh*, dessen Ränder meine Röcke und Theos Hosenbeine berühren. Clara taucht auf, um seinen Hut vom Fußboden aufzuheben, dann zieht sie sich wieder in die Nähe der Tür zurück.

»Es ging mir nie besser«, sagt er. Er hebt den Kopf, und als er lächelt, verändert sich sein ganzes Gesicht. Sein Strahlen ist ansteckend.

»Haben Sie schon mal etwas von Elizabeth Barrett Browning gelesen?«, frage ich und deute auf mein Buch. Theo schüttelt den Kopf.

»Dieses hier muss ich einfach immer und immer wieder lesen«, gestehe ich. »Es bringt Klarheit in so viele Unsicherheiten und Fragen, die mich in letzter Zeit hier plagen.« Ich deute auf meinen Kopf.

»Erzählen Sie mehr.« Er beugt sich kaum merklich zu mir herüber.

»Natürlich ist das vereinfacht gesprochen«, sage ich lächelnd. »Hinterher habe ich das Gefühl, dass Kunst wahrhaft wunderbar ist, aber sie doch nie die Leere füllen kann, in der die Liebe wohnen sollte.«

Ich warte auf eine Erwiderung von Theo, doch statt etwas zu sagen, sieht er mir direkt in die Augen. Die Intensität seines Blicks überwältigt mich. Ich blinzele als Erste.

»Ich habe noch nie jemanden wie Sie getroffen«, sagt er. »Immer wieder frage ich mich, welche Ihrer Gedanken eine Unterhaltung zwischen uns beiden inspirieren könnten, und ob meine es wert sind, dasselbe in Ihnen zu wecken.«

Ich weiß nicht genau, weshalb ich lache. Vielleicht um diese seltsame Energie zu zerstreuen, die zwischen uns und in mir zu kribbeln scheint.

»Ich bin wirklich nicht so interessant.« Ich falte die Hände im Schoß, und dieses Mal ist es Theo, der lacht. Ich mag, wie es klingt. »Ich habe jahrelang vor allem für meine Bücher und mein Studium gelebt. Das Unterrichten wurde zu meiner Welt, dann Eduard.« Ich halte kurz inne und kann nicht verhindern, dass ich schon wieder rot werde.

»Johanna.« Theo beugt sich vor und legt seine Hand auf meine. »Wir alle machen Fehler.«

»Es tut mir leid, ich rede zu viel.« Ich betrachte unsere Hände und blicke dann hoch in sein Gesicht. Er schüttelt den Kopf. »Doch nichts von alledem« – ich ziehe meine Hände unter seiner schützenden hervor und mache eine Geste, die den Salon meines Bruders umfasst –, »weder Kunst noch schöne Gegenstände, nicht einmal ein Roman, nichts …« Ich breche ab, aber Theo bedeutet mir fortzufahren. »Nichts nimmt mir das Gefühl der Einsamkeit, das dort neben der erneuten Sehnsucht weilt, geliebt zu werden und ganz und gar zu lieben.«

»Was das angeht …« Ich sehe, wie sich nun auch seine Wangen dunkelrot färben.

»Es tut mir leid«, entschuldige ich mich und wünsche mir, die *confidante* würde mich am Stück verschlucken. »Ich wollte Sie nicht in Verlegenheit bringen. Ich habe mich selbst einen Moment lang in *Aurora Leigh* verloren, und Sie mussten mein Gerede ertragen, wo Sie doch nur meinen Bruder treffen wollten. Er wird bald zurück…«

»Nein, liebe Johanna. Ganz im Gegenteil.« Diesmal nimmt er meine Hand fest in seine. Unsere Finger verschränken sich ineinander, als hätten sie nie etwas anderes getan. Ich leiste keinen Widerstand. Unwillkürlich muss ich an Eduard und seine …

»Ich finde, wir sollten heiraten«, sagt er.

»Wie bitte?« Ich entziehe ihm meine Hand und springe auf. Hilfe suchend sehe ich Clara an, doch sie steht neben der geöffneten Tür, den Blick fest auf den gefliesten Fußboden gerichtet.

»Ich möchte, dass Sie meine Frau werden.« Er steht nun ebenfalls auf. Wieder greift er nach meinen Händen.

Ich trete jedoch einen Schritt zurück. »Ihre Frau?«

»Sie werden mich glücklich machen«, sagt er und kommt auf mich zu.

»*Ich* werde *Sie* glücklich machen?« Ich wiederhole die Worte, um Zeit zu gewinnen und um eine passende Erwiderung zu formulieren. Ich muss erst begreifen, was da gerade passiert. »Theo«, sage ich etwas lahm.

»Ja.« Ich höre die Erwartung in diesem einen Wort.

»Sie haben mich erst ein einziges Mal getroffen.« Er wartet. »Sie können doch nicht Ihr ganzes Glück in meine Hände legen.« Ich wedele in der Luft herum, um zu unterstreichen, was er da Ungeheures sagt. »Wir wissen so wenig voneinander.«

»Ich weiß, dass ich dich liebe.« Nun lässt er die Schultern hängen, und ich kann förmlich zusehen, wie ihm das Selbstbewusstsein abhandenkommt. »Wir hatten doch sofort diese Verbindung«, sagt er. »Du hast es doch auch gefühlt, oder?«

»Das ist völlig irrelevant«, entgegne ich. »Wir wissen … wir wissen zu wenig voneinander.«

»Aber ich kann dir ein reiches Leben versprechen, voller Abwechslung, die deinen wunderbaren Geist anregen wird. Wir würden von Menschen umgeben sein, die uns wohlgesinnt sind, die unser Glück vergrößern wollen.«

Ich schüttele den Kopf.

»Wir könnten zusammen arbeiten, einen guten Zweck finden, etwas, wofür es sich lohnt, sich einzusetzen«, fährt er unbeirrt fort.

Warum hört er nicht, wie lächerlich er sich macht? Warum sieht er nicht, dass der Zeitpunkt denkbar schlecht ist?

»Empfindest du denn nichts für mich?« Ich spüre, wie seine Augen mein Gesicht nach einem Hinweis absuchen: Hoffnung, Beschwichtigung, vielleicht sogar Bestätigung.

»Ich weiß nicht, was ich fühle.« Meine Beine zittern, sodass ich mich wieder setzen muss.

Mit gerunzelter Stirn neigt er den Kopf zur Seite. »Bist du etwa immer noch in *ihn* verliebt?«

»Es ist nicht einmal drei Wochen her, seit ich mit Eduard überrascht wurde«, sage ich. »Ich weiß nicht, ob ich ihn noch liebe, aber ich weiß mit Sicherheit …«

»Du hast mir das Gefühl gegeben, dass du interessiert bist.«

»Ich habe dir überhaupt keine Gefühle gegeben!« Ich funkele ihn böse an. »Es ist einfach noch zu früh.«

Seit ich zu meinem Bruder nach Paris gekommen bin, fühle ich mich zum ersten Mal richtig lebendig, und ich weigere mich, das für einen Mann aufzugeben, den ich erst ein Mal getroffen habe. Einen Mann, der seine Liebe erklärt, ohne auch nur einen einzigen Gedanken daran zu verschwenden, was ich möchte. Ich brauche Zeit, sowohl um zu heilen als auch um herauszufinden, wonach ich mich in meinem Leben am meisten sehne.

Seine Miene wird höhnisch, wodurch er mehr Vincent gleicht als sich selbst.

»Du hörst mir gar nicht zu«, flüstere ich.

»Du sagtest, du brauchst die Liebe eines Mannes.« Als würde das beweisen, dass er recht hat.

»Du denkst nur an dein eigenes Glück.«

»Bonger stimmt mir zu, dass ich dich glücklich machen würde, und …«

Genug. »Ich werde dich nicht heiraten«, sage ich laut, denn ich habe meine Stimme wiedergefunden. Auf einmal fällt mir Sara Voort ein. »Was ist überhaupt mit Sara? Bist du nicht bereits verlobt?«

Er schiebt die Hände in die Hosentaschen. »Wir haben uns ein paar Monate lang Briefe geschrieben«, antwortet er. Ich höre Ärger, vielleicht sogar Bitterkeit in seinem Tonfall. »Vielleicht habe ich mal eine zukünftige Verbindung erwähnt«, sagt er. »Doch das war ganz am Anfang. Als die Dinge neu und …«

»So wie hier jetzt?«, hake ich nach und weigere mich, den Blick von seinem Gesicht abzuwenden. Er wiederum weicht mir um jeden Preis aus.

Gleichen sich Eduard und Theo? Bin ich dazu bestimmt, Spielzeug unehrlicher Männer zu sein?

»Macht es dir Spaß, Frauen zu fragen, ob sie dich heiraten wollen? Ist das ein grausamer Sport für dich? Mit Gefühlen zu spielen? Möglichst viele Herzen zu brechen?«

»Sara hat sich anderweitig orientiert.« Seine Worte sind scharf wie der Biss eines Krokodils. »Sie und Vincent sind …«

»Ich will nichts davon hören. Frauen sind kein Spielzeug, das man herumreicht und sich darüber lustig macht.«

»Ich bin nicht er.« Die Worte haben einen vertraut strengen Klang, wie Eltern, die ein ungehorsames Kind schelten. »Ich bin nicht Eduard Stumpff.«

An dieser Stelle erhebe ich mich wieder von der *confidante*. »Ich möchte, dass du jetzt gehst. Auf mich warten Garnelen, Muscheln und Erbsen.«

»Mademoiselle Bonger, ich bitte um Verzeihung.« Mit geröteten Wangen eilt er auf die Tür zu, den Blick fest auf den Boden gerichtet. »Ich habe Ihre Signale falsch gedeutet. Ich werde Sie nie wieder belästigen.«

Juli 1888

Aber ich will, dass er mich wieder belästigt.

STILLLEBEN MIT ROTKOHL UND ZWIEBELN

Gerade mal neun Uhr morgens, und es ist bereits sehr warm. Die Vorhänge sind zurückgezogen, die Fensterläden aufgeklappt und das Erkerfenster einen Spalt geöffnet. Unterhaltungen auf Französisch plätschern herein, während die Menschen über die Pflastersteine der Rue Victor spazieren. Glockenhelles Lachen, jemand singt in einem der oberen Stockwerke, Rufe nach einer *maman* – dieses Gefühl, in einer großen Stadt nie allein zu sein, verursacht ein freudiges Kribbeln in meinem Bauch.

Ich sitze seitlich auf der *confidante*, die Stiefel aufs Polster gelegt. Der schwere Stoff meines Stufenrocks bauscht sich um meine Oberschenkel, während ich mich in halb liegender Position an einer lockeren Skizze meiner Beine versuche. Mama hat mein Gepäck aus Utrecht immer noch nicht geschickt, aber Andries hat mich begeistert nach Pariser Mode komplett neu eingekleidet: flachere Turnüren (die meiner Silhouette eine S-Form verleihen), Überröcke, die nach oben schwingen (manchmal so hoch, dass der Unterrock sichtbar wird und ich darüber schmunzeln muss, weil Mama sicher entsetzt wäre), enge Leibchen (mit schmalen Ärmeln und hohem Kragen). Meine Garderobe ist voller leuchtender Blautöne und Grün und Rot, mit Besätzen und aufwendigen Perlenverzierungen als Kontrast. Heute ziert ein ornamentales Chrysanthemenmuster meine Röcke. Mit jedem Tag, den ich hier bin, fühle ich mich ein bisschen mehr als Pariserin und sehe auch so aus. Manchmal habe ich das Gefühl, als ströme mir die Freude aus jeder Pore. Ich rieche förmlich nach Glück.

»Dir ist schon klar, dass ich nicht deine Magd bin«, erklärt Andries beim Betreten des Salons. Ich blicke auf und sehe, dass er lächelt. Er ist nicht sauer auf mich.

Ich lege mein Skizzenbuch und den Bleistift beiseite, schiebe meinen Rock nach unten und versuche, mich elegant aus meiner Schräglage aufzurappeln. Was mir nicht gelingt. Anmut war noch nie meine Stärke. Mein Bruder wedelt mit zwei Umschlägen vor den wilden Locken herum, die sich aus meiner Frisur gelöst haben, und reicht mir dann die Post.

»Ich hab dir doch gesagt, er wird sich wieder melden.«

»Theo?« Leider gelingt es mir nicht, gleichgültig zu klingen.

Mein Bruder nickt grinsend. »Nur drei Tage Schmollen. Ich glaube fast, seine übertriebene Zuneigung könnte tatsächlich echt sein.«

Mit hochgezogenen Augenbrauen sehe ich ihn an, kann aber ein Lächeln auch nicht unterdrücken.

»Theo ist es nicht gewöhnt, abgewiesen zu werden«, meint Andries. »Er ist der begehrteste Mann, den ich kenne. Die Frauen stehen förmlich vor seinem Appartement Schlange, um einen Blick auf ihn zu erhaschen.«

Lachend schlage ich mit den Briefumschlägen nach ihm.

Andries hat am Tag nach unserer Begegnung mit Theo gesprochen. Ihm erklärt, dass ich mich erst von Eduards Grausamkeit erholen müsse und dass »geduldige Unterstützung« die beste Vorgehensweise sei. So konnte mein Bruder im Lauf der vergangenen drei Tage meine Sorge wegen des unerwarteten Heiratsantrags zerstreuen. Außerdem hat er großen Spaß daran, mich mit Theo aufziehen.

»Ich konnte doch zu einer solchen Liebeserklärung nicht Ja sagen«, beharre ich. »Nicht nach einem einzigen Treffen.« *Nicht, wenn ich noch Gefühle für Eduard habe*. Dieser Satz bleibt allerdings unausgesprochen.

Andries zuckt mit den Schultern. »Vielleicht«, sagt er. »Du schaust dir die nächste Woche über noch ein paar Pariser Sehenswürdigkeiten an, und dann können wir den Vorschlag neu bewerten.«

»Aber …«

»Da ist auch noch ein Brief von Vincent.«

Er beugt sich über die Lehne der *confidante*. Ich betrachte die gelben Umschläge und sehe auf beiden meinen Namen mit Andries' Adresse darunter. Ein Umschlag ist groß und makellos, der andere mit Zeichenkohle-Fingerabdrücken und gelben Farbspritzern übersät.

»Ich habe den Fehler gemacht, Mama gegenüber die van-Gogh-Brüder zu erwähnen. In der heutigen Korrespondenz habe ich einen ordentlichen Vortrag über Vincents ungezügeltes Verhalten bekommen«, berichte ich. »Offenbar ist sein Ruf bis Amsterdam vorgedrungen …« Aufmerksam beobachte ich Andries' Reaktion. Ich hege keinen Zweifel daran, dass er Mama gewisse Geschichten erzählt hat, und es interessiert mich, was genau er ihr berichtet hat.

»Und das hat dein Interesse an ihm geweckt?«, neckt er mich.

»Absolut nicht.« Ich fächele mir mit der Post Luft zu.

Ich habe keinerlei Interesse an dieser unangenehmen Person, und man sollte meinen, die Gebrüder van Gogh seien mein kleinstes Problem. Mamas Brief ist allerdings besorgniserregend. Sie hat meine Rückkehr nach Hause für Ende August angeordnet. Sie schreibt, eine »aufregende Überraschung« warte auf mich, und allein schon der Gedanke daran lastet schwer auf meinen Schultern. Mamas Vorstellung von etwas Aufregendem wäre zum Beispiel, dass ich ausgewählt wurde, nach dem Gottesdienst die Gesangbücher einzusammeln. Wenn ich dann noch für die Klingelbeutel verantwortlich wäre, würde Mama vermutlich vor Freude explodieren. Es ist traurig, aber ich glaube, ich habe sie im Zusammenhang mit mir noch nie glücklich gesehen. Trotzdem versuche ich, mich an der winzigen Hoffnung festzuhalten, die Überraschung könnte eine »Grand Tour«, eine Studienreise, sein, womöglich sogar noch mit einem großzügigen Stipendium, doch das ist höchst unwahrscheinlich. Mama glaubt, das »fremde Wasser«, das ich während meiner Studienzeit in England getrunken habe, sei für meine »unangemessene Liaison« mit Eduard verantwortlich. An meinem zweiten Tag hier schrieb sie mir sogar, es sei mir »verboten«, während meines Aufenthalts Wasser irgendwelcher Art zu trinken. Ohne es darauf anzulegen, habe ich offenbar all das perfektioniert, was Mama an modernen Frauen hasst. Manchmal wünsche ich mir immer noch, sie würde mich mögen.

Ich lege Theos Brief neben mich aufs Sofa, reiße zuerst den farbverschmierten Umschlag auf und lese laut vor.

Liebste Johanna,

ich sehne mich danach, Sie wiederzusehen. Wie ich höre, haben Sie den Heiratsantrag meines Bruders abgewiesen. Üblicherweise wenden alle früheren Angebeteten meines Bruders ihre Aufmerksamkeit danach mir zu, und ich freue mich darauf, Sie besser kennenzulernen.

Anbei eine kleine Skizze von Ihnen, an der ich mich versucht habe. Noch beherrsche ich Gauguins Malen aus dem Gedächtnis noch nicht ganz, und ich kann nur darauf vertrauen, dass die Ähnlichkeit Sie nicht brüskiert.

Ich werde heute vielleicht noch bei Ihnen vorbeischauen.
Tout à toi
Vincent

»Wovon redet er?«, frage ich verwirrt.

Schulterzuckend wendet mein Bruder den Blick ab. Er ist ein miserabler Lügner.

»Dries …«

Er seufzt. »Als die Beziehung mit Sara ins Stocken kam, wollte Theo ein schnelles und klares Ende dieser Verbindung«, erklärt er. »Doch er machte sich Sorgen wegen Saras Geisteszustands und wie sie auf seine Zurückweisung reagieren würde.«

Ich runzele die Stirn. Mir gefällt ganz und gar nicht, wie sich diese Unterhaltung entwickelt, aber ich nicke meinem Bruder auffordernd zu.

»Vincent hat eingewilligt, sie zu übernehmen.«

»Er hat was?«

»Der Plan war, dass Vincent sie von Theo ablenkt. So machen die beiden das. Viele Frauen finden Theo attraktiv, und wenn er beschließt, dass sie nichts für ihn sind, ist Vincent zur Stelle. Das hat schon viele Male funktioniert, dauert üblicherweise etwa einen Monat ...«

»Das ist barbarisch«, sage ich fassungslos.

»Dieses Mal hat es auch funktioniert, aber Theos Antrag ...«

Ich schüttele den Kopf – die van-Gogh-Brüder sorgen für nichts als Chaos –, während ich das Blatt Papier mit Vincents Skizze auffalte.

»Oh, Dries, sieh nur.«

Es ist eine Tuschezeichnung, ein ganzes Blatt gefüllt mit Tausenden von Strichen in unterschiedlicher Länge und Dicke, die zusammen mein Porträt ergeben. Schraffuren zeigen die Form meines Gesichts, und zarte Linien erschaffen Schatten unter und zwischen meine Augen. Es ist das erste Werk von Vincent van Gogh, das ich sehe, und es überrumpelt mich völlig. Es ist gleichzeitig schön und schmeichelhaft. Kein Ton von Vincent seit jenem Besuch, bei dem er nur unverschämte, kritische und abwertende Bemerkungen gemacht hat, und nun das hier. Warum hat er mich so genau studiert? Hat meine Zurückweisung Theos mich plötzlich für ihn begehrenswert gemacht?

»Er hat viel Talent«, sage ich. Sein Können fasziniert und verwirrt mich gleichermaßen.

Andries beugt sich über meine Schulter. »Sieh dir die zusätzlichen Linien hier an.« Er drückt den Finger auf die Zeichnung, sodass ich sie sicherheitshalber aus seiner Reichweite entferne. »Deine knubbelige Nase hat ihm Schwierigkeiten bereitet.«

Automatisch fasse ich mir an die Nasenspitze, und mein Bruder lacht.

»Es ist wunderbar.« Ich falte das Bild und den Brief zusammen, schiebe beides zurück in den Umschlag und diesen in mein

Skizzenbuch. Ich werde mir beides später noch einmal in Ruhe ansehen, zusammen mit Clara, wenn Andries keine dummen Bemerkungen machen kann. Vielleicht weiß sie Rat und hat eine Erklärung für das plötzliche Interesse dieses Mannes an mir.

»Meinst du, es besteht Hoffnung für Vincents Kunst?«, will ich von meinem Bruder wissen. »Ich würde zu gerne seine Gemälde sehen.«

»Er bekommt durchaus Anerkennung. Theo glaubt fest an ihn und arbeitet hart daran, dass Vincents Werke in die Hände der richtigen Leute kommen.«

Ich lache. »Aber Vincent hat doch mit seinem Können sicherlich auch Anteil daran?«

»Er hat einige schöne Sachen gemacht. Seine Blumenbilder sind nicht ohne. Ich bin immer ehrlich zu ihm«, meint Andries. Sein Mund verzieht sich unterm Schnauzbart zu einem Lächeln.

Ich versetze ihm mit meinem Skizzenbuch einen Klaps auf den Arm. »Du kritisierst Vincent, obwohl du selbst nicht mal ein Strichmännchen malen kannst.«

»Konstruktive Kritik«, sagt mein Bruder lachend und reibt sich übertrieben den Arm. »Ist das nicht die Art, wie wir alle lernen? Willst du selbst nicht auch auf diese Weise lernen?«

Das stimmt, doch Andries kritisiert nie meine Kunst. Ich wünschte, er würde es tun. Wenn er kritischer wäre, würde ich mich vielleicht mehr wie eine angehende Künstlerin fühlen als wie ein kleines Mädchen, zu dem sein Bruder nett sein will.

»Mama würde nie erlauben, dass du diese Skizze behältst.« Andries deutet mit dem Kopf auf mein Skizzenbuch. »Eine skandalöse Verbindung, würde sie schimpfen.«

»In ihrem Brief schreibt sie, dass *jegliche Verbindung mit Vincent van Gogh neuerlich Schande und unerwünschte Aufmerksamkeit auf unsere Familie lenken würde*«, ahme ich Mamas Stimme nach. »Sie meint, ich hätte ihr *bereits genug Kummer für ein ganzes Leben bereitet.*« Ich halte inne und betrachte Andries. Er weicht meinem Blick aus. »Ich vermute, du hast ihr erzählt, dass ich Theo abgewiesen habe?«

Mein Bruder nickt. »Sie meint, dass du zuerst heiraten sollst und dann schauen, ob es dir passt.«

»Dass du mein Liebesleben mit Mama besprichst, finde ich ungeheuerlich. Sag mir endlich, was hier wirklich los ist!«

Er zuckt mit den Schultern. »Mama hat Angst, dass dich keiner mehr haben will.«

Ich warte, doch Andries fügt dieser Aussage nichts hinzu, was ihm gar nicht ähnlich sieht. Dabei gibt es noch so viel zu sagen. Immerhin nimmt er neben mir auf der *confidante* Platz.

»Mama hat …«, setzt er an, mit tieferer Stimme als sonst. »Also, du darfst dich jetzt nicht aufregen«, fährt er fort, was mich natürlich sofort in Panik ausbrechen lässt.

DÄMMERUNG, VOR DEM STURM: MONTMARTRE

Ich springe auf und tigere auf dem Empire-Aubusson-Teppich auf und ab.

»Wie bitte? Sie hat dir …«

»Sie hat mir die Aufgabe aufgebürdet, vor Ende des Sommers einen Ehemann für dich zu finden.«

»Innerhalb von sieben Wochen?« Ich kann es nicht fassen. Andries nickt.

»Wann wurde das besprochen?«

»Vor etwa über zwei Wochen.«

Ich rechne kurz nach. »Als du angefangen hast, sämtliche heiratsfähigen Männer in Paris in dein Appartement einzuladen?«

»Ja.«

Er weigert sich, mich anzusehen. Am liebsten würde ich ihn schütteln, bis all die Worte und Pläne, die er mit Mama ausgetauscht und geschmiedet hat, herausfallen.

»Und du hast eingewilligt? Hattest du nicht das Gefühl, dass meine Meinung in dieser Angelegenheit von Wichtigkeit sein könnte?« Ich schreie fast. »Dann waren diese ganzen öden Treffen wegen Mama?«

»Was wäre dir denn lieber? Dass sie dir einen passenden Mann sucht?«, fragt er. »Ich hatte die Wahl: entweder das, oder du musst sofort nach Amsterdam zurück.«

Das ergibt Sinn. Ich lasse mich wieder aufs Sofa plumpsen.

»Ich dachte wirklich, Theo wäre perfekt für dich«, sagt Andries. »Wenn er nur nicht so … so ungeduldig gewesen wäre.«

Ich greife nach der Hand meines Bruders. »Durch deine Liebe, deine Unterstützung, durch all die Zeit für Bücher und Kunst werden die Gedanken an Eduard verdrängt. Ich fange gerade erst an, mich zu fragen, wer ich eigentlich bin und was ich werden könnte. Weshalb willst du mich da in eine Ehe drängen?«

Andries lässt sich mit seiner Antwort einen Moment Zeit. »Weil ... weil Mama fast recht hat«, sagt er schließlich. Abwehrend hebt er die Hände. »In deinem Alter weiterhin unverheiratet zu bleiben wird dir das Leben auf längere Sicht hin erschweren. Du wirst hässlich werden. Auch das ist unausweichlich, Jo. Du hast kaum eine Wahl.«

»Es gibt immer eine Wahl«, widerspreche ich. Mein Ausatmen klingt wie ein Schnauben.

»Mama ist erpicht darauf, dass du keinen weiteren Skandal verursachst. Sie glaubt, du hättest *genug Zeit gehabt, dir alle Flausen von Freiheit aus dem Kopf zu schlagen*. Dass dieses Debakel mit Stumpff der Beweis dafür war, dass du nicht in der Lage bist ...« Wieder hält er inne.

»Sag mir die Wahrheit.«

»Mama hat bereits jemanden für dich gefunden.«

Nun wird mir alles klar. »Ist das ihre Überraschung? Der Grund, weshalb ich im August wieder zu Hause sein soll?«

Andries nickt. »Er ist reich, aber ...« Angeekelt verzieht er das Gesicht. »Sehr alt.«

»Wer ist es?« Ich zittere am ganzen Körper, bekomme kaum die Worte heraus.

»Erinnerst du dich an Pas Freund Dr. Janssen?«

»Der alte Mann mit dem Spanferkelgesicht und dem passenden dicken Bauch dazu? War der nicht schon verheiratet?« Ich kann die aufsteigende Panik kaum unterdrücken. Hektisch versuche ich, meine schweißfeuchten Handflächen am Rock abzutrocknen. *Das ist alles nur ein furchtbarer Traum.* Ich kann nicht fassen, dass meine Eltern *ihn* für einen idealen Ehemann für mich halten.

»Er ist fast siebzig und Witwer. Mama findet, er wäre ein passender Gefährte, und Pa hat die Verhandlungen aufgenommen.«

»Die Verhandlungen aufgenommen«, wiederhole ich.

»Im September wird die Verlobung bekannt gegeben.«

»Auf meinen Kopf ist ein Preis ausgesetzt«, sage ich, doch es ist kaum mehr als ein Flüstern.

»Deshalb habe ich mich eingeschaltet. Ursprünglich wollte Mama, dass du sofort nach Hause zurückkehrst. Sie weiß, dass ich ihre Wahl nicht gutheiße, und hat mir bis Ende des Sommers Zeit gegeben, eine Alternative zu finden. Ich ertrage den Gedanken nicht, dass du an so einen uralten Langweiler gekettet bist. Du würdest schrecklich leiden, und du hast etwas Besseres verdient ... Deshalb habe ich versucht, hier jemanden für dich zu finden – in der Hoffnung, dass du dich verliebst und damit gerettet ...«

»Ich brauche keine Rettung«, falle ich ihm ins Wort, klinge aber selbst für meine eigenen Ohren wenig überzeugend.

»Ich bin auf deiner Seite«, sagt er, und wir lächeln beide etwas müde. Ich bin mit der Situation völlig überfordert und habe Angst.

»Lass mich mit meinen Einladungen hier in Paris weitermachen.« Sein Tonfall ist beschwichtigend – er versucht, meine Panik zu dämpfen. »Und ich habe gesagt, wir können in einer Woche noch mal über Theos Angebot nachdenken.« Ich will etwas erwidern, doch Andries hebt die Hand. »Es gibt einige Männer, die gute Ehegatten abgeben würden. Viele von ihnen würden dich sogar mit deinen Kunststudien fortfahren lassen. Zumindest bis du Kinder hast.«

»Aber ich will keinen Ehemann. Das mit Eduard ist noch so frisch. Ich bin noch nicht so weit.«

Andries tritt einen Schritt näher, sodass ich mich an ihn lehnen kann.

»Ich habe den Aufschub bis Ende des Sommers herausgehandelt, um jemand Passendes zu finden. Wenn mir das nicht gelingt ...« Er braucht den Satz nicht zu beenden.

Ich verkörpere all das, was Mama und meine Schwestern auf gar keinen Fall gutheißen. Es gab mal eine Zeit, da habe ich mich mehr angestrengt, ihren Vorstellungen zu entsprechen, aber ich bin immer wieder gescheitert, und das hat mich erschöpft. An Mamas Maßstäben gemessen werde ich nie gut genug sein.

Das Leben hier in Paris aber bietet mir die Freiheit, zu sein, wer immer ich sein will. Ich will hierbleiben. Unbedingt. Je länger ich mich von Mama fernhalte, desto weniger laufe ich Gefahr, doch noch einzuknicken und so zu werden wie sie. Ich habe nie gesagt, dass ich nicht heiraten will – ich brauche schlicht und einfach mehr Zeit, um mich von Eduards Verrat zu erholen – und auch um ihn nicht länger zu vermissen. Und um herauszufinden, wer ich wirklich bin. Andries ist älter als ich, und trotzdem drängt ihn niemand zum Altar und ins eheliche Bett. Montmartre verspricht Raum, um unkonventionell, frei und künstlerisch zu sein. Hier gibt es keine Eile, was das Heiraten angeht.

Leider scheint das für mich nicht zu gelten. Heute wurde einen Gang hochgeschaltet. Jetzt drehen sich die Rädchen schneller.

Ich trete ans offene Fenster, um der Sonne mein Gesicht entgegenzustrecken. Dann blicke ich hinab zur *porte cochère*. Dort steht Clara und unterhält sich mit jemandem, den ich nicht sehen kann. Vielleicht der Concierge. Ich beobachte, wie sie innehält, sich den Schweiß von der Stirn wischt und ihre Haube zurechtrückt. Über ihrem schwarzen Kleid trägt sie eine gestärkte weiße Schürze, die sie immer sofort ablegt, falls ein Besucher auftaucht.

Ich wende mich an meinen Bruder. »Gib mir doch bitte Theos Brief.«

Andries murmelt etwas davon, dass er immer noch keine Magd sei, doch er reicht mir erneut das Kuvert. Dann zieht er mich in seine Arme, küsst mich auf den Scheitel und setzt sich aufs Sofa. Ich öffne den Umschlag, in dem sich ein in braunes Papier eingeschlagener Gegenstand befindet. Als ich ihn auspacke, erscheint ein glänzender Farbspachtel. Unwillkürlich muss ich lächeln. Ich lese seinen Brief laut vor.

Liebe Mademoiselle Bonger,

bitte verzeihen Sie mir meine Anmaßung bei unserem letzten Treffen. Ich weiß, ich habe geschworen, Sie nicht mehr zu belästigen, doch das war ganz eindeutig eine lächerliche

Behauptung. Wie versprochen lege ich Ihnen einen Spachtel bei, damit Sie ungehindert ins Impasto eintauchen können.

Dank Bongers ausführlicher Erklärung, was Sie zum Thema Eduard Stumpff auszudrücken versuchten, verstehe ich nun, dass Sie sich von einer grausamen Liaison erholen müssen. Ich kann mich für meine Ungeduld nicht genug entschuldigen.

Bitte, geben Sie mir Gelegenheit, mich Ihrer Liebe und Zuneigung würdig zu erweisen. Darf ich es wagen anzunehmen, dass ich die Hoffnung noch nicht ganz aufgeben muss? Lassen Sie uns zuerst Freunde werden. Lernen wir uns gegenseitig besser kennen und lassen wir den Herzensangelegenheiten ihren natürlichen Lauf, wenn sich das Ihre von vergangenen Begegnungen befreit hat.

Wenn Sie nichts dagegen haben, auf diese Nachricht zu antworten, erlauben Sie mir bitte, Sie wieder zu besuchen.

Die Zeit vergeht so langsam beim Warten!
Alles Gute für Sie
Theo

»Er ist zweifellos … wortgewandt?« Mein Bruder runzelt nachdenklich die Stirn. »Aber er ist eindeutig weiterhin an Heirat interessiert. Und je länger du ihn kennst, umso mehr wirst du ihn mögen, Jo. Sein Sinn für Familie passt zu unserem.«

»Und er hat auf dich gehört«, sage ich, woraufhin Andries nickt. »Andererseits könnte ich ihm auch schnell langweilig werden, und dann reicht er mich an seinen Bruder weiter.«

Nervosität kribbelt auf einmal in meinem Bauch. Was, wenn ich anfange, ihn zu begehren? Was, wenn ich mir erlaube, Theo zu mögen, und er beschließt, dass er genug von mir hat? Eduard hat mich völlig zerstört, mich belogen und betrogen – wie kann ich darauf vertrauen, dass Theo das nicht eines Tages ebenfalls tut? Dr. Janssen *würde* mir wenigstens nicht das Herz brechen, und im Augenblick scheint mir das reizvoller als weitere Verzweiflung.

Ich lese den Brief noch einmal. »Ich habe weder in meinem Kopf noch in meinem Herzen Platz, um zu wissen, was ich für Theo van Gogh empfinde.«

Andries seufzt. »Ich gebe zu, er ist ein bisschen …«

»Anstrengend?«, schlage ich vor. Lachend erhebt sich mein Bruder vom Sofa und kommt auf mich zu.

»Ich wollte eigentlich übereifrig sagen, aber ja. Der arme Mann ist wohl deinem Charme erlegen, Schwesterherz«, sagt er. »Und ich dachte schon, du besäßest gar keinen.«

GERANIE IN EINEM BLUMENTOPF

Nach dem Gespräch mit Andries habe ich mich in mein Zimmer zurückgezogen, denke über Mamas »Überraschung« nach, lese immer wieder Theos Brief und wünsche mir sehnlichst, Vincent möge nicht zu Besuch kommen. Ich habe beschlossen, Krankheit vorzutäuschen, falls er plötzlich auftauchen sollte. Irgendetwas Ansteckendes wie Windpocken oder Gelbfieber. Die Fenster sind angelehnt, die Läden geöffnet, und ich knie auf der Fensterbank, damit ich den Kopf Richtung Hinterhof hinausstrecken kann. Ein leichter Wind trägt den entfernten Geruch von frisch gebackenem Brot, Tabak und Kaffee von der Küche eines Nachbarn herüber. Mein Magen verlangt knurrend nach einem frühen Mittagessen.

Die Rue Victor ist eine bezaubernde Gasse, eine Ecke weiter biegt sie in einen belebten Boulevard ein, aber hier ist es unerwartet still, und selten hört man Schritte auf dem Pflaster. Der versteckte Innenhof meines Bruders hinterm Gebäude bietet noch mehr Ruhe und Abgeschiedenheit. An den Wänden rankt Efeu empor, und in einer windgeschützten, sonnigen Ecke gedeihen in Töpfen Geranien und Flieder. Es gibt nur einen einzigen Zugang – eine Tür, die man von einem schmalen Durchgang zwischen den Häusern erreicht. Ich habe ein paarmal nachgesehen, diese Tür ist immer verschlossen. Andries fürchtet, zufällige Passanten, aber auch Leute, die er kennt, könnten sich hereinschleichen und sein geheimes Plätzchen erkunden. Gestern erst hat er mir berichtet, dass eine Nachbarin, eine gewisse Muriel Tomas aus dem dritten Stock, ihm für die gemeinsame Nutzung ein erkleckliches Sümmchen geboten hat. Er strahlte förmlich, als er erzählte, wie er ihr »großzügiges Angebot« abgelehnt hatte. Andries sagte, Paris besäße eine ganze Stadt aus verborgenen

Innenhöfen – für die Besitzer ein hochgeschätztes Gut –, und dass seiner ein »wertvolles Extra« darstelle. Es ist nicht so, dass mein Bruder nicht gerne teilt, weil er egoistisch oder verwöhnt wäre. Er sammelt vielmehr das Besondere und Schöne, weil es aus unserer Kindheit verbannt wurde. Er strebt nach Luxus, und extravagante Dinge lassen sein Herz höherschlagen. Seitdem ich hier bin, verstehe und schätze ich diesen Zug an ihm noch mehr.

Aus dem Augenwinkel nehme ich eine Bewegung wahr und beuge mich noch ein bisschen weiter aus dem Fenster. Die Tür zum Innenhof steht offen. Clara greift nach dem Geländer und blickt die siebzehn Steinstufen hinunter. Doch irgendetwas stimmt da nicht. Sie hat die schweren Vorhänge aus dem Salon um die Schultern geschlungen, und beim Gehen schleifen sie hinter ihr die Stufen hinab. Als sie unten ankommt, lässt sie die Stoffbahnen auf die unebenen Pflastersteine des Innenhofs fallen. Clara kniet sich auf die Vorhänge und hält sich vornübergebeugt den Bauch. Dann höre ich sie schluchzen.

Sofort springe ich von meinem Platz auf, eile aus dem Zimmer, aus dem Appartement hinaus durch die *porte cochère*, die schmale Gasse entlang zur Hinterhoftür.

»Bist du verletzt?«, rufe ich, während ich die Stufen hinunterrenne. Ich bin ganz außer Atem, aber Clara hat sich inzwischen wieder aufgerappelt.

Die Kirchenglocken rufen zur Messe. Im dritten Stock singt Muriel Tomas ein Lied, das ich nicht kenne. Ihre honigsüße Stimme dringt zum offenen Fenster heraus. Andries' Salonvorhänge hängen nun über der Wäscheleine im Hof. Clara steht vornübergebeugt mit einer Hand auf ihrem runden Bauch, in der anderen einen Teppichklopfer aus Bambus. Was ist nur mit ihr los? Ich bin mir nicht sicher, ob sie gekränkt, verletzt oder todunglücklich ist, oder ob das Tragen der schweren Vorhänge sie schlichtweg erschöpft hat. Die Mittagssonne ist viel zu heiß für körperliche Arbeit.

»Mademoiselle Jo«, sagt sie, richtet sich dabei zu schnell auf und muss sich an der efeubewachsenen Wand abstützen. Sie rückt ihre

Haube zurecht, bauscht die weiße Schürze auf und schiebt die Schulterträger an ihren Platz. Beim Zusehen wird mir auf einmal klar, dass sie für einen Augenblick ihre dienstliche Maske der Unbewegtheit hat fallen lassen und ihr wahres Ich gezeigt hat.

»Kann ich dir ein Glas Wasser bringen?«, frage ich, und Clara lacht. Es klingt unecht und trägt nicht dazu bei, meine Sorge zu vertreiben.

»Das ist meine Aufgabe, Mademoiselle Jo«, sagt sie. Ihr Blick huscht zu den offenen Fenstern hinauf. Sie will wissen, ob uns jemand beobachtet. Eine Schweißperle rinnt ihren Nasenrücken hinab und tropft von der Spitze. Sie wischt mit dem Handrücken darüber, und ich kann nicht umhin, die feuchten Flecken unter ihren Achseln zu bemerken.

»Es macht mir nichts aus«, versichere ich, doch sie übertönt meine Worte bereits mit dem Klopfer.

Andries hat keine anderen Angestellten, sodass alle Aufgaben im Haushalt an Clara fallen. Sie ist seine Empfangsdame, bespricht sich mit dem Concierge, kocht, bedient am Tisch, spült das Geschirr, macht die Betten, putzt die Schuhe meines Bruders, poliert sein Silber und vollbringt eine schier endlose Reihe weiterer Tätigkeiten. Ich habe Andries gesagt, er müsse mehr Personal einstellen, doch er sagte nur, laut Mama sei Clara ausreichend. Jedem Idioten wäre klar, dass sie diese Menge an Arbeit, vor allem jetzt mit meinem Besuch, nicht bewältigen kann. Selbst für zwei Dienstmädchen wäre es noch zu viel. Ich beschließe, noch einmal mit ihm zu sprechen.

Offenbar habe ich Clara während dieser Überlegungen einige Sekunden über stumm angestarrt. »Haben Sie etwas auf dem Herzen?«, unterbricht sie meine Gedanken.

»Ich wollte nur ein bisschen hier draußen sitzen …« Dann breche ich ab. Clara kennt mich besser als ich mich selbst. »Du hast zu tun«, sage ich und trete dabei von einem Fuß auf den anderen.

»Ich bin nie zu beschäftigt, um Ihnen zuzuhören, Mademoiselle Jo«, erwidert sie. »Ich werde klopfen, und Sie reden einfach geradeheraus.«

AM STADTRAND VON PARIS

Clara trat ihre Stellung bei Mama an, als ich ein Baby war. Sie war damals selbst noch ein Teenager, kümmerte sich aber mehr um mich als Mama, pflegte mich, wenn ich krank war, tröstete mich, wenn ich hingefallen war. Sie war einfach immer da.

Als Andries vor zwei Jahren nach Paris zog, hielt Mama sie für die perfekte Spionin. Doch sie hat sie unterschätzt, denn Clara weigert sich, meinen Bruder zu hintergehen, und ich bin mir ziemlich sicher, dass Mama sie nie wieder in ihren Haushalt in Amsterdam aufnehmen wird.

»Ich versuche seit einer Stunde, alle Gedanken an ihn zu verdrängen, aber …« Ich verstumme.

Sie bedeutet mir fortzufahren.

»Erinnerst du dich an Pas Freund, Dr. Janssen?«, frage ich.

»Der Witwer.« Clara fängt an, die Vorhänge in einer Art zu bearbeiten, dass Staubwolken aufwirbeln. Rasch trete ich ein Stück zur Seite.

»Dieser alte, schweinsgesichtige Kerl«, sage ich. »Tja, Trommelwirbel!« Ich reiße die Arme hoch wie zum Jubeln. »Den soll ich heiraten.«

Clara erwidert nichts, sondern schlägt noch einmal auf die Vorhänge, und noch einmal, jetzt jedoch mit viel weniger Kraft.

»Du wusstest davon?« Sie nickt.

»Ihr Bruder hat womöglich mal was in dieser Art erwähnt …«

»Warum bin ich eigentlich die Letzte, die davon erfährt?« Am liebsten würde ich mich auf die Erde werfen, mit den Fäusten auf den Boden trommeln und nach den Blumentöpfen treten. Was ich natürlich unterlasse. »Der Mann ist fast siebzig, und meine Eltern wollen die Verlobung Anfang September bekannt geben.« Ich halte inne, und die Stille wird von weiterem Klopfen gefüllt. »Warum denken meine Eltern, er wäre ein passender Ehemann?«

»Er ist reich«, keucht Clara. »Für Ihre Eltern ist Geld alles, was zählt.«

»Dries will, dass ich einen der Herren auf seiner Liste heirate. Wenn es nach ihm geht, soll ich mich zurücklehnen und tun, was von mir erwartet wird. Kannst du dir das vorstellen?«

»Lieber nicht.« Claras volle Lippen verziehen sich zu einem Lächeln. Ich muss lachen. Dann wendet sie sich wieder ihrer Arbeit zu. »Besser, Sie hören auf, wie eine verwöhnte Göre zu klingen.« Sie hält inne, und ihr Blick wandert wieder zu den geöffneten Fenstern hinauf. »Ihr Bruder hat Ihnen Männer vorgestellt, die weder fett noch alt sind. Er will das Beste für Sie, Mademoiselle Jo.«

»Aber ich will nicht heiraten! Nicht in diesem Sommer. Nicht, bevor ich aufgehört habe, Eduard zu lieben«, widerspreche ich. »Das verstehst du doch, oder? Du bist fast vierzig und kommst wunderbar ohne Ehemann klar.«

»Das perfekte Leben anderer Leute ist nicht immer das, was es zu sein scheint. Wir bekommen selten, wovon wir träumen. Das, von dem wir annehmen, wir hätten es verdient.« Es liegt etwas Trauriges in ihrem Tonfall. Über Liebe haben wir uns eigentlich nie unterhalten. Als ich noch in Amsterdam war, hatte ich kein Interesse an Männern, und Clara selbst hat nie erwähnt, dass sie jemanden gefunden hätte.

»Warst du schon mal verliebt?«

»Ein Mal«, antwortet sie. Dann nach kurzer Pause: »Hat mir gereicht.«

»Und wer war er?«, hake ich nach, doch sie schüttelt den Kopf. Ich weiß nicht, ob die Erinnerung zu schmerzhaft ist oder ob sie es irgendwie unangemessen findet, ihr Privatleben mit mir zu diskutieren. Ich wünschte jedoch, sie würde es tun.

»Ich habe vor Eduard noch keinen Mann geküsst«, vertraue ich ihr in der Hoffnung an, dass auch sie mir ihre Geheimnisse erzählen wird. »Und sieh nur, was es mir gebracht hat.«

»Ist er der Einzige, den Sie je geliebt haben?«, fragt mich Clara mit hochgezogenen Augenbrauen. Sie hält mit dem Klopfen inne. Ich nicke.

»Ich habe mir sogar überlegt … du weißt schon«, sage ich, und Clara lächelt.

»Aber das haben Sie nicht?« Wieder nicke ich. »Ich hatte eine ganze Reihe romantischer Verabredungen«, sagt Clara.

»Hier in Paris? Seit ich da bin?«

Sie lacht. »Heutzutage habe ich kaum Zeit zum Schlafen, ganz zu schweigen davon zu flirten.« Mit diesen Worten nimmt sie ihre Arbeit wieder auf.

»Wer dann? Mit wem?«, dränge ich. »Erzähl mir davon.« Ich will unbedingt mehr über Claras Erfahrungen wissen. Ich muss lernen, was es heißt, eine Frau zu sein.

Doch sie antwortet nicht. Mir fällt auf, dass das vordere Ende des geflochtenen Klopfers eine feste Fläche bildet, die den Staub herauslöst, ohne den Stoff zu beschädigen. Das ist wirklich schlau gemacht. Claras Schläge haben einen langsamen Rhythmus und wenig Kraft, der Schweiß kringelt ihre schwarzen Stirnfransen zu Locken und rinnt ihre Nase hinab.

»Es gibt viel, was Sie nicht über mich wissen, Mademoiselle Jo«, sagt sie. »Bis vor ein paar Monaten habe ich sogar als Modell für eine Bildhauerin gearbeitet, weil ich mehr Geld brauchte.«

»Für Camille Claudel?«, frage ich.

Clara nickt erstaunt. »Sie kennen sie?«

»Ich habe viel von ihr gehört. Ist sie wunderbar? Meinst du, du könntest mich ihr vorstellen?«

Sie schüttelt den Kopf. »Ich habe gerne für Mademoiselle Claudel Modell gestanden, aber es wurde alles ein bisschen viel. Sie hat mich dauernd gebraucht und Ihr Bruder hier ja auch, und dann habe ich mich nicht so gut gefühlt. Erschöpfung, vermute ich. Auf zu vielen Pariser Hochzeiten getanzt.«

»Wie ist sie denn so?«

»Feurig. Und hat mehr Talent als dieser Rodin.«

»Jeden Tag etwas zu erschaffen und von anderen Künstlern

umgeben zu sein, das muss herrlich sein. Bestimmt wacht sie jeden Morgen auf und freut sich schon auf den Tag«, überlege ich. »Ich wünschte, ich hätte ihr Leben.« Ich spreche im Takt mit den Schlägen des Teppichklopfers. Clara hält inne, nimmt den Klopfer in die andere Hand und wischt sich die Handfläche an der Schürze ab. Sie ist müde und sieht zu alt aus. Und da ist noch etwas: Sie wirkt irgendwie bleich, und das Weiße ihrer Augen blitzt so seltsam.

»Oh nein«, unterbricht sie meine Beobachtung. »Wünschen Sie sich nicht Dinge herbei, von denen Sie nichts verstehen.«

Ich versuche, mir vorzustellen, was das sein könnte, doch es gelingt mir nicht. »Clara, bist du glücklich?«

Sie zögert. »Ich habe Sie und Ihren Bruder, eine gute Anstellung und wenig Bedürfnisse. Ich kann mich glücklich schätzen.«

»Alles, was ich will, ist, glücklich zu sein«, seufze ich.

Clara lacht und schüttelt den Kopf. »Mademoiselle Jo, ich kenne Sie, seit Sie so klein waren.« Sie wiegt den Teppichklopfer, als sei er ein Baby. »Und Sie haben immer nach mehr gesucht, als ihre Familie bieten konnte, nach mehr, als sich mit bloßem Glücklichsein zufriedenzugeben.«

»Ich weiß. Theo meint, wir könnten zusammenarbeiten, für einen guten Zweck, etwas Sinnvolles tun. Ich kann nicht aufhören, darüber nachzudenken.« Ich halte kurz inne. »Das gefällt mir.«

Clara steht reglos da, den Klopfer in der Hand, und ich warte. »Glauben Sie, einen Ehemann zu haben wird Sie glücklich machen?«

»Ich glaube nicht, dass eine arrangierte Ehe mit einem alten, dicken Mann mir viel Freude bringen wird …« Ich erschaudere. »Sieh dir nur Mama und Pa an.«

»Ach, Sie und Ihre Vergleiche. Wo Ihr Bruder Sie doch mit dem richtigen Mann zusammenbringen kann.«

»Er findet, Theo würde perfekt zu mir passen.«

Wieder Schweigen. Clara bedeutet mir weiterzusprechen.

»Du hast doch den Antrag gehört«, fahre ich fort. »Was, wenn ihm nur die Vorstellung gefällt, in mich verliebt zu sein. Wenn er nur das Gefühl genießt, wenn Frauen seinem Charme erliegen. Und dann, wenn es tatsächlich passiert, bekommt er Panik und macht sich aus dem Staub.« Ich seufze. »Was, wenn er das umdichtet, was zwischen ihm und der Frau vorgefallen ist, sich selbst dabei sogar noch zum Opfer macht, um sein Gewissen zu erleichtern, nachdem Vincent eingesprungen ist, um die Gefühle quasi zu übernehmen?«

»Und Sie sorgen sich, dass er genau das mit Ihnen tun wird?«, fragt Clara.

»Sara Voort ...« Ich schüttele den Kopf. »Ich weiß auch nicht, was ich glauben soll.«

»Monsieur Theo ist nicht wie dieser Eduard Stumpff.«

»Wie kannst du dir da so sicher sein?« Clara zuckt mit den Schultern. »Aber mal abgesehen davon, wer macht schon nach einem einzigen Treffen einen Heiratsantrag?«

»Und wer sagt Ja?«, meint Clara. Sie lächelt.

»Ich hatte gehofft, du würdest mir raten, was ich als N*ächstes tun soll.«*

»Das steht mir nicht zu, Mademoiselle Jo«, sagt sie. »Was soll denn als Nächstes passieren, wenn es nach *Ihnen* geht?«

Meine Antwort kommt, ohne zu zögern. »Ich würde Theo gerne näher kennenlernen, ganz freundschaftlich, und in Paris bleiben und mehr über die Kunstwelt erfahren. Nie wieder nach Amsterdam zurückmüssen und vor allem nicht in Reichweite von Dr. Janssen sein.«

Clara hört wieder auf zu klopfen. »Dann sagen Sie das Ihrem Bruder und Monsieur Theo.« Aufrecht und reglos steht sie da, den Klopfer in der rechten Hand. Sie betrachtet kopfschüttelnd ihre Schürze. »Ich bin ja ganz schmutzig. Ich muss ein sauberes Kleid anziehen ... und eine frische Schürze. Monsieur Andries wird sein Mittagessen pünktlich erwarten.« Sie wartet darauf, dass ich mich auf den Weg zurück ins Haus mache, denn sie weiß, dass sie mich nicht allein im Innenhof meines Bruders zurücklassen darf.

»Aber passen Sie mit diesem Vincent van Gogh auf.« Ich warte darauf, dass Clara die Bemerkung weiter ausführt, doch stattdessen sieht sie mir fest in die Augen.

»Falls er heute vorbeikommt, kannst du ihm bitte sagen, dass ich irgendeine schrecklich ansteckende Krankheit habe? Sag ihm, meine Haut ist gelb und ich habe Beulen am ganzen Körper«, bitte ich, und Clara lacht wieder. »Ich habe Angst, dass ich werde wie meine Mutter.« Doch Clara schüttelt den Kopf.

»Das wird nie passieren, Mademoiselle Jo. Dazu haben Sie ein viel zu gutes Herz.«

Ich schlinge die Arme um sie. Sie kommt mir viel kleiner vor als beim letzten Mal, als wäre sie weniger geworden. In ein paar Jahren ist sie um Jahrzehnte gealtert, und sie hat so einen Geruch an sich, der mir neu ist: säuerlich mit einem Hauch von Feuchtigkeit. Die Kraft meiner Umarmung lässt Clara einige Schritte nach hinten stolpern. Ich murmele eine Entschuldigung, dann lasse ich sie los und gehe wieder die Stufen zur Gasse hinauf.

HAND MIT SCHÜSSEL UND EINER KATZE

Das Le Chat Noir wirkt ein bisschen wie ein seltsames Wohnzimmer. Der Besitzer, Rodolphe – laut Andries ein »gescheiterter Künstler« – hat die Wände mit den schönsten Werken seiner Freunde dekoriert. Es ist jedoch unmöglich, sich die Arbeiten genauer anzusehen, denn das Lokal ist zum Bersten gefüllt. So verliebe ich mich stattdessen ein bisschen in die ausgestellten Tonkatzen, die den riesigen Kamin neben uns bevölkern. Die schwarze Katze auf dem Zinkschild draußen war nicht zu übersehen, genauso wenig wie die Tatsache, dass sich in jedem der Buntglasfenster hier eine Katze findet. Es sind diese unerwarteten Details, die mich begeistern: ein großer, tönerner Katzenkopf mitten im Kronleuchter, ein Wandbehang direkt neben mir, der die Geschichte einer schwarzen Katze erzählt, und ich habe bereits mindestens sieben echte Katzen, teils recht angriffslustig, teils schlafend, im Raum verteilt entdeckt.

»Ich verstehe nicht ganz, weshalb wir es so eilig hatten herzukommen«, sage ich. »Ist er nun tot oder nicht?«

»Ist er nicht«, erwidert Andries und winkt oder nickt den vielen Leuten zu, die er kennt. Er lacht. »Der Mann ist ein Genie. Das war nur ein Scherz, um möglichst viel Kundschaft zusammenzutrommeln.«

Er spricht von der Trauerprozession, die heute Nachmittag durch Montmartre gezogen ist. Ich hatte meinem Bruder erklärt, dass ich frische Luft brauche, und ihm von meinem kurzen Gespräch mit Clara vormittags im Innenhof berichtet. Andries schlug einen Spaziergang vor, während die Vorhänge im Salon wieder aufgehängt wurden.

Als wir den Boulevard de Clichy erreichten, stießen wir auf

das Ende des Leichenzuges, und als mein Bruder hörte, wer da »gestorben« war, saß er mehr als fünf Minuten in Trauer versunken auf den Pflastersteinen. Es war Andries' Anwalt Guy – der Mann, dem die Vorstellung gefallen hatte, ich könne ihn mit einer Million Kinder beglücken –, der aus dem Zug ausscherte und meinem Bruder das mit dem »vorgetäuschten Tod« verriet. Der hier so innig Betrauerte, ein gewisser Rodolphe Salis, hatte die Prozession selbst organisiert. Guy erzählte Andries, Rodolphe sei quicklebendig, und der Zweck dieses »Tricks« sei gewesen, neue Besucher in sein Kabaretttheater Le Chat Noir zu locken. Es hätte mich interessiert, wieso es gut fürs Geschäft sein sollte, den eigenen Tod vorzutäuschen, doch ich hielt mich zurück.

Nun kann ich mit eigenen Augen sehen, dass der Mann tatsächlich ein Genie ist. Denn nach dem Trauerzug konnte es Andries kaum erwarten, Rodolphes Etablissement zu besuchen, um sich selbst davon zu überzeugen, dass der Mann keineswegs verstorben war. Deshalb sind wir heute Abend hier, und ganz offensichtlich hatten noch viele andere dasselbe Bedürfnis. Es ist uns gelungen, den letzten runden Holztisch mit zwei Stühlen zu ergattern, und inmitten eines Nebels aus Tabakqualm und lärmendem Gelächter kann Andries uns zwei Krüge bayerisches Bier bestellen.

»Was für entsetzliche, vulgäre Personen, diese Frauen, die Bier trinken«, erklärt er grinsend und stößt mit mir an.

»*Santé*. Auf die Schönheit des Pariser Lebens und auf die hässlichen Frauen, denen dieses herrliche *boisson hygiénique* schmeckt.« Unsere Krüge treffen sich.

»Das da ist übrigens ein van Gogh.« Andries zeigt über meine Schulter hinweg auf die gegenüberliegende Wand. Ich drehe mich um, kann aber nicht wirklich sehen, wo Vincents Bild hängen könnte.

»Der Conférencier sollte demnächst den ersten Akt ankündigen«, sagt Andries. Er stellt sein Bier auf den Tisch, schaut auf seine goldene Uhr und lässt dann den Blick durch den Raum schweifen. »Sieh nur! Da ist er«, ruft er und springt auf. »Kein bisschen tot.« Mein Bruder lacht aus vollem Hals, was die Aufmerksamkeit des Mannes weckt, der gerade vorbeigeht. Er ist groß, hat kurzes rötliches Haar, einen spitzen roten Backenbart und strahlt übers ganze Gesicht, als er Andries entdeckt.

»Bonger!«, ruft er.

Mein Bruder umarmt ihn, und als er endlich fertig ist, seinem Freund auf den Rücken zu klopfen und sich zu versichern, dass er nicht demnächst tot umfallen wird, wenden sich die beiden mir zu. »Salis, das ist meine Schwester, Johanna.«

Beim Aufstehen stoße ich mit dem Knie an den Holztisch. Es gelingt mir gerade noch, Andries' Bierkrug aufzufangen, ehe er umkippt. »Sie haben meinem Bruder einen ordentlichen Schrecken eingejagt«, sage ich.

Ich strecke ihm die Hand hin – und zwar die, die immer noch den Krug hält, klebrig vom Bier, doch Rodolphe beugt sich zu mir herunter, um mich zu umarmen. »*Je suis désolé.*« Er küsst mich auf beide Wangen. »Dann sind Sie also die junge Dame, in die sich Theo van Gogh verliebt hat.« Rodolphe begleitet seine Feststellung mit dramatischem Augenbrauenwackeln. Ich kann nicht anders, als zu lachen.

»Wir sind uns erst zweimal begegnet. Das ist lächerlich«, sage ich.

»Jo«, schilt mich Andries. Ich mag es, dass er auf seinen König von Montmartre nichts kommen lässt. Außerdem möchte ich weiter über Theo sprechen, denn ich habe beschlossen, Meinungen zu sammeln. Es würde mich sehr interessieren, ob Rodolphe denkt, der Mann würde bei der nächsten schlechten Entscheidung im Irrenhaus landen.

»Komm schon, Bruderherz.« Ich schwenke den Bierkrug durch die Luft, wobei einige Tropfen in die Richtung der beiden Männer spritzen. »Selbst du musst zugeben, dass ein Heiratsantrag nach nur einer Begegnung ziemlich nach Verzweiflung riecht. Er *glaubt*, mich zu lieben.«

Rodolphe lacht, und Andries zuckt mit den Schultern. »Sie ist zum ersten Mal in Paris«, erklärt er seinem Freund. »Sie ist immer noch sehr holländisch.«

»Dann werde ich Theo sagen, dass er behutsam mit ihr sein muss«, sagt Rodolphe mit einem Zwinkern.

Wieder muss ich lachen. Er legt Andries die Hand auf die Schulter und flüstert ihm etwas zu. Ich sehe meinen Bruder schmunzeln, ehe er sich von mir wegdreht, um Rodolphe etwas ins Ohr zu flüstern. Was auch immer die beiden da tuscheln, es scheint sie zu amüsieren. Nach weiterem gegenseitigen Rückenklopfen wendet sich der Zeremonienmeister ab, um einen anderen Gast zu begrüßen.

Wir setzen uns wieder, und ich reiche Andries seinen Krug. »Was für eine seltsame Atmosphäre«, stelle ich fest.

»*Santé.*« Wieder stoßen wir an. Andries grinst immer noch vor sich hin.

Ich lasse meinen Blick durch den Raum schweifen. »Was genau soll das hier sein, ein Varietétheater oder ein ironischer Kunstsalon?«

»Beides. Salis' Idee ist es, Maler, Komponisten und Dichter gleichermaßen anzusprechen«, antwortet Andries. »Alle kommen hierher. Da drüben ist Toulouse-Lautrec, dort Signac, Debussy …« In rascher Folge zeigt er auf die verschiedenen Gäste, sodass ich kaum hinterherkomme.

»Toulouse-Lautrec?« Mein Blick irrt suchend herum. »Den hat Theo erwähnt.«

»Dort drüben. Soll ich dich vorstellen?« Ich schüttele den Kopf. »Das da ist von ihm, glaube ich.« Andries zeigt auf die Wand zu meiner Rechten. Dort kann ich einige Leinwände erahnen, aber durch den Rauch und das gedämpfte Licht nicht wirklich etwas erkennen.

Ich trinke einen Schluck Bier.

»Salis hat gerade erzählt, Sara Voort hätte Theo verkündet, sie sei bereit und willig, einen Heiratsantrag anzunehmen«, berichtet Andries. »Als sei der, den du abgelehnt hast, nun irgendwie zu haben.« Er lacht.

»Und was hat Theo getan?«

»Hat ihr erklärt, es gebe nur eine Frau, die er je heiraten

würde.« Er zwinkert mir zu, und ich lächele. »Theo ist verliebt«, meint Andries. Er beugt sich zu mir und senkt die Stimme. »Außerdem ist Sara verrückt.«

Ich schüttele den Kopf. Immer sind die Frauen schuld. Niemand spricht über die Verantwortung des Mannes, wenn eine zuvor in sich gefestigte Frau nach und nach »den Verstand verliert«.

»Sie erzählt jedem, der es hören will, dass du den armen Theo mit einem Fluch belegt hast.« Er drückt meine Hand. Hoffentlich macht er Witze. »Wenn du dir Sorgen wegen Sara machst, Guy Loti steht auf meiner Liste immer noch ganz oben.« Er sieht sich wieder um und winkt jemandem.

»Ist er hier?«

Andries nickt. »Nicht unbedingt der unterhaltsamste Mann, aber er ist reich und möchte gerne eine Familie gründen. Seine erste Frau ist letztes Jahr im Kindbett gestorben. Du könntest für ihn richtig erfrischend sein.«

Ich schüttele den Kopf. »Er braucht zehn Kinder«, sage ich und trinke den Rest meines Bieres.

»Wir könnten eine Vereinbarung treffen, dass du weiterhin deine Kunststudien betreiben darfst, zumindest bis das erste Kind gesund auf der Welt ist.«

Als ich mich umdrehe, sehe ich, wie Guy mich beobachtet. Seine Miene ist starr, im Gegensatz zu meiner, die im Moment bestimmt zittert. Er ist ein sehr großer, rundlicher Mann, mit weichem Mondgesicht. Sein Bart, der sein Gesicht einrahmt, ist grau und buschig. Ich würde ihn als stattlich bezeichnen, andere vielleicht sogar als gut aussehend. Doch da ist etwas in seinem Blick, das mich beunruhigt. Eine leise Stimme in mir drängt mich, vor ihm wegzulaufen. Der Plan meines Bruders, eine Zweckehe mit Guy einzugehen, ist *überaus fehlerhaft*. Mein Körper protestiert bereits lautstark, wenn ich mich nur im selben Raum befinde wie er.

»Die Zeit drängt, und wenn ich das richtig sehe, bleibt dir nicht mehr die große Auswahl: Loti« – er deutet mit dem Kopf in Richtung des Anwalts, der mich garantiert immer noch anstarrt – »oder Theo«, verkündet Andries. Er blickt zur Decke hinauf, als bete er um himmlisches Eingreifen. »Mama würde deine Verbindung mit Theo gutheißen.«

Ich nicke. »Genau darüber wollte ich mit dir auf unserem Spaziergang vorhin reden, aber …« Andries beugt sich näher zu mir herüber und bedeutet mir weiterzusprechen. »Ich würde Theo gern besser kennenlernen, sein Angebot annehmen, Zeit mit ihm zu verbringen und Freunde zu werden«, sage ich, woraufhin mein Bruder begeistert in die Hände klatscht.

»Das sind wunderbare Neuigkeiten.«

Gerne würde ich in seine Begeisterung einstimmen, doch mein Blick bleibt auf meinen leeren Bierkrug gerichtet.

»Es gibt ein Aber?«, will er wissen. Ich hasse und liebe es gleichermaßen, dass er mich so gut kennt.

»Was, wenn ich mich für ihn entscheide und seine Zuneigung zu mir vergeht?« Andries seufzt. »Stell dir vor, er reicht mich an Vincent weiter, um mich abzulenken. Dann wäre ich im Handumdrehen zurück in Amsterdam, verheiratet mit diesem stinkenden, fetten …«

»Ich bezweifle, dass das passiert, doch es gibt immer noch eine sicherere Option.« Er deutet Richtung Guy.

Ich schüttele den Kopf. Auf gar keinen Fall könnte ich meinen Körper und meinen Geist überreden, mein Leben mit diesem wohlhabenden, aber gruseligen Anwalt zu verbringen.

»Frauen deines Alters, vor allem jene, die sich weigern zu heiraten, werden immer mit Misstrauen betrachtet.« Andries bestätigt seine eigenen Worte mit eifrigem Nicken.

»Männer nicht?« Ich gebe ihm einen Klaps auf den Arm.

»Loti sagte, wenn ihr heiratet, wird er dafür sorgen, dass du alle …« Seine Miene ist plötzlich ernst. Gespannt warte ich auf den Rest seines Satzes. »Dass du alle Kleider bekommst, die du haben willst.«

Du meine Güte! »Ich habe bereits alle Kleider, die ich brauche, vielen Dank.«

Sein lautes Lachen überrascht mich. Unwillkürlich muss auch ich kichern, während er mir den Arm um die Schultern legt.

»Du solltest dein Gesicht sehen!«, sagt er. »Bist du so weit?« Er deutet auf die Bühne, wo sich der Conférencier gerade darauf vorzubereiten scheint, den ersten Akt anzukündigen. »Das *théatre d'hombres* wird in wenigen Minuten beginnen.« Er hält unsere leeren Bierkrüge in die Höhe und schwenkt sie herum, um die Aufmerksamkeit des Kellners zu erhaschen. »Es wird Lieder und andere Überraschungen geben. Es wird dir gefallen, Jo, das verspreche ich.«

»Gefällt Frauen der Gedanke wirklich, dass ein Mann ihnen ein Kleid kauft?« Darüber kann ich nur den Kopf schütteln.

»*On peut avoir la même chose, s'il vous plaît*?«, ruft Andries in die Menge.

Juli 1888

Gemessen daran, wie lange wir gestern Abend im Le Chat Noir waren und wie viele Krüge Bier wir getrunken haben, sollte heute eigentlich ein fauler Tag sein. Ich war auf der confidante *eingenickt, als plötzlich Dries hereingestürmt kam und mich weckte. Vincent hatte geschrieben und für den nächsten Tag einen herrlichen Ausflug mit den van Goghs vorgeschlagen. Offensichtlich will er seinen Bruder unterstützen und möchte, dass wir uns alle vertragen! Das Schönste daran ist, dass ich auf dem Weg dorthin ganz allein durch Montmartre spazieren darf. Zehn bis zwanzig Minuten allein, in Paris, bevor ich um elf Uhr Theo und Vincent vor dem Moulin de la Galette treffe.*

Dann werden mich die beiden Brüder zu mehreren Künstlern in deren Ateliers begleiten. Vincent hat versprochen, dass in einem davon zwei aufstrebende Künstlerinnen arbeiten. Mit ihnen wollen wir zu Mittag essen. Dries hat sich sehr für mich gefreut. Er meinte sogar, das könnte das erste Treffen der neuen Gesellschaft für Künstlerinnen sein, die ich seiner Ansicht nach gründen soll. Er war sehr verärgert, dass er Termine hat, die er nicht verschieben kann, und sorgte sich ein wenig, weil ich das kurze Stück durch Montmartre allein unterwegs sein würde. Doch ich habe ihn überzeugt, dass ich das gut schaffe, und er vertraut den Brüdern van Gogh (Theo vermutlich mehr als Vincent).

Dries sagte auch, dass ich bis morgen eine Liste mit künstlerischen Techniken erstellen soll, die mich interessieren, und dass Vincent versprochen hat, mir alle zu demonstrieren. Dazu, dass ich den Tag mit Theo verbringen würde, hat er nichts gesagt, und ich habe mich um eine neutrale Miene bemüht, aber das wird der Beginn unserer Freundschaft sein.

Ich habe bereits drei Listen mit Techniken erstellt und meinen Weg zum Moulin de la Galette geplant.

Jetzt bin ich leider viel zu aufgeregt, um zu schlafen.

ERSTE SCHRITTE

Die Rue Victor mag ein ruhiges Sträßchen sein, doch vom Boulevard de Clichy kann man das nicht sagen. Als ich gerade die Straße überqueren will, höre ich eine Peitsche knallen und einen Schrei: »*Hé, la-bas!*«

Erschrocken springe ich zurück. »*Pardon, pardon*«, rufe ich. Lächelnd winke ich dem Kutscher zu, als der *fiacre* vorbeidonnert. Mit hastigen Blicken nach links und rechts eile ich schließlich über den Boulevard und biege in die Rue Lepic ein.

Nach wenigen Schritten bleibe ich stehen. Prompt rempelt mich jemand von hinten an. Ohne mich umzudrehen, höre ich ein Murmeln und ein Grunzen, doch ich bin gebannt vom Anblick vor mir, ganz verzaubert vom Treiben in der Rue Lepic bei Tag. Ich wünschte, ich hätte mein Skizzenbuch dabei, und dass es in Ordnung wäre, mich genau hier aufs Pflaster zu setzen und Notizen und kleine Zeichnungen von dem zu machen, was ich sehe.

Ein steter Strom an Markthändlern schiebt kleine hölzerne Handwagen über die holprigen Pflastersteine. Die Luft ist erfüllt von ihren Rufen zu den Waren, die sie feilbieten.

»*Voilà des beaux poissons!*«

»*Demandez des haricots!*«

»*Voilà des bon merlans.*«

Dabei versuchen sie, sich gegenseitig zu übertönen. Begleitet von Handglocken und Pfeifen bellen sie ihre Rufe – und konkurrieren miteinander um die für sie so überlebenswichtigen Kunden. Ein kleiner Mann spaziert neben mir her, bleibt stehen und nickt mir auffordernd zu. Auf seinem Rücken trägt er eine große Blechbüchse geschnallt, die ihm bis über den Kopf reicht. An der Seite hängen an Haken Tassen. Ich schüttele den Kopf. Ich will nichts kaufen. Er läutet seine Glocke und geht weiter.

Ein gut gekleideter Herr – Nadelstreifen-Hose, Gehrock, glänzende Stiefel – versucht, mich genau in diesem Moment zu überholen. »*Excusez-moi*«, sage ich. »Was genau verkauft er da?« Ich deute auf die seltsame Vorrichtung auf dem Rücken des kleinen Mannes und ignoriere dabei die Tatsache, dass es sich absolut nicht gehört, mit unbekannten Herren zu sprechen.

Der Mann bleibt stehen, offensichtlich erschrocken, dass ich ihn angesprochen habe. Er blickt in die Richtung, in die ich zeige. Dann nimmt er seine gebürstete Melone ab, trocknet sich die Stirn mit einem Taschentuch und hebt die Hand. »Warten Sie's ab«, sagt er.

»*A la fraîche!*«, singt der Mann mit der großen Blechbüchse. Seine Stimme ist heiser vom stundenlangen Rufen.

»Gezuckertes Wasser«, erklärt der Herr. »Es ist recht schmackhaft, aber es gibt zu viele Verkäufer in Paris.« Nachdem er den Hut wieder aufgesetzt und grüßend an die Krempe getippt hat, setzt der Herr seinen Weg die Rue Lepic entlang fort.

Auch ich gehe weiter – meine Wangen schmerzen bereits vom vielen Lächeln –, denn ich will pünktlich zu meinem Treffen mit den van Goghs kommen, als ein anderer Verkäufer vorbeieilt. Er trägt zwei schwarze Taschen über den Schultern. Ich bleibe stehen und sehe zu, wie er plötzlich mitten auf der Straße stehen bleibt und seine Taschen fallen lässt. Ein Mantel, einige Hüte, verschiedene Haushaltsgegenstände fallen heraus. Ich bin entsetzt. Kutschen halten in Paris niemals an. Sie sind die Herrscher des Pflasters. Jeden Moment kann ein *fiacre* angedonnert kommen und den Verkäufer mitsamt seinen Waren so platt machen wie einen Crêpe.

»Weg da!«, rufe ich, und dann »*Bougez-vous*!« Ich blicke hektisch nach links und rechts und lausche auf das entfernte Knallen einer Peitsche, doch niemand sonst scheint sich Sorgen zu machen. Zwei Mägde beugen sich nun über die Taschen, eine greift nach einer großen kupfernen Backform, die andere inspiziert einen silbernen Kerzenhalter. Die ganze Zeit über reden sie, und in weniger als einer Minute wechseln etliche Francs den Besitzer.

Die Taschen wieder über die Schultern geworfen, hüpft der Mann weiter und singt bei jedem Sprung »*Marchand d'habit. Marchand d'habit.*« Ich schüttele den Kopf. Meine Panik war unbegründet, und ich muss wieder lächeln.

Rings um mich herum spazieren Pariser. Sie alle haben ein Ziel, wollen jemanden treffen. Sie sind immun gegenüber dem Charme der Verkäufer. Ich nicht. Je länger ich hierbleibe, umso größer wird mein Verlangen, alles zu kaufen, was sie anbieten: sogar den Weißfisch.

Kirchenglocken läuten. Es ist elf Uhr. Ich bin zu spät. Schnell raffe ich meine Röcke und eile im Laufschritt weiter. Mama wäre entsetzt. Sie würde mich sofort festnehmen und nach Amsterdam zurückbringen lassen. Doch sie ist nicht hier, sieht mich nicht rennen.

Noch nie habe ich mich so frei gefühlt. Noch nie so lebendig.

Ich erreiche das Moulin de la Galette ein paar Minuten zu spät und völlig außer Atem. Erschöpft beuge ich mich vornüber, die Hände auf die Knie gestützt, und versuche, Luft zu bekommen. Es dauert ein paar Minuten, bis ich mich erholt und begriffen habe, dass weder Vincent noch Theo bereits da sind. Ich weiß nicht genau, was ich tun soll. Vielleicht habe ich sie verpasst. Aber sie hätten doch sicher ein paar Minuten gewartet, oder?

So stehe ich unterm Torbogen des Eingangs, die hölzerne Mühle und entfernte Unterhaltungen auf der Terrasse hinter mir. Ich blicke nach links und rechts im Versuch, die Brüder durch den Strom an Pariser Bürgern, *fiacres* und Verkäufern mit ihren Karren zu entdecken, doch es ist kein van Gogh in Sicht.

»Johanna Bonger«, höre ich auf einmal jemanden sagen und drehe mich zur Windmühle um. Da kommt Vincent mit Pfeife in der Hand auf mich zuspaziert. »Wie schön, dass Sie gekommen sind«, sagt er. Er trägt denselben grauen Filzhut und denselben blauen Malerkittel. Der Regenbogen aus Farbspuren wirkt bunter und die Flecken, Spritzer und Streifen zahlreicher. Ich spähe an ihm vorbei, doch Theo ist nicht da.

»Ist Ihr Bruder …«

»Arbeit, die weitaus wichtiger ist als Sie oder ich, beschäftigt ihn«, erklärt Vincent. »Lassen Sie uns spazieren, bis er uns mit seiner Anwesenheit beehrt.«

Dass Theo mehr an die Arbeit als an mich denkt, versetzt mir einen kleinen Stich, obwohl es das nicht sollte. Natürlich bin ich enttäuscht, dass er nicht hier ist, doch es ist mehr als das. Da ist diese nagende Angst, er könnte mich bereits abgelegt und an seinen Bruder weitergereicht haben. Dass ich mit Vincent allein bin, war nicht ausgemacht.

Was soll ich tun? Mit den Füßen aufstampfen und mich weigern, Vincent zu begleiten? Verlangen, dass er sofort seinen Bruder holen geht?

Vincent räuspert sich. Vielleicht um meine Aufmerksamkeit auf sich zu ziehen. »Es gibt immer noch Künstler zu sehen«, sagt er.

Ich nicke. Das gibt es, und Maltechniken zu lernen – dieser Teil bleibt unverändert. Es ist offensichtlich, dass Vincent zum Malen gekleidet gekommen und deshalb bereit ist, mich zu unterrichten. Er hat heute mir den Vorzug vor seiner Kunst gegeben. Ich darf die Gelegenheit nicht verpassen, andere Künstler zu treffen und von ihnen zu lernen. Da würde Andries mir zustimmen. Vielleicht ist es ja sogar eine glückliche Fügung, dass ich diese Möglichkeit bekomme, freundschaftliche Bande mit Theos Bruder und bestem Freund zu knüpfen.

»Dann gehen Sie mal voraus«, sage ich.

BLICK AUS THEOS APPARTEMENT

»Seit Theo mir den Spachtel geschenkt hat, habe ich versucht, mehr über Ihre Impasto-Technik herauszufinden«, sage ich. »Was genau ist der Reiz daran?«

»Textur«, antwortet Vincent. Nur ein Wort, dann zuckt er die Schultern. Sein Schritt ist schneller als meiner, sodass ich fast springen muss, um mitzuhalten. Sein Wissen mit einer so unerfahrenen Person wie mir zu teilen, ist offenbar doch unter seiner Würde.

»Das war's?« Es gelingt mir nicht, meine Enttäuschung zu verbergen.

Er seufzt. »Manchmal verlangt das Motiv nach weniger Farbe, manchmal das Material. Beide legen meinem Impasto ihre Bürde auf.«

»Um die Pinselstriche sichtbarer zu machen?«, will ich wissen. »Sobald die Farbe getrocknet ist?«

Er schnalzt missbilligend mit der Zunge. Ich habe keine Ahnung, ob ihn meine Worte beleidigt haben, aber diese Widerwilligkeit, seine Technik zu erklären, ist frustrierend. Wir gehen nun seit über einer Stunde zu zweit durch Montmartre, was garantiert alle von Andries' Freunden gesehen haben, und immer noch keine Spur von Theo.

»Wissen Sie zufällig, wann Ihr Bruder zu uns stoßen wird? Und wundern sich Ihre Künstlerfreunde nicht, wo wir bleiben? Um welche Zeit erwarten sie uns?«

Der heutige Tag läuft überhaupt nicht nach Plan. Bisher sind wir nur herumspaziert, und ich werde das Gefühl nicht los, dass ich vorgeführt werde wie eine preisgekrönte Kuh. Was hatte Vincent sich denn erhofft? Ich bin erschöpft und brauche dringend etwas zu trinken. Ich bin sogar versucht, beim nächsten

Verkäufer, den ich sehe, Zuckerwasser zu kaufen. Vincent hat mich nicht in Ateliers geführt, um Künstlern bei der Arbeit zuzusehen, und die beiden Künstlerinnen, die mich treffen wollen, hat er noch nicht einmal erwähnt. Mein Magen knurrt. Vincent springt derweil von einem Thema zum nächsten. Ist er unsicher, weil Theo nicht da ist? Bin ich eine Art Pfand in einem Spiel zwischen den Brüdern?

Er spricht abwechselnd von seiner Familie, überheblichen Geschwistern, seiner Kunst und dass er nirgends dazupasst. Außerdem hat er Jean Richepin, Emile Zola und Edmond de Goncourt erwähnt: Schriftsteller, von denen ich noch nie etwas gelesen habe – zu seinem großen Missfallen. Vincent hat mir nicht eine einzige Frage zu meiner Person gestellt. Ganz offensichtlich betrachtet er mich keiner Unterweisung würdig. Er hat kein Interesse an meiner Meinung über Kunst, aber warum hat er dann Zeit und Mühe investiert, mein Porträt zu zeichnen, wenn er so zu mir steht? Weshalb lädt er mich zu einem gemeinsamen Tag ein, der so viel versprach, und gibt mir dann das Gefühl, meine Gesellschaft sei lästig? Vermutlich mag er wohl einfach den Klang seiner eigenen Stimme, und so langsam beschleicht mich der Verdacht, dass er zum *petit-déjeuner* Alkohol konsumiert hat. Vincent van Gogh fordert und erwartet Aufmerksamkeit.

»Er wird uns schon finden«, unterbricht Vincent meine Gedanken und wischt meine Sorgen beiseite. Kann es sein, dass er mich bewertet? War heute eine Art Test? Hat dieser van Gogh bereits beschlossen, dass ich seinen Bruder nicht verdient habe?

Wir gehen in dem schnellen Tempo weiter, das er vorgibt. Ich habe kein Interesse daran, seinen Arm zu ergreifen, und als wir vorhin zusammenstießen und sich unsere Finger berührten, war mir das unangenehm, ja fast unbehaglich. Ich verdränge meine sich überschlagenden Gedanken, was Andries zu alledem sagen wird. Wie es aussieht, habe ich die falsche Entscheidung getroffen – ich hätte in dem Moment, als Theo nicht erschien, nach Hause zurückkehren sollen.

Ich bemühe mich, die Sommersonne und die Umgebung zu genießen, und hoffe inständig, dass Theo jeden Moment auftaucht. Falls er das tut, werde ich mir in meinem Bericht Andries gegenüber etwas einfallen lassen, was die Zeit angeht, die ich mit Vincent allein verbracht habe. Seit der letzten Hitzewelle ist es etwas abgekühlt, doch Bewegung in jeglicher Form, vor allem in diesen Röcken, ist immer noch anstrengend. Mit meinem Taschentuch tupfe ich mir den Schweiß vom Gesicht. Wir gehen zwischen turtelnden Paaren und jungen Kastanien hindurch, und ich werde abgelenkt von Gedanken über Neuanfänge und die unmöglichen Liebesgeschichten, die andere in Paris in diesem Sommer vielleicht erleben. Es gibt so viel zu sehen, das ich gerne in einer Skizze oder ein paar Worten festhalten würde, doch ich hätte nie den Mut, vor Vincent etwas zu zeichnen.

»Blicken Sie je in den herrlichen Himmel hinauf, sehen die Wolken darüber hinwegsegeln ...« – ich lege den Kopf in den Nacken und betrachte den blauen Himmel über uns – »... und sind einfach nur dankbar für die Natur?«

Vincent wischt sich mit dem Handrücken die Nase ab und blickt kurz zum Himmel hinauf, ohne etwas zu sagen.

»So wenige nehmen überhaupt wahr, was sich um sie herum befindet«, fahre ich fort. »Seit ich in Paris bin, fange ich endlich an, Wordsworth zu verstehen.«

Vincent schnaubt. Ich habe ihn wohl ungewollt erheitert. Doch warum muss er sich über mich lustig machen? Hat er nicht selbst dafür gesorgt, dass er diese Zeit mit mir allein verbringt? Ich würde gern sein Wissen und seine intellektuellen Fähigkeiten bewundern, doch stattdessen fühle ich mich immer unwohler.

Vom höchsten Punkt des Saint-Denis-Hügels aus deutet Vincent auf die Weinstöcke entlang der Flanken, auf kleine Häuser und Gärten. Er zeigt auf einen Platz, an dem er wohl mal seine Staffelei und Leinwand aufgebaut hatte, spricht davon, wo der Wind sie wegwehte und das Licht nicht günstig war, wo ein Hund ihn einen Baum hinaufgejagt hat. Er zeigt mir vage Ausschnitte aus seinem Leben als Künstler, ich hingegen mache mir in Gedanken Notizen, wohin ich mit meinem Skizzenbuch zurückkehren will. Wir eilen an lärmenden Café-Konzerten vorbei und werfen Blicke in Kabaretts, die sich über bürgerliche Moralvorstellungen lustig machen. Verrauchte Räume, künstliches Bühnenlicht, polterndes Gelächter: Diese Bilder und Geräusche begeistern mich.

Vincent hingegen ist fast schon überdreht: Sein Blick flackert von einem Reiz zum nächsten, als fürchte er, etwas zu verpassen. Ich beobachte, wie er aufgeregt denen zuwinkt, die seinen Namen rufen, und wie seine Stimme einen manischen Klang bekommt, wenn er seltsame Scherze mit Leuten, die ich nicht kenne, macht. Künstler, Schriftsteller, Musiker und Radikale – alle kennen ihn. Ein kleiner Einblick ins tägliche Leben eines Kunstschaffenden, und trotz seiner Unhöflichkeit sehne ich mich nach etwas ganz Ähnlichem und doch anderen. Ich möchte etwas, das mir gehört, will selbst irgendwo dazugehören. Montmartre verspricht mir die Erfüllung all meiner Wünsche – Glück, Freiheit, Freude, Unterhaltung, Stimulation, Kreativität –, und doch werde ich ständig daran erinnert, dass das etwas ist, das nur Männern zugebilligt wird. Dass es mir nie erlaubt sein wird, wie ein Mann zu leben. Ist es zu viel verlangt, sich als Frau solche Freiheiten zu wünschen? Ich will ja nicht egoistisch sein oder Menschen manipulieren, wie so viele Männer, denen ich begegnet bin. Ich will nicht meine Beziehungen spielen lassen und erwarte nicht, dass andere nach meiner Pfeife tanzen. Ich will einfach nur frei von den Banden sein, die andere an mich geknüpft haben.

Aber, Theo, wo bist du?

»Sie haben gesagt, dass Sie nicht aus dem Gedächtnis zeichnen. Dries nannte es ›sichtbare Realität‹«, sage ich, und Vincent nickt. »Was tun Sie dann, wenn Sie unterwegs sind und der Drang zu malen Sie überwältigt?«

»Alle Künstler tragen ein Skizzenbuch bei sich.« Er klopft auf seine Kitteltasche.

Die nächsten paar Schritte gehen wir schweigend. »Wir lernen viel voneinander«, sagt Vincent plötzlich, bleibt stehen und sieht mich an. Ich weigere mich, Blickkontakt aufzunehmen, und gehe weiter.

»In gewisser Weise, ja«, erwidere ich, »aber ich hatte mir noch mehr erhofft.« Damit meine ich die Maltechniken, die ich so gerne lernen würde, die Künstler, die wir eigentlich hatten aufsuchen wollen, und das Treffen mit seinem Bruder, das immer noch nicht stattgefunden hat.

»Mehr?« Vincent rührt sich nicht vom Fleck.

»Ist Ihr Bruder zu Hause? Sollen wir mal dort vorbeigehen?«, frage ich im Gehen. Wenn wir Theo in den nächsten paar Minuten abholen, bleibt uns gerade noch genug Zeit, die Ateliers zu besuchen und mit den Künstlerinnen zu Mittag zu essen. Ich habe drei Listen mit Techniken, die ich mir gerne demonstrieren lassen würde.

Inzwischen sind wir wieder am Boulevard de Clichy angekommen. Wir sind einmal im Kreis gegangen. Ein Stück weiter rechts zweigt die Rue Lepic ab. Damit sind wir nur wenige Schritte von Theos Appartement entfernt. Ich bleibe stehen und wende mich an Vincent in Erwartung einer Antwort oder irgendeiner Form von Anweisung. Seine Augen blitzen, und seine vollen Lippen verziehen sich zu einem Lächeln. Irgendetwas hat sich verändert. *Was habe ich nur gesagt?*

»Versuchen Sie gerade, mich zu verführen?«, fragt er.

Als er auf mich zukommt, lache ich nervös. »Nein, Vincent«, antworte ich mit abwehrend erhobenen Händen. »Ich bin wirklich an nichts anderem interessiert als an Ihrer künstlerischen Technik.«

Er tritt ganz dicht an mich heran, sodass sein Atem mein Ohrläppchen kitzelt. »Wie war der Mann – der, der dich erkundet hat?«

Ich stolpere einige Schritte nach hinten, um Abstand zwischen uns zu schaffen. »Ich bin noch nie *erkundet* worden!« Die Worte stürzen aus mir heraus. Dieser Themenwechsel hat mich völlig überrumpelt, doch als ich in Vincents Miene nach Hinweisen suche, finde ich nur ein breites Grinsen. Ich kann nicht verhindern, dass mir die Röte in die Wangen steigt.

»Von Theos Appartement aus hat man eine unglaubliche Aussicht über die Stadt.« Er zeigt in die entsprechende Richtung.

Ein Kribbeln in meiner Magengegend. »Ist Theo da?«, will ich wissen.

»Nein, er arbeitet«, antwortet Vincent. »Möchten Sie sein Appartement sehen?«

Ich betrachte ihn und lasse seine Worte auf mich wirken. Er ist Eduard nicht unähnlich: Er benutzt mich zu seinen eigenen Zwecken und hat dabei keinerlei Sinn für mein Empfinden. Und doch, sein Anliegen ist direkt und meine Reaktion darauf ganz klar, instinktiv. Ich schüttele den Kopf. Ich will nicht allein mit Vincent van Gogh in Theos Appartement sein.

»Sie spielen den ganzen Tag mit mir«, sagt er. »Eindeutige Signale, dass Sie an mir interessiert ...«

»Der einzige Mann, für den ich mich *interessiere*, ist Ihr Bruder.« Ich muss die Hände hinter meinem Rücken verschränken, um zu verbergen, wie sehr sie zittern. »Hat er Sie hierhergeschickt, um mich abzulenken, wie er es mit Sara getan hat?«

Vincent lacht, und ich bin mir unsicher, ob es sich dabei um eine Bestätigung handelt. »Seit Ihrer Zurückweisung verbringt mein Bruder mehr Zeit mit mir«, erwidert er. »Er übernimmt meinen Lebensstil, oder vielleicht teilen wir vielmehr dieselben Frauen.«

Meine Zunge fühlt sich auf einmal ganz dick an. Meine Haut glüht, und meine Beine sind schwer. Meine Knie zittern so sehr, dass ich mich kaum bewegen kann. Dann bin ich also der Preis, den es bei einem Wettbewerb zwischen den beiden Brüdern zu gewinnen gibt? Oder sammelt Vincent nur Beweise, um zu zeigen, dass ich Theos Zeit nicht würdig bin?

»Ich habe nicht den Wunsch, ein Spielzeug für die Brüder van Gogh zu sein«, erkläre ich. »Und falls es das ist, was Theo will, können Sie ihm ausrichten ...«

Ein *»Hé, la-bas!«* ertönt. Ein *fiacre* rattert mit tanzendem Klippklapp und zischender Peitsche an uns vorbei. Am liebsten würde ich mir selbst eine Kutsche rufen, um so schnell wie möglich zu Hause bei Andries zu sein, fern von Vincent und dieser Atmosphäre zwischen uns, die sich wie ein Gang auf sehr dünnem Eis anfühlt.

»Theo beobachtet uns vermutlich von seinem Fenster aus und wünscht sich ein Gewehr, um mich zu erschießen«, bricht Vincent schließlich das Schweigen.

»Er ist da?« Ich blicke an den Häusern hinauf und dann wieder Vincent an. »Sie haben eben noch gesagt, er arbeitet. Warum ist er dann nicht hier?« Er zuckt mit den Schultern. »Haben Sie ihn überhaupt eingeladen?«

Vincent schüttelt den Kopf. »Und jetzt ist er eifersüchtig, dass Sie lieber Zeit mit mir verbracht haben.« Das ist kein Scherz. Kein Lächeln umspielt seine Lippen. »Und ein wenig verwundert, dass Sie mich an seiner statt gewählt haben.«

»Wie bitte?«, stammele ich. »Bringen Sie mich sofort zu ihm, damit ich es erklären kann.«

Ich habe keine Ahnung, was hier vor sich geht. Ich würde niemals Vincent *wählen*. Heute sollte es um Kunst gehen, um die Begegnung mit anderen Künstlern, um ein Arrangement mit beiden Brüdern. Ich bin so verwirrt.

»Ich mag Ihren Bruder«, sage ich schließlich. »Familie ist wichtig, und ich hatte gehofft, Sie, Theo, Dries und ich – dass wir alle befreundet sein könnten.«

»Du bist bloß die Letzte in einer langen Schlange von Frauen, die unbedingt meinen Bruder kennenlernen wollen«, sagt er. »Du wirst es schon noch merken, er wird dich bald an mich abtreten.«

Mit einem schallenden Lachen winkt Vincent mir zu und lässt mich auf dem Boulevard de Clichy stehen.

Juli 1888

Dries wartete schon im Flur auf mich, als ich heimkam, und ich verfiel auf der Stelle in Panik. Ich versuchte, ihm so begeistert wie möglich zu erzählen, dass mein Tag herrlich gewesen sei und ich so viel über Technik gelernt hätte und darüber, was es heißt, Künstler zu sein. Ich behauptete, nun Expertin für Impasto zu sein. Eine Expertin! Dann sagte ich, ich hätte schreckliche Kopfschmerzen und müsse mich hinlegen, wodurch ich seinen Fragen über die anderen Künstlerinnen ausweichen konnte.

Seither verstecke ich mich in meinem Zimmer. Hoffentlich kommt Clara bald nach Hause. Ich hatte noch nie solchen Hunger.

Was habe ich mir nur gedacht? Weshalb habe ich Andries nicht die Wahrheit gesagt?

Wenn ich ehrlich bin, weiß ich selbst nicht, wie und warum der heutige Tag passiert ist. Bitte, lieber Gott, mach, dass Theo nicht glaubt, ich hätte bewusst Zeit mit Vincent verbracht. Falls ja, was muss er jetzt von mir denken? Was für Lügen hat Vincent ihm über mich aufgetischt?

Ich kenne die Brüder van Gogh seit nicht einmal einem Monat, und schon ist mein Kopf voller chaotischer Gedanken und Verwirrung.

Vincent ist Theo so wichtig – sie wohnen zusammen, essen zusammen, gehen zusammen aus. Theo betet seinen Bruder an. Dass Vincent mich mag oder sogar respektiert, erscheint mir sehr wichtig. Dass er mich als gleichwertig betrachtet, ist entscheidend, wenn ich eine Zukunft mit Theo wagen soll.

Und doch hat Vincent mich heute behandelt wie ein Spielzeug, das er seinem Bruder geklaut hat.

Ich weiß nicht, wie ich ihn besänftigen soll. Ich habe noch nie jemanden wie ihn getroffen.

Und was, bitte schön, sollen diese »Signale« sein, die ich Männern angeblich sende? Zuerst Eduard, dann Theo, nun Vincent. Liegt das an den Männern oder an mir? Wie kann ich verhindern, dass es passiert, wenn ich nicht einmal weiß, was ich falsch mache?

BILDNIS DES PÈRE TANGUY

Unsere Kutsche hat uns am Quai d'Orsay rausgelassen, und nun spazieren wir über das sandige Champ de Mars. Ich sage »spazieren«, aber mein Bruder hüpft förmlich beim Gehen. Er zeigt mir den Grund für seine fröhliche Aufregung: eine Konstruktion aus Metallleitern – vier Eisenbeine, die vom Boden in die Höhe wachsen. Die Träger sind grau und düster. Jeder endet abrupt. Es sieht aus wie ein Skelett.

»Wenn er fertig ist, wird er beeindruckend hoch sein«, sagt Andries begeistert.

Aber ich höre ihm gar nicht richtig zu. Ich habe den Großteil des Vormittags damit zugebracht, mir Sorgen darüber zu machen, dass Theo vermutlich glaubt, ich würde lieber Zeit mit Vincent als mit ihm verbringen. Es ist eine wirklich verfahrene Situation – noch verschlimmert durch Vincents Behauptung, ich hätte den ganzen Tag über mein Interesse an ihm zum Ausdruck gebracht. Ein Teil von mir würde ihm am liebsten schreiben und genaue Beispiele verlangen, damit ich verstehen kann, was ich falsch gemacht habe. Stattdessen aber bin ich so zappelig wie ein Eimer voller Frösche und suche das Champ de Mars nach den van-Gogh-Brüdern ab. Warum habe ich Andries gestern Abend nicht alles erzählt? Wenn ich es ihm jetzt gestehe, denkt er, ich hätte noch mehr zu verbergen. Also versuche ich stattdessen, einen Weg zu finden, wie ich verhindern kann, dass er erfährt, dass es keine Besuche in Ateliers gab, keine Vorführungen von Maltechniken und, vor allem, keinen Theo van Gogh.

»Jo?«, fragt Andries. »Wo hast du denn heute deinen Kopf gelassen?«

»Ich bin nur müde, weiter nichts.« Dabei tue ich so, als würde ich ein Gähnen unterdrücken. »Ich war gestern Abend zu lange mit Denken, Schreiben und Lesen beschäftigt.« Ich hake mich bei Andries unter. »Ich wünschte, ich wäre mehr wie Charlotte Brontë. Dann könnte ich bis spät in die Nacht arbeiten. Aber im Gegensatz zu ihr bin ich am nächsten Tag zu nichts zu gebrauchen. Ehrlich gesagt bezweifle ich grade, überhaupt einen Funken Kreativität in mir zu haben.«

»Unsinn«, entgegnet Andries. »Du bist einfach nur erschöpft nach einem inspirierenden Tag. Aber sag, was hältst du davon?« Ich brauche einen Augenblick, um zu begreifen, dass er über den Eiffelturm spricht, an dessen Fuß wir nun stehen.

»Was genau ist denn der Sinn davon?« Ich verstehe nicht, was ich mir da anschaue.

»Eiffel besitzt sämtliches technisches Können, und sein Ziel ist es, einen neuen Höhenrekord zu schaffen«, sagt Andries. »Das ist jetzt noch schwer vorstellbar, aber es wird das höchste Gebäude der Welt sein. Direkt hier in Paris.«

Er nimmt seinen Hut ab und hält ihn sich als Sonnenschutz vor die Stirn, um an der Konstruktion hinaufzublicken. »Sie werden bald mit der zweiten Etage beginnen.«

Ich betrachte die hölzernen Gerüste und kleinen Lastenaufzüge direkt am Turm. Andries hat recht: Ich kann mir nicht vorstellen, wie es aussehen soll, wenn es fertig ist. Ich kann mir überhaupt nichts in dieser Höhe vorstellen. Im Moment scheinen die Metallfüße aus dem Boden zu bersten, um den Kampf mit den Elementen aufzunehmen.

»Ich finde es scheußlich. Dem Ding fehlt jede Wärme und jeglicher Charme.«

»Es ist Kunst«, widerspricht Andries, den meine Meinung eindeutig beleidigt. »Das meint sogar Theo.«

»Ist er hier?«, frage ich und höre die Panik in meiner Stimme.

Kurzes Schweigen. Andries studiert mein Gesicht mit neugieriger Miene. »Nein«, sagt er schließlich. »Ein Familientreffen. Keiner der van Goghs wird heute das Champ de Mars mit seiner Anwesenheit beehren.« Er sieht mir tief in die Augen. »Haben sie das gestern nicht erwähnt?« Mein Bruder ist scharfsinnig. *Er riecht, dass etwas faul ist.*

Wieder Schweigen. Einmal tief Luft holen. Lächeln. »Es hat so gar nichts Pariserisches an sich«, sage ich und studiere wieder das Bauwerk, um den Blick meines Bruders von meinem Gesicht abzulenken.

Morgen werde ich den van Goghs jeweils einen Brief schreiben und meine Bedenken mitteilen. Jetzt konzentriere ich mich erst einmal auf diesen Turm von Eiffel, um vielleicht doch noch zu verstehen, wie dieses Monstrum aus Metall Kunst sein kann. Mir ist bereits klar, dass meine Vorstellung von Kunst eine andere ist als die von Andries und Theo – mir fehlen Bildung, Erfahrung, Wissen –, doch je länger ich die Konstruktion betrachte, desto überzeugter bin ich, dass sie nichts Reizvolles an sich hat. Stellt das hier wirklich Können und Schönheit dar? Was sehe ich nicht? Ich zucke mit den Schultern. Mein Unvermögen, den Geschmack meines Bruders nachzuvollziehen, passt zu meinen Schwierigkeiten, die komplizierten Beziehungen zu durchschauen, die ich zu Männern zu entwickeln scheine.

»Es wird noch Monate dauern, bis er fertig ist, deshalb ist die endgültige Form noch nicht erkennbar. Vielleicht wartest du mit deiner Kritik bis zur Vollendung.«

Als ich den Kopf schüttele, versetzt Andries mir mit seinem Hut einen Klaps auf den Arm. Mein Bruder, der nun ein Experte des Konstruktionswesens ist, vertritt starke Ansichten über diesen Turm. Ich frage mich, wie viel davon seine eigenen sind und wie viel er wohl von Theo übernommen hat. Ich liebe meinen Bruder wirklich, aber wenn ich eine Meinung äußere, wenn ich versuche, gehört zu werden, werde ich meist immer noch nicht ernst genommen. Selbst hier, zwischen den Künstlern von Paris, dürfen Frauen nicht denselben Platz neben Männern einnehmen. Wir existieren als Objekte, nicht als gleichberechtigte Wesen mit eigener Meinung. Andries setzt seinen Hut wieder auf, hebt seine brandneue Boxkamera und fotografiert, was vom Turm schon vorhanden ist.

»Eine Fotografie pro Woche«, erklärt er. Dann dreht er den Schlüssel oben auf der Kamera und spult den Film damit vor zur nächsten Einstellung. »Da drin halte ich Geschichte fest.« Er klopft auf das Gehäuse aus Mahagoniholz.

»Sieh sie dir an«, sage ich. Hunderte von Männern wuseln um die Stützpfeiler herum, steigen auf Leitern, hängen von Gerüsten. Sie schenken den Zuschauern keinerlei Beachtung – jenen Männern mit Zylindern und Bowlerhüten, die sie beobachten, die Hände erhoben, um die Augen zu beschatten. Stattdessen konzentrieren sie sich vollkommen auf ihre Aufgaben.

»Fast dreihundert angestellte Arbeiter«, erklärt Andries. »Seit die Grundsteine gelegt wurden, sind wir jede Woche hergekommen. Beinahe achtzehn Monate schon und fünf davon nur fürs Fundament.«

»Wir?«, hake ich nach.

»Theo, manchmal Vincent, aber vor allem andere befreundete Künstler. Ich habe dich ja auch schon mit dazu eingeladen.«

»Bonger«, hören wir jemanden rufen. »Bonger. Bist du das?«

Ich drehe mich um. Die Menge besteht aus einem Meer von Hüten, Hauben und Sonnenschirmen. Mein Herz macht einen kurzen Satz. Es könnte Theo sein.

»Rodin, alter Freund«, begrüßt mein Bruder den Mann und umarmt ihn. Er ist älter als wir beide, untersetzter, mit dem längsten und buschigsten Bart, den ich je gesehen habe. Eine winzige Brille mit runden Gläsern ruht auf seinem Nasenrücken und ein zu großer Zylinder auf seinem Kopf.

»Jo, das ist Auguste Rodin«, stellt Andries ihn vor.

Rodin streckt mir die Hand hin. Seine Finger sind fleischig, rau und rissig und von weißem Staub bedeckt. Begeistert schlage ich ein.

»Der beste Bildhauer in ganz Paris, bald weltberühmt«, fügt Andries hinzu.

Die Frau neben Rodin lacht kopfschüttelnd und hat damit sofort meine Aufmerksamkeit.

»Das hätte er wohl gern«, sagt sie, woraufhin Rodin lacht.

Sie ist ungefähr so alt wie ich und ähnlich groß. Ihre Schönheit ist so natürlich wie das Tageslicht: makellose Haut, eine kleine Stupsnase, Augen so dunkelbraun, dass sie fast schwarz wirken. Mit ihrem zitronenfarbenen Rock, fast ganz ohne Turnüre, und hochgeschlossener passender Bluse verkörpert sie das Inbild moderner Weiblichkeit. Das gelbe Band ihres Strohhuts flattert im Wind, sodass sie es mit beiden Händen festhalten muss.

»Sind Sie Camille Claudel?«, frage ich mit leichter Verbeugung. Sie betrachtet mich durch ihre langen Wimpern.

»Nun bin ich schon im Nachteil«, sagt sie. »Sie sind …?« Doch ehe ich ihr meinen Namen verraten kann, streckt sie mir die Hand entgegen, woraufhin eine Bö ihren Hut ergreift und in die Luft wirbelt. Er tanzt über das Champ de Mars.

»*Mon chapeau de paille*«, ruft Camille. Sie rafft ihre Röcke und rennt hinterher. Dabei kichert sie bei jedem Schritt. Ich muss unwillkürlich auch lachen. Rodin und mein Bruder sehen ebenfalls lächelnd zu.

»Vielleicht hätte sie ein Junge werden sollen«, scherzt Andries, was ihm einen Klaps auf den Arm von mir einbringt.

»Unsinn«, erwidert Rodin. Er lacht. »Sie benimmt sich, wie eine Künstlerin das muss.«

Ich verstehe nicht, was er damit meint.

»Jo hat gestern zwei junge Künstlerinnen getroffen«, sagt Andries und nickt mir auffordernd zu, von meinem kunsterfüllten Tag zu erzählen. »Wer genau war das eigentlich? Rodin kennt sie bestimmt.«

Oh Gott! Ich zögere. Ich weiß einfach nicht, was ich sagen soll. Schließlich kann ich nicht aus dem Stegreif einfach Künstler und Ateliers erfinden. »Ich glaube … ähm. Sie …« Man kann mir meine Panik deutlich anhören. Aller Augen sind auf mich gerichtet. Nervös wische ich meine feuchten Handflächen am Rock ab, denn ich weiß, mein Bruder wird nicht lockerlassen.

In diesem Moment kehrt zum Glück Camille zurück, den Strohhut in der einen Hand, mit der anderen immer noch die Röcke raffend.

»Johanna Bonger«, sage ich. »Seine Lieblingsschwester.« Mit dem Kopf deute ich auf meinen Bruder und strecke ihr meine verschwitzte Hand zur Begrüßung hin.

»Ah, la sœur de Bonger«, ruft sie. Sie schlingt die Arme um mich und drückt mich fest an sich. »Seit Wochen möchte ich Sie gern kennenlernen. Wo haben Sie sich denn versteckt? Sie sind Malerin, richtig?«

Ich schüttele den Kopf. »Ganz und gar nicht.«

»Unsinn«, widerspricht Andries. »Sie ist hier, um zu lernen, und ich hoffe, Sie können sie vielleicht ein wenig anleiten.«

»Von Bildhauerei verstehe ich wirklich überhaupt nichts«, sage ich hastig. »Aber ich probiere gerne alles aus.«

»Haben Sie gehört, dass ich ihm bei seinen Aufträgen *assistiere*?«, fragt sie und deutet mit dem Kopf in Richtung Rodin. Der lacht wieder sein tiefes Lachen. Ich verneine. Das hatte ich nicht gewusst. Ich hatte gehört, sie sei seine Geliebte, halb so alt wie er, und dass seine Beinahe-Ehefrau Rose hieß. »Er ist der geniale Bildhauer, und ich existiere in seinem Schatten. Versuchen Sie ihm aber nicht in die Augen zu sehen. Sein Blick wird alles durchdringen, was Sie niemandem zeigen wollen, und er wird Ihre Wahrheit kennen, ehe Sie noch bis fünf zählen konnten.« Sie hebt die Finger und zählt dabei auf Französisch bis fünf. Dann klatscht sie in die Hände. »Und lassen Sie sich auch nicht vom Bart meines Frettchens täuschen« – bei diesen Worten packt sie Rodins Rauschebart und zieht daran –, »mit einem Kitzeln und einem Lächeln hat er Sie verführt.«

»Ignorieren Sie Mademoiselle C«, sagt Rodin. »Ich kehre in einer Stunde nach Hause zurück, und dafür bestraft sie mich.«

»Eines Tages wird er diese andere Frau für mich verlassen.« Camilles Worte sind fast ein Flüstern. Ich bin mir nicht sicher, ob die Männer sie überhaupt hören.

Camille und Rodin lächeln sich an. Inzwischen halten sie Händchen, ohne einen Hauch von Verärgerung. Ich verstehe die spielerischen Tonlagen ihrer Beziehung nicht, aber Camilles

Schmerz erkenne ich wieder. Als ich ihrem Blick begegne, nickt sie. *Ich mag Sie.*

»Meine Schwester wünscht sich Ihr Leben«, sagt Andries.

»Kaputt, vernachlässigt und unsichtbar? Sie wünschen sich, eine unerfüllte Künstlerin zu sein?«, fragt sie. Camille lacht, und Andries stimmt mit ein. Ich schüttele den Kopf. Schon wieder begreife ich nichts. »Außerdem würden Sie die Liebe und Zuneigung Ihres Bruders vermissen«, fügt sie hinzu.

Unweigerlich frage ich mich, was sie wohl geopfert hat. Sie wirkt so unkompliziert, direkt, ihr Lächeln ansteckend, aber ich sehe, dass es nur Fassade ist. Ich selbst habe mich drei Jahre lang einem Mann hingegeben, der mich nicht wirklich wollte, und sie kann ihren Schmerz ebenso schlecht verbergen wie ich.

»*Allez, allez, allons-y.* Wir können ein Café suchen und etwas trinken, dann können Sie mir all Ihre Geheimnisse und Wünsche erzählen«, schlägt Camille vor.

SELBSTBILDNIS

Zwei Tage sind seit dem katastrophalen Spaziergang vergangen, ohne dass ich von Vincent Antwort auf meinen Brief bekommen hätte. Den Großteil der Zeit habe ich mit der Sorge verbracht, Andries könnte meine Lüge aufdecken. Inzwischen war ich sogar davon überzeugt, umgehend nach Amsterdam zurückgeschickt zu werden. Doch gerade eben kam sein Brief, und ich laufe erleichtert in den Salon.

Mein Bruder wirkt an seinem Schiefertisch, umgeben von den herrschaftlichen Möbeln, sehr majestätisch. Ich muss lächeln. Papiere liegen vor ihm ausgebreitet, und er studiert angestrengt ein Dokument.

»Vincent hat darum gebeten …«

»Sag Nein«, unterbricht mich Andries, ehe ich Vincents Einladung erläutern kann: eine Gelegenheit, Maltechniken vorzuführen, und das Versprechen, dass Theo definitiv anwesend sein wird.

»Was ist los?«, will ich wissen.

Nun durchbohrt mich Andries mit seinem Blick, hält das Blatt Papier in die Höhe, das er gerade gelesen hat, und wedelt damit in der Luft herum.

»Theo hat geschrieben. Hast du wirklich geglaubt, ich finde es nicht heraus?«

Rasch senke ich den Kopf.

»Er ist besorgt, weil du Zeit allein mit Vincent verbringen willst.« Andries' Stimme klingt verdächtig ruhig. »Daraus schließt er, dass du an seinem Bruder interessiert bist.«

»Das bin ich wirklich nicht.« Es ist fast ein Flüstern. Ich kann den Blick nicht von den Fliesen heben.

»Und doch planst du ein Treffen mit ihm, um Zeit mit ihm allein zu verbringen?«

Energisch schüttele ich den Kopf und sehe Andries nun wieder an. »Das glaubst du doch nicht wirklich? Ich hatte keine Ahnung davon.«

Mein Bruder runzelt die Stirn, und ich warte.

»Ich glaube dir«, sagt er schließlich, und seine Miene wird wieder freundlicher. Er lächelt sogar. »Aber du musst doch erkennen, wie das nach außen wirkt, Jo.«

Ich nicke. Natürlich tue ich das.

»Wenn alles, was vorgefallen ist, ganz unschuldig war, weshalb hast du mir nicht gleich davon erzählt?« Eine berechtigte Frage. »Anstatt mir ins Gesicht zu lügen.« Er deutet auf seine Nase. »Dabei war deine Täuschung noch nicht einmal überzeugend. Auf dem Champ de Mars mit Rodin konntest du dich nicht an die beiden Künstlerinnen erinnern.« Er seufzt. »Wenn ich Theo nicht geschrieben hätte, um ihn zu fragen …«

»Hättest du mir denn geglaubt, wenn ich dir erzählt hätte, dass Vincent uns beide hinters Licht geführt hat? Dass es weder Künstlerinnen noch Atelierbesuche gab? Und was ist mit seinem Vorschlag, mit ihm in Theos Appartement zu gehen?«

»Hast du das getan?« Jetzt hebt er zum ersten Mal die Stimme.

»Natürlich nicht. Für was für eine Frau hältst du mich denn?«

Andries antwortet nicht. *Du denkst tatsächlich, ich bin so eine.* Wir starren einander an, ohne zu blinzeln, doch ich sehe als Erste weg.

»Trägt denn die Frau immer die Schuld?«

Mein Bruder zuckt mit den Schultern. »Vincent hat Theo gesagt, du hättest eine Beziehung mit ihm.«

»Wie bitte?«, rufe ich. »Warum erzählt er solche Lügen?«

Andries zieht die Augenbrauen hoch, als sei meine Frage lächerlich, aber ich will wirklich eine Antwort. Ich muss verstehen, was hier vor sich geht.

»Dann lies seinen Brief an mich«, verlange ich, trete an seinen Schreibtisch und reiche ihm den Umschlag. Aufmerksam sehe ich zu, wie er Vincents Worte überfliegt. Der Brief beginnt mit einer Entschuldigung für sein Verhalten und dafür, dass er sich nicht an die vereinbarten Treffen und Atelierbesuche gehalten hat. Dazu eine winzige Skizze, wie wir beide den Montmartre umrunden.

Als Andries fertig ist, schüttelt er den Kopf, faltet das Blatt zusammen und schiebt es zurück in den Umschlag. Seine Bewegungen sind langsam. Offensichtlich denkt er darüber nach, wie er reagieren soll.

»Es ist ein Ausrutscher. Ich werde Theo das wissen lassen«, sagt er schließlich. »Vermutlich ist er nicht einmal überrascht, aber es wird am besten sein, wenn du dich von Vincent fernhältst.«

»Ist es denn nicht gut, ihn zu kennen?«, will ich wissen. Schließlich hat Andries selbst gesagt, dass Vincent Anerkennung erfährt, dass Theo Vincents Bilder in die Hände der richtigen Leute gibt. Doch es ist noch mehr als das. Die van-Gogh-Brüder gehören zusammen. Bedeutet es nicht, den anderen zu verlieren, wenn ich mich von einem fernhalte?

»Ich bin sicher, Theo hat bessere Kontakte. Aber …«

Ich warte darauf, dass er fortfährt.

»Angeblich wurde auf diesem Spaziergang Händchen gehalten.«

»Es wurde *was*?«, frage ich empört, aber ich sehe die Belustigung in den Augen meines Bruders.

»Vincents Hand hat ein paarmal meine gestreift. Wie das eben passiert, wenn Menschen mit schnellem Schritt nebeneinanderher gehen.«

»Loti hat euch zusammen gesehen.« Er greift nun nach einem anderen Blatt Papier und wedelt damit durch die Luft – zweifellos ein Brief von seinem schrecklichen Anwalt. »Er ist wohl kein Heiratskandidat mehr.«

»Du weißt schon, dass das alles andere als *fair* ist, oder?« Doch meinen Worten fehlt die Überzeugungskraft. Stört es mich, dass Loti mich nicht länger als passende Ehefrau betrachtet? Nein, nicht wirklich. Ganz im Gegenteil, ich bin heilfroh. Unwillkürlich muss ich lächeln. Andries beobachtet mich genau.

»Als Theo nicht aufgetaucht ist, hättest du hierher zurückkehren müssen«, sagt er, und ich weiß, dass er recht hat.

»Ich hätte dir zumindest hinterher gleich alles erzählen sollen. Es tut mir leid.«

Andries kommt auf mich zu und umarmt mich.

»Ich wollte so gern die Künstlerinnen treffen«, murmele ich, woraufhin mir mein Bruder einen Kuss auf die Haare drückt.

»Ich bin für dich verantwortlich, und es fällt mir schwer, all die Gerüchte über deinen Ruf zu zerstreuen. Ich habe die Kontrolle über sie verloren.«

Verblüfft löse ich mich aus seiner Umarmung. »Welche Gerüchte?«

»Sara Voort hat in meinen Kreisen von deiner *Beziehung* zu Stumpff erzählt. Nun behauptet sie, du und Vincent …«

»Aber hatte sie nicht *selbst* etwas mit Vincent?« Nun bin ich ziemlich verärgert.

»Nur Theos engste Vertraute wussten von diesem Plan.«

Ich seufze. »Warum lässt sie mich nicht in Ruhe? Ich kann nicht fassen, dass mir diese Frau mal leidgetan hat.«

»Sie erzählt allen, du seist Vincents neustes Spielzeug. Verstehst du die Tragweite dieser Behauptung?«

Ich schüttele den Kopf. Nein, das tue ich nicht.

»Wenn sich das als richtig herausstellen würde …« Andries seufzt schwer. »Dann würdest du von Mama und Pa zurückgewiesen und aus der gehobenen Gesellschaft verstoßen werden.«

Er nimmt meine Hand und küsst sie sanft. »Ich will dich weder kontrollieren noch dir Angst einjagen. Ich sehe nur irgendwie kein gutes Ende für dich, wenn du weiterhin ernsthaft an Vincent interessiert bist.«

Entsetzt blicke ich zu ihm auf. »Ich bin *nicht* ernsthaft an ihm interessiert.« Kopfschüttelnd entziehe ich ihm meine Hand. »Ich dachte, ich wäre bei Vincent sicher. Theo betet seinen Bruder an, und ich hatte gehofft, wenn wir Zeit miteinander verbringen, gewinne ich Vincents Respekt. Dass er mich als ebenbürtig betrachten würde oder es Theo sogar etwas bedeutet, wenn

Vincent mich schätzt. Aber ich verstehe nicht, wie Vincent denkt. Ich verstehe nicht, was er tut und wie er reagiert.« Ich suche nach Worten. »Es scheint ihm nicht wichtig zu sein, dass Theo glücklich ist. Für mich empfindet er keinerlei Respekt. Er ist wild, ungezügelt, und das macht mir Angst. Ich habe noch nie einen Mann wie ihn getroffen.«

Ich verschweige, dass die Herausforderung durch Vincent etwas Neues in mir weckt. Dass es sich anfühlt, als würden die Brüder bereits mehr von mir erwarten – oder sogar fordern –, als bloß eine hübsche Ehefrau und Mutter zu sein.

»In letzter Zeit ist Vincent für seinen Bruder zunehmend zur Last geworden«, sagt Andries mit zustimmendem Nicken. »Er wirft Theo extreme Dinge vor, und Theo versucht, ihn zu beruhigen. Aber das war nicht immer so. Es braucht Zeit, die Beziehung der beiden zu verstehen.«

»Warum kann ich nicht sein wie du?«, seufze ich.

Mein Bruder sieht mich fragend an, gleichermaßen interessiert und besorgt. »Wie ich?«

»Du hast den Luxus der Zeit. Du erinnerst mich ständig daran, dass Freiheit für Frauen eine Illusion ist und ich irgendwann alle kreativen Ziele aufgeben und mich wieder den Erwartungen der Gesellschaft unterwerfen muss. Die Zeit vergeht zu schnell. Die Unausweichlichkeit …« Ich breche ab. Stattdessen richte ich meinen Blick nun auf einen roten Faden, der sich aus dem Empire-Aubusson-Teppich gelöst hat. Instinktiv will ich mich bücken und ihn verstecken, damit mein Bruder ihn nicht entdeckt. Am liebsten würde ich unter den Teppich kriechen. Aber ich stehe reglos da.

»Sag mir, was du meinst«, fordert Andries mich auf.

»Sieh dir Camille an.«

»Claudel?«, fragt er, und ich nicke.

»Es heißt, sie hätte unglaubliches Talent. Eine ernst zu nehmende Bildhauerin. Und doch reden die Leute von ihr immer nur als Rodins Geliebte.«

»Schwierige Frauen treffen problematische Entscheidungen.

Sie hat ihre Wahl getroffen, und nun wird sie rasch alt und hässlich.«

Ich schüttele den Kopf. »Sie hat sich verliebt«, widerspreche ich. »Das schmälert ihr Können als Bildhauerin doch nicht.«

»Sie hat sich in einen Mann verliebt, der nicht zu haben ist«, entgegnet Andries. »Das wusste sie, als die beiden ihr *arrangement* begonnen haben.« Er begreift einfach nicht, was ich sagen will. Er hört mich nicht.

»Vincent ist so frei wie du. Theo auch. Jeder Mann in Paris ist frei. Du kannst dir Zeit lassen, dich jeder Umarmung hinzugeben, für jeden Wochentag eine andere Geliebte haben, Herzen brechen, emotionale Wracks zurücklassen, und doch wirst du immer über deine Berufswahl bewertet werden.«

»Aber siehst du denn nicht, dass Vincents Freiheit einen hohen Preis hat?« Der Tonfall meines Bruders ist sanft. »Selbst Kunst muss sich in den Grenzen des Humanitären abspielen, wenn der Künstler in dieser Gesellschaft agieren will.«

»Und das tut Vincent nicht?« Ich sehe Andries fragend an.

»Er wird noch nicht über seine Kunst definiert. Er hat seinen Ruf verdient«, antwortet er und rümpft dabei angewidert die Nase. Zu gerne wüsste ich, was diese Reaktion hervorruft. Ich merke ihm an, dass er ungern weiter über dieses Thema reden will.

»Ich werde Theo schreiben und ihm berichten, was zwischen Vincent und dir vorgefallen ist«, sagt Andries schließlich.

Frustriert verschränke ich die Hände hinterm Rücken. Auch Ärger und Angst mischen sich hinein. »Ich bin durchaus in der Lage, ihm selbst zu schreiben.«

»Das hier muss in Ordnung gebracht werden, oder du endest beim ekligen Dr. Janssen.«

»Dann werde ich es in Ordnung bringen.« Ich breite die Arme aus, um meine Worte zu unterstreichen. »Niemand wird mich zwingen, dieses fette Schwein zu heiraten.« Andries geht zu seinem Schreibtisch zurück – offenbar langweilt ihn unsere Unterhaltung inzwischen –, dann dreht er sich wieder zu mir um.

»Jo, ganz ehrlich, ich liebe dich sehr, aber manchmal bist du ein Albtraum.«

»Bruderherz, du bist zu gütig.«

»Du kannst es dir nicht leisten, so …« Er nimmt die Briefe und schwenkt sie durch die Luft. »So theatralisch zu sein.« Er seufzt. »Vertrau mir. Ich bin doch auf deiner Seite.«

»Und du bist manchmal ein aufgeblasener Wichtigtuer«, entgegne ich frech, wohl wissend, dass mein Bruder nur das Beste für mich will. Kopfschüttelnd lässt Andries sich auf seinen Thron fallen.

»Denk mal einen Moment lang über die einzige Alternative nach«, warnt er. »Ich versuche, dir zu helfen. Dein von Mama ausgesuchter Zukünftiger ist ziemlich abscheulich.« Statt etwas zu sagen, zucke ich nur mit den Schultern. »Ist dir bewusst, was du opferst, wenn du Dr. Janssen heiratest?«

»Ich will dein Leben!« Am liebsten würde ich mit dem Fuß aufstampfen.

»Das ist keine Option, und du hörst mir nicht richtig zu. Wenn Theo sein Interesse zurückzieht, müssen wir auf meine Liste an potenziellen Ehemännern zurückgreifen. Uns läuft die Zeit davon. Siehst du denn nicht, dass ich versuche, jemanden für dich zu finden, der dir erlaubt, deinen eigenen Weg zu gehen?«

»Erlaubt?«, schreie ich. »Warum sollte ich die Erlaubnis brauchen, die ein Mann nie nötig hätte?«

»Du musst dich jetzt vor allem mal beruhigen«, sagt er. »Du benimmst dich wie ein hysterisches Weib.«

»Und du klingst wie Pa«, schimpfe ich. »Ich lass mich nicht kontrollieren, weder von dir noch von …«

»Werde endlich erwachsen, Jo!« Andries ist auf einmal wütend. »Benimm dich deinem Alter entsprechend, oder ich sorge dafür, dass du schnellstmöglich nach Amsterdam zurückkehrst.«

Ich kann mein Blut in den Ohren rauschen hören. Tränen brennen in meinen Augen. Andries ist nie wütend auf mich. Mir wird klar, wie ernst die Lage ist, und ich bekomme Bauchschmerzen davon.

»Wo ist Clara?«, will ich wissen, so laut, dass sie es hören sollte.

»Besorgungen machen«, antwortet er, und ich wende mich zum Gehen.

»Wo willst du hin?«

»Die Sache in Ordnung bringen.« Ich weiß nicht, ob er mich hören kann, als ich durch den Flur zur Wohnungstür eile. »Ich nehme mal an, das ist erlaubt, oder würdest du mich lieber als Gefangene halten, an deinen Schreibtisch gekettet?«

AGOSTINA SEGATORI IM CAFÉ DU TAMBOURIN

Ich sitze neben ihm im Café du Tambourin am Boulevard de Clichy, und er benimmt sich wie ein bockiges, trotzendes Kind. Ich habe alles versucht, um ihn zu locken – Essen, Alkohol, sein Bruder –, er weigert sich immer noch, mit mir mitzukommen.

»Ich habe fast eine Stunde gebraucht, um Sie zu finden«, sage ich. »Ich bin ohne Anstandsdame unterwegs und riskiere damit meinen guten Ruf … Dries wird fuchsteufelswild sein.«

Ich hatte mir meinen Plan auf dem Weg zwischen dem Appartement meines Bruders und dem Ende der Rue Victor zurechtgelegt: Ich würde Vincent finden, und er würde einwilligen, seine Tricksereien unseren Brüdern gegenüber zuzugeben. Dann war ich die Strecke unseres schrecklichen Spaziergangs abgelaufen in der Überzeugung, er würde irgendwo *en plein air* malen. Tat er nicht. Stattdessen fand ich ihn umgeben von Tabakrauch und lärmenden Unterhaltungen im Le Tambourin.

»Ich sollte wirklich nicht hier sein«, dränge ich und sehe mich hektisch um, denn ich fürchte, einen von Andries' vielen Bekannten zu entdecken. »Wenn Mama das mitbekommt …«

Vincent hört mir gar nicht zu. Sein Blick ist auf eine andere Person gerichtet, deren Bewegungen durch den Raum er verfolgt.

»Sie müssen mit mir mitkommen.« Ich weiß nicht, wie oft ich das schon gesagt habe. »Dann schicken wir Clara Theo holen, und dann müssen Sie allen die Wahrheit über unsere *Beziehung* und unseren Spaziergang in Montmartre erzählen.«

Vincent nickt, aber es ist klar, dass er nicht zuhört. Er ist mit seinen Gedanken ganz woanders.

»Wer ist sie?«, will ich wissen. Ich muss brüllen, um über den Lärm des Klaviers und den Gesang sentimentaler Lieder, die nach Vergeltung rufen, gehört zu werden. Jemand am Tresen feuert den Pianisten an, andere singen Arm in Arm mit.

»Ihr gehört die Bar«, antwortet er. Er beugt sich auf seinem Stuhl vor, den Blick immer noch auf sie gerichtet. »Bietet Künstlern einen Ort, um auszustellen.«

In dieser Bar bin ich Holländerin. Ich bin blass und schäbig, sie ist exotisch und interessant. Unter einem roten Tuch kringeln sich lose Locken hervor, die ihr schmales Gesicht umrahmen. Ihr Kleid ist leuchtend bunt, ein Patchwork-Muster ohne schwere Turnüre, eine Silhouette, die ihre schlanke Figur betont. Sie ist zwar deutlich älter als ich, aber eine strahlende Erscheinung und irgendwie gleichermaßen attraktiv und schön: markante Nase, volle Lippen und olivfarbene Haut. Doch es sind ihre bemerkenswerten Augen, die mich fesseln. Sie ist so selbstbewusst wie ein erfolgreicher Mann. Beim Gehen hält sie den Kopf hocherhoben, ohne einen Hauch von Zweifel, wer sie ist.

»Agostina Segatori.« Ich sehe mich im Café um und stelle fest, dass alle Agostina beobachten. Es wird gesungen, gelacht, geredet, aber alle Blicke folgen der Gastgeberin. »Ich mag sie sehr«, sagt er.

»Ist sie Französin?«

»Italienerin.«

Sie zündet sich eine Zigarette an, und jemand reicht ihr ein Glas Bier, als sie stehen bleibt und sich mit dem Rücken an den Tresen lehnt.

Ich beuge mich vor und spreche nahe an seinem Ohr, damit er mich hören kann. »Ich will eine Zigarette«, sage ich. Auch ich sehe dabei unverwandt Agostina an.

Er lacht. Zupft sich am linken Ohrläppchen. »Du rauchst nicht«, sagt er, ohne mich dabei anzusehen.

»Ich will ein Glas Bier.« *Ich will sein wie sie*. Vincent schnippt mit den Fingern, und ich sehe, wie sie ihn bemerkt.

Ein kurzes Zucken des Wiedererkennens in ihrem Mundwinkel. Agostina kommt zu uns herüber. Ihre Hüften schwingen unter Vincents Blick. Sie bewegt sich zur Musik des Cafés und kommt dabei nicht ein Mal aus dem Takt. Ohne zu blinzeln, sieht sie ihn an. Mit jedem Schritt scheinen sich ihre dunklen Augen in seine Seele zu bohren. Zwischen Vincent und dieser Frau fließt Energie, so intensiv, dass die Luft um sie beide zu knistern scheint. Ich sinke tiefer in meinen Stuhl. Ich bin unsichtbar. Noch nie habe ich mich so zur falschen Zeit am falschen Ort gefühlt. Ich bin eine farbenblinde Künstlerin, eine Schriftstellerin, die noch nie ein Buch gelesen hat, eine Schauspielerin, die ihren Text nicht lernen kann. Ich gehöre nicht in diese Welt, und trotzdem würde ich in diesem Moment meinen linken Arm dafür geben, sie zu sein. Ich will Agostina Segatori sein.

»*Una birra e una sigaretta per la signora*«, sagt Vincent. Er deutet mit den Händen ein Bier und eine Zigarette an. Agostina mustert mich kurz, wobei ihre Miene unbewegt bleibt, dann kehrt ihr Blick zu Vincent zurück. Sie schnalzt mit der Zunge und wirft den Kopf in den Nacken. Vincent lacht. Es ist ein tiefes Lachen, während Agostina zu ihrem Tresen zurückstolziert.

»Sie hat Nein gesagt«, erklärt Vincent. »Sie hält dich für eine anständige Lady.«

Sie lachen über mich. »Ich habe genug von Ihren Spielchen«, sage ich und stehe auf, um zu gehen, doch er packt auf einmal meine Hand. Ich schüttele ihn ab und hole tief Luft.

»Kommen Sie mit mir zu Andries' Appartement«, bitte ich noch einmal.

Vincent zieht die Augenbrauen hoch. »Hat so nicht auch unser letztes *Missverständnis* begonnen?« Er lacht wieder.

Dieser Mann hält sich für witzig. »Sagen Sie unseren beiden Brüdern, dass zwischen uns nichts passiert ist. Sagen Sie Theo, dass ich während unseres ganzen Ausflugs darauf gewartet habe, dass er kommt.«

»Viele wollen mich zähmen, mich von meiner Verschrobenheit befreien. Ich fürchte, viele sehen Leidenschaft als Schwäche.« Vincent drückt Tabak in den Kopf seiner Pfeife. Dann zündet er ein Streichholz an, lässt es einige Sekunden brennen, ehe er es mit einer kreisförmigen Bewegung über seinen Tabak führt. »Ich interessiere mich für Theo, und Sie sind ihm wichtig.

Deshalb bin ich hier, deshalb versuche ich, Sie zu mögen.« Ich starre ihn an, doch er weigert sich, meinen Blick zu erwidern. Ich weiß nicht einmal, ob er hört, was ich sage.

Plötzlich eine Veränderung, als würde er etwas oder jemanden bemerken, den ich nicht sehen kann. Vincents Blick ist wild und springt von Person zu Person. Der Lärm der klirrenden Gläser, das Zischen von Streichhölzern, Gesang, Gelächter – jedes Geräusch scheint ihn mit einem Mal zu schmerzen.

»Du willst mich nicht kennen.« Seine Stimme ist fast ein Flüstern, doch ich lese die Worte von seinen Lippen ab. Er pafft an seiner Pfeife.

»Ihr Wissen über Maltechniken und die Kunstwelt fasziniert mich. Ich würde so gerne mehr erfahren über …«

»Ich liebe vollkommen, ich widme mich vollkommen den Dingen – oder gar nicht. Ich fürchte, anderen geht es mit mir genauso. Entweder sie schätzen mich sehr – oder verabscheuen mich mit Genuss. Es scheint keinen festen Boden zu geben«, sagt er. Ich habe keine Ahnung, was er meint – wir sprechen zwar dieselbe Sprache, aber ich verstehe kein Wort.

Als ich die Hand ausstrecke, um seinen Arm zu berühren, zuckt er zusammen, wobei sein Knie gegen die Tischplatte stößt. Schnell halte ich sie fest, bevor alles auf den Boden rutscht. »Können wir mit diesem Unsinn aufhören und uns anständig unterhalten?«, herrsche ich ihn an, ehe ich selbst merke, wie barsch ich klinge. »Nur dieses eine Mal?«, bitte ich, nun freundlicher. »Reden Sie mit mir über Ihren Bruder?« Vincent antwortet nicht. Vielleicht hat er mich nicht gehört. Vielleicht will er mich nicht hören. Er zündet ein weiteres Streichholz an und hält es wieder über seine Pfeife.

»Der Ausdruck von Bäumen ist ziemlich bemerkenswert«, sagt Vincent.

»Wie bitte?«

Seine Augen sind auf ein Gemälde an der Wand gerichtet, während er an seiner Pfeife pafft. Ich folge seinem Blick zu einem *sous-bois*.

»Bewundern Sie dieses Bild?«, frage ich vorsichtig. Vielleicht finden wir ja in der Kunst ein gemeinsames Thema. »Der Schritt weg von traditioneller Landschaftsmalerei und stattdessen vom Wald umgeben zu sein … der gemalt wird … das muss aufregend sein für einen Künstler«, stammele ich. Ich weiß nicht, wie ich Vincent in ein Gespräch verwickeln soll, denn ich habe noch nie mit jemandem wie ihm gesprochen.

»Wenn es mir nicht gelingt, etwas zu erschaffen, zerstöre ich womöglich mich selbst. Durch die Kunst, durch das Malen halte ich meinen Absturz in die Dunkelheit auf. Kunst und Romane begeistern mich«, murmelt er. »Aber ich bin ein schlechter Finanzier.«

»Soll ich um die Rechnung bitten?« Ich hebe die Hand und schnalze mit den Fingern, doch Agostina dreht sich nicht zu mir um. Frauen rufen keine anderen Frauen herbei, nicht einmal im Le Tambourin. Auch Vincent reagiert nicht. »Wovon leben Sie?«, frage ich. »Also was Geld angeht.«

»Theo lebt für uns beide.«

Ich zwinge mich, tief durchzuatmen. Er macht mich wahnsinnig. Diese Unterhaltung ist unendlich mühsam. »Das ergibt wenig Sinn.«

»Und doch verstehst du jedes Wort.« Er hält sich die Pfeife dicht vor die Augen und betrachtet den Kopf.

»Aber was ist mit Ihrer Zukunftsperspektive?«

»Ach, die verbotene Zukunft. Auf die haben es alle abgesehen. Der zukünftige Vincent. Was wird er wohl sein? Über welche Mittel wird er wohl verfügen? Könnte er der berühmteste Mann der Kunstgeschichte werden?« Er atmet durch die Nase ein und durch den Mund aus. Legt die Pfeife auf den Tisch mit dem Tambourin. Dann streckt er die Arme aus und wedelt damit herum, als wolle er meine Frage vertreiben.

»Nein«, widerspreche ich, »das habe ich nicht gemeint. Ich will wissen …«

»Aber was ist mit dem Vincent der Gegenwart? Ist er deine Zeit und Aufmerksamkeit nicht wert, Mademoiselle Bonger?

Wirst du mich necken, bis ich voller Erwartung bin, und dann so tun, als wärst du dir deiner Verführungskünste nicht bewusst?« Er schreit über den Gesang im Café hinweg und starrt mich mit aufgerissenen Augen an. »Ich war mein Leben lang zu schüchtern, mich denen vorzustellen, die mich interessieren. Ich habe aus der Ferne bewundert und mich in Gegenwart der Großartigen immer unterlegen gefühlt.«

»Ich bin nicht großartig. Im Gegenteil. Madame Segatori ist großartig.« Mein Tonfall ist bei ihrem Namen ein wenig zu scharf.

»Möchtest du wissen, was meine größte Angst ist?«, fragt er, und ich nicke.

Er trinkt einen Schluck von seinem Bier, dann beugt er sich zu mir herüber, bis seine Lippen nur noch wenige Zentimeter von meinem rechten Ohr entfernt sind. Seine Barthaare kitzeln meine Haut. Instinktiv zucke ich ein Stück zurück. *Nein, Vincent.* Ich will ihm nicht so nah sein. Man kann wohl sagen, dass diese Unterhaltung ganz und gar nicht läuft wie geplant. Wieder mal bin ich völlig überfordert mit der Situation.

»Dass ich nie einen Zweck erfüllen werde. Dass ich nie gut genug sein werde. Ein Meister in nichts.« Jedes Wort ist von Traurigkeit durchdrungen.

Ich schweige. Diese plötzliche Veränderung in Vincent hat mich überrumpelt. Aber ich muss an meinem Plan festhalten. Wenn ich nicht bald zurückkehre, wird Andries sich auf die Suche nach mir machen. Die Vorstellung, wie wütend er sein würde, spornt mich an. »Ich muss darauf bestehen, dass Sie jetzt mit zu Andries kommen …«

»Eines Tages, unter der schwefelgelben Sonne, werde ich eine Künstlerkolonie gründen. Einen Ort, an dem Künstler einfach sein können, sein und malen.«

Dann verfällt er wieder in Schweigen. Zwei Tische zu unserer Rechten lacht eine Frau laut auf. Vincent zuckt zusammen. Sein Bein stößt wieder gegen unseren Tisch und befördert diesmal die leeren Gläser und seine Pfeife zu Boden. Die Gläser zerbrechen.

Die Musiker halten inne. Einen Moment lang herrscht Stille, in der sich alle nach uns umdrehen. Vincent beugt sich zu Boden und sammelt die Scherben mit bloßen Händen auf.

»Halt!« Ich packe seine Handgelenke und sehe das Blut aus winzigen Schnitten quellen. Vincent blickt mir in die Augen. Die seinen voller Trauer.

»Dries sagt, Theo glaubt, dass Ihre Kunst gefeiert werden wird. Für ihn sind Sie einer der Meister«, sage ich.

»Er ist geblendet von brüderlichem Pflichtgefühl.«

Um uns herum wird es wieder laut. Ich lasse Vincents Handgelenke los. Er greift nach seiner Pfeife. »Oh, einfach nur in Frieden meine Pfeife zu rauchen und zu trinken.« Wir lehnen uns beide in unseren Stühlen zurück.

»Dries sagt, dass die Farbigkeit und Art des Farbauftrags Ihre Kunst verändert. Das würde ich gerne sehen. Ich würde mir das gerne von Ihnen zeigen lassen.«

»Theo glaubt, dass ich mein Handwerk beherrsche. Er sagt, das kommt davon, dass wir zusammenleben. Es gibt mir Stabilität.« Vincent starrt seine Handflächen an. Dann zieht er kleine Glassplitter aus seiner Haut und legt sie auf den Tisch.

»Geht es Ihnen genauso?«, frage ich vorsichtig. Ich habe Angst vor dem, was er als Nächstes tut.

»Ich bin von dir besessen.« Sein Ton ist so bestimmt, dass es klingt wie eine allgemein bekannte Tatsache. Wieder bin ich völlig verwirrt.

»Ich brauche Ihre Hilfe!« Die Worte klingen hart, weil ich so laut sprechen muss. »Theo muss wissen, dass wir« – ich zeige auf uns beide – »keine Liaison haben. Dass da nichts ist zwischen uns. Bitte, Vincent. Sagen Sie ihm die Wahrheit.«

Vincent steht auf. Ganz offensichtlich hat er kein Interesse mehr an unserer Unterhaltung. Er winkt Agostina Segatori, die ihm daraufhin zunickt. Seine Schritte knirschen auf den Glasscherben, als er weggeht und mich allein im Le Tambourin sitzen lässt.

Juli 1888

Als ich nach Hause kam, wusste mein Bruder bereits von meinem »heimlichen Treffen mit Vincent«. Ich erzählte ihm alles von unserem Gespräch und wie sehr Vincent mich verunsichert hat, weil nichts von dem, was er tat oder sagte, für mich Sinn ergab. Es gelingt mir auch nicht, vorherzusagen, was als Nächstes von ihm kommt.

Ich bezweifle, dass es in ganz Paris eine Frau gibt, die Vincent van Gogh beschwichtigen könnte.

Dries blieb nichts anderes übrig, als mir nun doch zu erklären, weshalb Vincents Ruf absolut gerechtfertigt ist. Er beschrieb mit (sehr) intimen Details Vincents Besessenheit von seiner Verwandten und dass er mal mit einer schwangeren Prostituierten in Sünde zusammengelebt hatte.

Ich hatte ja gehofft, seit meiner Ankunft in Paris etwas lockerer geworden zu sein, aber mir wurde bei diesem Bericht ganz elend. Bei jedem schmutzigen Detail und jeder mutmaßlichen Krankheit wurde mir übler. Die Vorstellung, andere könnten glauben, ich sei mit diesem Mann intim gewesen, ließen mir kalten Schweiß ausbrechen. Kein Wunder, dass Guy Loti sein Interesse verloren hatte.

Aber was soll ich tun? Er ist Theos Bruder, und wenn ich Theo in mein Leben lasse, bedeutet das dann nicht auch, dass ich lernen muss, seinen Bruder zu ertragen?

Natürlich wird auch Theo inzwischen von meinem Treffen mit Vincent im Le Tambourin erfahren haben, und in

Anbetracht der »Beweislage« wird er vermutlich daraus schließen, dass ich von seinem Bruder fasziniert bin. Ich bezweifle, dass ich je wieder von ihm hören werde.

Wieso gelingt es mir ständig, alles nur noch schlimmer zu machen?

ZWEI FRAUEN IM WALD

Zum dritten Mal innerhalb von zehn Minuten frage ich: »Und du bist sicher, dass sie uns für heute eingeladen haben?«

Es ist noch nicht einmal zehn Uhr, und wir stehen bereits vor der Tür.

»Vielleicht wird ja die Bildhauerei deine Waffe«, entgegnet Andries. Er zieht an der Schnur, die in Rodins Atelier die Glocke läutet.

Kurz darauf sehen wir Camille drinnen auf die große Tür zulaufen. Sie trägt einen weißen Kittel über ihrer Kleidung, und ihre ausgestreckten Finger sind mit nassem Ton verschmiert. Obwohl uns noch die Tür trennt, ist ihre Energie ansteckend. Andries lacht, und auch ich muss lächeln.

»Johanna, *mon amie.*« Wir hören sie durch die Glaspaneele, während sie versucht, mit den Handflächen den Schlüssel umzudrehen. »*Je suis si contente que tu sois là.*« Dann umarmt sie mich fest mit den Ellbogen, weil sie mit ihren schmutzigen Fingern nicht meine Kleider berühren will.

»Bonger, immer eine Freude«, begrüßt sie meinen Bruder mit einer gleichermaßen herzlichen Umarmung. »Mein Frettchen ist da drin.« Sie deutet nach rechts. Bei ihrer Handbewegung rieseln winzige Tonkrümel zu Boden. Ich muss den Impuls unterdrücken, sie aufzufangen. »Geh ruhig zu ihm, dann habe ich Johanna ganz für mich allein.«

Ich muss unwillkürlich lächeln. In der Vergangenheit hatte ich oft das Gefühl, dass ich andere Frauen mehr mag als sie mich. Bei Camille fühlt sich das anders an. Ihre Freude über meinen Besuch macht mich glücklich. Hier bin ich nicht unsichtbar, und mein Interesse an Kunst wird ernst genommen.

»So ein herzliches Willkommen wie bei Ihnen gerade erlebe

ich nicht mal bei meinen Eltern, wenn ich sie besuche«, sage ich lachend und folge Camille durch den Eingangsbereich. »Vielen Dank, dass Sie so nett sind.«

Sie bleibt stehen, wartet, bis ich auf ihrer Höhe bin, und hakt sich dann bei mir unter. Nur ein oder zwei Tonkrümel landen dabei auf meinem Kleid. Es gefällt mir: Hier bin auch ich eine Künstlerin.

»Mag deine Mutter dich denn?«, will sie wissen. Ihre Direktheit ist beeindruckend. Sie interessiert sich für mich – für Johanna Bonger, nicht für Andries' jüngere Schwester. Ich lächele kopfschüttelnd. Nein. Mama hat nie einen Hehl daraus gemacht, dass sie mich nicht leiden kann.

»Meine Mutter verabscheut mich. Sie wünscht, ich wäre als Mann geboren worden, und sie findet meine Kunst obszön«, sagt Camille und lacht. »Als man mir erklärt hat, ich hätte das falsche Geschlecht, um an der École des Beaux Arts zu studieren, hielt ich es für einen Fluch, eine Frau zu sein.«

Ich nicke. »Ich wünsche mir im Moment auch sehr, ein Mann zu sein.«

»Aber der Körper einer Frau und dessen Form sind wunderbare Geschenke«, fährt Camille strahlend fort. »Die Dinge werden sich wandeln, und Paris ist das Zentrum für all das.«

»Wirklich?«

»Absolut.« In ihrem Wort liegt nicht der Hauch eines Zweifels.

Wir betreten nun eine große Halle, deren Fußboden mit weißen Leintüchern und Wassereimern bedeckt ist. Skulpturen in verschiedenen Größen, Formen und Vollendungsstadien stehen im Raum verteilt.

»Das ist dein Atelier?«, frage ich.

»Rodins, aber wir teilen es uns. Die meisten sind noch nicht fertig«, erklärt sie. Wie ein Schleier liegt weißer Staub in der Luft und bedeckt alle Oberflächen. Marmorklumpen und Steinblöcke warten auf hölzernen Stützen und Kisten. »Spitzmeißel, Raspel und Flachmeißel.« Camille deutet auf die Werkzeuge, die in einer ordentlichen Reihe neben den Steinen liegen, während sie auf einen matschigen Klumpen feuchten Tons zugeht. Sie nimmt einen nassen Lappen und reibt damit kräftig über ihre Finger.

Ich zeige auf einen Haufen fertiger Körperteile. »Warum gibt es so viele Füße und Hände?« Sie liegen in diesem großen Raum verteilt, als sei hier vor Kurzem eine Schlacht zu Ende gegangen.

»Die mache ich für Rodin«, sagt sie. »Er findet sie schwierig.«

»Und er benutzt sie dann für seine Skulpturen?« Camille nickt. »Und bekommst du eine Anerkennung für deinen Beitrag?«

Sie schüttelt den Kopf. »Manchmal signiert er sie sogar als seine eigenen.«

»Aber ...«

»Ich bin lieber ein Teil von etwas als gar nichts«, erklärt Camille ohne jede Bitterkeit.

»Aber das ist so ungerecht. Warum ...«

Diesmal unterbricht ihr Lachen meinen Ausbruch. Wieder schüttelt sie den Kopf. »Mit achtzehn kam ich nach Paris, um bei Alfred Boucher zu studieren.« Sie sieht mich fragend an, aber ich kenne ihn nicht. »Als Alfred nach Florenz ging, bat er Rodin, meinen Unterricht zu übernehmen, doch stattdessen lud mich mein Frettchen ein, eine seiner Assistentinnen zu werden. Seither bin ich sein Modell, seine Geliebte, Muse und ihm künstlerisch ebenbürtig. Doch für andere werde ich immer nur seine Geliebte bleiben.«

»Wie lange schon?«, frage ich, während ich zwischen den Skulpturen herumgehe und das Bedürfnis unterdrücken muss, die Hand auszustrecken, um die glatten Formen zu streicheln.

»Vier Jahre«, antwortet sie und kann mir mein Entsetzen am Gesicht ablesen. *Vier gestohlene Jahre.* »Er ist kein schlechter Mann«, fügt sie rasch hinzu. »Er liebt zwei Frauen, und jede von uns gibt ihm etwas, was die andere nicht geben kann.«

Ich bleibe stehen und drehe mich zu ihr um. Sie starrt eine Tonfigur an. »Bist du glücklich?«, frage ich.

»Nein«, antwortet sie ohne Zögern. »Die Traurigkeit macht meine Seele krank. Das hier« – mit ausgestreckten Armen zeigt sie auf das große Atelier – »bewahrt mich vor dem Wahnsinn. Ich glaube, mein Geist würde implodieren, wenn ich meine Kunst nicht hätte.« Sie macht eine kurze Pause. »Und ich würde ein Leben ohne ihn nicht ertragen. Er hat mir geholfen, die Künstlerin zu werden, die ich bin, aber …«

»Er zerstört dich.« Ich gehe zu ihr.

»Ich will ihn für mich allein haben. Er zieht es vor, mit ihr zu leben«, sagt sie tonlos.

»Seine Frau?«

»Sie sind nicht verheiratet, aber sie haben einen gemeinsamen Sohn. Er hat versprochen, sie zu verlassen …«

Als ich etwas erwidern will, fällt mein Blick auf die Figur neben ihr. Ich bin völlig überrumpelt. Ihre Schönheit verschlägt mir die Sprache.

»Die habe ich in dem Jahr begonnen, als ich Rodin kennengelernt habe«, sagt Camille. »Ich nenne sie *La Valse*.«

»Der Walzer. Wie du die Bewegung eingefangen hast … ich meine, in dieser festen Form … das ist atemberaubend.« Ich trete noch einen Schritt näher. »Wie ist das überhaupt möglich?«

Staunend umrunde ich die Plastik und sauge die vielen Feinheiten in mich auf. Sie verändert sich aus jedem neuen Winkel. Es handelt sich um ein tanzendes Paar, das sich der eigenen Körperlichkeit und der Bewegung des gemeinsamen Tanzes sichtlich bewusst ist.

»Dass die beiden vollkommen verliebt sind, steht außer Frage«, stelle ich fest. »Wie sie sich neigen, in diesem einen Moment innehalten … pure Verletzlichkeit.« Ich bin völlig erschüttert von der so offensichtlichen Zerbrechlichkeit von Liebe, diesem winzigen Einblick in Camilles Gefühle. Das Werk ist voller Freude und Zärtlichkeit.

»Das ist wirklich großartig. Umwerfend«, staune ich. »Ich glaube, du bist die talentierteste Künstlerin, die ich je getroffen habe.«

Sie lacht, als wolle sie mein Kompliment abtun. »Ich habe es ausgestellt, und die Leute waren entsetzt.« Man kann ihren Kummer darüber deutlich hören.

»Wie bitte?« Ich beuge mich näher zu dem tanzenden Paar. »Wie kann jemand von dieser Schönheit nicht berührt sein?«

»Wegen meines Geschlechts und meines Rufs als Rodins Geliebte«, erklärt sie. »Als Bildhauerin ist es schwierig, an Aktmodelle zu kommen, und wenn überhaupt, dann wäre nur ein sittsames Aktmodell akzeptabel. Ich habe mich geweigert, die Regeln einzuhalten.«

»Was ist passiert?«

»Die Plastik wurde als obszön abgestempelt, und man hat mir gesagt, in einer öffentlichen Galerie gäbe es dafür keinen Platz.«

»Aber Männer können die nackte Form studieren – und ihre Kunst wird gefeiert?« Camille nickt.

»Ich würde sie so gern in Bronze gießen lassen, aber die Société Nationale des Beaux-Arts wird diese Nacktheit nicht unterstützen.« Sie zeigt auf die Plastik, und wir schweigen beide einige Minuten lang, während wir ihre Kreation nachdenklich betrachten.

»Ich weiß, es ist nicht ideal«, schlage ich vor, »aber hast du darüber nachgedacht, ihr einen Rock anzuziehen?«

Keine Antwort, aber ich beobachte, wie Camille ihr Werk umrundet. »Nur über diesen Teil.« Ich deute auf das Stück zwischen dem nackten Hinterteil bis zum Fuß der Plastik.

»Der Verlust des Selbst«, sagt sie. Ihre Finger wandern über den Ton. »Er könnte ohne Turnüre anliegen, sodass die Kontur des Körpers erkennbar bleibt.«

»Eine fließende Form würde funktionieren«, bestätige ich. »Als ob die Erde ihr Wesen verschlingt.«

»Genau so ist es, Rodin zu lieben«, sagt Camille.

Heimlich versuche ich, mir eine Träne aus dem Augenwinkel zu wischen. So eine Verletzlichkeit und Ehrlichkeit habe ich bisher noch nie in Kunstwerken erlebt. Camilles Talent ist nicht zu verkennen. Diese Unterhaltung, dieses Leben – ich fühle mich mehr wie ich selbst als je zuvor.

»Wer war er?«, erkundigt sie sich. Sie tritt an meine Seite und legt mir den Arm um die Schultern.

»Ein Schriftsteller, älter, weiser, immer noch an der Schule angestellt, die mich entlassen hat«, antworte ich. »In Amsterdam werde ich immer noch durch meine Indiskretion definiert. Aber bald wird meine Vergangenheit ausradiert sein, und ich werde Ehefrau.«

»Ich höre da aber nicht viel Freude heraus«, stellt sie fest.

»Ein Witwer, fast siebzig. Meine Eltern haben alles arrangiert. Ich muss einwilligen, sonst verstoßen sie mich.«

Camille baut sich vor mir auf und legt mir die Hände auf die Schultern. Die Tonabdrücke werde ich noch tragen, wenn sie mich längst wieder losgelassen hat. »Dann lass sie doch«, sagt sie.

»Ich habe keine Mittel, mich selbst zu finanzieren.« Irgendwie kann ich ihr nicht in die Augen sehen. Auf einmal genüge ich nicht mehr, bin ihr nicht mehr ebenbürtig. »Dries versucht, hier in Paris einen passenden Ehemann für mich zu finden, aber das ist kompliziert. Theo hat mir einen Antrag gemacht.«

»Van Gogh?«

Ich nicke. »Ich mag ihn, aber ich habe drei Jahre lang Eduard geliebt. Ich bin noch nicht bereit, mich auf jemand anderen einzulassen …«

»Sie lügen, sie betrügen, und trotzdem tragen wir die Last des Skandals auf unseren Schultern«, sagt sie. »Dass meine Kunst dich berührt hat, wird uns für immer verbinden.«

Juli 1888

Ich habe einmal etwas über das Leben von Beethoven gelesen. Danach konnte ich seine Musik umso mehr schätzen und genießen.

Nun, da ich Camille getroffen habe, werde ich für immer in jeder Skulptur nach ihrer Geschichte lauschen.

WEIBLICHER RÜCKENAKT

Ich höre Vincents laute Stimme draußen im Flur, habe aber keine Zeit mehr, meine Röcke oder Frisur zu richten, ehe er an Clara vorbei in den Salon stürmt. Mein aktuelles Werk trocknet gerade auf der Staffelei – ein experimentelles Stillleben: Porzellanteller, Serviette, Kristallglas, Spitzentischdecke, Veilchen in einer kleinen Vase, Löffel, Messer und Gabel – und währenddessen habe ich begonnen, den ersten Band von *Les Misérables* zu lesen, die Stiefel auf den Pouf meines Bruders gelegt.

Clara folgt ihm dicht auf den Fersen. Ihr Gesicht ist wieder so seltsam blass: von Sorge und Krankheit gezeichnet. Andries wird ihr die Schuld geben, nicht dem Concierge, dass sie Vincent ins Appartement gelassen hat. Ich bedeute ihr mit einem Nicken: *Ich kümmere mich um ihn.* Dabei weiß ich, dass ich dieses Treffen kurz halten und streng mit meinem *Gast* sein muss.

Ich stehe auf, um ihn zu begrüßen. Als ich meine Röcke zurechtschüttele, schwanke ich ein bisschen, weil ich ihm gleichzeitig zur Begrüßung die Hand hinstrecke, doch er ignoriert sie. Vincent ist offenbar nicht in Stimmung für Etikette. Seine Augen funkeln wie Lava speiende Vulkane, und er läuft beinahe auf der Stelle. Clara ist im Raum geblieben, da sie noch keine Anweisung erhalten hat, sich zu entfernen. Bestimmt hat sie sich bereits überlegt, wie sie am schnellsten Hilfe holen kann.

Nachdem ich meine Bluse glatt gezogen habe, hole ich tief Luft und wende mich an Clara: »Bitte gib mir einige Minuten mit Monsieur van Gogh.«

Sie verbeugt sich leicht, tritt ein paar Schritte zurück und bleibt dann im Türrahmen stehen.

»Vincent, Sie können nicht hierbleiben. Dries wird jede Min…« Mein Tonfall ist streng.

»Bonger trifft sich mit Theo«, unterbricht mich Vincent. Er schreit fast, und seine Worte klingen undeutlich. »Im Le Tambourin, um über *uns* zu reden. Wir haben also Zeit.«

»Senken Sie Ihre Stimme«, fordere ich ihn auf. Hoffentlich gelingt es mir, eine ausdruckslose Miene und einen kühlen Ton zu wahren. »Es gibt kein *uns*, über das die beiden sprechen müssten. Weshalb sind Sie hier?«

»Du hast nicht auf meinen Brief geantwortet, und es ist vier Tage her, seit ich dich im Le Tambourin gesehen habe«, sagt er. »Du hast mir also keine andere Wahl gelassen, als herzukommen.«

Er benimmt sich wie ein gekränkter Liebhaber, als hätte ich irgendwie Schuld. Damit habe ich nicht gerechnet.

»Ich habe Ihre Korrespondenz erst vor zwei Tagen erhalten und war mit meiner Kunst beschäftigt.« Mit dem Kopf deute ich Richtung Leinwand, aber er dreht sich nicht um. Stattdessen starrt er mich weiter an. Ich bedeute Clara, uns allein zu lassen, und sehe, wie sie in den Flur hinaustritt. »Außerdem bin *ich* nicht für das verantwortlich, was *Sie* tun!«

»Du weichst mir aus«, sagt er. Er klingt wie ein schmollendes Kind, doch sein Blick ist so intensiv, dass ich mir am liebsten die Fingernägel bis aufs Fleisch abkauen würde.

Ich blinzele und atme tief durch. Nicht mal das trotzigste Kind in ganz Utrecht könnte es mit Vincent van Gogh aufnehmen.

»Ich verlange, dass du mir sagst, womit ich dich beleidigt habe«, sagt er und schwankt dabei leicht, als fiele ihm das Stillstehen schwer.

Blitzschnell überlege ich, was ich darauf am besten erwidern soll: Dass ich nicht geschrieben habe, weil mir noch keine passende Antwort eingefallen ist. Dass ich nicht vergessen kann, was Andries mir über die Geschlechtskrankheiten erzählt hat, die Vincent sich angeblich eingefangen hat. Dass es hier nicht darum geht, prüde oder anständig zu sein, sondern darum, was ich mir selbst wert bin, und um meine Sorge, die Leute könnten glauben, ich hätte ein Verhältnis mit ihm. Dass es drei Tage her ist, seit ich Theo geschrieben habe, und ich immer noch verzweifelt auf seine Antwort warte.

Bei dem Gedanken, Theo könnte vielleicht das Interesse an mir verloren haben, zieht sich mein Magen zusammen. Dries redet in diesem Moment gerade mit ihm über all das, und mein Plan war eigentlich, Vincent zurückzuschreiben, sobald ich mit Theo alles geklärt hatte. Ich wollte so etwas schreiben wie: »Wir wissen beide, dass ich höflich bin und dies meine Art ist, Sie wissen zu lassen, dass ich keinerlei romantisches Interesse an Ihnen hege. Ich antworte Ihnen nur, weil mir Ihr Bruder am Herzen liegt.« Ich hatte heute nicht mit einer Konfrontation gerechnet und damit offensichtlich Vincents Reaktion auf Zurückweisung unterschätzt.

Er klatscht in die Hände. »Hörst du mir überhaupt zu?« Hektisch sehe ich ihn an, doch sein Blick flackert bereits von meinem Gesicht über die weiß getünchten Wände des Salons und bleibt an einem Ölgemälde von zwei Schwestern in Fensternähe hängen.

Er verzieht angewidert das Gesicht. »Wie scheußlich«, sagt er.

»Das ist ein Renoir.«

»Ich dachte, Bonger wäre ein Mann von Geschmack. Ich muss …«

»Weshalb sind Sie hier?«, wiederhole ich.

Vincent studiert schweigend das Gemälde, doch etwas verändert sich. »Wegen einer Bitte.«

»Ja?«

»Ich möchte dich zeichnen«, sagt er und beobachtet mich dabei aufmerksam.

»Noch eine Tuschezeichnung?«

»Ich habe gehört, du bewunderst Claudel?«, fragt er, und ich nicke. »Sie ist Rodins Aktmodell.«

»Sie ist vor allem selbst eine begabte Bildhauerin«, widerspreche ich. »Die ständig gegen die Strömung kämpfen muss. Ich habe in einem Kunstwerk noch nie so viel Gefühl und Tiefe gesehen.«

»Bockmist!« Er lacht, als hätte er einen lustigen Witz gemacht. »Lass mich dich zeichnen. Nackt, von hinten.«

Seine Worte klingen gleichermaßen verzweifelt und pathetisch. Wenn er mich schockieren wollte, so ist es ihm misslungen.

»Ich habe schon viele nackte Körper gesehen.« Er malt mit den Händen einen Umriss in die Luft.

Ich klatsche in die Hände. »Gut gemacht«, sage ich. »Da haben Sie Glück. Ich kann Anatomie nur an Gipsmodellen studieren.«

Vincent schüttelt schnaubend den Kopf. »Ich bin Künstler. Ich studiere die menschliche Form und Haltung.«

»Sie sind ein privilegierter männlicher Künstler«, gebe ich zurück. »Die Gesellschaft unterstützt es, dass Sie Aktmodelle malen, während es für weibliche Künstler als gefährlich angesehen wird, dasselbe zu tun. Nehmen Sie zum Beispiel Camille und ihre …«

»Ich will dich nackt malen«, wiederholt er. Dabei starrt er mich herausfordernd an. Er hält mich wohl für ein albernes Weib und betrachtet es als Spiel, mich bloßzustellen. Frauen sind Objekte zum Vergnügen der Männer – unterwürfig und bereit, sich anzupassen. Ich halte seinem Blick stand. Schließlich blinzelt er und sieht weg. Ein kurzer Sieg.

»Haben Sie getrunken?«, will ich wissen. Vincent zuckt mit den Schultern.

»Gehen Sie und schlafen Sie sich aus.« Ich zeige auf die Tür.

»Oh, schlafen, vielleicht auch träumen, von Schuld und Dingen, die ich fürchte. Der Teufel wird den Preis alsbald nun fordern, und dieser Pastor voll des Scheiterns scheint viel wert zu sein.« Er wirft einen Blick auf meine Leinwand, ohne sie zu kommentieren. Dann sieht er den Bücherstapel auf dem Sofa. »Du hattest einen erquicklichen Morgen, wie ich sehe.« Er deutet auf *Les Misérables*, und dieses Mal bin ich diejenige, die mit den Schultern zuckt. Er ist ein kaputter Mann – Trinker und verzweifelt selbstsüchtig –, und ich habe genug von seinem theatralischen Auftritt.

»Ich möchte, dass Sie gehen, bevor mein Bruder …«

»Bordelle befriedigen mich nicht mehr.«

Vincent tritt einen Schritt zurück. Mustert mich von Kopf bis Fuß. Er ist gar nicht in der Lage, mich als Frau zu sehen, ganz zu schweigen als Künstlerin oder ebenbürtige Partnerin. Stattdessen glaubt er, ich würde nur ihm zu Gefallen existieren. Er schätzt mich für meine Schönheit und sexuelle Verfügbarkeit, genau wie er es bei einem Modell täte.

»Ich habe es Ihnen schon einmal gesagt: Ich bin kein Gemälde, das zu Ihrer Erbauung erschaffen wurde. Schauen Sie mich nicht so an.«

»Ganz ehrlich?«, fragt er. Dann schnalzt er mit den Fingern, als wäre er zu einem Schluss gekommen. »Ich weiß gar nicht mehr, weshalb ich hier bin. Du könntest mich wahrscheinlich ohnehin nicht befriedigen. Doch als du mir im Le Tambourin ins Ohr gehaucht hast …« Er zieht an seinem linken Ohrläppchen.

»Was?« Diese Unterhaltung übersteigt mein Verständnis.

»Hast du gelogen, als du sagtest, du wärst eher unerfahren?«

Ich schüttele den Kopf, während mir die Röte in die Wangen schießt, obwohl ich so gern kühl und unbewegt wirken würde. »Aber, Vincent, man schockiert mich nicht so leicht. Jetzt … möchte ich, dass Sie gehen.«

»Nein«, sagt er. »Ich will dich hier unter mich auf den Teppich werfen.« Er zeigt auf Andries' Empire Aubusson.

Gegen meinen Willen muss ich lachen. Er will mich besitzen, und ich soll seine lächerliche Fantasie bedienen. Die ganze Situation ist grotesk: Dieser Mann hat nicht alle Tassen im Schrank.

»Ich werde dich auf deinen runden Bauch drehen und dir deine Röcke und Unterwäsche vom Leib reißen.« Seine Stimme klingt jetzt irgendwie gereizt, und die Worte verschwimmen ineinander. Mein Gelächter hat ihn erzürnt oder vielleicht auch erregt, aber auf jeden Fall hat sich etwas verändert.

Ich bin zur Beute geworden.

Instinktiv schlinge ich die Arme um den Oberkörper und trete einen Schritt zurück. »Vincent, hören Sie auf!«

Er funkelt mich an. Er ist ein wildes Tier, bereit zum Sprung. »Ich tue, was ich will.«

Ich weiche noch einen Schritt zurück.

»Ich werde dich von hinten nehmen, wie ein Hund seine Hündin, und mich am schmutzigen Duft und der Feuchtigkeit zwischen deinen runden Pobacken ergötzen.«

»Monsieur van Gogh …«

Mit erhobener Hand kommt er auf mich zu. »Ich werde dich umdrehen und fühlen, wie deine Finger meine Hoden streicheln, bevor dein Mund die Spitze meines …«

»Es reicht!«, brülle ich. Ich drehe mich um und eile auf die Tür zu.

»Aber zuerst zieh deine Kleider hoch und setz dich auf …«

Ich höre einen Knall. Als ich mich umdrehe, liegt eine Lampe am Boden. Er kniet daneben auf dem Teppich vor dem offenen Kamin und fummelt an den Knöpfen seiner Hose herum.

Ich muss mich fast übergeben. Ich wollte das nicht. Nicht hier, und niemals mit Vincent van Gogh.

Vincent schiebt sich die Hose über die Hüften, bis seine graue Unterwäsche zum Vorschein kommt. »Genug?« Er grinst. Er verhöhnt mich.

»Gehen Sie.« Das Zittern in meiner Stimme verrät mich. Vincent hört meine Angst. Ich will seine kranke Männlichkeit nicht sehen. Das darf alles nicht passieren.

»Aber wir haben doch noch gar nicht angefangen. Komm her.« Er rollt sich auf die Seite und will den Kopf in die Hand stützen, doch er ist zu wackelig. »Und ich dachte, du willst, dass ich dich bei meinem Bruder unterstütze.«

Er umfasst durch die Unterhose hindurch seine Männlichkeit. Ich kann den Blick von der Wölbung nicht abwenden. An der Stelle, wo die Spitze sein muss, befindet sich ein feuchter Fleck.

»Halten Sie Ihren *kranken Penis* von mir fern.« Bei den Worten »kranker Penis« bohre ich mit dem Finger in die Luft.

Es ist das dritte Mal, dass ich mit Vincent allein bin – selbst Andries wird mir nur schwer glauben, dass das nicht geplant war. Und Theo, was wird er von mir denken? Kann er glauben, dass Vincent dreimal gelogen hat?

Vincent lacht. Er ist wieder aufgestanden und stolpert auf mich oder die Tür zu. Ich weiche nach rechts aus, damit er freie Bahn hat, doch im Vorbeiwanken umfängt er meine Taille mit seinem Arm und zieht mich an sich. Mit der anderen Hand fasst er den offenen Bund seiner Hose.

Durch die großen Erkerfenster hat jeder Passant freie Sicht auf diese Intimität und möglicherweise sogar auf Vincents Unterwäsche.

»Lass mich los!«, kreische ich. Ich ohrfeige ihn. Als er nach seiner brennenden Wange fasst, rutscht die Hose zu Boden. »Raus hier. Raus hier. Verschwinde!« Meine Stimme wird immer lauter.

»Johanna, sei still«, drängt er und klingt nun gar nicht mehr forsch. Sein Blick huscht ängstlich zur Salontür. »Sonst hört dich das Dienstmädchen. Bonger wird …«

»Verschwinde, verschwinde, verschwinde!« Ich höre gar nicht mehr auf zu schreien, bis sich die Worte vermischen und auch ich völlig irre klinge. Clara kommt ins Zimmer geeilt.

»Mademoiselle Jo?« Ihr Tonfall ist streng, und sie wirkt außer Atem. Außerdem ist ihr Gesicht kreidebleich. »Ich habe Verstärkung angefordert«, sagt sie. Ihre Augen wandern von meinem Gesicht über meine Kleidung. Sie sieht Vincents zu den Knöcheln gerutschte Hose. Ich schüttele den Kopf: *Es ist nichts passiert*. Mir ist das alles entsetzlich peinlich.

Hastig greift Vincent nach seinem Hosenbund und stolpert fast über seine eigenen Füße, als er versucht, meinem Kreischen und Claras Ärger zu entfliehen.

»Und kommen Sie bloß nicht wieder«, ruft Clara ihm hinterher. »Ich werde Monsieur Theo hiervon erzählen.« Dann hustet sie, so heftig, dass es den ganzen Raum erfüllt.

Am ganzen Körper zitternd, drehe ich mich zum Fenster. Von dort aus beobachte ich, wie die Haustür unten zuknallt und Vincent die Stufen hinuntertaumelt. Dann stößt er mit einer Frau zusammen, die er dabei fast umwirft. Ich sehe, wie sie gerade noch das Gleichgewicht hält, ehe sie zum Fenster heraufblickt – mir direkt in die Augen. Vincent versucht, sie am Ärmel zu packen. Sie sieht ihn an. Dann seine Hose, die schon wieder zu Boden gerutscht ist. Dann wieder mich. Diese braunen Mandelaugen, die schmale Nase, die vollen Lippen, das herzförmige Gesicht. Ihre Augenbrauen ziehen sich zusammen. Sara zur rechten Zeit am rechten Ort.

Soll ich etwa glauben, dass sie ganz zufällig über das Pflaster dieses ruhigen Sträßchens spaziert ist? Vincent redet auf sie ein, aber ich kann seine Worte nicht hören. Sara erwidert lächelnd etwas und berührt dabei Vincents Arm, während er sich immer noch an ihr festklammert, um nicht umzufallen. Dann bückt er sich und zieht schwankend die Hose hoch. Während er an den Knöpfen herumfummelt, unterhält er sich lachend mit Mademoiselle Voort.

Juli 1888

Es wiederholt sich alles. Natürlich hatte Dries bereits erfahren, dass Vincent hier war.

Er kam förmlich zur Tür hereingefegt. Ich hatte keine andere Wahl, als ihm alle schmutzigen Details dieser Begegnung zu schildern. Zum Glück wurde ich von Clara unterstützt, die einen Bericht aus ihrer Sicht ablieferte. Dries tigerte währenddessen im Salon auf und ab. Weder schienen ihn die Einzelheiten des Treffens sonderlich zu schockieren, noch schien er wütend auf mich zu sein. Er schlug vor, ich solle in Zukunft mein Bedürfnis, etwas zu unternehmen, zunächst überprüfen – also zuerst innehalten und nachdenken, ehe ich ins Unwetter hinausziehe.

Leben Künstler so? Voller Dramatik, Gefühle und Kämpfe? Will ich dann immer noch Künstlerin sein?

Ich fragte, woher er wusste, dass Vincent hier gewesen war, und natürlich hatte er noch mit Theo zusammengesessen, als Sara die beiden ansprach. Angeblich war sie völlig »verstört«, weil sie mitansehen musste, wie ein wilder, »nackter« Vincent aus Dries' Appartement gerannt kam.

Nachdem er sich versichert hatte, dass es mir gut ging, zog mein Bruder sofort wieder los. Eine Stunde später kam er zurück und überbrachte die Nachricht, dass er mich von Theo grüßen solle und dieser mich in ein oder zwei Tagen besuchen kommen würde.

Kehrt in Paris denn gar nie Ruhe ein?

STILLLEBEN MIT DREI BÜCHERN

Mit kerzengeradem Rücken liest mein Bruder am Schreibtisch stehend seine Post. Neben ihm ruht seine Boxkamera. Er hat noch nicht einmal den Gehrock abgelegt, so sehr scheint ihn der Inhalt dieser Briefe zu fesseln.

»Es gibt wieder ein großes Tanzfest, heute Abend, im Moulin de la Galette«, berichtet er, jedoch ohne jegliche Begeisterung.

»Und das ist schlecht?«, erkundige ich mich von der *confidante* aus.

»Nicht unbedingt.« Er hat den Blick immer noch auf den Brief gerichtet.

»Dann wäre es doch eine perfekte Gelegenheit für mich, wieder mit Theo zu sprechen.« Ob er wohl gerne tanzt? Die Vorstellung, er könne insgeheim exotische Polkas mögen, lässt mich schmunzeln. »Hast du deine Aufnahme von Eiffels Bauwerk gemacht?«

Andries blickt auf und lächelt. »Sie machen große Fortschritte«, antwortet er. »Aber wegen heute Abend ...«

»Alle Frauen sind willkommen.«

Andries nickt. »Normalerweise, ja«, bestätigt er. »Diese Veranstaltungen sind ein guter Ort, um ein Glas Muskatwein zu trinken. Heute ist es jedoch anders«, erklärt er. »Ein privater Tanzabend, bei dem nicht alle Frauen willkommen sind, und ganz besonders die nicht, die *lockere Sitten* pflegen. Nur für geladene Gäste.« Bei den Worten »lockere Sitten« verstellt er seine Stimme, aber ich bin mir nicht sicher, wen er nachahmt.

»Wird Sara da sein?« Andries nickt wieder. Vielleicht werde ich Gelegenheit haben, mit ihr zu sprechen, damit sie begreift, dass sie mich nicht einschüchtern kann. »Was soll ich anziehen? Da wäre dieses neue Satinkleid, das mit den grünen und pfauenblauen ...« Ich verstumme, weil ich sehe, wie Andries' Gesicht rot anläuft. »Was ist?« Ich bin mir unsicher, was ich gesagt habe, das ihn hätte verärgern können.

»Sara«, antwortet er.

»Sie wird da sein. Hast du gesagt.« Ich stehe auf und gehe zu ihm. »Und du möchtest, dass ich mich in ihrer Anwesenheit mit Theo anständig verhalte?« Ich gehe davon aus, dass mein Bruder sich Sorgen macht, ich könnte für Unruhe sorgen. Kein Herumschmusen auf den Tischen, beim Tanzen keine Knöchel zeigen.

Andries schüttelt den Kopf. »Schlimmer.« Er blickt zum Kamin und dann auf den Teppich. »Sie ist ...«

»Spuck's aus«, dränge ich.

»Sara ist bezüglich deiner Beziehung zu Theo auf den neuesten Stand gebracht worden.«

»Aber ich habe doch noch gar keine Beziehung zu Theo.«

»Nach meiner Unterhaltung mit ihm, bei der ich ihm berichtet habe, wie wichtig es dir war, dass Vincent erklärt, dass zwischen euch beiden nichts vorgefallen ist«, sagt er, »ist Theo klar geworden, wie ernst du es mit ihm meinst.«

»Ich meine es ernst mit ihm? Tue ich das?«

»Vielleicht habe ich ein *kleines bisschen* übertrieben.« Andries hebt die Hand, ehe ich etwas einwenden kann.

»Und das war, als du dich mit ihm im Le Tambourin getroffen hast?«, frage ich, was Andries bejaht.

»Und dann noch einmal, als ich zurückkam, um ihm zu erzählen, dass Vincent versucht hat ...«

»War Sara beim zweiten Mal immer noch bei ihm?«, will ich wissen.

»Nein, aber wir haben sie heute auf dem Champ de Mars getroffen.«

»Und?«

»Theo war sehr gesprächig, was die Möglichkeit betrifft, du und er ...« Andries macht eine Pause, aber ich nicke ihm aufmunternd zu. »Er hat Sara gesagt, dass du und er ... also dass ihr euch bald verloben werdet.« Zum Ende des Satzes hin spricht er immer schneller.

»Er hat *was* gesagt?« Ich baue mich neben meinem Bruder auf und gebe ihm einen Klaps auf den Arm.

»Sara hat ihn provoziert«, verteidigt er sich. »Sie hat auf dem Champ de Mars vor allen unseren Freunden verkündet, dass sie dem Organisator des heutigen Abends klargemacht habe, dass sie nicht teilnehmen werde, wenn du eingeladen seist. Sie meinte, deine Anwesenheit würde den gesellschaftlichen Status der Veranstaltung senken.«

»Und das war Theos Antwort darauf?«, frage ich, während ich immer noch versuche, das Gehörte zu verarbeiten. »Dass wir uns bald verloben werden?«

Andries nickt. »Es hat sie auf jeden Fall dazu gebracht, keinen weiteren Unsinn zu erzählen.« Er grinst. Theo und mein Bruder sind aus demselben Holz geschnitzt.

»Sie muss in ihre Schranken verwiesen werden.«

»Das wurde sie heute.« Andries' Fröhlichkeit ist ansteckend. »Der Organisator will Sara aber nicht verärgern, und deshalb hat man mir verkündet« – er schwenkt den Brief durch die Luft – »dass meine Einladung nicht für dich gilt.«

»Dann hat sie also doch ihren Willen bekommen«, stelle ich fest. »Eine Frau, die die Männer kontrolliert.«

»Wohl kaum«, meint Andries lachend. »Nicht, wenn man bedenkt, wie besessen sie von Theo ist.«

»Warum tanzen dann alle nach ihrer Pfeife?« Ich nehme ihm den Brief aus der Hand, um ihn selbst zu lesen.

»Ihr Vater ist sehr wohlhabend und einflussreich.«

»Kann sie über alle bestimmen, denen sie begegnet?«

Andries schmunzelt. »Natürlich nicht. Sie ist eine Frau, und ihr Ruf wird von Tag zu Tag schlechter. Bei meinen Freunden wird sie bereits zur Zielscheibe für Spott.«

»Und damit hast du kein Problem?«

Mein Bruder zuckt mit den Schultern, während ich den Kopf schüttele. Er kann nicht verstehen, weshalb mich diese Haltung ärgert. Ich habe meine eigenen Vorbehalte gegen Sara, aber wir leben beide in einer Gesellschaft, die Frauen unterordnet. Saras

Wünsche werden nur erhört, weil sie einen mächtigen Vater hat. Sie wird nicht einmal erfahren, dass der Organisator wenig erfreut war, sich den Mätzchen einer Frau beugen zu müssen. Dass er es nur getan hat, um Monsieur Voort nicht zu verärgern. Weshalb sollte ich eine solche Veranstaltung besuchen wollen?

»Dann verbringe ich den heutigen Abend allein mit meiner Leinwand, den Farben und Charlotte Brontë. Oder vielleicht lässt du mich einen der Romane lesen, die du da eingeschlossen hast.« Ich deute auf seinen Bücherschrank, in dem ungelesene Bücher Spalier stehen und sich zweifellos danach sehnen, eines Tages gehalten und gelesen zu werden.

»Das erinnert mich an etwas anderes.« Sein Tonfall ändert sich. »Vorhin ist ein Päckchen mit Romanen für dich angekommen.«

»Ich habe aber nichts bestellt.«

»Vincent«, sagt Andries nur. Sein Blick wandert über meine Schulter hinweg, und ich erwarte beim Umdrehen fast, dem Mann persönlich gegenüberzustehen. Dieser Name wird langsam zum Schreckgespenst hier im Appartement meines Bruders. »Sie liegen im Flur.«

Sofort eile ich aus dem Salon. Draußen auf dem Tischchen liegt ein Stapel Bücher, mit Schnur zusammengebunden. Ich lege den Kopf schief, um die Rückenaufschrift lesen zu können. Drei Autoren. Drei Romane. Alle bereits von Vincent geliebt und gelesen. *Braves Gens* von Jean Richepin. *Das Paradies der Damen* von Émile Zola und *La Fille Élisa* von Edmond de Goncourt. Und eine Notiz.

Meine liebe Johanna.

Diese Künstler beschreiben das Leben, wie wir selbst es ertragen.

Bis bald, Vincent

Ich rühre mich nicht vom Fleck. Ich knote die Schnur nicht auf.

»Er scheint wie besessen.« Beim Klang von Andries' Stimme zucke ich zusammen, dann nicke ich.

»Wir sollten sie ihm zurückschicken«, sage ich.

»Wird ihn das nicht nur noch mehr anstacheln?«

»Ich will die Bücher, aber mit Vincent will ich nichts zu tun haben.« Wenn ich sie behalte, besänftige ich ihn damit? Entschuldige ich sein Verhalten? Ich lese noch einmal seine Nachricht. »Nicht der Hauch einer Entschuldigung für sein Benehmen neulich.« Ich streiche mit dem Finger über die Buchrücken. »Aber beleidige ich womöglich Theo, wenn ich ein Geschenk seines Bruders zurückweise?«

Den Blick auf die schwarz-weißen Bodenfliesen gerichtet, versuche ich zu entscheiden, was die beste Strategie ist. Doch wie kann ich die Reaktionen eines Mannes vorhersagen, den ich nicht verstehe? Die Fliesen sind schmutzig und müssten geputzt werden. Ich denke an die arme Clara und wie unmöglich es ist, den Haushalt auf Vordermann zu halten, doch bald wandert mein Blick wieder zu den Büchern.

Es sind Romane, die er auf unserem Spaziergang erwähnt hat. Werke, die seine Kreativität stimuliert haben. Doch ich weiß bereits, dass sie noch viel mehr sind. Es sind Worte, die seinen Standpunkt als Künstler geprägt haben. Von jedem anderen Maler wären sie das perfekte Geschenk: das großzügigste Geschenk. Ich möchte die Seiten umblättern, die Vincent so fasziniert haben. Ich möchte jedes Wort aufsaugen, das ihn dazu inspiriert hat, etwas zu erschaffen, um zu sehen, ob diese Worte auf mich dieselbe Wirkung haben. Ich will, dass die Kreativität von meinem Wesen Besitz ergreift. Ich will sein Handwerk besser verstehen. Ein Gespür für Künstler und ihre Sicht auf die Welt entwickeln.

Doch ich habe bereits gelernt, dass alles, was Vincent anbietet, seinen Preis hat.

»Behalte sie«, sagt Andries. »Vincent mag die Jagd. Er wird deiner überdrüssig werden, sobald er die nächste Frau gefunden hat.«

Ich schüttele den Kopf, denn dieser Meinung bin ich nicht.

»Das hier ist keine Entschuldigung. Vincent markiert sein Revier.« Es ist ebenso eine Nachricht an Theo wie an mich.

Andries zuckt mit den Schultern. »Das neueste Gerücht ist, dass du Vincent Modell stehst und er dich gestern unbekleidet skizziert hat.«

Ich sehe meinen Bruder an, der mit hochgezogenen Augenbrauen auf eine Erwiderung wartet. »Ernsthaft?«, frage ich, und Andries lacht. »Ich weiß ehrlich nicht, was ich über Vincent van Gogh noch sagen soll. Ich werde ihn nie verstehen.«

Andries zieht mich an sich und drückt mir einen Kuss auf die Stirn. »Jedenfalls hast du mich noch gar nicht nach meinen Plänen für heute Abend gefragt.«

Ich trete einen Schritt zurück, um zu ihm aufschauen zu können. Sein Lächeln ist verschmitzt. »Theo hat nämlich auch geschrieben.« Ich will etwas sagen, doch er bremst mich. »Und wir haben beschlossen, dass wir ebenfalls nicht an dieser Party teilnehmen werden, wenn du ausgeschlossen bist. Stattdessen wird Theo mit uns hier zu Abend essen.«

Ich lache erleichtert auf. Sara hat nicht gewonnen.

»Siehst du, er ist bereits ein sehr unterhaltsamer *Freund*«, sagt Andries.

»Sara wird ihn als ihren Ehrengast vorgesehen haben.«

»Das war er tatsächlich«, bestätigt mein Bruder. »Er ist erfolgreich, hat viele Verbindungen. Sie wird fuchsteufelswild sein.« Er lacht schallend und steckt mich damit an. »Außerdem weigert sich Theo, Bescheid zu geben, dass er nicht teilnehmen wird. Ich vermute, sie wird den gesamten Abend damit verbringen, auf sein Erscheinen zu warten.«

Ich lächele immer noch, aber gleichzeitig ist mir nicht wohl dabei. Sara liebt einen Mann, der diese Liebe nie erwidern wird. Sie sehnt sich danach, Zeit mit ihm zu verbringen, und will, dass er sie begehrt. Sie ist ein Spielzeug, den Launen der van-Gogh-Brüder ausgeliefert. Ihre Liebe zu Theo bleibt einseitig. Ihr Weg steuert auf den Wahnsinn zu, den Camille fürchtet und vor dem ich einst Angst hatte – den zu viele Frauen ertragen müssen.

Juli 1888

Je mehr ich über das weibliche Wesen nachdenke, umso klarer wird mir, dass ich willentlich mein persönliches Glück für Eduard ausgeschlagen habe. Ich frage mich inzwischen, ob ich je wirklich in ihn verliebt war. War ich womöglich eher besessen von der Idee von Liebe, als tatsächlich zu lieben?

Auch Sara geht mir durch den Sinn. Für sie tanzen Wahnsinn und die Vorstellung von Liebe Hand in Hand. Ob sie wohl bereits so mutlos ist, wie ich es war – wenn sie fürchtet, vor Sehnsucht zu sterben, ohne Theo nicht leben zu können?

Warum erdulden das so viele Frauen? Zwingen uns jene Männer dazu, die alles in unserem Leben kontrollieren?

DIE ITALIENERIN

Das Abendessen war wunderbar, mein Bruder erzählte Geschichten aus seiner Zeit in Paris, und wir lachten viel. Theo und Andries warfen sich immer wieder Bälle zu, und wenn sie lachten, taten sie es aus voller Kehle. Nun hilft Theo Clara beim Abräumen des Tisches. Es gefällt mir, das zu sehen. Meine Hilfe lehnte sie ab, war aber zu höflich, unseren Gast zurückzuweisen.

Mein Bruder hat sich unter dem Vorwand entschuldigt, er müsse auf der Stelle in seinem Zimmer noch wichtige Korrespondenz erledigen – und das nach einigen Gläsern Muskatwein. Es liegt auf der Hand, dass er mich mit Theo allein lassen will. Seine leicht zu durchschauende Ausrede amüsiert mich. Allerdings bin ich erstaunt, dass er einen unbeaufsichtigten Moment befürwortet. Ich beobachte, wie freundlich und respektvoll Theo mit Clara umgeht, ehe ich mich in den Salon zurückziehe.

Draußen türmen sich dicke Regenwolken. Und da die Vorhänge und Fensterläden noch offen sind, vertreibt das leise Trommeln der Regentropfen gegen die Scheibe die Stille. Das Geräusch beruhigt mich. Sommerregen ist voller Magie.

Der heutige Abend war bisher der beste in Paris. Ich freue mich, dass ich diese zweite Chance bekommen habe, Theos Gesellschaft zu genießen, aber auch, dass es keine van-Gogh-Dramen gab. Wir sprachen auch über die Technik des Pointillismus, über die Theo natürlich sehr viel weiß. Er konnte mir vieles begreiflich machen. Sogar Paul Signac kennt er und sprach von dessen »lockerem Malstil«. Er riet mir jedoch von den Techniken ab, die aktuell diskutiert werden, und erklärte mir auch, warum. All seine Ratschläge schienen purem Wohlwollen und echtem Interesse zu entspringen. Theo ist ebenso eifrig bedacht, mir dabei zu helfen, die neuen künstlerischen Fähigkeiten zu verstehen, wie ich es bin, sie zu lernen. Ich bin ganz kribbelig vor Aufregung, denn dieser Mann kann mir so viel beibringen.

»Johanna.«

Ich lächele. Er spricht meinen Namen aus, als wäre er Zucker auf seinen Lippen, und auf einmal werde ich zum Klischee meines früheren Selbst. Ich drehe mich um und sehe Theo in der offenen Tür stehen. Sein roter Bart ist gut gepflegt, seine Miene schwer zu lesen.

»Ich sollte gehen«, sagt er.

Ich rühre mich nicht von der Stelle, sondern stehe mit dem Rücken zum Fenster, während draußen die Tropfen tanzen. Theo sieht erst mich an, dann zum Fenster. Ich beobachte, wie sich sein Gesichtsausdruck verwandelt.

»Bleiben Sie doch noch«, sage ich. »Bis der Regen aufhört?«

Wieder verändert sich seine Miene, wird noch freundlicher, während er seinen Blick wieder mir zuwendet. Lächelnd betritt er das Zimmer und gesellt sich zu mir.

»Johanna«, wiederholt er. Er nimmt meine rechte Hand, dreht sie um, führt sie an die Lippen und berührt sanft meine Handfläche. Seine Augen sind geschlossen. Ich denke an Vincent, an seinen Mangel an Zurückhaltung. Verglichen dazu sind Theos Bewegungen geradezu anmutig. Jede von ihnen strahlt Anstand aus. Und außerdem einen Hauch von etwas anderem, das er mir nicht offen zeigt. Diese Andeutung dessen, was er zurückhält, bringt mich zum Lächeln. Es ist reizvoll, *er* ist reizvoll, und wenn ich nicht aufpasse, verliere ich mich bald in einem Nebel aus Wein und Verlangen.

»Wünschen Sie sich je, frei zu sein?«, frage ich. Alkohol befeuert meine Worte, und Theo öffnet die Augen.

»Ich glaube nicht, dass irgendjemand von uns je frei sein kann. Nicht einmal mein Bruder. Obwohl er das nicht begreift.«

»Die Gesellschaft bestimmt über unseren Weg.«

»Und wir weichen vielleicht davon ab, wenn sich die Gelegenheit bietet.« Er hält inne. »Trotzdem bin ich überzeugt davon, dass wir besser gedeihen, wenn die Grenzen klar abgesteckt sind.

Mein Bruder existiert im Chaos. Er macht schon wieder Ärger mit …« Abrupt bricht er ab und schluckt.

»Versuchen Sie gerade, unausgesprochene Worte hinunterzuschlucken?«, erkundige ich mich. Er streichelt meine Handfläche mit seinem Daumen. Es ist eine überraschende Geste. Er benimmt sich überhaupt ganz anders, als ich es von ihm erwartet hätte. »Ich bin kein zartes Pflänzchen, das sich bei der bloßen Erwähnung seines Namens ängstigt. Sie können ruhig über Vincent sprechen.«

Theo beobachtet aufmerksam mein Gesicht, überlegt, ob ich die Wahrheit gesagt habe. Dann nickt er.

»Vincent ist viel fröhlicher, seit er bei mir wohnt. Es vergeht kein Tag, an dem er nicht in die Ateliers der großen Maler eingeladen wird.«

»Sie erzählen mir das, was ich Ihrer Meinung nach hören will, oder?«

Kurzes Schweigen. »Ja.« Er atmet tief aus. »Mein Bruder besitzt keinerlei Manieren. In letzter Zeit scheint er sich mit jedem anzulegen. Und sein provokatives Verhalten …«

Ich nicke. Dieses Benehmen kenne ich nur zu gut.

»Ich kann mich gar nicht genug entschuldigen«, sagt Theo.

»Und doch ist er Ihr Bruder und Ihre Liebe zu ihm absolut.«

»Sie kennen Agostina Segatori?«, fragt er.

Bei der Erwähnung ihres Namens werde ich rot, wobei ich versuche, es zu verbergen. »Ich bin ihr im Le Tambourin begegnet. Sie konnte mich nicht leiden.«

»Vincent glaubt, dass sie gerade sein Kind abgetrieben hat.«

Bestimmt wirkt mein Gesicht wie eine Fratze, so weit habe ich die Augen aufgerissen. Das hier liegt außerhalb meiner Erfahrungswerte.

»Die beiden sind immer noch ein Paar?«

»Es ist schwer zu erklären. Vincents Beziehungen sind nie … nun ja … sagen wir mal *traditioneller* Art. Und Vincent weiß, dass auch viele andere in ihrem Boudoir getanzt haben.«

»Dann war das Kind vielleicht gar nicht von ihm?«

Theo runzelt mit leicht gesenktem Kopf die Stirn. »Vincent glaubt, dass sie sich in ein, zwei Monaten erholt haben wird.« Sein Tonfall ist traurig.

»Die beiden existieren in einer Welt, die ich nicht wirklich begreife«, flüstere ich.

»Und doch möchten Sie gerne zu dieser Welt gehören?«

Ich denke über seine Frage nach. Einige Sekunden später schüttele ich den Kopf. Ich weiß nicht, wie ich mich in dieser Welt bewegen sollte. Ich will nicht in den schmutzigen Ecken der Gesellschaft existieren, und doch suche ich eine Normalität, die anders ist als alles, was meine Eltern mir gezeigt haben. Ich suche das Außergewöhnliche und habe doch Angst, ins Chaos zu stürzen, in den Abgrund, den Wahnsinn, weil das anscheinend dazugehört. Es ist schwierig, Worte für das zu finden, was ich will, doch ich habe schnell gelernt, dass es nie gut sein kann, zwei Welten bewohnen zu wollen.

»Möchten Sie mehr über meinen Bruder, den Künstler, erfahren?«, fragt Theo.

»Ja«, erwidere ich in der Hoffnung, dass es die richtige Antwort ist.

»Er hat im letzten Monat vier Werke fertiggestellt und arbeitet momentan an einem übergroßen Format. Er hofft, dass ich einen Interessenten dafür finde. Aber die großen Leinwände sind schwer zu verkaufen.«

»Mögen Sie Ihre Arbeit?«

»Mit Kunst zu handeln erfüllt meine Tage. Monet und Degas sorgen dafür, dass mir nicht langweilig wird«, sagt Theo. »Sie sollten mal in mein Büro kommen. Dann zeige ich Ihnen, was die Sammler interessiert. Außerdem schulde ich Ihnen immer noch dieses Treffen mit Degas.«

Ich lächele. »Das würde ich sehr gern.« Dann füge ich hinzu: »Fangen die Leute denn an, Vincents Kunst mehr zu bewundern?«

»Es gibt in den Bildern meines Bruders viel zu loben, und seine größeren Werke machen sich als Esszimmerdekoration gut.«

Nun schweigen wir beide. Es gibt da eine Frage, die ich irgendwie stellen muss. Ich entziehe ihm meine Hand.

»Was genau wollen Sie von mir?«

Seine Antwort kommt ohne das leiseste Zögern: »Ich liebe dich seit unserer ersten Begegnung.« Dann sieht Theo meine Grimasse. »Was denn?«

»Diese Idee der Liebe auf den ersten Blick ...«

Er lacht laut auf. »Hast du denn bei unserem ersten Treffen im Moulin de la Galette nichts für mich empfunden?« Doch, das habe ich, und ich bin sicher, das weiß er bereits. »Das erste Mal, als mein Blick auf dich fiel, sah ich etwas, das ich bei anderen vergeblich gesucht habe. Du warst nie eine Fremde für mich.«

»Das fühle ich auch«, flüstere ich.

»Vielleicht war auch einfach mein Herz frei, um zu lieben«, fährt er fort. »Ich habe noch nie jemanden getroffen, der mich auf dieselbe Art begeistert wie ...«

»Erinnere ich dich an deinen Bruder?«, frage ich, und Theos Gesichtsausdruck verändert sich.

»Mademoiselle Bonger, halten Sie mich für *sittlich verdorben*?«

Ich lache. »Aber als du von ... von meiner *Geschichte* mit Eduard erfahren hast, warst du da schockiert?«

»Mein Bruder ist Vincent van Gogh. Es gibt wenig, womit du mich schockieren könntest«, antwortet er, und ich würde ihn am liebsten umarmen. Unter seinem fest zugeknöpften Mantel verbirgt sich so viel Humor. Ich will mehr hören, alles. Ich bezweifle, dass ich seiner je überdrüssig werden könnte.

Vielleicht entspannt er sich endlich und vertraut mir sein wahres Wesen an. Vielleicht hatte Clara recht, dass ich immer nach mehr gesucht habe, als meine Familie zu bieten hat. Der Gedanke an Clara macht mich traurig.

»Was ist los?«, fragt Theo. Offensichtlich sieht er es mir an.

»Ich mache mir Sorgen um Clara. Man könnte meinen, sie wäre achtzig, dabei ist sie noch nicht mal vierzig Jahre alt.«

Er nickt. »Sieht nach Schwindsucht aus.«

»Ich liebe meinen Bruder, aber er hat noch nicht einmal bemerkt, dass sie krank ist. Du hast es nach wenigen Stunden hier gesehen und ihr beim Abtragen geholfen.«

»Sie bedeutet dir viel?«

»Sie ist seit meiner Kindheit für mich da. Aber sie ist stolz und will sich nicht von mir helfen lassen.«

»Lass mich mit ihr reden.«

»Dries darf davon aber nichts erfahren«, bitte ich, und Theo nickt zustimmend.

Es vergehen einige Sekunden, in denen keiner von uns etwas sagt. Draußen prasselt der Regen gegen die Fensterscheiben. Unser Schweigen hat nichts Unbehagliches an sich. Und in diesem Moment wird mir klar, dass meine Verbindung mit Theo van Gogh außergewöhnlich ist.

»Du hast meine Frage noch nicht beantwortet«, sage ich schließlich. Ich sehe, wie er nachdenkt, vielleicht unsere Unterhaltung in Gedanken noch einmal durchgeht, um sich zu erinnern, was ich wissen wollte.

»Was ich von dir möchte?« Er zögert nur ganz kurz. »Ich besitze die Möglichkeiten, dir die Freiheit zu geben, du selbst zu sein. Ich kann mich in Unterhaltungen zu einer Reihe von Themen ganz gut behaupten. Finanzielle Sicherheit wäre selbstverständlich, ich kann dich von deiner Mutter befreien.« Bei dieser Bemerkung muss ich lachen, was ihn sichtlich freut. »Ich würde nie von dir erwarten, dass du die Rolle einer Ehefrau spielst, die deine Intelligenz herabsetzt. Ich würde dich ermuntern, deine künstlerischen Bestrebungen weiterzuverfolgen, und dir dabei helfen, dir eine Position in der Kunstwelt zu erarbeiten. Jetzt in diesem Moment haben romantische Liebesgefühle keine Priorität, aber ich hoffe, dass unsere Liebe eines Tages gleich groß wäre. Du weißt bereits, was ich für dich empfinde …« Wieder hält er kurz inne. Ich kann das ungute Gefühl in der Magengegend trotzdem nicht unterdrücken. »Dass eine Heirat mit dir meinen Stand in der Gesellschaft verbessern würde, wäre ein Bonus. Du wärst mir ebenbürtig, meine Pariser Partnerin.«

Ich hebe die Hand, um ihn zu unterbrechen. »Von alledem *glaubst* du, dass ich es hören will. Machst du lediglich Versprechungen, um zu bekommen, was du willst? Und am Ende kommt es doch ganz anders und …«

»Du denkst, ich will dich hereinlegen?«, fragt er.

Ich nicke. Ich kann kein »gewöhnliches« Leben führen. Ich will nicht werden wie meine Mutter. Auf keinen Fall lasse ich mich von einer Flut vorschneller Zusicherungen in diese Richtung davonspülen.

»Dass ich mir nehme, was ich will, und dich dann verlasse?«

Ich habe ihn beleidigt. Unglücklich betrachte ich meine Hände. Aber was ist, wenn es ihm nur darum geht, mich zu besitzen? »Ich habe ähnliche Worte schon einmal gehört«, murmele ich.

»Meine Gefühle sind echt.«

»Aber du hast nichts darüber gesagt, was *du* dir wünschst. Bist du so von der Vorstellung der Liebe auf den ersten Blick geblendet, dass du ganz vergisst, was *du* willst?«

Er seufzt. »Du willst Ehrlichkeit?« Ich nicke. »Ich wünsche mir ein friedliches, ruhiges Leben. In der letzten Zeit war Vincent … eine ziemliche *Herausforderung*. Er liegt mir auch schwer auf der Tasche. Ich wünsche mir Fröhlichkeit, intelligente Gespräche und, wenn ich ganz offen und ehrlich sein darf …« Ein weiteres Nicken meinerseits als Ermunterung fortzufahren. »Würde es helfen, wenn ich sagte, dass ich, sagen wir mal, exotische Liebesakte brauche? Und davon viele?«

»Wie bitte?« Ich reiße die Augen so weit auf, dass ich Angst habe, sie könnten aus den Höhlen springen. Und dann muss ich lachen. Damit hatte ich nicht gerechnet. Ich kann nicht einschätzen, ob er scherzt.

»Ich würde dich nicht enttäuschen wollen«, erwidere ich.

»Dann versuche, mich nicht zu unterschätzen. Die Zeit wird es zeigen, aber, nur um es noch mal zu wiederholen … Ich bin nicht Stumpff.«

Mein Lächeln ist so breit, dass meine Wangen schmerzen. »Ich habe dich heute Abend zum ersten Mal wirklich gesehen, nicht wahr? Das ist es, was meine Seele …« Er zieht die Augenbrauen hoch und lächelt. »Nein«, widerspreche ich, »nicht Liebe auf den ersten Blick, aber ein Wiedererkennen. Als ich dich an jenem Abend im Moulin de la Galette zum ersten Mal sah, hatte ich das Gefühl, dich bereits zu kennen.«

»Ich gewinne dich für mich.«

Ich strahle ihn immer noch an. Das tut er tatsächlich, aber noch viel mehr: Er besänftigt meine Angst.

Da fasst Theo wieder nach meiner Hand. Aus dem Augenwinkel erspähe ich eine Bewegung neben der offenen Tür. Ein Schatten mit Haube. Clara lauscht.

»Komm, lass uns dort zusammen Platz nehmen«, sage ich und führe ihn quer durchs Zimmer.

Juli 1888

Ich kann nicht aufhören, über das unglückliche, elende Leben von Charlotte Brontë nachzudenken. Wie sie in diesem kalten und trostlosen Pfarrhaus in Haworth gelitten hat. All die Jahre der Monotonie und der Qualen. Das hat mir wieder bewusst gemacht, welche Möglichkeiten mir hier geschenkt werden, in Paris bei Dries, und jetzt mit Theo. Ich will mich nie wieder über das Leben beschweren, das ich führe.

Es sorgt mich, dass viele leiden wie Charlotte, aber noch schlimmer, dass sie nicht die Fähigkeit besitzen, Jane Eyre *zu schreiben. Stattdessen existieren und sterben sie allein, ohne dass die Welt je erfährt, dass es sie gegeben hat.*

Warum macht mir das solche Angst?

BÄUME UND UNTERHOLZ

Sie haben die Tür zum Salon offen gelassen, und ich habe mich durch den Flur geschlichen. Theos Anwesenheit wurde nicht offiziell verkündet, deshalb muss ich heimlich lauschen. Er hat offensichtlich etwas mit Andries zu besprechen, das nicht für meine Ohren bestimmt ist.

Also gehe ich auf Zehenspitzen so nah an die Tür heran wie möglich, ohne mich zu verraten. Das Licht von den großen Fenstern im Salon fällt bis auf die Fliesen im Flur. Clara ist nicht in der Nähe. Ich habe sie seit Stunden nicht mehr gesehen.

»Sara behauptet, deine Schwester würde Gefühle für meinen Bruder hegen«, sagt Theo. »Ich hatte heute drei weitere Besucher, die mir alle zu verstehen gaben, was für ein Narr ich sei.«

Was zum Teufel redet er da?

»Wir wissen doch beide von Mademoiselle Voorts Besessenheit. Warum lässt du das so an dich heran?«, will Andries wissen. »Jo toleriert Vincent, weil er dein Bruder ist und sie dich mag. Wenn er es nicht wäre, hätte sie schon vor Wochen jeglichen Kontakt mit ihm verweigert. Du weißt doch sicher …«

»Vincent deutet an, sie wären intim gewesen. An jenem Tag, als sie zusammen durch Montmartre spaziert sind, in einem Gebüsch, und dann noch einmal hier. Auf diesem Teppich.«

In einem Gebüsch?

»Und das glaubst du ihm?«, fragt Andries. »Hat er tatsächlich gesagt, die beiden hätten Geschlechtsverkehr gehabt?«

Theos Antwort ist tonlos. Offensichtlich glaubt er Vincent.

»Der einzige andere Mann in Jos Leben war Stumpff«, erklärt Andries. Darauf folgt eine gemurmelte Erwiderung, die ich nicht ganz verstehe. »Und mit ihm hatte sie keinen Verkehr.«

Meine Finger ballen sich zur Faust. Ich bin wütend. Hier werden ohne meine Erlaubnis meine privatesten Geheimnisse diskutiert.

»Ich habe eine große Veränderung in ihrer Zuneigung zu dir beobachtet«, fährt Andries fort. »Du warst diese Woche jeden Tag hier. Da hast du den Unterschied doch sicher ebenfalls bemerkt.«

»Und du glaubst, das ist echt?«

»Du nicht?«, gibt Andries zurück. Er kann die Verärgerung in seiner Stimme nicht verhehlen.

Ob Theo wohl mit den Schultern zuckt oder nickt oder die Überlegung beiseitewischt? Flammender Zorn steigt in mir hoch. Er glaubt nicht, dass mein Interesse an ihm echt ist, er spürt nicht, wie meine Zuneigung wächst, er glaubt Vincent mehr als mir.

»Abgesehen von vulgären Bemerkungen über Johanna hat sich Vincent völlig von mir zurückgezogen. Er versinkt in Melancholie, und ich habe gehört …«

»Was denn?«, hakt Andries nach. »Liegt es an Jo? Hast du einen Beweis für weitere Begegnungen?«

»Nein, Bonger, nichts dieser Art. Deine Schwester hat ihr Versprechen dir gegenüber gehalten und, sehr zum Ärger meines Bruders, jeglichen Kontakt mit ihm verweigert.«

»Willst du dein Interesse an meiner Schwester zurückziehen?«

»Ganz und gar nicht.« Die Worte sprudeln nur so aus Theo heraus. »Es ist nur so … ich habe gehört, dass die Frauen, die er dafür bezahlt, dass sie Zeit mit ihm verbringen, alle Johanna ähneln.«

Mir dreht sich der Magen um.

»Vincent hat Geschmack, und meine Schwester ist eine Schönheit«, hält Andries dagegen.

»Das ist sie, aber man hat mir außerdem erzählt …«

»Wer befeuert eigentlich deine Angst?«, will mein Bruder wissen. Ich höre, wie besorgt er ist, und frage mich, ob Theo das auch erkennt.

»Sara.«

Schon wieder diese Frau.

»Ich werde sie einfach nicht los«, jammert Theo. »Wohin ich auch gehe, sie ist schon da. Hat mir immer irgendetwas zu sagen. Es ist immer dringend, erfordert meine sofortige Aufmerksamkeit. Pikante Details, die ich unbedingt erfahren muss. Vincents Verhalten, Johannas Ruf, was sie vielleicht mit Vincent tut, was Sara sich antun könne, wenn ich nicht zuhöre.«

»Du bist einfach zu höflich«, schimpft Andries. Theos Lachen klingt gequält.

Sara Voort ist so gerissen wie ein Fuchs. Sie täuscht sich gewaltig, wenn sie glaubt, dass Theo etwas für sie empfinden könnte, aber sie lässt nicht locker. Ihre Lügen treffen Theo ins Herz und knüpfen sich an Dinge, die er guten Gewissens nicht ignorieren kann.

»Sie hat gesagt, dass Vincent jede seiner Frauen Johanna nennt.«

»Woher will sie solch intime Details überhaupt wissen?«, fragt mein Bruder. »Außer, sie war anwesend …«

Ich höre meinen Bruder lachen. Das ist wirklich unfassbar. Weshalb verstecke ich mich hier draußen? Ich sollte dort drin sein und …

»Und selbst wenn es stimmen würde, na und?«

»Na und?«, wiederholt Theo und denkt wohl einen Moment lang über diese Frage nach.

»Ich habe Vincent diese Woche jeden Tag mit Agostina gesehen. Sie erholt sich anscheinend gut«, meint Andries.

»Das habe ich auch gehört.« Dann höre ich Theo laut seufzen. »Aber weshalb sollte Vincent behaupten …«

»Sara ist eine verschmähte Frau, Vincent ein zurückgewiesener Mann«, sagt mein Bruder. »Das ist eine gefährliche Kombination. Ich kann mir gut vorstellen, was Sara Vincent alles zuflüstert.«

Was ich nicht verstehe, ist, weshalb Theo ihr überhaupt zuhört. Weshalb er ihr nicht Paroli bietet. Was hat sie gegen ihn in der Hand? Mich überrollte eine Welle von Gefühlen, die mir nicht vertraut sind. Es dauert einen Moment, bis ich begreife, um was es sich handelt: Ich bin eifersüchtig.

»Könnte diese Verschlechterung seines Zustands an Madame Segatoris Abtreibung liegen? Vincent mag sie und hat oft erwähnt, dass er gerne Vater wäre.«

Schweigen. Ich wünschte, ich könnte Theos Gesicht sehen. Ich beuge mich ein bisschen weiter zum Spalt zwischen Tür und Rahmen vor, doch der Winkel ist falsch. Ich kann nichts Neues sehen, werfe aber dafür einen Schatten über die Fliesen. Schnell zucke ich zurück.

»Wie kann ich eine gute Ehe führen, wenn es meinen Bruder, meinen besten Freund auf der Welt, nach meiner Frau gelüstet?«, unterbricht Theo meine Gedanken. Ich halte den Atem an.

»Würde er immer noch in Paris leben, wenn du verheiratet bist? Sag jetzt bitte nicht, dass du dir vorstellst, Vincent würde mit euch beiden zusammenwohnen?«

»Natürlich nicht.« Am Ende des Satzes ertönt ein leises Lachen.

»Vincent hat davon gesprochen, eine Künstlerkolonie auf dem Land zu gründen«, fährt Andries fort. »Ich habe die finanziellen Mittel, das zu unterstützen.« Wie bitte? Was bedeutet das? Ich wünschte, ich könnte Theos Reaktion sehen. »Er hat mal Arles erwähnt. Das wäre doch ein idealer Ort. Weit genug entfernt, um sicherzugehen, dass Jo seine unerwünschten Aufmerksamkeiten nicht fürchten muss. Und Vincent würde gar nicht merken, dass er verbannt wird. Es würde ihm auch etwas Abstand zu Agostina erlauben. Sie hat ihn ziemlich in ihren Bann gezogen – und mehrere andere auch. Außerdem wäre es gut, wenn Sara ihm nichts mehr einflüstern kann. Hast du gewusst, dass …«

»Ich habe aufgehört, zu zählen, wie oft er mir erklärt hat, dass er sich in der Natur am wohlsten fühlt. Dort ist er am glücklichsten«, wird er von Theo unterbrochen. »Erst gestern sprach er davon, wie sehr er sich nach der unverdorbenen ländlichen Idylle sehnt … Das Wäldchen in Asnières war einer seiner Lieblingsplätze. Er konnte das Spiel von Licht und Schatten auf dem

Laub unglaublich gut einfangen, aber in letzter Zeit will er dort gar nicht mehr spazieren gehen. Wenn das mit ihm so weitergeht, weiß ich nicht, was noch aus ihm werden soll.«

»Dann wäre dieses Arrangement doch die beste Lösung«, sagt Andries. »Er hat genug von Paris, und in Arles kann er Sonne und Ruhe finden. Wenn er aufs Land zieht, wird das für alle am besten sein.«

»Aber ich werde meinen Bruder vermissen.« Theo klingt tieftraurig. In einem sind wir beide gleich: Die Liebe zu unseren Brüdern ist uns das Wichtigste.

Auf einmal mischen sich Schuldgefühle unter meine Wut. Ich bin mir nicht sicher, ob ich in den Salon stürmen oder mich auf die Fliesen im Flur übergeben muss. Wenn Andries sich verlieben würde und seine Frau es am besten fände, mich wegzuschicken, würde es mir das Herz brechen. Geschwister lieben und hassen sich gleichermaßen – hin und her und hin und her –, doch eine neue Beziehung diese Verbindung zerstören zu lassen … Was würde es über mich aussagen, wenn ich das erlauben würde.

»Wenn Johanna herausfindet, dass wir Vincent wegen ihr wegschicken …«, gibt Theo zu bedenken.

»Je mehr Distanz wir zwischen Vincent, Sara und meiner Schwester schaffen, umso besser. Er zerstört …«

Genug!

»Ist das dein Plan?« Ich marschiere ins Zimmer und zeige mit dem Finger auf Theo. Meine Stimme ist laut. »Jeden Mann zu entfernen, der mich zufällig ansieht? Hast du so wenig Vertrauen in meine Zuneigung, dass du dich sorgst, ich könnte mich in jemanden verlieben, der nicht du ist?«

»Johanna«, versucht Theo, mich zu beschwichtigen. Seine Miene ist von Kummer gezeichnet.

»Ich habe alles gehört«, erkläre ich mit in die Hüften gestützten Händen. »Folgt auf dieses Arrangement dann ein Heiratsantrag?«

»Du hast eine private Unterhaltung belauscht.« Andries lächelt tadelnd, als wolle er mich loswerden.

Nun richte ich den Finger auf meinen Bruder. »Und du bist ein aufgeblasener Idiot.«

»Mama würde deinen Mangel an Etikette sehr missbilligen«, erwidert Andres, woraufhin ich ihn anknurre wie ein Hund.

»Wann immer Sara Voort mit neuem Tratsch zu dir kommt, soll ich bestraft werden. Ist das unsere Zukunft? Was hast du zu Vincent gesagt? Dass Tratsch stirbt, wenn er auf die Ohren eines weisen Mannes trifft.«

»Sie bearbeitet mich jeden Tag«, sagt Theo.

Kopfschüttelnd rolle ich mit den Augen. Vermutlich wirke ich ziemlich hysterisch. »Du Ärmster. Bist du so ein schwacher Mann, dass du diese verzweifelte Frau nicht ignorieren kannst?« Theo schweigt. »Und du glaubst ernsthaft, ich wäre mit Vincent in einem *Gebüsch* intim gewesen?« Beim Wort »Gebüsch« höre ich, wie Andries das Lachen unterdrückt.

»Nein, natürlich nicht«, versichert mir Theo. Ich funkele ihn böse an.

»Vincent aus seinem geliebten Paris verstoßen, meinetwegen.« Mein Blick wandert zwischen den beiden hin und her. Theo vermeidet es nun, mich anzusehen. »Das ist euer großer Plan? Dich von deinem Bruder, deinem besten Freund, für den Rest deines Lebens fernzuhalten? Wie genau stellst du dir denn *unsere* Zukunft vor? Soll ich jedes Mal dankbar sein, wenn ich deinen Schmerz sehe? Soll ich die Schuld mit mir herumschleppen, dass ich beiden van Goghs das Herz gebrochen habe?«

»So wird es nicht sein …«, setzt Theo an.

»Ihr seid Monster. Tyrannische, arrogante … ich werde es ihm sagen.« Ich schreie schon wieder, und mein Gesicht ist eine einzige wutverzerrte Grimasse. »Und dann wird er euch beiden die Wahrheit sagen – dass zwischen uns nie irgendetwas passiert ist. Nicht mal in einem *Gebüsch*. Und dann hört ihr mit diesem Unsinn auf.«

»Du glaubst, Vincent zu kennen, aber du irrst dich. Du täuschst dich gewaltig, Johanna, Vincent verabscheut Paris«, sagt Theo mit geröteten Wangen, aber er kann mir dabei nicht in die Augen sehen. Ich bin mir nicht sicher, ob es an meinem Ausbruch oder an der Tatsache liegt, dass mein heimliches Mithören ihm peinlich ist. Doch das ist eigentlich irrelevant. Was mich mehr verletzt, ist, dass Theo die Tiefe meiner Gefühle für ihn nicht erkannt und angenommen hat. Er hält immer noch an der Idee fest, ich könnte etwas für Vincent empfinden. Er vertraut mir nicht.

»Ich liebe dich«, sage ich. Und sehe, wie überrascht er ist – und dann überglücklich. Doch ich darf nicht zulassen, dass mein Geständnis von diesem Moment ablenkt. »Wo ist denn dein Mitgefühl geblieben?« Meine Stimme klingt mit einem Mal hoch und piepsig.

»Offensichtlich tanzt das gerade mit deinem Verstand den Boulevard de Clichy hinunter«, meldet sich mein Bruder lachend zu Wort.

Ich mache auf dem Absatz kehrt und stürme aus dem Salon.

»Wo willst du hin?«, ruft mir mein Bruder hinterher.

»Vincent finden.«

»Herzlichen Glückwunsch zum Verliebtsein«, ruft er noch.

Ich drehe mich nicht um.

STILLLEBEN MIT ABSINTH UND KARAFFE

»Sie haben vor, dich nach Arles zu schicken«, rufe ich, als ich atemlos ins Le Tambourin gerannt komme. »Wegen mir. Wegen uns. Aber es gibt kein *uns*. Und Theo wird es das Herz brechen, wenn du nicht …« Ich verstumme und ringe nach Luft. Agostina sitzt so dicht bei Vincent, dass sie fast auf seinem Schoß hockt.

»Ich bin hergekommen, um es dir zu sagen«, keuche ich, aber mein Mut verlässt mich bereits wieder. »Du musst aufhören, dieses Spiel zu spielen, was immer es auch ist.« Ich gestikuliere wild mit den Armen. »Sag Theo die Wahrheit über uns. Lass uns stattdessen Freunde sein.«

Mir ist ganz übel: Ich hasse es, auch nur im selben Raum wie dieser Mann zu sein. Aber wenn ich Vincent dazu bringen kann, die Wahrheit zu sagen, dann rette ich damit Theos Herz und setze diesem van-Gogh-Wahnsinn ein Ende. Sämtliche Gäste drehen sich zu mir um. Die verqualmte Luft hängt bestimmt bereits in meinen Haaren und meiner Kleidung. Heute gibt es keine Klaviermusik, und es singt auch niemand sentimentale Rebellenlieder. Ich bin nur wenige Schritte von ihrem Tisch entfernt. Vielleicht denkt Agostina, ich will, dass sie geht. Tue ich aber nicht, es ist ohnehin ihr Revier. Er gehört zu ihr, und der Gedanke, ich wäre mit ihm liiert, dreht mir wieder den Magen um. Agostina führt mit betont langsamer Bewegung eine Zigarette an die Lippen, entzündet ein Streichholz und hält es an die Spitze. Ich bin nah genug, um die feineren Details ihrer Garderobe zu studieren: Ihre Jacke und ihr Kleid sind unterschiedlich gemustert, ihr Sonnenschirm ruht auf dem Hocker links neben ihr, und ihr modischer blauer Hut ist mit Nadeln befestigt. Sie verkörpert den Stil der Bohème. Und sofort bin ich wieder zutiefst verunsichert. Ich bin immer noch Holländerin, unansehnlich und altbacken. Sie ist immer noch alles, was ich nicht bin. Mir ist schon klar, dass das nicht ihre Schuld ist, und diese Erkenntnis mischt Abscheu vor mir selbst unter die Übelkeit.

»Ich verfolge die Selbstgewissheit, die einen Menschen zufrieden macht«, erklärt Vincent. Seine Stimme unterbricht meine Gedanken über die Café-Besitzerin. Alles, was er von sich gibt, klingt, als würde er mich verhöhnen.

»Das ergibt keinen Sinn.« Ich klinge patzig, aber ich bin ihm keinen Respekt schuldig. »Hast du nicht gehört, was ich gesagt habe? Mein Bruder und Theo schmieden Pläne, dich fortzuschicken. Um dich von mir fernzuhalten, obwohl ich ihnen versichert habe, dass ich nicht an dir interessiert bin und dass wir nicht in einem Gebüsch intim waren. Mein Gott, allein schon der Gedanke, du und ich …«

Er lacht. »Und trotzdem bist du hier.«

Ich funkele ihn wütend an. »Ich bin hier, um Theos Herz zu schützen. Du bist sein Bruder, und er liebt dich sehr. Und mir ist Theo wichtig. Wenn ich seine Zukunft sein soll …«

Vincent lacht wieder. »Du bist sein aktuelles Weib.«

Hinterm Rücken verschränke ich die Hände. »Du hast ja keine Ahnung …«

»Draußen auf dem Land bin ich viel zufriedener. In dieser Pariser *Hölle* bin ich von Geschwätz, von ständiger Beurteilung und dem erdrückenden Gaffen derer umgeben, die mich besitzen wollen. Hier bin ich nur bei denen entspannt, die von den Pfaffen verdammt werden.« Er zeigt beim Sprechen auf seine Umgebung. Seine Worte klingen wieder genuschelt und sein Tonfall abwertend. Er will, dass ich gehe. Was ich ihm sage, interessiert ihn einen feuchten Dreck.

»Noch mehr Rätsel. Ist es dein einziges Ziel im Leben, anderen das Gefühl zu geben, dumm zu sein?«, begehre ich auf. »Begleite mich zu Dries' Appartement. Dein Bruder ist dort. Lass uns über all das wie Erwachsene sprechen.«

Agostina mustert mich, als wäre ich eine Gans, die es zu rupfen gilt. Ich stütze die Hände in die Hüften und strecke die Brust heraus. *Sieh mich nicht so an.* Wie es scheint, ist das Bedürfnis, andere Frauen einzuschüchtern, ein wesentlicher Teil starker Frauen. Verzweifelt versuche ich, das Zittern in meinem Körper zu unterdrücken. Ich schwitze heftig. Meine Kleidung ist mir unangenehm. Und ich bin mir sicher, mein offensichtliches körperliches Unbehagen bereitet ihr Vergnügen.

Vincent gibt einen Würfel Zucker auf einen Absinthlöffel, den er über einem Glas Absinth ablegt. Aus einer Karaffe gießt er vorsichtig Eiswasser über den Zucker. Ich sehe, wie die Flüssigkeit in seinem Glas milchig wird. Diesen Vorgang wiederholt er bei einem zweiten Glas. Auch sein Skizzenbuch liegt auf dem Tisch mit Tamburin als Tischplatte. Ich warte, ob er mir ebenfalls etwas anbietet. Tut er nicht. Die beiden stoßen an. Sie trinken ihre Gläser in einem Zug aus. Agostinas Augen sprechen mit Vincent in einer Sprache, die ich gar nicht beherrschen möchte.

»Zu viele Pariser Maler finde ich menschlich abstoßend«, nuschelt Vincent. »Theo gibt sich mit allen ab, aber keiner davon interessiert mich.«

»Ist dir denn völlig gleichgültig, dass sie dich nach Arles schicken wollen? Dass du ohne Theo sein wirst?« Ich versuche, selbstbewusst und forsch zu klingen.

»Beantworte mir mal eine Frage, Mademoiselle Bonger: Willst auch du mich besitzen?«

Ich lache. Es klingt falsch. »Ich versuche mein Möglichstes, dich zu ertragen. Ich werde mich nicht zwischen die Brüder van Gogh stellen. Ich will nicht diejenige sein, wegen der sie dich wegschicken.«

Er lacht höhnisch. »Du nimmst dich selbst viel zu wichtig. Glaub mir, mein Bruder hat bald genug von seiner jüngsten Obsession, und dann wird er dich an mich weiterreichen.«

Ich schüttele den Kopf. »Da täuschst du dich, Vincent.«

Er grinst, dann nickt er. »Du willst deiner erstickenden Familie entkommen. Du spielst mit meinen Gefühlen und schämst dich, mit mir in Verbindung gebracht zu werden.« Er schenkt wieder Absinth ein, legt neue Zuckerwürfel auf den Löffel, gießt Wasser in dieselben zwei Gläser. Dann starrt er die Flüssigkeit an. Seine Gelassenheit beunruhigt mich. Er sieht sich selbst als Opfer und hat mir in seiner Geschichte die Rolle des Bösewichts zugeschrieben. »Stimmt es nicht, dass du eine Zweckehe mit meinem Bruder anstrebst?«

»Ich liebe ihn«, verkünde ich mit schriller Stimme.

Agostina lacht. Als ich mich ihr zuwende, klappert sie mit den Zähnen und legt den Kopf in den Nacken. Vincent belohnt das Schauspiel mit begeistertem Klatschen.

Ich deute auf sie. »Sie hatten eine Abtreibung.« Ich zeige mich nicht gerade von meiner besten Seite. »Und Sie wissen nicht einmal, wer der Vater ist.« Meine Worte triefen vor Ungnade, und am liebsten würde ich in mir zusammenschrumpfen. Vincents Gelächter ist umso lauter. Er drückt Tabak in den Kopf seiner Pfeife.

»Unsere Angelegenheiten gehen dich nichts an«, sagt Agostina, völlig unberührt. Sie lehnt den Kopf an Vincents Schulter und legt eine Hand schützend auf ihren Bauch. »Wer gibt dir das Recht, über mich zu urteilen? Kümmere dich um deine eigenen Sünden, nach meinen wird dich niemand fragen.«

Meine Wangen glühen, und für einen Moment senke ich den Blick. Was ist nur aus mir geworden?

Dann sehe ich wieder Agostina an. Sie hat sich erhoben. Sie besitzt die Selbstkontrolle und die Selbstsicherheit, die mir fehlen. Trotz ihrer Härte ist sie eine Schönheit. Wie kann das sein? Wenn einem in Paris alles genommen wird, hat man dann nur die Wahl zwischen zwei Extremen? Zu einem Häuflein Elend zu werden oder voller Überzeugung zu kämpfen? Auch Camille hat sich erhoben: hat sich voller Mitgefühl und überwältigend tiefer Schönheit neu erfunden. Und hier stehe ich, bei meiner ersten wirklichen Konfrontation, und schaffe es nur, mit Grausamkeit zu reagieren und wie Mama zu klingen. Hier stehe ich und verhöhne, was es bedeutet, eine Frau zu sein. Ich kann mich selbst kaum leiden in diesem Moment.

Ich muss noch viel darüber lernen, wie Frauen für sich einstehen. Mut und Freundlichkeit in Zeiten der Not zeigen: Das muss ich können. Tief durchatmen. Ich richte meine Aufmerksamkeit wieder auf Vincent. »Warum macht es euch beiden solchen Spaß, euch über mich lustig zu machen?«

»Ich habe drei abgelehnte Heiratsanträge in der Tasche, alle von höhergestellten Wesen als du.« Er zündet ein Streichholz an und lässt es einige Sekunden lang brennen, bevor er es über den Tabak hält. »Und trotzdem ignorierst du meine Briefe und sogar die drei Bücher, die ich dir geschenkt habe. Du hast beschlossen, dass ich deiner Zeit nicht würdig bin.«

»Dein Familiensinn entspricht meinem. Unsere Brüder bedeuten uns alles …« Ich gerate ins Schwanken. Alle sehen mich an. Mir ist völlig klar, dass die anderen Gäste lauschen und ebenfalls über mich urteilen. Diese Begegnung wird Andries wieder zu Ohren kommen. Zweifellos Wort für scheußliches Wort.

»Du denkst, wir sind gleich?« Vincent lacht. »Wir sind völlig verschieden, Mademoiselle Bonger. Du bist an die Gesellschaft gekettet, ich nicht. Ich suche weder Liebe, Stabilität noch Geld. Ich will Leidenschaft, Aufregung, Lust und Chaos. Eines Tages werde ich heiraten, und meine Kinder werden das Ergebnis purer Freude sein. Und was suchst du? Du behauptest, Künstlerin zu sein, hast aber noch nicht ein einziges Werk geschaffen, dass eines Publikums würdig wäre.« An dieser Stelle hält er kurz inne.

Mir fehlen die Worte. So etwas habe ich nie behauptet.

»Was könnte je dein hohles Herz befriedigen?« Sein Lachen klingt grausam. »Du bist ein unreifer und unerfahrener Wicht.«

»Du hast ja keine Ahnung davon, wozu ich in der Lage bin, Vincent van Gogh. Denn sonst wärst du nicht so grausam.« Inzwischen heule ich: vor Frustration, Traurigkeit, Verlust. Mit den Fingern verschmiere ich die Tränen auf meinen Wangen. »Ich werde Theo glücklich machen.«

»Weshalb bist du überhaupt hier? Du schnüffelst mir nach.« Er zieht an seiner Pfeife, und Agostina nickt zustimmend.

»Ich bin gekommen, um zu verhindern, dass sie dich wegschicken. Um Theo zu helfen. Um dir zu helfen.« Ich wische mir mit dem Handrücken die Nase ab. »Trotz allem, was du versucht hast, mir anzutun.«

Er wedelt mit der Hand, wie um meine Worte einfach beiseitezuwischen. »Du hältst dich für etwas Besseres als mich, aber was hast *du* denn einem Mann überhaupt zu bieten? Was glaubst du, was du meinem Bruder geben kannst?« Er kippt das erste Glas Absinth hinunter, dann das zweite. »Er ist blind vor Vernarrtheit. Er denkt, du bist etwas Besonderes, dass euch etwas Außergewöhnliches verbindet, aber du bist bloß eine weitere Touristin in Paris.« Grinsend steckt sich Agostina noch eine Zigarette an, während Vincent fortfährt. »Du kennst mich nicht, Mademoiselle Bonger. Wenn du es tätest, dann wüsstest du, dass ich die erstbeste Gelegenheit, nach Arles zu fliehen, begrüßen würde.«

»Ist Paris dir nicht genug? Ist *sie* nicht genug?«, will ich wissen, woraufhin Agostina laut auflacht. Ihr Gelächter scheint ihn anzustecken.

»Du willst mich retten«, sagt er.

»Ich will Theo Kummer ersparen.«

»Du glaubst, du willst so leben wie ich. Aber hast du noch nicht kapiert, dass Theo mir diesen Luxus finanziert? Du denkst, ich sei frei? Du hältst Agostina für frei?« Die beiden lachen wieder. »Wie unbedarft du doch bist. Du siehst einfach nicht, dass wir nichts mehr haben und uns nichts anderes übrig bleibt. Hast du dich nie gefragt, warum ich so viel trinke? Um mich zu betäuben! Du bist es, die wir beneiden.«

»Mich?« Ich lasse den Tränen nun freien Lauf.

»Ja, Mademoiselle Bonger. Du hast eine Wahl, du besitzt Reichtum, Bildung, Möglichkeiten. Du bist die, die wahrhaft frei ist. Ich biete dir ein Leben in Armut und einen *kranken Penis*. Weshalb bist du *wirklich* hier? Doch sicher nicht wegen einer Zweckehe mit mir?« Er lacht wieder.

»Ich hätte lieber Verkehr mit einem übergroßen Bullen als mit dir«, gebe ich zurück. »Ich will, dass wir dieses Schlamassel klären, bevor du mein Bruder wirst.« Ich sehe Vincent an, doch sein Blick ist in Agostinas Augen versunken. Sie verschlingt ihn auf eine Art, die ich nicht begreife. Wie konnte ich je glauben, ich könnte diesem van-Gogh-Wahnsinn ein Ende bereiten?

»Ich tanze zur Großzügigkeit meines Bruders. Er finanziert jeden meiner Schritte, bis hin zu den Farben, die ich kaufe, er entscheidet, ob ich mir eine weitere Leinwand leisten kann. Ich bin sein Sklave.«

Vincent legt Agostina den Arm um die Schultern. Dann zieht er sie an sich und küsst sie feucht auf den Mund. Seine Hand tastet nach ihrer linken Brust. Ich beobachte, wie die beiden ihre Zuneigung zur Schau stellen: Es hat etwas Verzweifeltes, Verkommenes an sich und ist das Traurigste, was ich je miterlebt habe. Zum ersten Mal verstehe ich ihn wirklich – Vincent ist verloren und allein. Er sucht ständig nach Bestätigung und Akzeptanz als Künstler und als Mann – und muss doch stets mit einer Zurückweisung nach der anderen leben.

»Hältst du die Vorstellung nicht aus, dass Theo mit mir glücklich ist?«

Vincents Blick landet auf mir. »Los, Johanna, lauf zu unseren Brüdern.« Er küsst Agostinas Hals, die vor Wonne stöhnt. »Weißt du überhaupt, was Theo für Bongers Dienstmädchen tut?«

»Für Clara?« Mich beschleicht ein ungutes Gefühl. Was habe ich verpasst?

»Deshalb ist er heute zu Bonger gegangen.«

»Du bist eine Schande für alle Frauen«, höhnt Agostina. »Du äffst uns nach. Schämst dich dafür, wer du bist, willst unbedingt sein wie wir, und doch zitterst du zu unseren Füßen. Lauf, kleines Mädchen.« Sie deutet mit ihrer Zigarette auf die offene Lokaltür. »Lauf zu deinen Männern. Hier bist du jedenfalls nicht willkommen.«

Ich drehe mich mit gesenktem Kopf um. Bei meiner hektischen Flucht aus dem Le Tambourin stoße ich einen der Tische um. Gläser und Flaschen fliegen zu Boden und zerbrechen beim

Aufprall. Laute Stimmen, »*Attention*!«, ein Stuhlbein, das über den Boden kratzt, Gelächter, Gesang. Ich eile weiter. Tränen und Rotz laufen mir übers Gesicht. Erst als ich an der frischen Luft bin, bleibe ich stehen.

Leute nicken mir zu, einige sehen mich im Vorbeigehen fragend an. »*Vous vous sentez bien, Mademoiselle*?«, fragt jemand.

Ich raffe meine Röcke und renne über die Pflastersteine. Quer über den Boulevard de Clichy, ohne links oder rechts nach Kutschen Ausschau zu halten. Ich renne bis zu Andries' Wohnung.

Ich brauche Clara. Ich muss wissen, dass es ihr gut geht. Ich muss wissen, was Theo für sie unternommen hat.

KOPF EINER BÄUERIN MIT WEISSER HAUBE

Ich höre erst auf zu rennen, als ich bei Andries im Flur ankomme. Dort bleibe ich vornübergebeugt stehen, Hände auf die Knie gestützt, und versuche, wieder zu Atem zu kommen.

»Wo ist sie? Ist sie tot?«, stammele ich keuchend. Keine Antwort. Stille. Jemand tritt auf mich zu. Ich richte mich auf: ein junges Mädchen.

»Wer zum Teufel bist du?«, schreie ich das arme Ding an. Sie zuckt erschrocken zurück ob der Lautstärke und der Aggression in meiner Stimme. Panisch reißt sie die Augen auf. Sie ist sehr mager und noch nicht so ganz in ihre langen Gliedmaßen hineingewachsen. Ihre Dienstmädchenuniform mit Schürze und Haube ist makellos, aber sie ist nicht meine Clara. Ich gebe ihr keine Gelegenheit zu antworten.

»Clara!«, rufe ich. Mit schnellen Schritten durchquere ich den Flur, schaue in die Zimmer, erwarte, dass sie an meine Seite geeilt kommt. »Clara!« Lauter diesmal. Mit jeder Sekunde der Stille krampft sich mein Magen mehr zusammen. *Bitte sei nicht tot.* Ich mache mich auf den Weg in die Küche.

Ein Quieken hinter mir. »Sie ist nicht …«

Ich bleibe stehen. Drehe mich um.

»*Was*?«, brülle ich. Das Mädchen zittert, so viel Angst jage ich ihr ein. Ich muss auf sie wirken wie eine Furie: nichts als Aggression und Wut. »*Waar is Clara*?« Sie versteht mich nicht, weil ich holländisch spreche. »Wo ist Clara?«, wiederhole ich, dieses Mal auf Französisch.

»Deutschland, Mademoiselle Johanna. Wurde heute Morgen arrangiert.« Ihre Stimme ist kaum mehr als ein Flüstern. Bei jedem Wort, das sie an mich richtet, scheint sie zu knicksen. Ihr

Blick klebt auf dem Fußboden fest, während sie auf und nieder wippt.

»Deutschland?«, wiederhole ich viel zu laut. Das Mädchen zieht die Schultern hoch und wagt es immer noch nicht, mir in die Augen zu sehen. Vielleicht weint sie sogar. Ich weiß, wie sie sich fühlt. »Wo ist mein Bruder?«, will ich wissen.

»Da drin, Mademoiselle Johanna.« Sie zeigt mitten im Knicks auf die geschlossene Salontür, und ich eile sofort darauf zu.

Die Tür knallt gegen die Wand, so heftig ist mein Auftritt. Andries wartet bereits. Er steht vor seinem Schreibtisch. Seine Miene wirkt abwartend, seine Haltung bereit zur Verteidigung. Er hat alle Antworten, ich keine einzige.

»Jo, komm her und setz dich …«

»Du hast sie entlassen?«, schreie ich und rühre mich keinen Zentimeter vom Fleck.

»Clara ist krank.« Andries' Worte sind fest, sein Tonfall irgendwie endgültig.

»Und deshalb hast du sie auf die Straße gesetzt?« Meine Finger ballen sich schon wieder zur Faust.

Er schüttelt den Kopf. »Nein, sie ist in Sicherheit. Versprochen«, beruhigt er mich. »Komm her. Atme erst mal tief durch.« Mit ausgebreiteten Armen lädt er mich zu sich ein.

»Sie war erschöpft.« Ich senke den Blick und bleibe reglos stehen. Das ist alles meine Schuld. Ich hätte mich mehr um sie kümmern müssen, dafür sorgen, dass Andries Unterstützung einstellt. »Sie braucht diese Arbeit. Außer uns hat sie keine Familie.« Ich kann die Tränen nicht aufhalten.

»Theo hat alles arrangiert«, sagt Andries. »Deshalb war er vorhin hier.«

Nun sehe ich meinen Bruder an. »Aber Vincent …«

»Du hast nur das Ende unseres Gesprächs mitgehört.« Er lächelt, aber es ist nicht überzeugend. Traurigkeit liegt darin. »Ich hätte es bemerken sollen. Sie war nicht Theos Verantwortung.«

»Was hat Theo getan?«

»Er hat seinen Arzt gebeten, Claras Symptome zu beurteilen.

Der hat daraufhin eine Untersuchung ihrer Brust angeordnet. Man hat ihren Puls gemessen, ihre Temperatur, sie wurde gewogen …«

»Und?«, will ich wissen.

»*Mal du siècle.*«

»Schwindsucht«, flüstere ich.

Wir schweigen. Mir ist ganz elend zumute, und meine Knie zittern. Rasch gehe ich zum Sofa hinüber, um mich an der geschwungenen Lehne abzustützen. Ich habe zu viel über diese Krankheit gehört. In gebildeten Kreisen wird immer wieder gemunkelt, dass sie ansteckend sei. Ein einziges Husten oder Niesen, heißt es, könnte die Krankheit übertragen. Die Wahrscheinlichkeit, dass ich mich angesteckt habe, ist relativ hoch.

»Ich habe gelesen, dass Schwindsucht ansteckend ist.« Ich versuche, mich an die Symptome zu erinnern, über die andere gesprochen haben. »Hast du gehustet? Deine Stimme klingt heiser. Ist meine Haut blasser als sonst?« Meine Sätze überschlagen sich förmlich vor lauter Panik.

»Ich wurde bereits untersucht.« Er hält inne. Angst durchfährt mich und zeigt sich auf meinem Gesicht, wo er sie offenbar ablesen kann. »Gesund wie ein Ochse«, sagt er, doch er klingt nicht wirklich fröhlich.

Mal du siècle wird in der feinen Gesellschaft nun schon seit Jahren diskutiert. Die Botschaft ist dabei ganz klar: Von Menschen mit Tuberkulose fernhalten! Doch wir haben mit der armen Clara zusammengewohnt. Sie hat unser Essen gekocht, unsere Kleidung gewaschen, unser Besteck angefasst, unsere Tassen und Gläser abgetrocknet. Da werde ich plötzlich von Schuldgefühlen gepackt. Es ist wie ein Schlag in die Magengrube. All diese Sorge um mich selbst und um Andries, während die treueste, beste Angestellte, die ich kenne, ernsthaft erkrankt ist.

»Sie ist jetzt eine Aussätzige«, sage ich. Dasselbe ist der Magd einer Nachbarin passiert, zu Hause in Amsterdam. Als die Familie herausfand, dass sie krank war, wurde sie vor die Tür gesetzt. Kein Zuhause mehr, von allen gemieden, niemand, der auch nur einen Funken Güte zeigte. Angeblich ist sie auf der Straße gestorben.

»Das würde Theo nicht zulassen.« Andries' Tonfall sagt mir zwei Dinge: erstens, dass er Theo mutig findet. Zweitens, dass er sich wünscht, mehr wie Theo zu sein.

»Ist sie zusammen mit Theo in Deutschland?«, frage ich. Ich bin überwältigt und alarmiert. »Er wird die tödliche …«

»Sie ist auf dem Weg in ein Sanatorium dort.«

»Das sind doch Gefängnisse!« Ich hocke mich auf die Kante der *confidante*. »Die Armen werden zum Sterben dorthin gezwungen. Warum hast du zugelassen …«

»Kennst du Peter Dettweiler?«, unterbricht er mich. Ich schüttele den Kopf. Mein ganzer Körper zittert. Ich habe völlig die Kontrolle über meine Gefühle, über mich selbst verloren. Ich bin mir nicht sicher, wie ich mich verhalten soll.

»Theo kennt ihn. Seine Einrichtung ist normalerweise keine für Menschen von Claras Stand …« Er hält inne, vielleicht weil er die Veränderung in meiner Miene bemerkt. »Theo hat die Reise zum Falkenstein-Sanatorium im Taunus organsiert, das ist in der Nähe von Frankfurt. Dort wird sie einen strengen Ernährungs- und Bewegungsplan befolgen. Sie bekommt drei Mahlzeiten am Tag und alle vier Stunden ein Glas Milch. Wenige werden je davon erfahren.«

»Und dann hat sie einen schnellen Tod?«, frage ich.

Das Bedürfnis, zu wissen, dass sich jemand um Clara kümmert, dass sie kein langes, einsames Sterben durchleiden muss, überwältigt mich. Ich hätte sie dazu zwingen sollen, sich auszuruhen. Mit Andries darüber sprechen, mehr Personal einzustellen. Ich hätte Hilfe für sie suchen sollen. Ich hätte so viel mehr tun sollen, als ich getan habe.

»Theos Arzt hat eine vollständige Genesung prognostiziert.« Doch auch Andries lässt die Schultern hängen.

»Was ist los?«, will ich wissen.

Er seufzt. »Er hat mit mir geschimpft. Meinte, Clara hätte das Leben einer Sklavin geführt – und dass ich mich schämen solle.«

»Das hat Theo gesagt?«

Andries lässt sich neben mich auf die *confidante* fallen. »Nein, sein Doktor.« Ich lehne den Kopf an seine Schulter.

»Vollständige Genesung.« Beim Wiederholen der Worte begreife ich ihren Sinn, doch die Traurigkeit bleibt.

»Der Aufenthalt dort soll auch geistige Ruhe beinhalten, also keine Gäste und schwatzhafte Nachbarn.«

»Dann können wir sie nicht besuchen?«, frage ich und spüre, wie er den Kopf schüttelt.

»Jo, es ist eine ansteckende Krankheit. Wer, bei klarem Verstand, würde nach Deutschland reisen, um eine Angestellte mit infektiöser Erkrankung zu besuchen?« Er lacht leise, wodurch ich auch lächeln muss und seinem Knie einen Klaps versetze. »Mama und Pa werden sie nie wieder ins Haus lassen.«

»Und du?« Ich drehe mich so, dass ich ihn ansehen kann.

»Ich habe im Tausch Anaïs bekommen.«

»Wie Vieh«, flüstere ich. Dann beiße ich mir auf die Lippe.

»Überhaupt nicht. Clara ist unsere Familie. Sie kann zurückkommen, wenn es ihr besser geht.« Er zieht mich an sich. »Anaïs«, ruft er. Sie kommt ins Zimmer geeilt. »Kannst du uns bitte Tee bringen?« Ich blicke nicht auf, denn ich ertrage nicht, dass sie nicht Clara ist.

»Ja, Monsieur. Tee, Monsieur«, sagt sie.

Theo, dieser liebenswerte, großzügige Mann, hat sich um das Hausmädchen meines Bruders gekümmert. Clara hat den Bongers mein Leben lang gedient, und nun hat Theo sich in ihr neues Lebenskapitel geschrieben.

»Ich mache mir Sorgen, du siehst blass aus«, sagt mein Bruder.

Juli 1888

Dries stand im Türrahmen, während mich Theos Arzt untersuchte. Er sagte nichts, als der Arzt verkündete, ich hätte keine Schwindsucht.

Ich sah, wie er sich über die Augen wischte, als er das Zimmer verließ.

Von: *Hermine Bonger*
An: *Johanna Bonger*

Komm sofort nach Amsterdam. Dringend. Komm noch heute.

SOMMER 1888
AMSTERDAM

August 1888

Es ist erst ein paar Stunden her, dass ich erschöpft von der Reise angekommen bin. Ich hatte noch nicht mal mein Mantelet ausgezogen, da verkündete Mama bereits, ich würde mich wie eine Pariser Hure kleiden und mein Erscheinungsbild sei nicht passend für ein erstes Treffen mit meinem Verlobten. Einem fetten, alten Mann, den ich verabscheue.

Sie verspürte dann auch unmittelbar das dringende Bedürfnis, mir zu erklären, dass ich nie mehr nach Paris zurückkehren werde, und dass man meine Verlobung mit diesem Schwein in einer Woche bekannt gebe.

Ich werde ihn niemals heiraten. Ich habe Dries geschrieben und ihn gebeten, sofort hierherzukommen. Auf meinen Bruder hören sie immer, und ich kann nicht reden, ohne dabei vor Wut zu weinen.

Warum nur habe ich Theos Antrag nicht auf der Stelle angenommen? Weshalb erscheinen mir all meine Gründe von damals inzwischen als unreif und unwichtig? Den Mann meiner Wahl zu heiraten und die Ehe zu führen, die ich will, das bedeutet mehr, als ich in Worte fassen kann.

Als ich noch jünger war, hätte ich geschworen, dass Mama die einzige Konstante in meinem Leben sei, doch in letzter Zeit wünsche ich mir nur, möglichst weit weg von ihr zu sein. Ich sehe sie mit anderen Augen, oder vielleicht sehe ich sie zum ersten Mal richtig … Ich habe sie nicht einfach nur weniger gern – ich verabscheue sie sogar.

Man trichtert uns ein, dass unsere Eltern alles für uns sind, und vergisst dabei ganz, dass wir nur durch Zufall in diese spezielle Verbindung geboren werden.

2. August 1888
Weteringschans 121
Amsterdam

Lieber Theo,

Dries hat versprochen, dich zu besuchen und dir zu berichten, dass Mama meine sofortige Rückkehr nach Amsterdam angeordnet hat. Ich hatte selbst nicht die Gelegenheit, weil ich mich beeilen musste, den letzten Zug zu erreichen, und dabei nicht einmal innehielt, um mich zu fragen, weshalb ich und nicht mein Bruder so dringend einbestellt worden war.

Ich wünschte, ich würde immer noch nicht verstehen, um was es geht. Morgen jedoch wird Dr. Janssen zu meinen Eltern kommen, verbunden mit einer gewissen Erwartung. Eine, die ich nicht zu Papier bringen kann, und trotzdem hoffe ich, dass du verstehst.

Paris zu verlassen hat mich in der Seele geschmerzt. Ich habe meine Leinwände und Farben zurückgelassen, und dich – den Mann, den ich liebe. Mein Aufenthalt bei Dries hat mich verändert. Ich bin um eine Million Jahre gealtert und habe in den wenigen Wochen, in denen ich die Gebrüder van Gogh gekannt habe, ebenso viel Weisheit erfahren. Ich weiß nun ganz sicher, dass ich zu viel an dich denke. Es vergeht kaum eine Stunde, in der du dich nicht in meine Gedanken schleichst. Da meine Eltern darauf bestehen, dass ich mich mit jemandem verlobe, der nicht du bist, ist das höchst unpassend. Doch mein Geist ist unwillig, und ich fühle mich plötzlich wieder völlig verloren.

Letzte Nacht auf der Reise musste ich daran denken, dass wir in unterschiedlichen Ländern weilen können und doch denselben Himmel teilen. Dieser Himmel hat meine Aufmerksamkeit gebannt und tut es noch immer. Das Gefühl, dass es so viel mehr gibt als das Drama und die Unruhe im Haushalt der Bongers heute. Ich habe elf Sterne gezählt und ihre unterschiedliche Farbe wahrgenommen. Zitronengelb, Rosa, Silber und Schneeweiß im dunklen violetten Blau eines Nachthimmels. Blickst du je in den Himmel hinauf und fragst dich, ob wir dieselben Sterne sehen? Zeit und Reisen erlauben solche Überlegungen.

Die Farben verschwanden, und der herrliche göttliche Morgenstern stieg in einen leuchtend blauen Himmel auf.

Nichts ist von Dauer. Das habe ich nun begriffen.

Deine Jo

STERNENNACHT

Ich ertrage die Nähe meiner Eltern nicht. Ihre endlosen Unterhaltungen über Dr. Janssens viele begehrenswerten Eigenschaften wecken in mir das Bedürfnis, mich auf meine Stiefel zu übergeben. Soeben verkündete Mama, dass der gute Doktor wahrscheinlich bald den Löffel abgeben werde, da er ja schon so alt sei, und dass es eine finanzielle Belohnung bringen würde, mich zurückzulehnen und »meine Pflicht zu tun«.

»Ich weigere mich«, sage ich, aber meine Stimme klingt zu hoch und schrill. Auch den Gestank nach Kohl muss ich verdrängen.

»Das kannst du nicht«, erwidert Mama. Die Kerzenflammen im Esszimmer tanzen in der Zugluft. Sie werfen unheimliche Schatten über das lange Gesicht meiner Mutter. Sie hält sich kerzengerade, ist ausgezehrt vom religiösen Fasten und trägt von Kopf bis Fuß Schwarz. Ihre Augen sind Eiszapfen, ihr Mund ernst und grau. Mama lässt sich nie gehen oder entspannt sich, sie lächelt selten und umarmt niemanden. Sie verkörpert Düsternis. Heute Abend gleicht sie einem Unwetter.

»Wir werden eure Verlobung innerhalb einer Woche bekannt geben«, sagt sie.

»Aber ich liebe einen anderen.« Am liebsten würde ich mit Dingen um mich werfen, aber ich zügele mich. Ich will mich benehmen wie eine Erwachsene. Das erfordert Mut. Ich atme einmal tief ein und aus. »Was seid ihr doch für Monster«, sage ich und senke dabei ein wenig meine Stimme.

»Wie dramatisch.« Mama nickt Pa vielsagend zu. »So ein unflätiges Weibsbild. Wie kann sie mein Kind sein?« Sie seufzt, dann hebt sie ihr Wasserglas an die Lippen und nimmt einige kleine Schlucke. »Du hast Dr. Janssen getroffen. Mehrfach. Du warst in Stumpff *verliebt.* Und diesen Theo van Gogh kennen wir noch nicht einmal.« Sie stellt ihr Glas auf den großen hölzernen Esstisch neben ihre fein säuberlich gefaltete Serviette. Dann sieht sie mit Unwettermiene Pa an. Sie will ihm signalisieren, dass ich sie ermüde und unsere kurze Unterhaltung sie bereits langweilt. Sie will Pas Zustimmung und Unterstützung. Ich bin in der Unterzahl. In diesem Raum gibt es keine Hilfe für mich.

»Ich habe den Doktor als eure Tochter getroffen, nicht als seine …« Ich kann den Satz nicht beenden. Mir ist so übel. Meine Eltern warten. »Ich bin gebildet und durchaus in der Lage, meinen Ehemann selbst auszusuchen. Lasst mich nach Paris zurückkehren und meine Zeit des Werbens mit Theo fortsetzen. Dries wird euch bestätigen, dass Theo mich heiraten will.«

»In Utrecht hast du dich wie eine Hure benommen und einen armen Mann verfolgt. In Paris bist du einem mittellosen Künstler nachgelaufen, dessen Ruf zu ihm gepasst hat.« Mamas Tonfall bleibt ganz ruhig und bestimmt. »Du hattest deine Chance, einen passenden Ehemann zu finden, doch du warst der Aufgabe nicht gewachsen. Nun hat sich der Bruder des Künstlers eingeschaltet und …«

»So war es nicht. Theo ist …«

»Dieses ganze ausländische Wasser hat dich verändert. Es hat deinen Geist vergiftet und dich mit Sünde erfüllt. Ich habe deinem Vater gesagt, er solle dir nicht erlauben …«

Ich hämmere mit den Fäusten auf den Tisch. »Schnallt doch Dr. Janssen nackt auf diesen Tisch und steckt ihm einen Apfel in den Mund. Er ist ein stinkendes Schwein.« Die Gläser und Teller klappern als Antwort. Ich bin zornig, obwohl ich doch weiß, dass ich meine Eltern so nicht überzeugen kann. Ich sollte Selbstbeherrschung an den Tag legen. Ich sollte mehr durchatmen, weniger reagieren, aber ihre Weigerung, mir zuzuhören, macht mich wahnsinnig.

»Bei allem Respekt.« Papa klingt vollkommen ruhig. Er ignoriert meine Wut und trinkt einen kleinen Schluck Bier. »Du verhältst dich unnötig *schwierig*. Sowohl dir als auch Andries ist es nicht gelungen, einen passenden Mann in Paris zu finden.«

»Dries hat Theo gefunden. Ich will Theo heiraten.«

»Du willst, du willst nicht, dann willst du wieder … und dann ist da noch das Händchenhalten mit seinem Bruder. Dein unschönes Benehmen bewirkt, dass uns wenige Möglichkeiten bleiben. Ich kann nicht riskieren, dass du noch mehr Schande über diese Familie bringst«, erklärt er. »Und damit ist dieses Gespräch beendet.« Er trinkt einen weiteren Schluck Bier. »Komm, setz dich auf ein Glas zu uns.« Er deutet auf den leeren Stuhl zu seiner Rechten: Ein Gedeck ist für mich bereits aufgelegt.

»Wird es immer so sein?«, frage ich, woraufhin Pa eine Augenbraue hochzieht. Er ist neugierig, aber auch auf meinen nächsten Ausbruch vorbereitet.

»Ein Leben, das von Erwartungen und Grausamkeit bestimmt wird. In dem ich zum Schweigen gebracht und ignoriert werde.« Mein Tonfall ist scharf. »Zuerst deine Erbarmungslosigkeit in Bezug auf Eduard und dann Dr. Janssens …«

»Ich verbitte mir weitere Unterhaltungen über Stumpff«, schimpft Pa.

»Frederick ist ein guter Mensch und ein passender Ehemann. Dir wird es an nichts fehlen«, mischt sich Mama ein.

»Ich will aber Theo!«

Mama lacht freudlos auf. »Frederick ist gesundheitlich nicht in sonderlich guter Verfassung und wünscht sich nur einen Erben«, sagt sie. »Warum du ein solches Theater veranstaltest, ist mir unbegreiflich. Nach seinem Tod wird es dir an nichts mangeln.«

»Aber der Mann ist ein aufgeblasener Hornochse. Ich werde nicht zulassen, dass er mich reitet wie ein Tier. Ich weigere mich.«

»Genug!«, brüllt Pa. Er schüttelt sein Glas, wobei Biertropfen auf den Esstisch spritzen. »Diese Diskussion ist ermüdend und sinnlos. Du hast diese Entscheidung nicht zu treffen. Deine Verlobung wird innerhalb der nächsten sieben Tage bekannt gegeben.«

Mein Bauch gibt ein Protestgrummeln von sich. Nahrung, Ruhe, Freundlichkeit – alles davon brauche ich. Mama verschränkt die Arme vor der Brust. In ihrer Miene kann ich Trauer und Verärgerung lesen. Sie besteht nur aus Knochen und Negativität. Pa trinkt sein Glas aus. Dann greift er wieder nach dem Krug, um seine Enttäuschung herunterzuspülen.

»Komm, Johanna, iss etwas.« Mamas strenger Blick ist unverändert, aber ihre Stimme ein wenig weicher. *Nein, Mama, ich werde nicht aufhören, Theater zu machen, und mein Schicksal akzeptieren.*

»Ich kriege nichts runter bei dem Gedanken, dass er …«

»Dein zukünftiger *Ehemann* kommt morgen zu Besuch, und du wirst ihm mit Würde und Anstand begegnen, wie es bei uns Bongers Sitte ist«, befiehlt Mama.

»Das werde ich nicht tun.«

»Geh sofort auf dein Zimmer«, schreit Pa. »Man wird dich rechtzeitig wecken, damit du dich auf dein Treffen mit Frederick vorbereiten kannst.« Ich blicke meine Mutter an, sehne mich immer noch verzweifelt nach ihrer Unterstützung, aber sie hat die Lippen zu einem dünnen Strich zusammengepresst, damit ja kein freundliches Wort entwischt.

Ich eile aus dem Esszimmer. Enttäuschung lässt mich zittern, sodass ich mein Tuch noch fester um die Schultern ziehe. Ich sehne mich nach Andries. Ich sehne mich nach Theo. Nach Clara. Sogar nach Camille Claudel. Ich sehne mich nach einer Verbündeten, nach Unterstützung, nach irgendjemandem, der mir zur Flucht verhelfen kann.

Ist es gleichbedeutend mit Mut, ein Leben voller Traurigkeit zu akzeptieren?

Ich höre die schwere Esszimmertür ins Schloss fallen und laute Stimmen, die ich aber nicht verstehen kann. Sie streiten sich. Ich bin mir nicht sicher, welcher Elternteil dafür plädieren sollte, die Hochzeit zu verhindern. Vermutlich keiner von beiden. Wahrscheinlich geht es nur darum, wer von ihnen schuld an meinem unmöglichen Benehmen ist.

August 1888

Mir ist so elend zumute.
Heute kommt dieser schweinische alte Mann zu Besuch.

VASE MIT MARGERITEN UND ANEMONEN

Sein Tod kam völlig überraschend.

Wir erfuhren davon am späten Nachmittag. Ich hatte den Tag in meinen feinsten Kleidern verbracht, mich aber geweigert, mein Zimmer zu verlassen, wogegen mein Magen laut knurrend protestierte. Meine Eltern warteten den ganzen Tag über auf den Besuch, der »jeden Moment« eintreffen konnte. Irgendwann – wahrscheinlich, weil sie Pas Beschwerden müde wurde – schickte Mama ihr Dienstmädchen zu Dr. Janssen in die Herengracht, um sich zu erkundigen, was ihn aufgehalten hatte.

Das Dienstmädchen kam völlig außer Atem zurück und verkündete laut rufend die Todesnachricht, während sie durchs Haus rannte. Mama war hin- und hergerissen zwischen Ärger über das unpassende Verhalten ihrer Angestellten – angemessener wäre gewesen, dass uns ein Geistlicher informiert – und Verzweiflung, dass der Tod des Mannes eingetreten war, bevor wir uns zumindest verlobt hatten. Andries machte später Andeutungen, ob ich mir am Abend zuvor von den Sternen womöglich gewünscht hatte, dass so etwas geschehen möge.

»Als der Sarg in die Erde gelassen wurde, hatte ich das Gefühl, eine Million Augenpaare starren mich an«, sagt mein Bruder.

»War es schlimm?«, frage ich, und er nickt. Ich hatte nicht teilnehmen dürfen. Offiziell, weil ich über Dr. Janssens Ableben am Boden zerstört sei, doch meine Mutter fürchtete, ich würde bloß für weitere Peinlichkeiten im Zusammenhang mit unserer Familie sorgen.

»Laut Mama war Dr. Janssen ein Mann von hohem Ansehen, der viele Leben durch frühes Erkennen von Krankheiten gerettet hat«, berichte ich. »Sie legte sogar nahe, er sei so gütig gewesen, hoffnungslose Fälle versterben zu lassen.«

Andries steht neben mir: groß, dünn, verlässlich. Als ich zittere, lehnt er sich an mich, bis sich unsere Schultern berühren. Er kam, zwanzig Minuten nachdem wir von Dr. Janssens Tod erfahren hatten, in Amsterdam an, und wurde von unserer hysterisch schluchzenden Mutter empfangen. Dass er nach Erhalt meines Briefes sofort hergeeilt kam, ließ mich vor Erleichterung in Tränen ausbrechen. Diesen Sommer bin ich ständig dankbar für unsere enge Verbindung und sein Bedürfnis, mich zu beschützen. Er beherrscht die gesellschaftlichen Gepflogenheiten so viel besser als ich. Nun stehen wir gegenüber von Dr. Janssens Haus auf der anderen Seite des Kanals. Wir beobachten, wie Leute hineingehen. Wir beobachten, wie sich die schwarze Haustür wieder hinter ihnen schließt. Besuche zur Beileidsbekundung können nach dem Ende der Beerdigung gemacht werden.

»Setz dein Gesicht auf«, sagt er leise, während ich mich auf dem Weg zur Brücke, die zur Herengracht 247 führt, um eine entsprechende Miene bemühe. Heute ist nicht der Tag, um meine Erleichterung über Dr. Janssens Tod zu zeigen. Heute gilt es, tiefe Trauer an den Tag zu legen. Ich muss die Rolle der verstörten Beinahe-Verlobten spielen, einer Frau, der ihr Geliebter auf grausame Weise entrissen wurde, ehe sie ihre Verbindung legitimieren konnten. Mama hat verlangt, dass diese neue Geschichte das hartnäckig andauernde Gerede über mich und Eduard ersetzt.

Die einzige Trauer jedoch, die ich verspüre, betrifft meine ungewisse Zukunft und die Angst, meine Eltern könnten mich dem nächstbesten Bewerber überlassen. Bei jedem Schritt aufs Haus zu rufe ich mir das vor Augen. Ich stelle mir vor, wie es sich anfühlen würde, Theo nie wiederzusehen.

»Beinahe hätte ich hier gelebt«, sage ich. »Auf sieben Etagen.«

»Wesentlich herrschaftlicher als das Heim unserer Familie«, erwidert Andries. Er legt mir den Arm um die Schultern.

»Ich wollte ihn nie heiraten.« Mein Bruder drückt mich an sich. »Deshalb bin ich ja herbeigeeilt«, sagt er.

»Aber ich habe ihm nichts Übles gewünscht …«

»Wir bearbeiten Mama und Pa zusammen. Morgen.«

Ich umklammere das Sträußchen aus Margeriten und Anemonen, das ich auf Mamas Geheiß hin mitgenommen habe. Viele Augenpaare werden auf mir ruhen. Die Leute werden meine Reaktion beobachten, auf Gefühlsregungen lauern und auf jeden Hinweis, dass ich zum Friedhof stürmen könnte, um mich auf das Grab zu werfen und zu verlangen, dass man mich mit meiner einzigen wahren Liebe begräbt. Hinter mir höre ich ein Schluchzen, doch ich wage nicht, mich umzudrehen. Die Angst, ich könnte mich irgendwie falsch verhalten, und die Erleichterung, meinem Schicksal entgangen zu sein, haben sich vereint und drohen sich in einem unangemessenen Laut Luft zu verschaffen.

»Kopf runter. Blickkontakt meiden«, flüstert Andries und lässt seinen Arm sinken. Wir stehen auf der Treppe vor dem Haus. Schwarzer Krepp wurde mit einem schwarzen Band an den Türklopfer gebunden. »Amsterdam ist wirklich mittelalterlich«, findet mein Bruder.

»Benutzen wir den?« Ich deute mit meinem Strauß auf den umwickelten Klopfer, und Andries zuckt mit den Schultern. Wir warten einige Sekunden, da keiner von uns wagt, womöglich die Formalitäten des Trauerns zu stören. Dann bedeute ich meinem Bruder, die Initiative zu ergreifen. Andries hebt den Messingklopfer und lässt ihn wieder fallen. Ein dumpfes Geräusch. Der schwarze Stoff zittert ein bisschen. Wir warten, aber niemand kommt.

»Kann ich das Sträußchen auf der Treppe ablegen? Dann können wir Mama berichten, dass wir es versucht haben«, sage ich.

»Sie wird da sein. Du musst jetzt deine Rolle spielen«, zischt er mir zu. Seine Augen sind auf den Klopfer gerichtet. »Wenn du ein oder zwei Tränen aus deinen freudigen Augen quetschen könntest …«

»Und dann lässt mich Mama zu Theo nach Paris zurückkehren.«

Andries betätigt wieder den Klopfer, und wieder, und wieder. Bong, bong. Wir warten.

»Was für ein Jammer«, sagt jemand hinter uns.

»In den besten Jahren«, erwidert eine Dame.

Ich drehe mich nicht um, sondern richte den Blick weiterhin auf die Tür. Ich muss mich anstrengen. Ich muss die Johanna Bonger sein, die alle erwarten: von Gram gebeugt, verzweifelt, dass der grausame Tod ihr die Zukunft gestohlen hat. Auf keinen Fall die Johanna, die springen, lachen, tanzen und sich an Gottes Güte erfreuen will, weil sie sich nach ihrer wahren Liebe sehnt.

Die Tür öffnet sich langsam und knarrend. Wir warten. Es ist niemand da, um uns hereinzubitten.

»Dieser Türklopfer hätte nie betätigt werden dürfen«, erklärt jemand hinter uns. »Sie haben die Toten aufgeweckt. Und die Nerven aller Anwesenden strapaziert.«

»Gehen Sie zur Seite«, sagt eine andere Stimme, und wir gehorchen. Wir treten einen Schritt zurück, damit die Trauergäste hinter uns vorbeieilen können, wobei die Haustür innen gegen die Wand des Flurs prallt.

»Gesicht aufsetzen«, wiederholt Andries. Seine Miene wird neutral, und er nimmt seinen Hut ab. Ich schnappe nach Luft, als ich Dr. Janssens Eingangsflur betrete. Es riecht nach Moder und Nelken.

Ich bin zum ersten Mal in diesem Haus. Mama hatte von seinem prachtvollen Heim gesprochen, aber meinen ersten Besuch erst anlässlich der Hochzeitsnacht geplant. Also nächsten Monat, wäre mein zukünftiger Ehemann nicht in unserem Ehebett verstorben, an einem Herzinfarkt, nackt auf dem Rücken liegend, während eine Prostituierte auf ihm herumturnte. Solche Details hat Mama mir nicht berichtet, sie sprach nur von Herzversagen. Dankbarerweise war Andries überzeugt, mein *empfindsames Gemüt* würde diese Informationen verkraften.

Ich blicke zur Zimmerdecke hinauf und schicke ein kleines Stoßgebet an Dr. Janssen zum Dank, dass er mich verschont hat. *Ich bin froh, dass du glücklich gestorben bist.*

»Mein liebes Kind, Sie müssen am Boden zerstört sein«, sagt eine Frau zu mir, die den Flur entlang auf mich zugeeilt kommt. Ihr Äußeres lässt sofort tiefste Trauer vermuten. Ein schwarzes Kleid aus Bombasin mit Kreppbesatz umhüllt sie vom Hals bis zu den Zehenspitzen. Ihre Hände stecken in schwarzen Handschuhen, und ihr Gesicht ist hinter einem dichten schwarzen Schleier verborgen. Ich finde kaum ein Stückchen sichtbare Haut. Irgendwie ist die Dame formlos und rund: eine eierförmige Frau mit winzigen schwarzen Stiefeln, die auf den Fliesen ein klackerndes Geräusch machen.

»Sehen Sie sich nur an!« Hinter ihrem Schleier hervor mustert sie mich wahrscheinlich. Ich glaube, eine leichte Kopfbewegung zu sehen. »Er hatte recht – sie hätten ihm viele schöne Kinder geboren.« Ich wende mich an Andries in der Hoffnung, Hilfestellung zu bekommen, um wen es sich hier handelt, doch er zieht nur ebenso ahnungslos die Augenbrauen hoch. »Ich habe mich um den Verstorbenen gekümmert, da sich sonst niemand zu dieser Ehre bereit erklärt hat. Ich hatte gehofft …«

»Schmerz und Kummer haben meine Schwester ans Bett gefesselt«, erwidert Andries. Ich blicke zu Boden, um meine tiefe Betroffenheit und Trauer zu zeigen.

»Mir sind der Kummer und die Einsamkeit des Todes nur allzu vertraut. Um genau zu sein, herrschte in diesem Haus eine drückende Atmosphäre, seit …«

»Es tut mir so leid«, sage ich und knickse, als wäre sie ein Mitglied des Königshauses. »Ich glaube, wir sind uns noch nie begegnet.«

»Mein Bruder sprach oft und voller Zuneigung von Ihnen. Er sehnte sich nach einem Erben.« Sie führt ein Spitzentaschentuch unter ihren Schleier. Vermutlich tupft sie sich die Tränen ab. »Es tut mir wirklich leid, liebes Fräulein Bonger, das muss eine sehr schwere Zeit für Sie sein. Ihre ganze Zukunft ist zerstört.«

»Herzliches Beileid«, sagt Andries und streckt Fräulein Janssen die Hand hin. »Ich bin Andries Bonger, Johannas Bruder.« Sie scheint ihm die Begrüßung zu verweigern. Andries hält den Arm eine Weile ausgestreckt, ehe ich ihn hinunterdrücke. Ich sehe, wie er die Stirn runzelt. Dann fährt er sich mit der Hand übers Haar. Er überlegt seinen nächsten taktischen Schritt.

Ich stelle mir vor, dass Dr. Janssens Schwester etwa in Mamas Alter ist. Sie wirkt selbstbewusst, völlig ohne Bedauern und ebenso aufgeblasen wie ihr Bruder.

»Die sind für Sie.« Ich halte ihr das Blumensträußchen hin, um Mamas Anweisungen zu befolgen.

»Oh, meine liebste *Beinahe*-Schwester«, erwidert sie. Ihre Stimme hallt im stillen Korridor wider. »Kommen Sie, ich zeige Ihnen das Heim meines Bruders. Die Vorstellung, dass ganz Herengracht 247 Ihr Zuhause gewesen wäre ... und nun allein mir gehört.« Sie breitet die Arme aus. »Wenn nur der gute Herrgott meinem Bruder einige weitere Wochen gegönnt hätte.« Sie legt mir den Arm um die Schultern und führt mich den dunklen Gang hinunter.

»Werden Sie sich in Ihrer Kleidung für die Hochzeitsnacht begraben lassen? Ihre Mutter erzählte, es wäre schon alles bereit gewesen.« Sie hält inne, um mir Gelegenheit zur Bestätigung zu geben. »Man trägt dieses Kleid üblicherweise in der Hochzeitsnacht und schließlich zum eigenen Begräbnis wieder ...« Sie deutet meine ausbleibende Reaktion als Verständnis. Ist es aber nicht. Mir fällt nur einfach keine passende Erwiderung ein. Ich versuche, nicht damit herauszuplatzen, was ich wirklich für ihren geliebten Bruder empfunden habe.

Mit einem Blick über die Schulter bitte ich Andries wortlos um Hilfe, doch er steht lachend neben der offenen Haustür. Das verbotene Geräusch hallt zwischen den Wänden wider, dann winkt er. Als ich in ein Zimmer geführt werde, sehe ich gerade noch, wie er seinen Hut wieder aufsetzt und auf seinem Weg aus Dr. Janssens Heim die Tür hinter sich zuzieht.

VASE MIT MONDVIOLEN

Er ist da, als ich zum Haus meiner Eltern zurückkehre. Sitzt dort auf der Treppenstufe mit einer hölzernen Kiste zu seinen Füßen und dem Hut auf den Knien.

»Theo!«, kreische ich und renne auf ihn zu. »Du bist hier.«

Theo bleibt sitzen. Sein Lächeln ist breit, doch er schüttelt den Kopf und zeigt auf das Fenster über ihm. Es ist eine Art Warnung. Ich blicke an meinem Elternhaus empor – schmal, fünf Stockwerke hoch, viele Fenster. Mama wird uns beobachten und von mir erwarten, dass ich mich mit Bonger'schem Anstand benehme.

Ich strecke ihm die Hand hin, und Theo führt sie an die Lippen, als er sich erhebt. Fast traue ich mich nicht zu blinzeln – aus Angst, er könnte verschwinden. Die Sonne brennt auf ihn herab, und ich bin mir sicher, ihm ist heiß unter seinen vielen Lagen an Überkleidung.

»Ich habe deinen Brief bekommen«, sagt er. »Und ich dachte, ich antworte persönlich. Stelle diese hier eigenhändig zu.« Er deutet auf die Kiste.

»Für mich?« Theo nickt und nimmt wieder Platz. Ich zittere unter meiner Turnüre. Ich kann nicht fassen, dass er wirklich hier ist. Neugierig beuge ich mich über die Kiste: verschiedene Farbtuben, einige Meter Leinwand, Pinsel, eine Palette und, natürlich, ein Spachtel. Ich muss mich auf der Stufe abstützen: Hitze, der Schock, das Gefühl plötzlich aufwallender Liebe.

»Eine Künstlerin braucht schließlich ihr Werkzeug«, sagt er.

Ich kann mich kaum beherrschen, nicht die Arme um ihn zu schlingen. »Danke«, murmele ich, völlig überwältigt. Ich werde entweder gleich losschluchzen oder hysterisch lachen.

»Deine Mutter war absolut bezaubernd.« Er lächelt. *Oh Gott.* Ich bin nach meiner Begegnung mit Dr. Janssens Schwester nicht gleich nach Hause geeilt, sondern hatte das Gefühl, ein wenig Zeit allein zu brauchen, um nachzudenken.

»So sehr, dass du lieber hier draußen in der Hitze sitzt?«

»Habe ein bisschen frische Luft gebraucht und wollte die Aussicht genießen.« Er deutet auf das neue Rijksmuseum. »Vielleicht zeigen sie dort eines Tages mal einen van Gogh.«

Es ist keine Woche her, seit ich Theo das letzte Mal gesehen habe, aber seine Erscheinung beeindruckt mich immer noch: diese Alabasterhaut, die Sommersprossen auf dem langen Nasenrücken, seine perfekten Lippen. Ich starre ihn an. Als er hüstelnd meine Aufmerksamkeit auf sich lenkt, werde ich rot.

»Hast du schon von Dr. Janssens Tod gehört?« Ich schiebe meine holländische Turnüre beiseite, um ebenfalls auf der Treppe Platz nehmen zu können, mit angemessenem Abstand natürlich.

»Bis ins kleinste Detail, dank Mama Bonger.« Er beugt sich herüber und stupst mich neckend mit dem Ellbogen an.

»Ich hatte vor, dir später noch zu schreiben.« Ich flüstere, denn ich bin sicher, meine Mutter versucht von einem der offenen Fenster, uns zu belauschen.

»Sie ist sehr wütend, dass ihre Pläne durchkreuzt wurden. Weiß gar nicht, was sie als Nächstes tun soll, wo du doch so ein *hässliches Kind* bist.«

Ich schüttele den Kopf. »Hat sie geweint?«, frage ich und Theo nickt.

»Unkontrollierbar geschluchzt.« Seine Mundwinkel zucken beim Versuch, nicht zu lächeln. »Ihre Tochter ist ein absolut *hoffnungsloser Fall*, und sie ist überzeugt davon, dass kein Mann je in der Lage wäre, mit deiner *schwierigen Art* zurechtzukommen.«

»Es tut mir leid.« Ich wünschte, die Treppe würde sich zwischen uns auftun und mich verschlucken.

»Und sie wollte wissen, ob ich dich je Pariser Wasser habe trinken sehen.«

Er wartet auf eine Erklärung, doch ich kann bloß mit den Schultern zucken. Ich habe schon Schlimmeres gehört. Gestern Abend gab meine Mutter dem Teufel, Pas schlechtem Blut und einer fremdländischen Krankheit die Schuld an meinem abscheulichen Charakter, und zwar alles in einem einzigen geheulten Satz. Mein Ziel ist momentan, ihr so gut wie möglich aus dem Weg zu gehen.

»Niemand verlangt, dass ich perfekt bin, oder?«, will ich wissen.

»Mir ist lieber, du bist echt.«

Theo sieht mich mit einem Blick an, den ich nicht richtig einordnen kann. Auf einmal wird mir bang, und ich stehe ein bisschen zu schnell auf.

»Bist du mit schlechten Nachrichten wegen Clara gekommen?« Ich schwanke ein wenig.

Theo schüttelt den Kopf und streckt die Hand aus, um mir Halt zu geben. »Nein, überhaupt nicht. Sie ist bereits fieberfrei, und der Arzt ist sehr zufrieden mit ihrer schnellen Genesung.«

Erleichterung. Heute ist wirklich ein seltsamer Tag.

»Ich bin so schnell wie möglich hergekommen, um die Frau, die ich liebe, davon abzuhalten, den falschen Mann zu heiraten«, sagt Theo.

»Oh, deine Rettung kommt ein bisschen zu spät …«

Theo lacht. Damit hatte ich nicht gerechnet. Doch sein Lachen ist ansteckend, und ich muss unweigerlich kichern. Er nimmt meine Hand.

Ich schüttele den Kopf. »Mama wird uns sehen.« Ich spähe zu jedem Fenster hinauf auf der Suche nach ihrem missbilligenden Gesicht.

»Ich habe mit Dries gesprochen«, sagt er. »Wir holen dich nach Paris zurück.«

August 1888

Statt zu schlafen, habe ich Anna Karenina *fertig gelesen, und es hat einen wahren Gefühlssturm in mir geweckt. Ich empfinde solches Mitleid mit der armen Anna, dass ich sie nicht kritisieren will. Stattdessen denke ich, dass es mich weitergebracht hat, solch ein kostbares Buch zu verschlingen. Was für eine tiefe Wahrheit es doch enthält!*

Ich bin sicher, dass die Lektüre mich darauf vorbereitet hat, meine Empfindungen in Zukunft genauer zu untersuchen. Und mich selbst für jede Entscheidung, die ich fälle, zur Rechenschaft zu ziehen. Ich werde sogar innehalten und nachspüren, wie sich jede Regung anfühlt. Vielleicht hilft mir dieses Verständnis meiner selbst dabei, herauszufinden, was meine Traurigkeit auslöst, meine Hitzköpfigkeit und auch mein Glücklichsein. Vielleicht kann ich mit diesem Bewusstsein sogar die flüchtigen Momente der Zufriedenheit festhalten, die immer so schnell vergehen.

Wie gerade jetzt, wo ich zu aufgewühlt bin, um zu schlafen. Meine Wangen schmerzen vom Lächeln. Was diese Freude hervorgerufen hat? Ein ausgesprochenes Versprechen von Freiheit und Glück.

Zu schlafen ist völlig ausgeschlossen. Immer wieder muss ich daran denken, dass Theo angereist ist, nur um zu verhindern, dass ich ein Schwein heirate. Würden Camille oder Agostina meine Dankbarkeit verstehen? Theos Auftauchen hier hat Mama dazu veranlasst, zu verkünden – ehe dieses Thema überhaupt auf den Tisch kam –, dass es sich nach Dr. Janssens plötzlichem Tod nicht schicken würde, eine neue Verlobung vor dem Winter bekannt zu geben.

Mama kümmert sich zu viel darum, was andere von ihr denken, aber ich bin so froh, dass mein Bruder meine Rückkehr nach Paris für nächste Woche herausgehandelt hat, und dass zumindest vorerst keine weiteren Verehrer in Erwägung gezogen werden.

Irgendwie kann ich selbst nicht glauben, dass diese Worte der Wahrheit entsprechen. Man hat mir Zeit geschenkt, um Theo richtig kennenzulernen, bevor wir uns für den Rest unseres Lebens miteinander verbinden. Seine tiefe Leidenschaft macht die Vorstellung lächerlich, dass ich je in diesen Eduard Stumpff verliebt war.

HERBST 1888
PARIS

14. Oktober 1888
Arles

Liebe Johanna,

Nachdem mein Bruder mir versichert hat, dass Du diesen Brief empfangen wirst, möchte ich mich auf diesem Weg endlich bei Dir entschuldigen: Es tut mir wirklich sehr leid. In seinen Briefen erwähnt Theo Dich oft, und eigentlich will ich Dir schon seit einem Monat schreiben. Wie glücklich Theo sein wird – eine neue Sonne wird in ihm aufgehen, wenn er herausfindet, dass wir beide wieder Freunde sind.

Hier in Arles ist das Wetter heute Morgen wieder milder. Der Himmel zeigte sich seit meiner Ankunft in einem harten Blau mit viel greller Sonne. Heute blies der Wind kalt und trocken, sodass ich überall Gänsehaut bekam. Es gibt sehr viel Schönheit, sehr vieles, was meine Kunst inspiriert: eine halb verfallene Abtei oben auf einem Hügel, Kiefern, die den Himmel berühren, graue Olivenbäume, denen ich vorher noch nie Beachtung geschenkt hatte. Ich freue mich auf meine täglichen Spaziergänge und darauf, jedes Mal etwas Neues zu entdecken.

Wusstest Du, dass Gauguin hier bei mir wohnt? Theo hat dir das bestimmt erzählt. Ich erinnere mich, dass Dir Gauguins Arbeiten gefallen haben. Der arme Mann behauptet allerdings, krank zu sein, und hat sich ins Bett zurückgezogen. Die Erschöpfung überkommt ihn täglich aufs Neue, und ihm fehlt selbst für die einfachsten Tätigkeiten die nötige Energie. Er ist pleite und hofft verzweifelt, dass Theo eines seiner vielen Werke verkauft. Durch die Krankheit und

Müdigkeit steht er noch mehr unter Druck, Geld für seinen Lebensunterhalt zu verdienen. Er hat deshalb beschlossen, den Preis für seine Bilder noch weiter zu senken, was Dich interessieren könnte, wenn Dir sein Stil zusagt.

Was meine Kunst betrifft, so habe ich erfreut festgestellt, dass ich so ziemlich alle Materialien, die ich brauche, hier fast zum selben Preis wie in Paris bekomme. In letzter Zeit habe ich einen Perspektivrahmen benutzt. Du wirst das natürlich als ein Hilfsmittel der alten deutschen und italienischen Maler kennen, aber moderne Künstler werden ihn anders einsetzen. Es wird nicht lange dauern, bis mehr und mehr Künstler ihn nutzen. Oder vielleicht muss ich ihn auch deshalb anders verwenden, weil ich mit Öl male. Diese neuen Studien mit dem Rahmen begeistern mich. Ich würde es Dir gerne ausführlicher erklären, wenn es dich interessiert.

Hier in Arles sehe ich so viel Neues. Ich lerne eine Menge über mich selbst und über andere. Und im Gegenzug begegnet man mir mit unerwarteter Freundlichkeit. Ich fühle mich gesünder und stärker als jemals in Paris. Die Abstinenz bekommt mir. In diesem neuen Zustand sorge ich mich um die aktuelle Pariser Generation von Künstlern und ihre ungesunden Körper.

Vielleicht, wenn ich noch andere aus Paris in dieses Gelbe Haus einladen könnte, wäre es mir möglich, eine neue Generation glücklicherer und gesünderer Künstler zu inspirieren. An manchen Tagen träume ich sogar davon, eine Zweitwohnung einzurichten, in die Erschöpfte und Geknechtete flüchten könnten, um Heilung zu finden. Ein Ort der Ruhe auf dem Land für meine vernachlässigten Freunde.

An anderen Tagen bin ich schrecklich wütend auf mich selbst, wenn ich es für akzeptabel halte, selbst weniger krank oder weniger berauscht zu sein als andere Künstler. Hier kann mein Körper atmen und leben, aber er leidet auch unter der Reue, die mich oft heimsucht. Meine Geringschätzung Dir gegenüber war unverzeihlich, und doch suche ich Dein Mitgefühl.

Ich werde nicht mehr schreiben, denn ich bin mir weiterhin unsicher, ob Du meine Korrespondenz wünschst. Vielleicht könntest Du mir durch Theo eine Antwort zukommen lassen.

Tout à toi
Vincent

DAS GELBE HAUS

Theos Anwesenheit, so nah neben mir auf der *confidante*, dass sich unsere Schultern berühren, wühlt mich auf. Er hat es genossen, die vergangenen zwei Monate mit mir zu spielen. Er hat mein Verlangen wieder geweckt, diesen Vorgeschmack auf ungekannte Freuden mit ihm, und er scheint zu genießen, wie sehr es mich quält. Das Versprechen unseres ersten Kusses und intimer Berührungen liegt in der Luft. Meine Rückkehr aus Amsterdam ist zwei Monate her, und Theos Zurückhaltung seither war beeindruckend. Er lacht, wenn er sieht, wie es mich reizt. Er flüstert mir seine Wünsche so leise zu, dass ich gar nicht weiß, ob ich sie richtig verstehe: Jedes Wort ist auf köstliche Weise unanständig. Ich sehne mich nach unserer Hochzeitsnacht.

»Und jetzt, wo du eine Entschuldigung erhalten hast?«, sagt er.

Ich setze mich ein bisschen anders hin, sodass sich unsere Schultern nicht länger berühren. »Meine Meinung über Vincent ist unverändert.«

»Er hat sich immerhin entschuldigt«, sagt Theo wieder, und ich höre, was darin mitschwingt: dass irgendwie jetzt ich schuld bin, wenn ich nicht auf Vincents Angebot eingehe.

»Du meinst, man kann sich unhöflich oder völlig inakzeptabel benehmen – und mit einem einfachen *Entschuldigung* ist alles wieder gut?«

»Mein Bruder meint es ernst.« Theo hat die Hände inzwischen im Schoß gefaltet. »Er lebt enthaltsam und würde dich sehr gerne besser kennenlernen.«

»Vielleicht, aber eine Entschuldigung per Brief … wie soll das unser Verhältnis in Ordnung bringen? Glaubt er, sein *Es tut mir leid* wirkt wie ein Zauber, der den Schmerz und die Angst, die er in mir ausgelöst hat, einfach wegwischt?«

»Du hättest ihn nicht so …«

»Nein.« Ich hebe die Hand, um ihn zu unterbrechen. »Schmälere seine Entschuldigung nicht, indem du mir die Verantwortung für Vincents Benehmen zuschiebst. Eine echte Entschuldigung endet nicht mit diesem Brief.« Ich lege meine Hände auf die von Theo, und unsere Finger verschränken sich ineinander, sobald sich unsere Handflächen berühren. »Selbst nach dem, was er versucht hat, mir anzutun … bin ich trotzdem zu ihm geeilt, weil ich ihn vor dem Exil retten wollte, davor, meinetwegen bestraft zu werden.«

»Und er hat sich über dich lustig gemacht.«

Ich nicke. »Vielleicht können wir das Vertrauen wieder aufbauen, aber das braucht Zeit. Und er ist momentan einfach nicht meine Priorität.«

Theo seufzt. »Was soll ich ihm denn sagen?«, fragt er. Ich höre, dass er verärgert ist, aber ich kann nicht ändern, wer ich bin. Wenigstens diese Stärke besitze ich: Anderer Meinung zu sein als der Mann, den ich liebe, macht mir keine Angst.

»Danke ihm für seine Entschuldigung und richte ihm aus, ich werde ihm schreiben, wenn und falls mir das je richtig erscheint.«

Dieses Mal runzelt er die Stirn. Es ist nicht die Antwort, die er von mir hören will. »In gewisser Weise …« Er stockt. Ich bedeute ihm fortzufahren. »Bin ich froh, dass ich dir nicht erklären musste, wie mein Bruder ist. Seine Taten sprachen eine viel deutlichere Sprache, als meine Worte das je hätten tun können.«

Ich lehne meinen Kopf an Theos Schulter und führe unsere Hände an meine Lippen: ein zarter Kuss. Die Stimmung hier im Salon ist friedlich, mein Leben ruhig, seit Vincent nach Arles abgereist ist. Seine jüngsten Zeichnungen und Bilder des Gelben Hauses liegen neben uns auf dem Hocker. Sie zeigen ein kleines zweistöckiges Haus, in der Farbe von Butter gemalt, mit wunderbaren grünen Fensterläden. Innen scheinen die Wände geweißelt zu sein und der Boden aus roten Ziegeln zu bestehen. Ich mag Vincent als Menschen noch nicht schätzen, aber sein Talent, Formen einzufangen, macht mich oft sprachlos. In seinem heutigen

Brief an Theo hat er nicht nur seine Entschuldigung bei mir erwähnt, sondern noch anderen Skizzen und Ausschnitte von einem rosa gestrichenen Restaurant mitgeschickt, wo er alle seine Mahlzeiten einnimmt. Das Lokal wird laut Vincent von einer gewissen Witwe Venissac geführt. Ich hoffe sehr, dass dieser Künstler jemanden findet, der das Beste aus ihm herausholen kann.

Vincents Leben klingt idyllisch und nach dem perfekten Ort, um seinen Traum zu verwirklichen, eine Künstlerkolonie zu gründen. Er erzählte Theo von seiner neuen Idee, Werke seiner Freunde im Gelben Haus auszustellen und somit Kunsthändler und Interessierte anzulocken, sodass die Künstler später dann bleiben und malen wollen, weil es bereits ein etabliertes Publikum gibt. So, stellt er sich vor, würde sich seine Künstlerkolonie nach und nach entwickeln und wachsen. Einerseits steht das im Kontrast zu seinem Ziel einer Generation gesünderer Künstler, von dem er mir schrieb, andererseits ergänzt es diesen Gedanken. Darf ich Hoffnung für den neuen Vincent haben? Für ihn selbst, für Theo und auch für mich? Würde das Chaos in mein Leben zurückkehren, wenn ich meine Abwehrhaltung lockere?

»Du und ich, wir sind bereits jetzt stärker als allein«, unterbricht Theo meine Gedanken und küsst mich auf die Haare.

»Wir haben uns versprochen, unsere Fehler, Meinungen und Schwächen gegenseitig zu akzeptieren.«

Er lacht. »Ich suche deine Weisheit und Wahrheit. Vor allem was die großen Lektionen des Lebens angeht«, sagt er. Dann holt er tief Luft. »Deine Antwort an Vincent ist gerecht.«

»Ich möchte ihn kennen und verstehen, nicht einfach nur ertragen. Er wird immer ein Teil unseres Lebens sein.«

»Diese schwierigen Gespräche sind notwendig.«

»Und da er dein Bruder ist, bin ich sicher, dass er die Neuigkeiten lieber von dir hören würde, persönlich, statt eine Verlobungsanzeige per Post zu erhalten.« Ich beuge mich etwas nach vorn, um Theo ansehen zu können. »Nun, da meine liebe Mama entschieden hat, dass genug Zeit seit dem Tod des guten Doktors vergangen und keine weitere Verzögerung erlaubt ist …«

»Ich bin eine ganz schön gute Partie.« Er lächelt, dann küsst er mich auf die Wange.

Theo legt in meiner Gegenwart inzwischen eine gewisse Kühnheit an den Tag. Er ist sich seiner selbst sicher, weiß, dass unsere Gefühle auf Gegenseitigkeit beruhen. Als er mit dem Finger mein Handgelenk streichelt, schließe ich die Augen. Ein weiterer langer Kuss auf meine Wange, wobei sein Mund gerade so weit entfernt ist, dass ich ihn mit meinen Lippen nicht erreiche. Der säuerliche Geruch seines Atems ist anziehend. Auf einmal fühlen sich die Ärmel meiner Bluse zu eng an, und mein Kragen schnürt mir die Luft ab. Ich würde sie zu gerne ausziehen und Theo meinen Körper erforschen lassen, direkt hier auf der *confidante*. Natürlich werde ich das nicht tun. Seine Selbstsicherheit verrät Erfahrung, doch ich will gar nicht wissen, was er vor mir erlebt hat. Ich werde in unserer Hochzeitsnacht Jungfrau sein. Theo wird der Erste sein, der mich vollkommen kennt. Beim Gedanken an das Bevorstehende erröte ich.

Täglich danke ich dem Himmel, wie sehr ich diese Chance zu einem neuen Leben zu schätzen weiß. Theo und ich zeigen uns zusammen in der Öffentlichkeit, aber die Nachricht unserer Verlobung wird erst im Januar bekannt gegeben. Ich möchte, dass Theo es Vincent erzählt, bevor ihn irgendwelche Gerüchte erreichen.

»Sara wird blitzschnell von unserer Verlobung erfahren«, gebe ich zu bedenken. Bisher konnten wir jeglichen Kontakt mit Mademoiselle Voort vermeiden. Sie war auf Reisen, ist jedoch vor einigen Tagen zurückgekehrt.

»Sie ist Holländerin«, sagt Theo, was als Erklärung ausreicht. Jetzt, wo Mama ihre Entscheidung gefällt hat, wird sich die Neuigkeit wie ein Lauffeuer durch die Niederlande verbreiten.

»Früher oder später findet Sara Vincents Adresse heraus. Sie wird dafür sorgen, dass sie ihm davon erzählen kann«, sage ich. »Sie hat mich schon leidenschaftlich gehasst, als wir nur miteinander bekannt waren. Vermutlich hat sie jetzt ein Kopfgeld auf mich ausgesetzt.«

»Gauguin hat Probleme«, sagt Theo, und sein Themenwechsel verleiht den Worten zusätzliches Gewicht.

»Wegen seiner Krankheit?«

»Er ist nicht krank. Vincent ist immer noch ein schwieriger Mitbewohner.« Theo macht eine kurze Pause. »Gauguin hat geschrieben, er sei sich nicht sicher, ob er es den Monat über noch aushält.« Theos linkes Bein ist ruhelos, was kleine Erschütterungen durch seinen Körper in meinen sendet.

»Er ist doch erst seit sechs Wochen dort«, sage ich.

Natürlich hat Vincent keine Ahnung davon, dass es Theo war, der Paul Gauguin vor sechs Wochen überredete, nach Arles zu ziehen. Er schien der perfekte Partner für Vincent zu sein, und nun finanziert Theo beide.

»Und er hat mir bereits geschrieben, dass Vincent absolut unerträglich ist.«

Ich lege meine Hand auf sein Bein, um das Zappeln zu beruhigen. Es kristallisiert sich langsam ein Muster heraus: Vincent oder Gauguin schicken einen Brief mit ihren neusten Sorgen – keine Farbe, kein Essen, Krankheit, kein Geld für Briefmarken –, und Theo antwortet sofort, indem er Geld schickt. Ich frage mich langsam, ob Theo glaubt, die einzige Möglichkeit, Vincent in Arles zu halten, ist, ihnen Geld zu geben.

»Gauguins Fähigkeit, aus dem Gedächtnis zu malen, beeindruckt mich immer noch«, sage ich.

Theo neben mir zuckt zusammen.

»Was ist los?«, will ich wissen, doch er schüttelt den Kopf.

»Mein Bruder hat geschrieben, dass er an schlechten Tagen nur deshalb aus der Erinnerung malt, weil er weiß, dass Gauguin in der Nähe ist.«

»Es fällt ihm schwer, allein zu sein«, sage ich bedrückt, und Theo nickt. Eine inzwischen vertraute Welle an Schuldgefühlen überrollt mich: Ich bin der Keil zwischen den van-Gogh-Brüdern. »Möchtest du zu ihm fahren? Du könntest ihm von unserer Verlobung erzählen, während …« Ich breche mitten im Satz ab.

»Bevor ich dich kannte, habe ich mein Leben meinem Bruder gewidmet.«

Ich stupse ihn an, damit er weiterredet.

»Er hat in den vergangenen Jahren viel von mir abverlangt, aber die Situation hat sich verändert … Mein Platz ist jetzt hier, in deiner Nähe.« Theo lehnt seine Schulter an meine, was mich sofort zum Lächeln bringt.

»Warum signiert er seine Bilder eigentlich immer nur mit Vincent? Warum nie Vincent van Gogh?« Diese Frage wollte ich ihm schon lange stellen.

»Er behauptet, weil die Franzosen van Gogh nicht aussprechen können.«

»Aber?«

»Er fühlt keine Verbindung mit unseren Eltern, und jetzt nicht einmal mehr mit mir.« Theo versucht gar nicht erst, seine Traurigkeit vor mir zu verstecken. Ich wünschte, ich wüsste, wie ich reagieren soll, wünschte, ich würde Vincent mehr mögen.

»Ich habe deinen Bruder immer nur in seinen stürmischen Zeiten erlebt. Es ist schwer, sich vorzustellen, wie er ist, wenn er Frieden verspürt.«

»Ich fange selbst bereits an, diese Seite von ihm zu vergessen«, erwidert Theo. »Aber lies nur, was er alles malt.« Er beugt sich vor, nimmt einen Brief aus einem Umschlag auf dem Fußhocker und reicht ihn mir. Ich überfliege rasch die Worte, während Theo sich zurücklehnt und auf eine Textpassage zeigt: »Seit seinem letzten Brief zwei Leinwände mit herabgefallenen Blättern und noch mal ein Weinberg. Arles inspiriert ihn.«

»Er scheint in letzter Zeit besonders gern pures Preußischblau zu verwenden. Und er skizziert in einem Bordell?« Ich zeige auf eine Zeile ganz unten. »Leuchtende Flecken kontrastierender Farben, dick aufgetragen und mit ungewöhnlicher Perspektive. Sein Stil verändert sich.«

Theo nickt. »Ja, aber hier.« Er zeigt auf die abschließenden Briefzeilen: Vincent fürchtet, Gauguin hätte genug von Arles, vom Gelben Haus und von ihm. Der positive Ton aus meinem

Entschuldigungsbrief fehlt in diesen Worten völlig. Er scheint zu glauben, der einzige andere Künstler in seiner Kolonie könnte ihn verlassen.

»Mein Bruder hat ein sehr gutes Gespür.«

»Was wirst du tun?«, frage ich.

»Er wird nicht nach Paris zurückkehren.« *Ich werde ihn von dir fernhalten* – diese Worte bleiben unausgesprochen. »Ich werde Gauguin noch einmal schreiben und mich erkundigen, was er verlangt, um bei meinem Bruder zu bleiben.«

Oktober 1888

Ich bin irgendwie unruhig. Nicht unglücklich, und mir fehlt es auch an nichts, aber ich fühle mich rastlos. Ich warte darauf, dass mein Leben beginnt, obwohl ich mir gleichzeitig nicht vorstellen kann, wie das aussehen wird.

Theo hat davon gesprochen, welche Freiheiten unsere Heirat mir schenken wird – von den Abenteuern, die wir zukünftig zusammen erleben werden, Reisen, die zu seiner Arbeit passen, und wie er mir dabei helfen wird, die Position in der Kunstwelt zu finden, die meinen Fähigkeiten am besten entspricht. Er unterstützt Vincent und wird auch meine Liebe zur Kunst unterstützen – in welcher Form auch immer das sein mag. Denn ich habe den Pinsel nicht aufgegeben, auch wenn meine Versuche an der Leinwand alle so wenig perfekt sind. Offensichtlich liegt mein Talent nicht in Öl.

Theo war vorhin ganz aufgeregt: »Ich habe eine Unterrichtsstunde bei Camille für dich organsiert.«

Doch je mehr ich von den armen Künstlern höre und ihren endlosen Qualen, das wiederzugeben, was sie sehen, umso mehr verändert sich mein Blick auf die Kunst: Denn jedes Werk erzählt die Geschichte der kurzen Momente glücklichen Erschaffens, ehe sein Schöpfer wieder in ewiger Folter versinkt.

Vielleicht gestehe ich mir endlich ein, dass ich keine künstlerische Begabung habe? Ob es nun am Temperament oder am Talent liegt.

Und doch will ich unbedingt meinen Platz in dieser Welt finden. Später sprach ich mit Theo darüber, wie viel Vergnügen es mir bereitet, Kunst und Künstlern zuzusehen, wie sehr ich es liebe, eine Meinung oder einen Kommentar anzubieten.

»Vielleicht bist du zur Kunsthändlerin bestimmt«, sagte er.

DIE RUNDE DER GEFANGENEN

»Viele verwenden Aktzeichnungen von Modellen als Ausgangspunkt für Skulpturen. Hier.« Sie reicht mir ein Blatt mit der Skizze eines nackten Mannes darauf. Ich drehe das Papier um, sodass die Zeichnung zu Boden zeigt. Meine Unbeholfenheit macht mir zu schaffen, ebenso wie mein Bedürfnis, diese vor Camille zu verbergen. Eine dünne Schicht weißer Staub bedeckt bereits das Papier und meine Finger.

»Rodin studiert seine Modelle gern von vielen verschiedenen Seiten und zeichnet sie manchmal auch aus unterschiedlicher Höhe.«

Wir stehen vor zwei hölzernen Bildhauersockeln. Auf jedem liegen ein Klumpen feuchter Ton, mit einem Tuch bedeckt, Werkzeuge und eine Glasschüssel mit trüber Flüssigkeit. Camille sieht bezaubernd aus in ihrem bodenlangen, viel zu großen Malkittel. Die Locken hat sie lose hochgesteckt. Ich dachte, es wäre mutig, ein hellrosa Nachmittagskleid zu tragen, da ich mich durch die leichte Korsage und kleine Turnüre darin gut bewegen kann. Im Gegensatz zu mir sieht Camille so aus, als wäre sie bereit, etwas zu erschaffen.

»Und du bist sicher, dass das kein schlechter Zeitpunkt für dich ist?«, frage ich, weil ich absolut vom Gegenteil überzeugt bin. Das heutige Treffen wurde über Rodin und Theo arrangiert und dann an mich weitergegeben. Nun sehe ich mich konfrontiert mit Camilles monotoner Stimme, ihrer kühlen Ausstrahlung und der Weigerung, mir in die Augen zu sehen. Als hätte ich sie irgendwie beleidigt, ohne zu wissen, wie oder wann das passiert sein könnte.

Camille zieht den Lappen vom Ton und wirft ihn auf den Boden. Ich mache es ihr nach.

»Du beginnst, indem du die Form definierst, die grobe Haltung einfängst. Das hat noch nichts mit dem endgültigen Ergebnis zu tun, sondern es geht in diesem Stadium eher um die grundlegende Gestalt.« Sie macht es mir rasch vor, indem sie mehrere Tonklumpen zu einer Kugel, zwei Zylindern, zwei Dreiecken und einer rechteckigen Platte formt. »Das ist der Körper.« Sie greift nach dem Rechteck. »Und da füge ich jetzt die Gliedmaßen hinzu, ja?«

Ich nicke und zeichne die Formen hastig in mein Skizzenbuch. Fest entschlossen, mir ihre Anweisungen zu merken.

»Brich die Figur in kleinere Teile herunter.« Sie zeigt auf die Formen. »Das ist für einen Anfänger ein guter Einstieg.«

Ich habe Fragen, aber mir fehlt irgendwie der Mut, sie zu stellen. Ja, sie macht mir das alles vor, aber der Mangel an Begeisterung ist so ganz anders als die Camille unserer vorherigen Treffen. Heute zeigt die Künstlerin keine Freude über meinen Besuch. Ich habe das Gefühl, dass ich sie mehr mag als sie mich.

»Wenn du einfach nur zwei Stücke zusammenfügst, dann fallen sie wieder auseinander – vor allem wenn der Ton trocknet.« Sie führt es mit dem Rechteck und dem Dreieck vor. »Deshalb brauchst du Schlicker.« Sie fasst mit zwei Fingern in die Schüssel, streckt die Hand nach meinem Gesicht aus und lässt die Flüssigkeit meinen Nasenrücken hinunterrinnen. Ich bleibe ganz still stehen. »Eine Taufe mit Ton und Wasser.« In ihren Worten liegt keinerlei Humor, eher ein melancholisches Willkommen in ihrer Welt.

»Aber wozu verwendest du das?« Ich zeige auf die Schale.

»Der Schlicker ist flüssiger Ton. Funktioniert wie Klebstoff.« Sie gähnt. Müdigkeit oder Langeweile?

Ich kritzele hektisch in mein Skizzenbuch – etwas Schlicker tropft von meiner Nase aufs Papier –, Wörter, unvollständige Sätze, winzige Diagramme, um mich später an die einzelnen Schritte zu erinnern.

»Wenn du die jeweiligen Formen zusammenfügen möchtest, mach an allen Teilen kleine Schraffuren, so.« Sie nimmt den Zylinder und ritzt an einem Ende kleine Vertiefungen und Rillen hinein. »Dann den Schlicker mit den Fingern auftragen und *voilà!*« Sie drückt den Zylinder an das Rechteck, und ich sehe, wie die beiden zusammenkleben.

»Und wie fühlt sich das an?«, frage ich.

Sie betrachtet mich einen Moment lang, ehe sie den Blick kopfschüttelnd wieder auf den Ton richtet. »Manchmal habe ich das Gefühl, der Ton ist am glücklichsten, wenn er wieder mit seinen Teilen vereint wird. Als würde er sich nur dann vollkommen fühlen.«

Ich schreibe auf, was sie sagt, Wort für Wort.

»Danach definierst du und konzentrierst dich dabei als Erstes auf die Gelenke, dann die kleineren Details – die Umrisse, Texturen. Du glättest da, wo Muskeln sind.«

Beim Reden baut sie den Ton auf und drückt ihn mit einer Leichtigkeit hin und her, dass es scheint, als hätte die Figur schon immer existiert und Camille würde sie nur neu zusammensetzen. Sie zeigt auf die hölzernen Werkzeuge, und ich zeichne sie ab, bin aber nicht mutig genug, erneut nach ihren Namen zu fragen. »Sie helfen dir bei den feineren Details.« Sie redet schnell, modelliert hastig und zuckt bei jedem entfernten Geräusch zusammen, während ihr Blick zur geschlossenen Ateliertür flackert.

»Vor dem Brennen muss der Ton ausgehöhlt werden«, erklärt sie.

Ich schüttele den Kopf. Sie ist zu schnell für mich. Dieser Prozess ergibt für mich wenig Sinn: eine Form perfektionieren, um sie dann zu zerstören?

»Jetzt versuch du's mal.«

Ich blicke von meinem Tonklumpen zum Skizzenbuch, dann wieder auf den Haufen feuchte Erde. Die Seiten sind unübersichtlich mit Gekritzel und Zeichnungen gefüllt, so verzweifelt habe ich versucht, Camilles schnelle Anweisungen festzuhalten. Ich merke, dass sie mich anstarrt, ja fast schon seziert. Vielleicht überlegt sie, ob ich verkraften könnte, was auch immer sie quält.

»Camille«, sage ich. »Erzähl's mir.«

»Es ist nichts.« In ihren Augen liegen Tausend Geheimnisse. Ich wünschte, sie würde mir vertrauen.

Der Geruch nach Ton verbindet uns: erdig, frisch, intensiv. Irgendwie riecht es wie Regen, aber ich habe mir noch nie Gedanken über den Geruch von Regen gemacht. Ich fasse mit der Hand in die feuchte Masse. Sie fühlt sich schwer an zwischen meinen Fingern, wie eine Art Ertrinken. Rasch ziehe ich die Hand wieder heraus, dabei hasse ich den Wechsel von schwer zu leicht. Ich betrachte Camilles Finger. Ton ist klebrig. An ihren Händen wirkt er, als sei er ein Teil von ihr. Ich will die Finger an meinem Nachmittagskleid abwischen, doch Camille scheucht meine Hände von der Seide weg.

»Komm, wir suchen dir einen Malkittel.«

Sie geht mit schnellen Schritten voraus, und ich eile ihr durch diesen großen Festsaal hinterher. Dabei mache ich einen Bogen um die verschiedenen Skulpturen in unterschiedlichen Größen, Formen und Vollendungsstadien. Ich fürchte, ich könnte mit dem Fuß in einem der weißen Tücher hängen bleiben und eine nach der anderen herunterreißen.

»Du bist heute irgendwie nicht du selbst«, sage ich.

Sie bleibt stehen, dreht sich um und sieht mich wortlos an, bevor sie eine Zigarette vom Tisch neben sich nimmt. Sie zündet sie an, und ich warte.

»Camille?«, sage ich.

»Übelkeit heute Morgen.« Sie zieht an der Zigarette, und man merkt, dass sie nicht viel Übung darin hat. »Kurz bevor du gekommen bist, sprach Rodin von einem Kritiker, der mich für eine *artiste maudit* hält.«

»Ich habe keine Ahnung, was das bedeutet.«

Camille zuckt mit den Schultern, dann dreht sie sich um und geht weg. »Dass meine Arbeiten von dem Drama zeugen, das ich lebe. Eindeutig ein Kommentar über die Beziehung zu meinem Frettchen.«

»Musst du denn immer über ihn definiert werden?« Ich beobachte Camilles Hinterkopf, als sie nickt.

»Der Kritiker hat angedeutet, es hätte einen Wahn ausgelöst, der meine Kreativität infiziert.«

»Wie bei Vincent«, flüstere ich. Seit meiner Rückkehr nach Paris habe ich versucht, ein Treffen mit Camille zu vereinbaren. Ich hoffte, mit ihr über das sprechen zu können, was mit Vincent in Andries' Appartement passiert ist. Auf meine Briefe bekam ich keine Antwort, und so arrangierte Theo das heutige Treffen mit Rodin. Ich bezweifle, dass man sie überhaupt nach ihrer Meinung gefragt hat.

Sie bleibt neben einem Tisch mit zwei fertigen Werken stehen. Die Zigarette brennt weiter, ohne dass Camille sie noch einmal zum Mund führt. »Seit ich denken kann, habe ich mich für Ton und Modellieren interessiert. Du auch?«

»Um ehrlich zu sein, habe ich noch nie darüber nachgedacht. Erst als Dries anfing, über deine Arbeit zu sprechen.«

Sie schüttelt den Kopf: falsche Antwort. »Ich war acht, als ich anfing, meine Helden zu modellieren: Bismarck, Napoleon.«

»Starke Männer.«

»Sie haben so mächtige Gedanken inspiriert. Mich aus dem Schneckenhaus herausgeholt, das ich als Zufluchtsort genutzt habe, um mich vor meiner Mutter zu schützen.«

»Camille.« Ich gehe zu ihr und will ihr die Hand auf den Arm legen, doch sie schiebt meine Berührung beiseite.

»Nicht heute, Johanna«, sagt sie. »Bitte keine Freundlichkeit. Heute geht es um Kunst.«

Ich nicke und versuche, die Distanz zwischen uns zu akzeptieren – geistig und auch körperlich.

»Das hier habe ich vor zwei Jahren fertiggestellt. Ich nenne sie *Jeune Fille à la Gerbe*.«

»Junges Mädchen mit einer Garbe.« Ich streiche über die Terrakottafigur. Eine sitzende junge Frau lehnt sich an eine Weizengarbe. Ihr Ausdruck ist wunderschön melancholisch.

»Sieh dir an, wie fest der glatte Körper des Mädchens wirkt, verglichen mit dem nur grob modellierten Hintergrund.«

»Als wäre dieser Ort unwichtig?«, frage ich, und Camille

nickt. Die junge Frau hat den Kopf nach rechts gedreht und die Knie aneinandergedrückt. »Ihre Haltung hat einerseits etwas Sittsames an sich, andererseits wirkt sie etwas verschämt«, stelle ich fest. »Als würde sie ihre Sexualität verleugnen.« Ich drehe die Skulptur auf dem Tisch, um sie von allen Seiten betrachten zu können. »Ihre Pose besticht aus jeder Perspektive. Du hast die Spannung, die in ihrer schwierigen Haltung liegt, wahrhaft eingefangen.«

Sie nickt lächelnd: ein stummes Dankeschön. Dann drückt sie ihre Zigarette am Rand des Tisches aus und wirft sie zu Boden.

»Manche meinen ja, Frauen seien nicht stark genug, um etwas aus dem Material herauszuarbeiten.« Sie schüttelt den Kopf. Mir fehlen leider die Worte, um meine Empörung zum Ausdruck zu bringen. »Deshalb muss ich mich, im Gegensatz zu Rodin, auf kleinformatige Skulpturen ›spezialisieren‹ und damit vor allem private Sammler ansprechen. Ich habe verschiedene Versionen von ihr angefertigt.« Sie streichelt das Gesicht des Mädchens und hinterlässt dabei winzige Krümel nassen Tons. »Bald wird es eine in Bronze gegossene Serie geben.«

»Das ist ja wunderbar!«

Camille lächelt wieder, doch ihre übliche Freude und Fröhlichkeit fehlen. Heute ist sie nur ein Schatten ihrer selbst. Ich wünschte, sie würde mir ihr Herz ausschütten.

»Und nun sieh dir an, was Rodin diese Woche fertiggestellt hat. Er nennt es *Galatea*«, verkündet Camille. Sie schweigt, während ich um den Tisch herumgehe, um die zweite Skulptur von allen Seiten zu betrachten. Es ist das gleiche junge Mädchen, in der gleichen Pose, in Marmor gearbeitet. »Ich denke, ich kann es wagen, zu sagen, dass die ausgedrückte Empfindsamkeit *ähnlich* ist.«

»Er hat dich kopiert?«, rufe ich entsetzt, und Camille nickt. »Und dein Können wird mit dem von Rodin verwechselt?«

»Niemals jedoch umgekehrt.«

Ich zeige auf die beiden Zwillingsskulpturen. »Aber du kannst sie doch sicher nebeneinander ausstellen?«

»Ich werde immer entweder seine Anhängerin oder seine Hure sein. Ich existiere nur in seinem Schatten.« Sie nimmt einen Lappen vom Tisch und reibt damit heftig an ihren Fingern herum. Der Ton ist bald weggewischt, aber sie reibt immer weiter, den Blick auf *Galatea* gerichtet. »Es gibt Tage, da will ich all meine Kunst zerstören.«

»Nein, Camille.« Ich gehe auf sie zu und strecke die Arme nach ihr aus. Doch sie stolpert nach hinten, als könnte meine Berührung sie verbrennen.

»Ich beginne, ich werde, ich erhebe mich, ich beharre«, sagt sie. »Aber er klaut immer noch meine Ideen.«

November 1888

Vor Paris war Lesen für mich immer geschenkte Zeit, in der ich an allem teilhaben durfte, was der Autor gedacht und worüber er sich den Kopf zerbrochen hat. Es war ein Privileg, zu lesen. Und doch war da immer eine Distanz zwischen uns. Dieser Einblick in Shelleys tiefstes Inneres, in Byrons liebendes, kompliziertes Herz, die mäandernden Spaziergänge mit Wordsworth über Hügel und an Bächen entlang. Ich verlor mich in den Seiten, weil mir diese Anregung und diese Intensität des Erfahrens in meinem eigenen Leben fehlten. Ich sehnte mich danach, jemand anderes zu sein, oder an einem anderen Ort.

Nun hat mir Paris so viel mehr über mich selbst beigebracht, dass dieses Bedürfnis nachlässt. Meine Liebe zur Literatur hat sich verändert. Sie ist nicht länger Ablenkung durch die Träume und Fantasien anderer, sondern die Möglichkeit, Stück für Stück zusammenzusetzen, wer diese neu entstehende Johanna Bonger ist.

Vor Paris habe ich Passagen und Sätze aus Büchern gesammelt, aus denen ich glaubte, lernen zu können, was es bedeutet, eine starke Frau zu sein. Doch inzwischen denke ich, sie sind zum Teil falsch. Stark zu sein ist nicht gleichbedeutend mit Alleinsein, mit unbedingter Unabhängigkeit oder der Zurückweisung von Liebe. Es geht nicht darum, impulsiv zu handeln und laut zu schreien, bevor man sich überlegt, was in einer Situation am ehesten angebracht wäre. Mir ist vielmehr klar geworden, dass Starksein bedeutet, Liebe trotz Angst zuzulassen. Die Stärke lebt in den Zwischentönen und stillen Momenten. Sie bedeutet, zuerst nachzudenken. Aufrichtig und wahrheitsgemäß zu sprechen. Schwächen zu begrüßen. Denn mit jedem Fehler wächst die Stärke. Sie erhebt sich.

Ich erhebe mich.

Ich habe akzeptiert, dass ich unendlich viele Schwächen habe, aus denen meine Stärke erwächst.

Wenn ich zurückblicke, lassen mich die vielen Fehler während meines ersten Aufenthalts in Paris erschaudern. Mein impulsives Verhalten. Die vielen Male, in denen ich laut wurde, mich abhetzte. Wie überzeugt ich davon war, ich könne Vincent zu meinem Bruder schleppen. Mein naiver Glaube, dass alle lieber anständig wären, wenn sie denn nur die Möglichkeit dazu hätten. Waghalsig darauf zu vertrauen, dass sich Vincent lieber kultiviert verhalten würde.

Vincent ist an Paris zerbrochen, mich hat es geheilt. Mehr als das, hier wachse ich weiter, trotz meiner Unzulänglichkeiten. Und damit verändern sich meine Ziele. Ich bin weder Malerin noch Bildhauerin – meine Sehnsucht, Künstlerin zu sein, steht nicht im Vordergrund.

Je mehr Zeit ich mit Theo verbringe, umso mehr wünsche ich mir, alles über Kunst und das Verkaufen von Kunst zu lernen.

BILDNIS EINES ALTEN MANNES MIT BART

Wir spazieren über das sandige Champ de Mars. Mit einer Hand halte ich krampfhaft meinen Strohhut fest, weil mir der eisige Wind ins Gesicht peitscht und meinen Umhang aufbauscht. Mit dem anderen Arm bei Theo untergehakt, lehne ich mich an ihn auf der Suche nach Schutz vor den kalten Windböen. Mein Bruder flankiert meine andere Seite, doch er schreitet voraus.

»Claras Gesundheitszustand verbessert sich stetig«, berichtet Theo. »Man ermuntert sie, viel Zeit an der frischen Luft zu verbringen, also auf der Veranda des Sanatoriums.«

»Ich vermisse sie viel mehr, als ich Mama oder Pa je vermissen werde«, sage ich, doch dann bleibe ich stehen und blicke an der Eisenkonstruktion empor. »Ich verstehe den Zweck immer noch nicht.«

»Für kurze Zeit wird es das höchste Bauwerk der Welt sein. Genau hier. In Paris«, sagt Andries. Er ist schlicht besessen davon. Und hat immer noch keinen seiner wöchentlichen Besuche ausgelassen, seit die Arbeiten am Fundament begannen.

»Aber es ist nutzlos und … na ja, ich finde es immer noch hässlich«, sage ich. Theo neben mir lacht. »Halten Sie es denn für Kunst, Monsieur van Gogh? Ich fürchte, ich begreife den Sinn absolut nicht.«

»Muss denn alles einen Sinn haben?«, gibt Theo zurück. Schulterzuckend schmiege ich mich enger an seinen Arm. Ich wünschte, ich hätte daran gedacht, Handschuhe anzuziehen. »Nicht alle sind sofort begeistert«, meint Theo, »aber in dem Maß, wie Eiffels Turm wächst, wächst auch seine Akzeptanz bei den Menschen. Sieh nur, sie haben bereits die mittlere Plattform hinter sich gelassen.«

Ich starre am Turm hinauf und halte meinen Hut noch etwas fester, damit der Wind ihn nicht fortreißt. Meine Finger sind taub vor Kälte, die Wolken dick und schwer. Für den Nachmittag wird Schneefall erwartet. Die vier Metallbeine schieben sich immer weiter in den Himmel hinauf. Ihr Gewicht hat sie einander näher gebracht und das graue Skelett sein Crescendo Richtung Spitze begonnen. Es ist bereits zu hoch, zum Weiterwachsen bestimmt, doch die Höhe dieses Turms vergrößert meine Zuneigung nicht.

»Seht euch die Arbeiter an«, sage ich auch dieses Mal. Ich zeige auf einen Vorsprung, der vom höchsten Punkt aus nach außen ragt. Der Wind zerrt an ihnen. Schwarze Figuren hängen, baumeln oder hocken auf einem Sims, der nur einige Zentimeter breit ist. Ihre Werkzeuge hämmern im Takt, während sie auf die Eisenkonstruktion einschlagen.

»Wie kann es sein, dass sie keine Todesangst haben? Seht nur, wie sie im Wind schaukeln.«

Andries bringt seine Boxkamera in Position und macht ein Foto.

»Immer noch nur eine Fotografie pro Woche?«, will Theo wissen. Nickend dreht mein Bruder den Schlüssel auf der Kamera weiter zur nächsten Einstellung. »Na komm, schieß die Vorsicht in den Herbstwind und mach noch eines«, sagt Theo. Bevor Andries jedoch etwas erwidern kann, hören wir jemanden seinen Namen bellen. Wir drehen uns um.

»Bonger«, hören wir wieder. Die Rufe kommen näher. »Bonger!« Wir suchen die Menge aus Schirmen ab, die Hauben vor dem Wind und der Kälte schützen wollen. Heute schreiten die Leute lieber zügig aus, anstatt sich in Grüppchen zu unterhalten.

»Rodin, alter Freund«, sagt Andries. »*Bonjour.*«

Er umarmt den Bildhauer. Vor zwei Wochen im Atelier hatte ich ihn nicht zu Gesicht bekommen, und nun erkenne ich ihn kaum wieder. Er ist ein fast bedauernswertes Abbild des Mannes, den ich im Sommer kennengelernt habe. Er wirkt untersetzter, fast schon unförmig. Sein Bart wirkt matt, die Falten in seinem

Gesicht tiefer. Er strahlt Vernachlässigung aus. Gerne möchte ich ihn fragen, was die letzten vier Monate mit ihm angestellt haben, doch so mutig bin ich leider nicht. Zwischen Zeigefinger und Daumen hält er seine runde Brille und reibt am Glas herum, als wäre er von irgendetwas abgelenkt. Ich löse mich von Theo und sehe mich um. Camille kann ich nirgends entdecken.

»*Bonjour*, Rodin«, sage ich. »Ist Camille heute nicht bei Ihnen?« Sein Blick fällt auf mich. Ich sehe erst Verärgerung, dann Wiedererkennen, als seine Miene freundlicher wird. Ich bin unsicher, wie ich mich in Gesellschaft eines Künstlers benehmen soll, der von anderen stiehlt.

»Mademoiselle Bonger«, sagt Rodin. Er beugt sich vor und streift mit den Lippen meine Wangen. Sein Bart kratzt auf der Haut.

»Der unbekannte Franzose«, sagt Theo, und Rodin lacht, ehe sich die beiden umarmen.

»Ich habe da ein Gerücht gehört.« Rodin sieht mich an und nickt dann Theo zu. Wir lächeln beide, denn es gelingt uns einfach nicht, unsere Freude zu verbergen.

»Wunderbare Neuigkeiten!« Rodin klatscht in die Hände. »Und was macht Ihre Kunst?«

»Nichts«, antworte ich. »Jeder Zweite, den ich treffe, träumt davon, eines Tages Künstler zu sein. Ich muss leider akzeptieren, dass meine Fähigkeiten nur unzulänglich sind. Meine Zeit mit Camille hat mir gezeigt …«

»Du bist selbst deine strengste Kritikerin«, unterbricht mich Theo.

Ich sehe ihn neugierig an. »Ich wollte Camille eigentlich schreiben. Ihr für die Anleitung danken und noch einige Worte zu ihrer wunderbaren *Jeune Fille à la Gerbe* sagen …«

Schweigen. Aller Blicke sind auf mich gerichtet.

»Aber ich hatte Sorge, sie schien mir irgendwie …«

»Ich bin nicht der Aufpasser dieses Mädchens«, erklärt Rodin. Seine Worte klingen scharf und hart. Dann dreht er sich um und geht ohne Abschied davon. Seine Haltung ist gebeugt, und er hat es auch nicht besonders eilig, doch er will offenbar nicht in meiner Nähe sein. Andries läuft ihm nach und legt ihm den Arm um die Schultern.

»Hast du gewusst, dass er ihre Ideen klaut?«, frage ich Theo.

»Es geht um Camille«, übergeht er meine Frage. Mir wird sofort elend. Ich nicke ihm zu. *Sag's mir.* »Sie ist nicht mehr schwanger.«

»Was?«, rufe ich. »Was soll das heißen? Ich war doch da. Sie hat mir nicht gesagt, dass sie schwanger ist. Ihr war an dem Morgen nur übel. Das ist alles.«

»Ich tratsche nicht«, sagt Theo. »Sie würde es dir selbst erzählen, wenn sie wollte, dass andere es wissen.« Es dauert einen Augenblick, bis ich begreife, dass ich mich ärgere. Ich ärgere mich über Theo, dass er so anständig ist, und über mich selbst, weil ich nicht verstanden habe, was sie mir sagen wollte.

»Wird Rodin Rose jetzt verlassen und …«

»Camille hatte vor ein paar Tagen eine Abtreibung«, sagt Theo leise. »Rodin wusste nichts von der Schwangerschaft.«

»Aber …«

»Ihre Liebesbeziehung ist zu intensiv, das verzehrt sowohl Berufliches als auch Privates. Und …«

»Und?«

»Sie ist finanziell von ihm abhängig, weil sie Schwierigkeiten hat, an andere Fördermittel zu kommen. Manche betrachten ihre Kunst als gewagt, also braucht sie Rodin und die Zusammenarbeit.«

Ein eisiger Windstoß droht mir den Strohhut vom Kopf zu wehen. Ich nehme ihn ab. Ich will nicht mehr auf dem Champ de Mars sein. Als ich mich umdrehe, folgt mir Theo, ich hake mich wieder bei ihm ein, und gemeinsam spazieren wir in die Richtung zurück, aus der wir gekommen sind. Wir gehen schweigend und grüßen jene, die wir kennen, mit einem Nicken.

»Wird ihre Familie ihr nicht helfen?«, frage ich schließlich, obwohl ich die Antwort kenne. Camille konnte nicht verstehen, weshalb ich mich nicht von meiner Familie lossagte, als diese schreckliche Ehe arrangiert wurde. Sie fand mich schwach. Sie hat zugunsten ihrer Kunst und ihrer Liebe zu Rodin auf ihre Familie verzichtet. Was sehr mutig war in meinen Augen.

»Die sähen sie zu gerne als Bettlerin auf der Straße.«

»Und so betrachtet die Gesellschaft Camille durch die Linse von Rodins Herrlichkeit. Kannst du ihr denn nicht helfen?«

»Rodin wird sie weiterhin finanziell unterstützen, aber ihre Beziehung ist damit zum Scheitern verurteilt.« Theo massiert sich die Schläfen. »Camille meinte, es sei ihr Opfer für die Liebe gewesen. Dass dies der Moment sei, in dem Rodin für sie Rose verlassen müsse.«

»Und nun weiß sie, dass er das nie tun wird«, murmele ich, und Theo nickt. Ich lehne mich an ihn. »Ich werde sie besuchen.«

»Sie will keine Gesellschaft.«

»Sie ist nicht meine Freundin, oder?«

»Sie ist eine Künstlerin, die sich mit anderen zusammentun will, die für dieselbe Sache kämpfen«, erwidert Theo.

»Und ich kämpfe diesen Kampf nicht mehr«, flüstere ich.

Camille Claudel ist mehr wie Agostina Segatori denn wie ich.

November 1888

Beim Aufwachen war ich immer noch in meinem Mitgefühl und meinen Gedanken an Camille gefangen – an die vielen artiste maudit *in Paris –, als Theo unerwartet vorbeikam. Mit einem Rosenstrauß und Plänen für den ganzen Tag.*

Wir verbrachten den Nachmittag spazierend und lachend, unter jungen Kastanien hindurch mit kleinen Pausen an gewundenen Pfaden. Unsere Verlobung rückt nun immer näher, deshalb sprach ich an, wie realistisch unsere Erwartungen wohl seien. Wir redeten darüber, was es bedeutet, die Bedürfnisse des anderen zu erfüllen. Ich erzählte Theo, wie gern ich ein bemerkenswertes Leben führen würde, dass ich mich dabei aber trotzdem sehr nach sozialer Anerkennung sehnte – die Vincent, Camille und Agostina zurückgewiesen haben. Theo sprach über seine Sorge, er könne vielleicht meine Anforderungen nicht erfüllen, was zu meiner Angst passte, womöglich nicht zur vorbildlichen Ehefrau zu taugen.

Ich fragte ihn, ob denn Leiden und kreative Genialität zwangsweise zusammengehören. Ob etwas Großartiges nur durch Leid erreicht werden kann. Wir trafen keine Entscheidungen und kamen zu keinem Schluss, was aber auch nicht nötig war. Stattdessen machen mir unsere Ehrlichkeit und das offene Gespräch Hoffnung für die Zukunft.

Später, als wir zu Dries' Appartement zurückspazierten und es sehr still und schon fast dunkel war, blieben wir auf der Brücke bei Courbevoie stehen. Mit Blick auf die Spiegelungen im Wasser fanden sich unsere Hände. Ein wahrhaft magischer

Moment. Die Lichter der Stadt schimmerten im Fluss, und ein stummes Verlangen verband uns miteinander.

Sollte ich jemals gefragt werden, was Glück bedeutet, werde ich diesen Tag und diesen Abend beschreiben.

WINTER 1888
PARIS

22. Dezember 1888
Paris

Verlobungsanzeige
von
THEODORUS VAN GOGH
und
JOHANNA GEZINA BONGER

Januar 1889: Paris – Amsterdam

Lieber Vincent,

mir ist bewusst, dass Du diese Neuigkeiten vielleicht besser persönlich von mir erfahren hättest, doch ich hoffe, es geht Dir gut und Du kannst dich mit uns freuen.

Mama weiß Bescheid, und Du sollst es in unserer Familie als Nächster erfahren. Ich werde mich kommenden Monat mit Johanna Bonger verloben. Wir planen einen Empfang für die Familie am 9. Januar in Amsterdam, und ich lege Dir die Ankündigung bei.

Von Johanna und mir mit den herzlichsten Grüßen,

Immer Dein
Theo

BILDNIS DES POSTMANNES JOSEPH ROULIN

Etwas außer Atem und blass stehe ich neben meinem Bruder im Flur seines Appartements. Veilchenduft erfüllt die Luft, und irgendwo im Hintergrund singt Anaïs »Weihnachtsglocken«. Ich rannte sofort aus meinem Schlafzimmer, als Andries nach mir rief. Es klang dringend. Theo ist hier. Er ist völlig vom Regen durchnässt, das Wasser tropft an ihm herab auf den Fliesenboden. Ganz still und stumm steht er mit flehendem Blick da. Er wirkt kleiner und irgendwie verloren. In seiner zitternden Hand hält er ein Blatt Papier. Ich ahne Schlimmes.

»Ist etwas mit Clara?«, frage ich.

Keine Antwort.

»Was ist denn passiert?«, drängt Andries. Er geht auf Theo zu und nimmt ihm das Papier aus der Hand. Ich sehe, wie er liest, dann reicht er mir den Brief weiter. Niemand sagt etwas. Theo sieht mich unverwandt an.

Ich betrachte den Zettel. Es handelt sich um ein Telegramm mit dem heutigen Datum, dem 24. Dezember.

Von: *Paul Gauguin*
An: *Monsieur Theo van Gogh*

Sofort kommen. Vincent heute ins Krankenhaus eingeliefert. Notfall.

»Ist er krank?«, will ich wissen.

»Ein Unfall?«, fragt Andries.

»Ich weiß auch nicht mehr als ihr.« Theo befeuchtet sich mit der Zunge die Lippen und reibt seinen Hals. »Ich werde noch heute Nachmittag den Zug nach Arles nehmen.«

»Kann ich dir ein Glas Wasser bringen?«, frage ich, doch er schüttelt den Kopf.

»Keine Zeit. Muss sofort los. Meine Leute in der Galerie kümmern sich um die letzten Reisedetails, und ich muss noch meinen Koffer packen. Unser erstes gemeinsames Weihnachtsessen muss leider ausfallen.«

»Mach dir deswegen keine Gedanken«, beruhige ich ihn. »*Sinterklaas* war doch schon vor Wochen da. Los, fahr zu deinem Bruder und melde dich, sobald du mehr weißt.«

»Gauguin würde nur ein Telegramm schicken, wenn es wirklich ernst ist«, sagt Andries. Ich gebe ihm einen Klaps auf den Arm. »Was denn?«, fragt er mit hochgezogenen Augenbrauen.

Ich funkele ihn an. »Das war ohnehin klar, liebster Bruder.« Dann wende ich meine Aufmerksamkeit wieder Theo zu. »Möchtest du unsere Verlobung verschieben?«

»Lass uns erst mal erfahren, was eigentlich passiert ist«, antwortet Theo. Er nimmt das Telegramm aus meiner Hand, küsst mich auf die Wange und setzt dann seinen Hut auf, um zu gehen.

»Möchtest du, dass ich dich begleite?« Theo dreht sich zu mir um.

Er schüttelt den Kopf, ohne mir dabei in die Augen zu sehen. »Ich glaube, es ist am besten, wenn du hierbleibst.«

»Was immer ist, ich werde dich unterstützen.«

»Ich weiß nicht, was mich dort erwartet«, seufzt Theo. »Und ich weiß auch nicht, wann ich zurück sein werde. Das kommt auf … die Umstände an.«

»Er wird gestern unsere Verlobungsanzeige und deine Nachricht erhalten haben.« Meine Worte sind kaum lauter als ein Flüstern, und trotzdem kann ich das Zittern in meiner Stimme nicht verbergen. Theo hört es. Er nickt.

1. Weihnachtsfeiertag 1888
Paris

Liebster Theo,

ein kurzer Brief, um Dir schöne Weihnachten zu wünschen, mich bei Dir zu melden und Dich wissen zu lassen, dass meine Gedanken Dich auf Deiner Reise zu Theo die ganze Zeit begleitet haben. Ich kann an nichts anderes denken als daran, was Dich bei Deiner Ankunft wohl erwartet hat. Ich habe Angst, dass es etwas Schreckliches ist: dass Dein Bruder vielleicht nicht mehr unter uns weilt.

Bitte vergiss nicht, dass wir einander helfen werden, was auch immer sich uns in den Weg stellt. Gemeinsam sind wir stark. Sag mir, was Du brauchst, und erlaube mir, Dich auf jede mir mögliche Weise zu unterstützen.

Bitte richte Vincent meine besten Grüße aus. Ich hoffe einfach, Du weißt, dass ich ihm nie Krankheit oder etwas Böses wünschen würde.

Alles Gute Dir, bitte schreib mir bald.

Deine Jo

28. Dezember 1888
Arles

Liebste Johanna,

ich muss Dir hoffentlich nicht sagen, wie viel ich die letzten Tage an Dich gedacht habe. Die Gedanken an Dich waren wie ein Licht in dieser Dunkelheit, die mich hier in Arles erwartet hat. Seit meiner Ankunft verbringe ich die Tage in pausenloser Angst, dass mein Bruder den Kampf um sein Leben verlieren wird.

Es gibt so viel zu berichten, so viel, das ich mit Dir teilen will und muss, doch ich kann das Schreckliche, das ich hier miterlebt habe, nicht zu Papier bringen. Ich bin verzweifelt.

Denn mir ist klar geworden, wie sehr mein Bruder ein Teil von mir ist. Wenn er nicht länger in meinem Leben wäre, würde dadurch eine Leere entstehen, die niemand sonst füllen könnte. Ich meine das nicht als Beleidigung gegen Dich, meine liebste Johanna, aber genau wie Du Dir vermutlich kein Leben ohne Andries vorstellen kannst, sehe ich keine Zukunft ohne meinen Bruder an der Seite.

Jetzt, wo Vincent mit hohem Fieber und Zeichen von geistiger Umnachtung im Krankenhaus liegt, denke ich darüber nach, was ich von Dir brauche. Mein Wunsch, wenn ich es wagen darf, ihn zu äußern, wäre, dass auch er Teil unserer Zukunft sein wird. Dass Ihr wieder Freunde werdet, Du und er. Mein Bruder hat Momente der Klarheit: Er leidet, er kämpft. Seine Qualen liegen so tief in ihm, und ich bringe es nicht über mich, zu beschreiben, wie er sich verstümmelt hat. Wenn er nur jemanden zum Reden gehabt hätte, jemanden, dem er seine dunklen Gedanken und seine Verzweiflung hätte anvertrauen können.

Deine Art, mich anzusehen, und unser Versprechen, gegenseitig das Beste aus uns herauszuholen, unsere tiefsten Bedürfnisse zu erfüllen, machen mich zuversichtlich auf meinem Weg. Zuversichtlich und hoffnungsvoll. Hätten wir diese Zuversicht mit Vincent nicht geteilt, hätten wir ihn nicht in unser Glück hineingezogen, hätte er sich dann dasselbe angetan?

Ich habe ihn im Stich gelassen.

In den kommenden paar Tagen wird die Entscheidung über eine Verlegung gefällt, vielleicht in eine besondere Einrichtung. Deine Liebe ist mein helles Licht in diesem Sturm.

Dein Dich liebender Theo

29. Dezember 1888
Paris

Mein liebster Theo,

gerade eben habe ich Deinen Brief erhalten. Seit Deiner Abreise bete ich, dass Vincent noch lebt – Gott sei Dank ist das der Fall.

Ich habe versucht, zwischen den Zeilen zu lesen, doch ich kann mir keine Vorstellung davon machen, wie Vincent sich verletzt haben könnte. Ich bin froh, dass Du Momente der Klarheit erwähnst – sowohl Dries als auch ich hoffen sehr, dass Vincent sich wieder vollständig erholt. Natürlich werde ich Dir auf seinem Weg der Genesung helfen. Ich will Euch beide unterstützen.

Ich wünsche mir so sehr, jetzt bei Dir zu sein – Dir Trost zu spenden, aber auch mit Vincent zu sprechen. Ich hätte freundlicher zu ihm sein sollen, Theo.

Wie können wir je wirklich wissen, wie der andere leidet? Wie viele stumme, gequälte Seelen verbergen sich in den dunkleren Ecken unserer Gesellschaft?

Bitte schreib mir weiterhin und teile das Erlebte mit mir, damit ich Dich aus der Ferne unterstützen kann. Heute habe ich beschlossen, haushalten zu lernen, für die Zeit, wenn wir irgendwann zusammenwohnen. Doch selbst das zu schreiben kommt mir zu trivial vor, wenn ich so wenig über Vincents Zustand weiß.

Ich wünsche mir sehr, bald wieder von Dir zu hören. Alles Gute für Deinen Bruder.

Deine Dich liebende Jo

31. Dezember 1888
Arles

Liebste Johanna,

eine schnelle Nachricht, um Dir für Deinen Brief zu danken, für Dein aufrichtiges Hilfsangebot und um Dich wissen zu lassen, dass Du in meinen Gedanken weilst.

Der Zustand hier bleibt besorgniserregend.

Sie reden immer noch davon, wie und wann Vincent in eine Einrichtung verlegt werden kann, und jeden Morgen fürchte ich die Nachricht, er könne in der Nacht verstorben sein. Bin hin- und hergerissen zwischen stechendem Verlust und Erleichterung, dass mein Bruder vielleicht nicht mehr leiden muss. Gleichzeitig weiß ich, dass es mir das Herz brechen würde, meinen Bruder zu verlieren. Auch wenn ich zugeben muss, dass das Leben, das ich für uns vorschlage, nicht ohne Sorge sein wird, so werde ich doch in diesen Stürmen immer nach dem Licht suchen.

Mir läuft die Zeit davon, da ich gleich eine weitere Unterredung mit seinem Arzt habe, doch ich freue mich auf das neue Jahr – das Jahr, in dem Du meine Frau wirst.

Dein Dich liebender Theo

SONNENBLUMEN

Kein Wort von Theo, nichts, seit seinem letzten Brief vor zwei Tagen. Er ist mit Vincent beschäftigt, und vielleicht schweigt er, weil sich dessen Zustand verändert hat. Trotzdem bekümmert es mich sehr, dass zwei Tage einfach so vergehen können, ohne dass ihm Zeit für ein paar Zeilen bleibt.

In der Woche zwischen Weihnachten und Neujahr waren die Sorgen immer präsent. Nun ist ein weiterer Tag vergangen. Heute Abend hat Andries versucht, mich mit Gesellschaftsspielen abzulenken, aber ich war zu nichts zu überreden. Ich habe kein Interesse daran, mit ihm und Anaïs Blindekuh zu spielen, und Scharaden ermüden mich. Mir fehlt einfach die Kraft, Begeisterung vorzutäuschen. Alles lastet so schwer auf meinen Schultern. Ich habe es mit Lesen versucht, mit Zeichnen, ich habe gelernt, wie man Silber poliert, aber ich kann nichts essen und seit zwei Tagen kaum noch still sitzen. Während einer meiner Runden durch den Salon werfe ich nun zufällig einen Blick durchs Fenster hinaus in die Dunkelheit. Genau in diesem Moment gehen zwei Gestalten an der einzigen Gaslaterne am Ende der Rue Victor vorbei.

Ich erkenne seine Silhouette sofort. Theo stapft mit gesenktem Kopf durch den Regen. Er wird von einem anderen Mann begleitet. Ihn erkenne ich nicht.

»Ist das Vincent mit Theo?«, murmele ich vor mich hin, aber mein Bruder hört mich trotzdem.

»Wo?« Er springt vom Schreibtisch auf und eilt zu mir ans Fenster. »Vielleicht war es doch nicht so schlimm, wie Theo geschrieben hat«, sagt er, doch dann verstummt er, als die beiden Männer aufs Haus zukommen. Es ist spät und zu dunkel, um sie richtig zu erkennen. Beide gehen gebeugt und haben die Hüte gegen den Winterregen tief in die Stirn gezogen.

»Eindeutig Theo. Ich bin mir nur nicht sicher, wer der andere ist.« Ich versuche, den Gang des Fremden einzuordnen. »Ich glaube nicht, dass es sich um Vincent handelt. Der Mann ist zu klein.«

Andries eilt zur Wohnungstür. Ich bleibe, wo ich bin, und beobachte, wie sie an der *porte cochère* haltmachen. Sie müssen warten, bis der Concierge den Riegel öffnet, doch keiner von beiden blickt zum Salonfenster empor. Offenbar öffnet sich die Tür, denn ich sehe sie eintreten.

»Höchst unerwarteter, aber sehr willkommener Besuch«, höre ich Andries sagen, als ich in den Flur komme.

»Entschuldigt die späte Störung«, sagt Theo. »Ich bin davon ausgegangen, dass ihr beide Nachrichten von meinem Bruder hören wollt.«

Der Mann in Theos Begleitung ist nicht Vincent. Er ist klein, sogar kleiner als ich, mit kräftigem Kinn und niedriger Stirn. Seine Lippen sind sehr schmal, und seine Augen quellen ein bisschen aus den Höhlen. Theo nimmt seinen Hut ab und legt ihn auf das Tischchen im Flur, wobei die Regentropfen eine Spur auf dem Fußboden hinterlassen. Dann blickt er auf und entdeckt mich. Sein Gesicht ist gezeichnet von allem, was er erlebt hat, die Augen rot und verquollen vom Weinen, erschöpft von der Sorge um Vincent. Ich sehe seinen Schmerz. Aber ich sehe auch seine Erleichterung, seine Freude. Ich stürze auf ihn zu und werfe mich in seine Arme. Er drückt mich so fest, dass ich nach Luft schnappe, während ich meinen Bruder und den anderen Mann lachen höre.

»Ich bin froh, dass du mich vermisst hast«, murmelt Theo in meine Haare, ehe er sich von mir löst und mir einen sanften Kuss auf die Stirn gibt. Er lächelt, aber sein Blick ist traurig.

»Vincent?«, frage ich.

»Lebt noch. Man hat ihn verlegt … weil er Symptome einer Geistesstörung an den Tag legt.« Wir sehen uns fest in die Augen und versuchen, uns gegenseitig schweigend zu trösten. Dann wendet sich Theo Andries und dem fremden Mann zu. »Ich bitte um Entschuldigung. Paul Gauguin, darf ich Ihnen meine

Beinahe-Verlobte Johanna und ihren Bruder, Andries Bonger, vorstellen.« Sein Tonfall ist flach, freudlos und so ganz untypisch für ihn. *Er mag Gauguin nicht.*

»*Enchanté de vous recontrer*«, verkündet Andries mit etwas zu viel Begeisterung. »Es ist mir ein großes Vergnügen.« Es folgt übertriebenes Händeschütteln. »Jo ist eine Bewunderin Ihrer Kunst. Kommen Sie herein, ich werde Tee und etwas zu essen organisieren. Das Feuer im Kamin brennt.« Er eilt davon, um das Hausmädchen zu finden, während Gauguin seinen Mantel auszieht. Er legt ihn sich über den Arm, von wo aus Regenwasser auf die Fliesen tropft.

»Johanna ist Künstlerin«, sagt Theo.

»Eine Frau als Künstler, soso«, wiederholt Gauguin abfällig. »Und Sie mögen also meine Arbeiten?« Seine Stimme klingt irgendwie heiser, als würde ihm ein Brötchen im Hals stecken. Er legt den Kopf schief und starrt mich etwas zu lange an.

»Künstler erschaffen Kunst, genau wie Schriftsteller schreiben, ganz egal ob es Männer oder Frauen sind«, verkünde ich, obwohl ich mir nicht sicher bin, wie viel Sinn meine kühne Aussage überhaupt ergibt. Ich strecke ihm die Hand hin.

»*Enchanté*«, sagt Gauguin, dann wischt er lachend meine Hand beiseite. Ich weiß nicht, was ihn erheitert hat, aber dass er mich so hartnäckig anstarrt, ist mir unangenehm.

Ich sehe Theo an, der mit gerunzelter Stirn den Kopf schüttelt.

»Er hält es für einen Sport, allen Frauen den Hof zu machen«, erklärt Theo, ehe er mich wieder auf die Wange küsst und mir den Arm um die Schultern legt. Wärme durchströmt mich, und die Röte steigt mir bis in die Wangen. Immer noch spüre ich Gauguins Blick. Damit er nicht sieht, wie ich das Gesicht verziehe, wende ich mich an Theo.

»Wie kann es sein, dass ich dich so vermisst habe, wo du nur acht Tage weg warst? Ich bin wohl eine dieser Frauen geworden«, sage ich. Theos Mund zittert. »Was ist los?«

»Ich hab gern jüngere Frauen als Sie«, verkündet Gauguin ungefragt, woraufhin wir ihn beide ansehen. Er will eindeutig im Mittelpunkt stehen, aber seine seltsame Aussage bringt mich dennoch aus der Fassung. Ich muss mir auf die Zunge beißen, um Theo nicht in Verlegenheit zu bringen.

»Obwohl er eine Frau und fünf Kinder hat.« Theo zieht mich fester an sich. »Komm, Johanna, wärmen wir uns auf. Wir haben so viel zu besprechen.« Sein Tonfall bleibt gedämpft. Mit einer Hand an meinem Rücken führt er mich in den Salon.

Als wir den Raum betreten, seufzt Gauguin theatralisch auf. Er geht im Zimmer herum und begutachtet Andries' luxuriöse Einrichtung.

»Die geschmacklose Raffinesse der Zivilisation langweilt mich für gewöhnlich, aber Bonger hat …« Seine Stirn legt sich in Falten, und die Augenbrauen treffen sich in der Mitte. Mit halb zusammengekniffenen Augen blickt er sich um. »Wie kann es sein, dass ich erst fünf Minuten hier bin und mich bereits wie ein Barbar fühle?«

Fragend sehe ich Theo an, denn ich verstehe nicht, worauf er hinauswill. Aber auch er zuckt nur mit den Schultern und tritt ans Fenster. Gauguin geht Theo eindeutig auf die Nerven, und dafür liebe ich meinen Zukünftigen noch ein kleines bisschen mehr.

»Willst du dich nicht setzen?«, frage ich, aber Theo schüttelt den Kopf.

»Mein Bruder hatte einen akuten psychotischen Anfall«, berichtet er mit zitternder Stimme. »Er hat sich einen Teil des Ohrs abgeschnitten und es dann der Magd des Bordells am Ort gebracht. Gauguin alarmierte die Polizei, die wiederum Vincent ins Krankenhaus eingeliefert hat.«

»Oh nein, sein Ohr?«, wiederholt Andries. Ich hatte ihn in der Tür zum Salon gar nicht bemerkt. Er kommt zu mir, als ich mich auf die *confidante* setze.

»Er hat was?«, frage ich in der Hoffnung, Theo missverstanden zu haben.

»Er ist schlimm krank«, erklärt Gauguin, der an Andries' Schreibtisch mit den persönlichen Papieren herumspielt. »Hat völlig die Kontrolle über seine geistigen Fähigkeiten verloren. Er sucht sich kranke Frauen aus.«

»Kranke Frauen?« Ich klinge wie ein Echo.

»Mit Krankheiten eben.« Gauguin dreht sich zu mir um. Er hat den Mund leicht geöffnet, den Kopf schief gelegt, und ich sehe, wie seine Zunge ein Stück herauszüngelt.

Unwillkürlich schnaube ich und bin mir sicher, dass man mir meine Gedanken deutlich ansehen kann. Andries signalisiert mir mit einem Blick, dass er später mehr erklären wird. Also wende ich meine Aufmerksamkeit wieder Theo zu. Ich weiß nicht, was ich für eine Reaktion zeigen soll: Es entsetzt mich, dass sich jemand auf so brutale Weise verletzt, Gauguins Verhalten stört mich, ich sorge mich, was für eine neue Krankheit Vincent befallen haben mag, aber vor allem bin ich voller Liebe für Theo. Er wirkt völlig am Boden zerstört. Ich muss seinen Schmerz lindern.

»Wird er denn noch hören können?«, erkundigt sich Andries. Niemand antwortet ihm. Ich bedeute Theo fortzufahren.

»Als ich in Arles ankam, war Vincent bereits im Krankenhaus und …«

»Diese Tat kam nicht unerwartet«, wird er von Gauguin unterbrochen, der damit natürlich wieder unsere Aufmerksamkeit auf sich zieht. »Er hat die Tage davor schon Anzeichen von Wahn gezeigt. Dann bekam er die Nachricht von eurer Verlobung … und noch am selben Tag hat er …« Seine Stimme ist völlig gefühllos. Es hört sich einstudiert an, als wäre jedes Wort sorgfältig gewählt, um zu der Geschichte zu passen, die er erzählen will.

»Aber wie?«, fragt Andries und deutet auf sein eigenes Ohr.

»Mit einer Rasierklinge«, antwortet Gauguin. »Der Kerl hat zuerst mich angegriffen, bevor er das Ding gegen sich selbst gerichtet hat.«

»Wird er wieder gesund? Also geistig, meine ich«, frage ich, um die Aufmerksamkeit von Gauguin wegzulenken.

»Kein Arzt war bereit, mir darauf eine Antwort zu geben. Es scheint eine hohe Wahrscheinlichkeit zu bestehen, dass es nicht der Fall ist …« Theo hält inne, ohne mich anzusehen. Er wirkt völlig in sich zusammengesunken, den Blick auf seine durchweichten Schuhe gerichtet. Ich beobachte, wie ein Regentropfen seinen Nasenrücken entlangrinnt und auf den Fußboden tropft. »Ich soll noch ein paar Tage warten. Wenn er sich eingelebt hat, werden sie seinen Zustand besser einschätzen können.«

»Hast du ihn denn gesehen, bevor er verlegt wurde?«, will Andries wissen, und Theo nickt. »War er bei klarem Verstand?« Theo nickt wieder. Den Blick hält er immer noch gesenkt.

»Einige Momente lang ging es ihm gut. Er hat nach unserer Verlobung gefragt …« Wieder verstummt er. Da schließlich sieht er mich an, und seine Lippen zittern.

»Erzähl es mir«, sage ich.

»Es war schrecklich traurig.« Er verschränkt die Hände vor sich, doch seine Finger sind zu zappelig. Es ist ein Versuch, die eigenen Gefühle zu bändigen. Er ist bemüht, sich zu beherrschen und die Tränen zurückzuhalten. »Gerade sprach er noch mit mir über Kunst und sein letztes Bild, dann war er plötzlich voller Traurigkeit … Er ertrinkt in einem Kummer, den ich nicht ganz verstehe.«

Auch mich trifft die Trauer mit solcher Wucht, dass mir die Tränen kommen. Ich versuche, sie wegzuwischen, bevor die anderen etwas bemerken, was mir jedoch nicht gelingt. Gauguin starrt mich an, aber ich meide seinen Blick.

»Und was genau hat das ausgelöst?« Ich kann das Beben in meiner Stimme nicht verbergen. »Die Verlobung?«

»Er ist seit Tagen immer tiefer in die Verzweiflung gerutscht«, sagt Theo und leugnet damit nicht, dass unsere Verlobung zu seinem Anfall beigetragen hat, aber ich bin auch ein kleines bisschen erleichtert, dass wir offenbar nicht der alleinige Grund für seinen Zusammenbruch sind. »Wenn er doch nur jemanden zum Reden gehabt hätte, diese …«

»Er war völlig unerträglich«, unterbricht ihn Gauguin und schlägt dabei mit der Faust auf den Tisch. Es ist ihm augenscheinlich sehr wichtig, dass seine Unschuld an der Situation registriert wird. »Er braucht medizinische Hilfe.«

»Und genau die bekommt er jetzt«, erwidert Theo ruhig. Er kaut auf seiner Unterlippe herum. Ich glaube fast, diese Angewohnheit hat er sich von mir abgeschaut. »Ich werde meine eigenen Pläne auf Eis legen.« Er sieht mich an, woraufhin ich nicke und mir ein Lächeln abringe, obwohl ich weiß, dass man mir meinen Kummer ansehen kann. Theo versucht, Herr seiner Emotionen zu bleiben. Ich wiederum fühle mich völlig hilflos, und mir fehlen die Worte. Ich habe eine Welt betreten, in der Wahnsinn und Kunst Hand in Hand zu tanzen scheinen. Ich weiß nicht genau, wie man darin existiert.

Januar 1889

Ein Ohr!

Vincent hat sich einen Teil seines Ohrs abgeschnitten? Wie sieht er jetzt wohl aus? Wie sehr entstellt ihn das? In der Gesellschaft wird er nun bekannt sein – allerdings nicht für seine Kunst. Wird er für immer der Maler ohne Ohr bleiben?

Oh, Vincent, was hast du nur getan?

Vier ruhige Monate liegen hinter mir, nun stecke ich wieder in Vincents Wahnsinn fest.

Wie sollen wir ihn nur retten?

KOPF EINER FRAU MIT OFFENEM HAAR

Der Himmel wütet schon den ganzen Tag und gibt damit ziemlich genau meinen Gemütszustand wieder. Schwarze Wolken hängen tief, und es donnert. Voller Protest prasselt der Regen auf die Pflastersteine. Ich habe auf meiner neuen Leinwand ein Bild mit Kohle vorgezeichnet, mein erster Versuch seit Wochen, doch Kopf und Herz waren nicht bei der Sache, sodass ich sofort Probleme mit der Perspektive bekam. Theo trat vor einigen Minuten ein – vielleicht habe ich ihn unbewusst hergerufen.

Ich bat ihn, auf der *confidante* in Andries' Salon Platz zu nehmen, während ich mir das Schwarz von den Fingern schrubbte. Seit seiner Rückkehr vor vier Tagen war er kaum hier, sodass wir keine Gelegenheit hatten, uns zu unterhalten, was meine Sorgen und Zweifel noch verstärkt hat. Nun stehe ich vor ihm, die geballten Fäuste in die Hüften gestützt, und versuche, mutiger zu wirken, als ich mich fühle.

»Rede mit mir!«, verlange ich.

»Es gab eine Veränderung bei Vincent.« Er sagt es ohne Lächeln, sodass ich das Schlimmste befürchte. »Es besteht die Chance, dass er sich vollkommen erholt.«

»Und das macht dir Sorgen?«

»Ich muss die Verantwortung übernehmen für Vincents …« Er ist nicht in der Lage, den Satz zu beenden und die Worte laut auszusprechen. Sein Tonfall ist flach. Sein Körper hängt auf dem Polster, als wolle er durch einen Spalt zwischen den Kissen versinken.

Ich wackele mit dem Finger vor seiner Nase herum. »Hast *du* ihn mit einer Rasierklinge angegriffen?«, frage ich, etwas zu scharf. Nach einer kurzen Pause schüttelt er den Kopf. »Dann verstehe ich nicht ganz, weshalb du glaubst, verantwortlich zu sein.« Wieder Schweigen. »Du wirkst heute mehr wie Vincent als du selbst.«

»Soll das ein Kompliment sein?«, fragt er mit einem Hauch von Verärgerung in der Stimme.

»Weit gefehlt«, erwidere ich streng. Seine Mundwinkel zucken unterm Bart. Ich lache, ein kurzes Lachen, das keinen von uns beiden überzeugt.

»Du hast zu mir gesagt, es wäre besser, ihm die Nachricht unserer Verlobung persönlich zu überbringen.« Er vermeidet es, mich anzusehen.

»Ja, das habe ich«, bestätige ich. »Und du hast meinen Rat ignoriert. Also schelte dich für die schlechte Überbringung der Nachrichten, aber nicht für das, was danach passiert ist. Du kannst dich nicht für Vincents Verhalten verantwortlich machen.«

Schweigen. Unbehagliches Schweigen, voller unausgesprochener Dinge. Theo blickt in Richtung meiner Leinwand, neigt den Kopf nach links und dann nach rechts.

»Ich habe Vincent geschrieben«, sage ich. Theo kann seine Überraschung nicht verbergen. »Ich hab mich gefragt, ob du es dir mal anschauen könntest.« Ich reiche ihm den Brief.

Lieber Vincent,

ich hoffe, Du hast nichts gegen eine kurze Nachricht von mir einzuwenden, aber mir wurde vorhin auf einmal klar, dass wir – Du, Theo und ich – dieselben Kämpfe ausfechten wie jene vor uns und wie die, die in hundert Jahren auf dieser Erde wandeln werden. Diese Kämpfe ändern sich nicht, und im Augenblick scheint jeder von uns fest dazu entschlossen, für sich allein zu kämpfen. Aus Gründen, die niemand kennt.

Doch ist es nicht sonnenklar, dass wir gemeinsam hundertmal stärker wären? Nickst Du bereits zustimmend? Wäre es nicht viel sinnvoller, uns zu umarmen, uns zu lieben und uns gegenseitig in der Schlacht zu unterstützen?

Das ist der Grund, weshalb ich mich bei Dir melde, lieber Vincent. In der Hoffnung, dass Du von heute an Theo und mir erlaubst, an Deiner Seite in den Kampf zu ziehen.

Wir sind nämlich jetzt eine Familie.

Glaub mir.

In Liebe Jo

Ich beobachte Theo dabei, wie er meine Worte liest. »Danke« ist alles, was er schließlich herausbringt, und dabei wischt er sich eine Träne von der Wange.

»Es ist unsere Pflicht, ihm zu helfen«, sage ich. »Ich weiß, ich konnte früher die Vorstellung nicht ertragen, dass Vincent ein Teil unseres Lebens ist, aber inzwischen empfinde ich anders. Mir ist jetzt klar, wie krank er ist. Dass er unsere Hilfe braucht.«

Er nickt. »Wir werden uns gegenseitig unterstützen.«

Ich warte kurz, ehe ich hastig loslege: »Mama hat gefragt, ob wir den Empfang dieses Wochenende überhaupt geben werden. Sie befürchtet, dass aus der Verlobung jetzt nichts mehr wird.« Ich betrachte meinen Beinahe-Verlobten, der mit blassem Gesicht Andries' Teppich studiert. »Möchtest du, dass wir absagen?«, frage ich forsch, obwohl mir vor seiner Antwort bangt.

Schließlich hebt Theo den Kopf. Seine Augen lächeln ebenso wie sein Mund. Ich sehe aber auch mehr Tränen.

»Denn, wenn du es gerne verschieben möchtest …« Ich zögere. »Wenn du deine Entscheidung bereust und …«

»Zu wissen, dass du mich heiraten wirst, macht mich so glücklich wie nichts jemals zuvor. Das werde ich ganz sicher nie bereuen.«

»Aber?«

»Ich bin mir unsicher, was das beste Vorgehen ist. Vincent hat mal zu mir gesagt, dass die Ehe nicht das höchste Ziel im Leben sein sollte.«

»Und du hast das Gefühl, unsere Verlobung abzusagen könnte die Lösung sein?«

»Nein.« Er schüttelt den Kopf. »Ganz und gar nicht. Wir sollten bei dem Empfang am Wochenende unseren Hochzeitstermin bekannt geben.«

»Aber …«

»Nichts aber, Jo. Ich liebe meinen Bruder von ganzem Herzen, und du weißt, wie sehr ich eine Zukunft ohne ihn fürchte. Aber ich habe schon zu lange unter der Knute von Vincents Launen gelebt. Das Leben fühlt sich in letzter Zeit seltsam kurz an. Ich habe Angst, dass du mich hart und lieblos findest, aber sein Bedürfnis, die ganze Zeit meine volle Aufmerksamkeit zu besitzen, erschöpft mich.«

»Aber deine Traurigkeit!«

»Ich habe durch meinen Bruder so viel Glück verloren. Ständig diese Angst, Nachricht von seinem Tod zu bekommen. Und jetzt die Vorstellung, womöglich dich zu verlieren …« Er wischt sich die Augen mit dem Hemdsärmel trocken. »Ich war mir nicht sicher, ob ich wirklich lieben kann … ich war mir nicht einmal sicher, ob ich ein normaler Mensch bin, bis ich dir begegnet bin.«

Ich gehe zu ihm.

»Du machst mich glücklicher, als ich es mir je gewünscht habe«, sage ich und hole mein spitzenbesetztes Taschentuch aus dem Ärmel, um es ihm zu reichen.

»Was magst du nur von mir denken?«, schnieft er. Dann putzt er sich die Nase.

»Nur, dass ich alles in meiner Macht Stehende tun werde, um dich bis zu meinem Lebensende zu lieben.«

»Würdest du auch jetzt etwas für mich tun?« Ich nicke. »Löse dein Haar.«

Ich zögere nicht, sondern entferne die Nadeln und Klammern. Dann schüttele ich den Kopf, dass mir die Locken auf die

Schultern fallen. Sie sind braun und kraus und haben sich schon immer geweigert, sich zähmen zu lassen, wofür Mama früher dem Teufel die Schuld gab. Sie sagte, er hätte meine Haarwurzeln berührt. Theo beobachtet mich mit einem mir bislang unbekannten Gesichtsausdruck: fast ein bisschen animalisch.

Ich setze mich neben ihn auf die *confidante*. Dann zupfe ich meine Röcke zurecht, um eine bequeme Position zu finden. Theo schweigt noch immer und beobachtet mich, ohne ein Wort über meine mangelnde Anmut zu verlieren. Dann beugt er sich näher zu mir. Er spielt mit meiner runden Kamee-Brosche, die dem strengen Schnitt meiner Bluse etwas weiblich Sanftes verleiht. Der hochgeschlossene Kragen kommt mir plötzlich zu eng vor. Ich setze mich so, dass ich den Kopf an seine Schulter lehnen kann. Dann wandert mein Blick hinauf zu seinem Mund.

»Johanna«, sagt er.

Ich berühre seinen Nacken. Meine Finger spielen mit seinem Haar. Es ist feucht und verschwitzt. Auf einmal ist es zu heiß im Zimmer. Theo beugt sich herunter, sieht mir in die Augen, und seine Lippen streifen über meine Wange, bis sie ganz nah sind. Sein Schnurrbart kitzelt meine Haut.

»Bitte«, flüstere ich.

Seine Lippen finden meine. Zuerst weich, zögerlich, denn er ist sich nicht sicher, ob ich das will. Meine Finger ziehen an den roten Locken in seinem Nacken. *Mehr*. Theos Antwort ist ein Stöhnen, ein tiefer, fast tonloser Laut. Ich schließe die Augen. Mein Herzschlag hämmert die Botschaft in meinen Ohren – *ich brauche dich näher bei mir*. Mein Rücken biegt sich durch, als die Spitze seiner Zunge sich zwischen meine geöffneten Lippen hindurchtastet. Dieses Mal bin ich es, die stöhnt. Oder vielleicht ist es auch ein Wimmern. Oder sogar ein Schnurren. Theo löst sich von mir. Ich schnappe nach Luft und reiße die Augen auf. Ich rieche seinen Atem. Ein Kuss ist nicht genug. Ich will mehr. Ich brauche mehr.

Das Kichern beginnt in meinem Bauch, und ich kann es nicht aufhalten.

»Was ist denn?«, will Theo wissen. Mein Gelächter ist offensichtlich ansteckend. Der Klang seines Lachens ist wunderbar. Albern und viel zu laut.

»Was tust du nur mit mir?« Er beugt sich wieder zu mir, um an meinem Hals zu schnuppern. Ich quieke und winde mich. Da packt er mich um die Taille und bewegt die Hände weiter, bis sie den Umriss meiner Brüste erreichen. Nur dünner Stoff schützt meinen Anstand. Unser Lachen verstummt. Wir blicken uns an. Seine Pupillen werden ganz groß.

»Oh, Mademoiselle Jo«, stottert Anaïs, und das Teetablett fällt klappernd zu Boden.

Theo und ich springen auf der *confidante* auseinander und ziehen dabei unsere Kleidungsstücke zurecht. Wir sitzen nun kerzengerade da. Keiner von uns dreht sich nach dem Hausmädchen um, und keiner hört auf, vor Freude zu lachen.

Januar 1889

Gauguin hat ein Porträt von Vincent geschickt, wie er während seiner letzten Tage mit ihm im Gelben Haus Sonnenblumen malt. Er malte es aus dem Gedächtnis und bot es Theo als »Geschenk« zur Verlobung an. Ist es falsch von mir, davon auszugehen, dass trotzdem Geld den Besitzer wechselte?

Unsere Verlobung wird wie geplant stattfinden – einhundertfünfundzwanzig Karten mit der Anzeige sind bereits verschickt. Der Familienempfang ist morgen. Wie viele Freunde und Verwandte ihre guten Wünsche schicken! Wir haben bereits einiges für unser zukünftiges Heim bekommen: eine Majolika-Fisch-Vase, zwölf silberne Teelöffel, eine scheußliche japanische Vase und eine Zuckerzange.

Das meiste zieht wie in einem Traum an mir vorbei. Morgen werde ich einen Ring am Finger tragen.

FRÜHJAHR 1889
PARIS

März 1889

Wenn man sich vorstellt, dass ich mich bei Theo erst gestern nach Vincents Ohr erkundigt habe. Er wusste wenig mehr, als dass Vincent immer noch eine weiße Bandage über der Stelle trägt, wo einmal sein ganzes Ohr gewesen ist. Wir feierten lieber bessere Neuigkeiten – dass Vincent wieder mit dem Malen begonnen hat!

Doch heute kam ein Brief von einer gewissen Witwe Venissac, der das rosafarbene Restaurant gehört, in dem Vincent immer gegessen hat, und Theo berichtet mir, dass sein Bruder in Arles auf einmal als »fou-rou« *bekannt ist. Der verrückte Rothaarige! Die Leute in der Stadt sind Vincent und sein ständiges Drama und Chaos müde. Zu vieles klingt wie ein Echo vom Ende seines Aufenthalts in Paris. Die Freunde finden ihn schwierig, die Modelle weigern sich, für ihn zu sitzen, betrunkene Ausbrüche, Frauen, die sich fürchten, mit ihm allein zu sein. Vincent selbst ist zu rastlos, um draußen zu sitzen und zu malen.*

Was sollen wir tun?

STILLLEBEN MIT ZEICHENBRETT, PFEIFE, ZWIEBELN UND SIEGELLACK

Ich öffne die Wohnungstür und sehe, wie Theo versucht, eine Leinwand und mehrere Briefe festzuhalten, während er gleichzeitig aus seinem Mantel schlüpft.

»Hat der Concierge dir keine Hilfe beim Tragen angeboten?«, frage ich. Theo schüttelt den Kopf. Ich ziehe an einem Ärmel und reiche seinen Mantel dann Anaïs.

»Ich bekomme so viele Briefe und Berichte über Vincent und sein fürchterliches Benehmen, dass ich gar nicht weiß, wo ich anfangen soll«, seufzt Theo. Ich nehme ihm den Hut vom Kopf und lege ihn auf das Tischchen im Flur.

»Wohnt er immer noch im Gelben Haus?« Er schüttelt wieder den Kopf. »Komm, wir setzen uns in den Salon«, sage ich. »Anaïs wird Tee bringen.« Ich nicke dem Hausmädchen meines Bruders zu, das daraufhin lächelnd davoneilt.

Theo wartet, bis wir auf der *confidante* Platz genommen haben. Die in braunes Papier eingewickelte Leinwand lehnt am Sofa. Der Geruch nach Ölfarbe wabert zu uns herauf, als würde Vincent hier bei uns im Raum seine unruhigen Runden drehen.

»Man hat ihn wieder ins Krankenhaus eingeliefert. Das hier habe ich heute Morgen von Dr. Urpar erhalten.« Er faltet ein Blatt Papier auseinander und reicht es mir.

»Eine Bescheinigung über seinen Zustand?«

»Man hat es auch dem Bürgermeister von Arles geschickt. Wie es scheint, sind die Nachbarn vom Gelben Haus nicht so glücklich, einen Wahnsinnigen in ihrer Nähe wohnen zu haben. Sein Verhalten hat sich extrem verschlimmert.« Nach einer kurzen Pause fährt er fort: »Manche behaupten, sie fürchten um ihr Leben.«

»Aber er ist doch sicher nur für sich selbst eine Gefahr?« Meine Stimme zittert. Fragend sehe ich Theo an.

»Man hat beantragt, dass er in einem speziellen Heim untergebracht wird oder hierher zurückkehrt.«

»Wirst du ...«

»Ich weiß nicht, was ich tun soll. Soll er bei uns leben?«, fragt Theo, woraufhin ich mit den Schultern zucke. Ich bekomme Angst. »Er durfte mir schreiben.« Theo reicht mir den Brief, den ich rasch überfliege.

»Er soll ein paar Tage im Krankenhaus bleiben, und du sollst dir keine Sorgen machen«, lese ich mehr für mich selbst, denn Theo kennt den Inhalt ja bereits. »Er macht sich Gedanken wegen Gauguin?« Ich zeige auf den entsprechenden Satz.

»Gauguin antwortet auf keinen unserer Briefe.«

»Dieser Kerl ist ein dummer Wichtigtuer, dem es nur um finanziellen Gewinn geht«, schimpfe ich. Mein Verlobter nickt. »Aber diese Stelle hier« – ich deute auf die Passage, wo Vincent schreibt, dass sich alles verändern wird, wenn ich bei Theo wohne und er nicht mehr allein ist –, »ich kann nicht deuten, ob er das positiv oder negativ meint.«

»Ich hatte gehofft, dass es positiv ist«, sagt Theo, doch sein Tonfall klingt zweifelnd.

»Könnte es sein, dass er mich als Ärgernis betrachtet? Dass unsere Heirat seine Rückkehr verhindert?« Ich seufze. »Er könnte sogar glauben, dass es keinen Platz mehr für ihn oder seine Bilder gibt.«

Theo zuckt mit den Schultern. »Sollen wir ihm versichern, dass sich nichts verändern wird?«

Ich nicke nachdrücklich. »Du musst ihm klarmachen, dass er willkommen ist. Dass es so sein kann wie zuvor ...« Doch Vincent hat recht – das Leben verändert sich, und alles fühlt sich irgendwie unkontrollierbar an. Ich reiche Theo den Brief zurück. »Weshalb hinterlassen seine Worte bei mir den dringenden Wunsch, irgendjemandem etwas Gutes zu tun?«

»In letzter Zeit weckt mein Bruder in allen, die ihm begegnen, Kummer«, antwortet Theo. »Und Clara …«

»Geht es ihr gut? Ich habe ihr unsere Verlobungsanzeige geschickt und gehofft, dass einer der Ärzte sie ihr vorlesen würde, aber ich habe keine Antwort bekommen.«

»Es geht ihr bestens. Ihre Ärzte sind hochzufrieden. Sie bewegt sich acht bis zehn Stunden am Tag an der frischen Luft«, berichtet er. »Egal wie das Wetter ist.«

Ich lächele. »Gibt es Neuigkeiten, wann sie zurückkehren kann?« Doch Theo schüttelt den Kopf.

Ich nehme meine Ausgabe von *Le Livre d'Or* vom Sofa. Theo hat mir das Buch heute Morgen geschickt. Ich schlage es auf und lächele über das *Feb. '89*, das er vorne hineingeschrieben hat. Das Buch enthält Fragen und Antworten zum Leben und zur Liebe: wichtige Überlegungen und Themen auf unserem Weg zur Ehe.

»Danke«, sage ich und deute darauf. Theo grinst. Ich blättere zu einer der Seiten, deren Ecke ich markiert habe. »Hier fragt jemand: ›Was halten Sie von der Ehe?‹«

Mit hochgezogenen Augenbrauen wartet Theo auf meine Antwort.

»Comtesse Diana schreibt: ›Wenn Sie nach gemeinsamem Glück suchen, werden Sie es dort finden.‹ Das gefällt mir sehr.«

Theo nickt. »Und vielleicht wird dir auch das hier gefallen.« Er steht auf und geht mit dem Paket zu Andries' Schreibtisch hinüber. Ich eile hinterher. »Vincent hat uns ein Verlobungsgeschenk geschickt.« Ich schiebe die Papiere meines Bruders auf einen unordentlichen Stapel, während Theo die Leinwand auswickelt.

»Ein Stillleben«, sagt er. »Das erste Gemälde seit seiner Selbstverstümmelung.« Er legt die Leinwand so auf den Tisch, dass wir beide einen Schritt zurücktreten und Vincents Werk begutachten können.

»Vier Zwiebeln. Ein medizinisches Selbsthilfebuch. Eine Kerze.« Theo zeigt auf die Gegenstände, während er sie benennt.

»Seine Pfeife, sein Tabak. Eine Teekanne. Eine große Flasche Absinth.«

»Geleert«, sage ich, und Theo lacht.

»Die Farben sind gedämpfter als in seinen anderen Werken. Weniger durchdringend«, stellt er fest.

Schweigend stehen wir da, erfreuen uns an der Kunst und lächeln über Vincents Talent. »Das hier sind die Dinge, die deinen Bruder erden«, sage ich.

»In diesem ersten Bild seit seinem Zusammenbruch klammert er sich an den Anschein von Normalität. Er unterdrückt seine innere …«

»Was ist das da?« Ich zeige rechts unten auf die Leinwand.

»Ein Brief.«

»Ein Umschlag? Warum?« Ich trete näher heran und versuche, die Details zu erkennen. Das hier ist sein erstes Gemälde seit Monaten. Also wird alles eine Bedeutung haben. Die Pinselführung ist kraftvoll: dickes Impasto auf blanker Leinwand.

»Mein Bruder offenbart in jedem Bild seine Seele.« Er schweigt einen Moment lang. »Ich glaube, hiermit entschuldigt er sich bei uns. Dafür, dass er vom Glanz unserer Verlobung abgelenkt hat.«

Ich höre ihm jedoch gar nicht richtig zu, denn ich bin immer noch auf diesen Umschlag konzentriert.

»Die Nummer des Postamts«, sage ich, »ist 67.«

»Das ist das Postamt, das ich benutze.« Theo beugt sich nun ebenfalls vor und starrt den Umschlag an.

»Der Poststempel zeigt, dass er um Weihnachten herum abgeschickt wurde«, stelle ich fest. »Und wir wissen, dass Vincent sein Ohr an dem Tag abgeschnitten hat, als er deinen Brief mit unserer Verlobungsanzeige erhalten hat … und das hier ist sein erstes Bild seit seinem Zusammenbruch.«

»Jo, was willst du damit sagen?« Theo richtet sich auf. Er ist auf einmal starr wie eine Säule. Er weiß genau, was ich sagen will.

»Dass es vielleicht keine Entschuldigung ist, sondern vielmehr eine Art Erklärung«, antworte ich, immer noch dicht vor dem Bild. Der Geruch nach Vincent van Gogh dringt mir in die Nase und in mich hinein. »Ich glaube, dass diese wilden Striche eine Warnung vor einer weiteren Verschlechterung von Vincents geistiger Verfassung sind.«

»Und da ist noch mehr«, seufzt Theo. »Vincent weiß es noch nicht, aber zwanzig seiner Nachbarn wollen, dass er auszieht.« Er legt ein Schreiben auf den Tisch mit der Überschrift »*La Pétition*«.

März 1889

Theo ist sehr mit den Vorbereitungen für die Monet-Ausstellung beschäftigt. Seine Aufgabe ist es, sich um den Verkauf zu kümmern, und da momentan nirgends sonst in der Stadt jemand Monet verkauft, rechnet er mit einem Erfolg. Ich nenne es zwar die Monet-Ausstellung, aber es werden auch ein paar Pastellzeichnungen von Degas und Rodins Marmorskulptur Das Haupt Johannes' des Täufers *gezeigt. Theo meinte, als er Rodins Skulptur das erste Mal gesehen habe, sei er überzeugt gewesen, Vincent vor sich zu haben.*

Heute Abend habe ich trotz Schneesturm einen Besuch gewagt. Oben in der Galerie sind alle anderen Bilder entfernt worden, damit Theos Ausstellung im Mittelpunkt steht. Er hat sich so gefreut, mich zu sehen. Wegen des Wetters waren weniger Leute als erwartet da, nur ein paar Journalisten und Theos Bekannte waren gekommen.

Ich verbrachte den Großteil des Abends damit, allein umherzuspazieren, Gesprächsfetzen zu lauschen und die eine oder andere Hand zu schütteln, wenn Theo Gelegenheit hatte, mich vorzustellen.

Doch dann sah ich Rodins Kopf und war völlig erschüttert. Das Gesicht zeigte einen solchen Ausdruck des Leidens – mit der zerfurchten Stirn, die von einem Leben voller Qual und Entsagung zeugt. Ich starrte es an und sah darin nur meinen liebsten Theo, das Ebenbild des Mannes, den ich liebe, mit leicht geöffnetem Mund, der Theo eigenen Nase, und selbst die Kopfform war dieselbe.

Theo hatte gesagt, Rodins Werk würde Monets Gemälde ergänzen und einen Kontrast dazu darstellen (Monets Bilder feiern das Leben und das Licht, Blätter schimmern, Wind weht, Wasser glitzert – die Farben sind intensiv, die Linien elegant), weil Rodin einen über den Tod nachdenken lässt. Ich stand vor Rodins Kopf, und Tränen liefen mir übers Gesicht. Die Vorstellung, wie Theo leidet, sein Tod, meine Trauer. Ein halb gelebtes Leben, eine Ehe, die noch gar nicht vollzogen ist, und trotzdem fürchte ich bereits den Tod meines Mannes.

Monets Antibes, Vue de Salis *wurde für 3000 Francs an einen gewissen Monsieur Taconet verkauft. Theo musste Kassierer spielen, denn der Buchhalter war krank, und morgen wird der* Figaro *einen Artikel über die erfolgreiche Ausstellung meines Verlobten veröffentlichen.*

Morgen werden die Leute in die Galerie strömen, und Monet wird über Nacht ein Erfolg sein, als wäre er heute erst aufgetaucht.

SELBSTPORTRÄT MIT VERBUNDENEM OHR

Ich habe Theo von der Arbeit abgeholt, und wir spazieren fast eine Stunde lang durch die *petits boulevards* rund um den Montmartre. Dabei unterhalten wir uns vor allem über Mamas Pläne, über die Reise in die Niederlande zu unserer Hochzeit kommenden Monat und über die Tanzveranstaltungen, die für den Sommer organisiert sind. Theo und ich gehen in langsamem Tempo, was uns beiden entgegenkommt. Ich nehme seinen Arm, und wir lachen. Er kommt mir allerdings ein wenig abgelenkt vor, vielleicht auch nervös.

Auf der Rue Houdon bleiben wir stehen. »Streck die Hand aus und schließ die Augen«, sagt er. Es scheint, als hätte ich recht gehabt. Etwas beschäftigt ihn.

»Genau hier? Mitten auf der Straße?«, frage ich.

Ein »*Hé, la-bas!*«-Ruf ertönt.

Wir drehen uns um und sehen einen Fiaker auf uns zupoltern. Theo springt zur Seite und zieht mich an der Hand aus dem Weg. Ich schließe meinen Schirm und drücke mich enger an die Wand.

Direkt neben uns stößt jemand eine Tür auf. Eine große, etwas ungepflegte Frau tritt barfuß und nur in Unterkleidern auf die Straße. Ihr kastanienbraunes Haar hängt offen und verfilzt herunter. Von ihren Schneidezähnen sind nur noch verfaulte Stumpen übrig, und ihre Haut hat einen gelblichen Ton. Sie zieht an ihrer Zigarette und schaut zuerst nach links, dann nach rechts. Da entdeckt sie Theo, aber ihr Blick bleibt an mir hängen.

»*Bonjour, Monsieur van Gogh*«, nuschelt sie. »*Comment vas-tu*?« Die Zigarette klemmt beim Sprechen in ihrem Mundwinkel. Als Theo sie ansieht, zwinkert sie ihm zu. Dann zieht sie am schiefen Ausschnitt ihres Unterkleids. »Irgendwelche Arbeit für mich heute? Oder vielleicht willst du mich auch für dich selbst?«

Mir ist meine Überraschung bestimmt deutlich anzusehen. »Du kennst sie?«, frage ich.

»Eines von Manets Modellen«, antwortet er. »*Non, pas aujourd'hui, Victorine*.«

»Sie sieht nicht gut aus«, sage ich. »Sollen wir helfen?« Theo schüttelt den Kopf, während wir beobachten, wie Victorine zwischen den Menschen hindurch die schmale Straße entlang auf ein Grüppchen von Männern zuwankt. Ich wende mich wieder meinem Verlobten zu. »Du wolltest mir etwas sagen?«

»Streck die Hand aus und schließe die Augen«, wiederholt er.

Ich tue wie geheißen. Nach einem kurzen Moment spüre ich kaltes Metall in meiner Handfläche. Als ich die Augen öffne, sehe ich einen Schlüssel.

»Es ist an der Zeit, ein Nest zu bauen«, sagt Theo. »Ich habe ein neues Zuhause für uns gefunden.«

»In der Stadt?«

»Natürlich. Das Eremitenleben auf dem Land wäre nichts für uns.« Er lacht. »Cité Pigalle Nummer acht, dritter Stock links.«

»Ein neues Appartement?«, frage ich, und Theo nickt. Ich schlinge die Arme um ihn und drücke ihn, ohne mich um die Bemerkungen und den Spott von Passanten zu kümmern. So kurz vor unserer Hochzeit wird meinem Ruf nicht mehr viel passieren.

Wir hatten schon darüber gesprochen, wo wir nach unserer Hochzeit wohnen würden. Wir waren uns einig, dass die Wohnung in der Rue Lepic zu klein und es wichtig war, etwas Neues zu finden, das ganz uns gehört.

»Ich habe endlose Besichtigungen von viel zu vielen unpassenden Orten über mich ergehen lassen.«

»Ohne mich? Weshalb hast du nichts gesagt? Ich hätte doch ...«

»Und wo wäre dann die Überraschung geblieben?«, fragt er. »Bis wir von unserer Hochzeitsfeier zurückkehren, wird alles bereit sein.«

Ich sehe seinen schelmischen Blick und schaue ihm tief in die Augen. Ich kann dieses Spiel nämlich auch spielen. Mein Verlangen ist ebenso groß wie seines.

»Zu dieser Besichtigung hat Bonger mich begleitet und sofort alle Nachteile aufgezählt: hässlicher Eingangsbereich, dunkle Küche.« Er ahmt den Tonfall meines Bruders und sein Bedürfnis nach Perfektion nach.

»Wir werden weder im Treppenhaus noch in der Küche wohnen«, erwidere ich lachend. »Können wir sie uns denn leisten?«

»Achthundertzwanzig Francs im Monat, und alle Reparaturen müssen wir selbst bezahlen«, antwortet Theo. »Wir könnten sofort einziehen.«

»Sofort?«, wiederhole ich, und er nickt begeistert.

»Außerdem hat uns meine Tante Cornelie ihr Klavier geschenkt.«

Ungläubig schüttele ich den Kopf. »Wie hast du denn all das geschafft, ohne dass ich auch nur den Hauch einer Ahnung hatte?«

Theo tippt sich mit dem Finger an die Nase, dann reibt er sich den Bart und lächelt. Ich muss mich auf die Zehenspitzen stellen, um ihn auf die Wange küssen zu können. Dort verweile ich ein wenig zu lang, als es schicklich wäre.

»Ich habe dir einen Grundriss aufgezeichnet.« Er kramt in seinen Taschen herum. »Ich habe die Wohnung zweimal allein und einmal mit Bonger besichtigt.« Er reicht mir die Skizze. Was ich nicht verstehe, ist, weshalb wir diese Unterhaltung am Straßenrand führen. Offenbar konnte Theo es nicht länger erwarten.

»Siehst du, das Esszimmer hat zwei Fenster«, sagt er.

»Dann ist es also eher lang als breit?« Theo nickt. »Und ein Balkon? Erzähl mir von der Aussicht.«

»Er ist vor unserem Schlafzimmer, und von dort überblickt man die Rückseite anderer Gebäude. Eines davon ist voller Ateliers. Wir werden dort sitzen und in die Leben anderer Leute schauen können.«

»Wie holländisch«, sage ich, und Theo lacht.

»Ich werde diese Woche noch anfangen, sie einzurichten.«

»Habe ich denn kein Mitsprachrecht?« Ich tue so, als wäre ich beleidigt.

Sofort wird seine Miene besorgt, und er sieht mich prüfend an, wie ernst ich das meine. Lächelnd fasse ich nach seiner Hand. Es ist die beste Überraschung überhaupt.

»Natürlich, und ich bin gespannt auf deine Meinung. Aber lass es mich als Geschenk für dich vorbereiten.« Er streicht mir sacht mit den Fingern über die Wange. Als er sich zu mir herüberbeugt, schließe ich die Augen und atme seinen Duft ein. Seine Barthaare kitzeln mich. Sein Mund ist nur wenige Millimeter von meinem entfernt. Er streift meine Lippen wie ein Flüstern.

»Mama wird über diese Entwicklung höchst erfreut sein«, sage ich. »In ihren letzten Briefen löcherte sie mich mit Fragen nach Einzelheiten über unsere Pläne für die Zeit nach der Hochzeit.«

»Sollen wir weitergehen?«, fragt er. Ich hake mich bei ihm unter. »Die Wohnung ist zu Fuß vom Montmartre-Viertel aus zu erreichen, ganz in der Nähe der Kunsthandlung. Ich habe es also nicht weit zu Boussod, Valadon & Cie.«

»Dann kannst du dich jeden Tag von der Arbeit davonstehlen und mit mir zu Mittag essen.«

»Ich muss aber noch etwas anderes mit dir besprechen«, sagt Theo. »Vincent weiß über die Petition Bescheid.«

Plötzlich ist mir, als würde ein kalter Windstoß mich umwehen. Fröstelnd schmiege ich mich enger an Theo. Der Themenwechsel in unserer Unterhaltung überrumpelt mich ein wenig.

»Sprich weiter.« Meine Schritte beschleunigen sich.

»Fast dreißig seiner Nachbarn haben das Dokument inzwischen unterzeichnet. Der Bürgermeister hat sich an mich gewandt, und die Polizei ermittelt. Fünf Augenzeugen haben einen Bericht abgeliefert.«

»Und es bleibt dabei: Entweder er kehrt zu dir nach Paris zurück, oder er wird in eine Nervenheilanstalt eingewiesen? Hast du deshalb ein neues Zuhause für uns gesucht? Ist die Wohnung auch groß genug für Vincent?«

»Das wird unser Zuhause.« Theo wedelt beim Gehen mit dem Grundriss durch die Luft. »Der Mann von der Polizei, Joseph d'Ornano, hat empfohlen, Vincent im örtlichen Krankenhaus unterzubringen. Du hattest recht.«

»Was die zunehmende Verschlechterung seines Zustands angeht?«

Theo nickt. »Der Verband, den er trägt, verdeckt all das Schreckliche darunter.«

»Müssen Wahn und Kreativität denn Hand in Hand gehen?«

»Vielleicht. Schon Aristoteles hat da einen Zusammenhang gesehen. Diese Verbindung besteht weiterhin. Vincent, Camille …«

»Camille Claudel?«, hake ich nach.

»Sie hat ihre Affäre mit Rodin beendet, aber nun heißt es, sie sei ebenfalls dem Wahn verfallen.«

»Ich muss …«

»Nein, Johanna, tu das nicht.«

Widerwillig nicke ich.

März 1889

François Lafon hat uns zum Essen zu sich und seiner Frau eingeladen. Laut Theo ist Lafon selbst ein »mittelmäßiger« Historienmaler, seine Frau begeisterte Pianistin, sein Bruder jedoch angeblich ein außergewöhnlicher Dominikanermönch. Theo mag ihn äußerst gern und findet ihn sehr freundlich.

Der Bruder war leider nicht anwesend, und die Unterhaltung beim Mittagessen stimmte mich traurig. Madame Lafon fragte mich, wie viele Dienstmädchen nach unserer Hochzeit bei uns wohnen würden. Ich antwortete: »Keines«, ehe Theo etwas sagen konnte, und fügte hinzu, dass ich nur ein Hausmädchen für ein paar Stunden am Tag brauchen würde. Sie sprachen über Literatur: dass sie hofften, ihre Töchter würden eines Tages Paul de Kocks Buch lesen, und über Zolas Genialität. Obwohl ich eigentlich gern über Literatur diskutiere, blieb ich stumm. Vielleicht, weil ich plötzlich daran denken musste, wie Vincent mir Zolas Roman geschickt hat. (Weshalb habe ich ihn immer noch nicht gelesen?) Theo erklärte, Zola sei der Schriftsteller, den er am meisten schätze. Dass er seinen Schreibstil so gern möge wie Degas' Malerei. Wie kann es sein, dass ich das noch nicht wusste?

Nach Zola wandte sich die Unterhaltung einer Ausstellung der peintres-graveurs *zu. Dass dort Großartiges und Mittelmaß nebeneinander gezeigt würde und der einzige holländische Künstler Thijs Maris sei – seine drei Radierungen seien unter den besten Exponaten. Wieder blieb ich still, beobachtete ihre Begeisterung und ihr Wissen – und konnte nichts dazu beitragen. Ich überlegte kurz, ihnen von einer Radierung zu erzählen, die mir bei einer Ausstellung in Amsterdam gefallen hatte, doch ich unterließ es. In der Gesellschaft mancher Menschen habe ich das Gefühl, dass es zu jedem Thema eine »richtige Meinung« gibt und jene mit anderer Meinung besser den Mund halten.*

Später dachte ich darüber nach, dass Theo nur eines tun kann, um mich glücklich zu machen, nämlich mich genau so zu lieben, wie ich bin – mit all meinen Fehlern, Schwächen, stillen Zeiten und Unsicherheiten. Manchmal beobachte und sammle ich lieber Menschen, als etwas beizutragen und so zu tun als ob … Vielleicht darf ich mir wünschen, dass Theo mich nie wird ändern wollen.

Denn mir ist klar geworden, wie viel ich an mir werde ändern müssen, wenn wir heiraten. Der heutige Tag hat mir wieder bewusst gemacht, wie anders ich doch bin als andere Ehefrauen. Vielleicht wäre ich sogar gerne mehr wie sie – so fröhlich, voller Energie, immer wissend, was zu sagen und zu tun ist.

DIE ROMANLESERIN

Ähnlich wie vergangenen Dezember kam er mit zwei Briefen in der zitternden Hand zu uns geeilt. Ich las zuerst den Brief von Vincent: manisch hingekritzelt und stellenweise unlesbar, mit einer rasch skizzierten Flasche. Er schrieb, jemand wolle ihn vergiften. Außerdem schimpfte er, es würden sich immer mehr feige Leute zusammentun, um ihn zu zerstören, dass er ständig mit einer Rasierklinge bewaffnet sei, und wie unmöglich es für ihn sei, zu arbeiten oder überhaupt die grundlegenden Dinge des Lebens zu erledigen. Nicht zu wissen, wer von seinen Nachbarn die Petition unterzeichnet hatte, verstärkt eindeutig seine Paranoia. Ein paar junge Kerle hätten ihn sogar mit Kohlstrünken beworfen, Menschen würden sich vor seinem Fenster versammeln und hereinstarren. Er fürchte die Provokation und dass er nicht in der Lage sein würde, sich zu beherrschen.

»Halluziniert er wieder?«, frage ich.

»Sie sagen, er sei geistig verwirrt, ja.« Theo zeigt auf den zweiten Brief, den von Vincents Arzt. »Seine klaren Momente werden von Tag zu Tag weniger«, berichtet er. »Sie sagen, er ist krank. Der Arzt spricht auch von einem Ausschlag und Mundläsionen. Und …«

Ich greife nach *La Fille Elisa*, das auf dem Sofa neben mir liegt, und drehe es nervös in den Händen hin und her, während ich Blickkontakt mit Theo vermeide. »Und?«

»Und von einem übel riechenden Ausfluss.«

Ich überlege einen Moment, um was für eine Art Ausfluss es sich handeln könnte, und verziehe angeekelt das Gesicht. Theo ist erst seit zehn Minuten hier, wandert unruhig auf und ab und drückt sich vor dem dringenden Papierkram, der dem Arztbrief beilag. Anaïs betritt mit einem Tablett den Salon und stellt es auf dem Tischchen neben mir ab. Ich bedeute ihr zu gehen und schenke Theo eine Tasse ein, während er sich neben mich setzt.

»Können wir über etwas anderes sprechen?«, bitte ich, als ich ihm den Tee reiche. Die Tasse wirkt so klein und zerbrechlich, seine Hand zu groß, die Finger zu lang und dünn.

»Johanna Bonger.« Ich muss lächeln. Ich mag es, wie er meinen vollständigen Namen sagt, als wäre er mit Honig überzogen, und im Wissen, dass ich bald eine andere sein werde: *Madame van Gogh*. Theos Miene ist abwartend. Sein Bart ist ein bisschen weniger gut gepflegt, aber das würde kaum jemandem auffallen. Die Belastung durch Vincent erschöpft ihn, auch wenn er das niemandem außer mir gegenüber je zugeben würde.

»Seine Nachbarn behaupten, schreckliche Angst zu haben, und dass sein bandagiertes Ohr sie ständig an seinen Anfall im Dezember erinnere.« Er stellt die Tasse beiseite. »Ich muss Briefe schreiben, Zahlungen anweisen …« Er deutet auf Andries' Tisch, als wolle er das dort erledigen. Nach einer kurzen Pause fährt er fort: »Vor ein paar Tagen schickte Vincent mir einen Brief, in dem er wie der ruhige, charmante Bruder klang, den ich einst kannte. Er war kein Wahnsinniger, er *ist* kein Wahnsinniger.«

»Aber wenn all die Zeugen die Wahrheit sagen?«

Theo beißt sich auf die Lippe, die fast unter seinem Bart verschwindet. Er nickt mit gesenktem Blick. Als ich ihm die Hand auf den Oberschenkel lege, bedeckt er sie mit seiner.

»Es gibt nichts, was ich tun kann. Die Polizei hat das Gelbe Haus bereits geschlossen.«

»Haben sie ihn eingesperrt?«, frage ich.

Theo nickt. »Wie einen Verbrecher.«

»Dann halten sie es wohl für die beste Lösung.«

»Sie haben *fou-rou* in eine Nervenheilanstalt gesperrt, aber er braucht seine Kunst, er muss malen können. Ohne dieses Ventil wird er noch tiefer in Dunkelheit versinken.«

»Kannst du ihm Farben und Leinwand schicken?«, schlage ich vor.

Theo zuckt mit den Schultern. »Er ist einer der fortschrittlichsten Maler unserer Zeit. Er muss weitermalen«, wiederholt er. »Er zwingt uns dazu, beim Betrachten seiner Bilder konventionelle Vorstellungen über Bord zu werfen. Aber, Jo ... darf ich denn hoffen, dass man ihn eines Tages verstehen wird?«

»Das wird man. Ich verspreche es.« Wie sehr ich mir wünsche, Theos Schmerz lindern zu können. Er schleppt Vincents Last mit sich herum. Nun zieht er seine Hand unter meiner heraus, um nach Teetasse und Unterteller zu greifen. Seine Finger zittern dabei leicht. »Sein Kopf ist so voller Halluzinationen und Albträume.«

»Was können wir tun, um zu helfen?« Ich deute mit dem Kopf auf die Unterlagen.

»Sara Voort hat ihn besucht«, flüstert Theo in seine Teetasse.

»Wie bitte? Ist sie immer noch an deinem Bruder interessiert?« Es ist Wochen, vielleicht Monate her, seit Theo sie das letzte Mal erwähnt hat. Erst vergangene Woche hatte ich Andries nach ihr gefragt, doch er wusste nichts Neues zu berichten. Wir kamen beide zu dem Schluss, dass sie die Gebrüder van Gogh aufgegeben hatte.

Theo nippt an seinem Tee. »Sie betrachtet ihn als Freund.«

»Die beiden waren viel mehr als Freunde.« Meine Bemerkung bringt Theo zum Lachen, aber irgendetwas daran klingt nicht richtig, nicht echt. »Hast du sie getroffen?«

»Sie kam heute in der Kunsthandlung vorbei.«

»Und du hast es nicht für nötig gehalten, mir das zu erzählen?« Ich verschränke die Arme vor der Brust. »War es der erste Besuch seit Monaten?«

»Sara ist völlig unwichtig«, tut Theo meine Frage ab. »Vincent hingegen ...« Er wartet, bis ich ihm bedeute fortzufahren, indem ich meine eigene Unsicherheit beiseiteschiebe. »Er hat mir geschrieben, ich solle mich auf dich und auf unsere Ehe konzentrieren. Er wollte Einzelheiten und Daten wissen.«

Nervös befeuchte ich mit der Zunge meine Lippen. Mein Mund fühlt sich auf einmal ganz trocken an.

»Er hat sogar gefragt, ob er als mein Trauzeuge teilnehmen könne. Er meinte, das würde ihm ein Ziel geben.«

»Ich hoffe, du hast eingewilligt?«

Er nickt, kann mir dabei aber nicht in die Augen schauen. Er will nicht, dass ich seinen Kummer sehe. »Vincent ist sehr durcheinander, aber er lebt abstinent und darf nicht einmal seine Pfeife rauchen. Er braucht Hoffnung.«

April 1889

Heute hatte ich meine erste Kochstunde bei Madame Sethe, von Dries arrangiert. Morgen kommt sie wieder, und wir werden noch einen ganzen Tag in der Küche verbringen. Dries ist begeistert, dass er alles probieren kann, was wir zubereiten. Ich selbst weniger, denn ich hasse bereits jetzt alle Küchenarbeit aus tiefstem Herzen.

Als ich Theo von den Aktivitäten des heutigen Tages berichtete, meinte er: »Ich weiß es zu schätzen, welche Mühe du dir gibst«, und das macht mir noch mehr Sorgen. Er erwartet von mir, dass ich gut kochen kann, und heute wurde bewiesen, dass das Gegenteil der Fall ist.

Ich mache mir Sorgen, dass selbst die einfachsten Aufgaben einer Ehefrau meine Fähigkeiten übersteigen. Ich kann meinem Beinahe-Ehemann nicht einmal gestehen, dass mich Unterhaltungen darüber, ob ich lieber eine silberne Suppenkelle oder eine Wasserkaraffe haben möchte, entsetzlich langweilen.

Noch dazu redet Madame Sethe ständig von ihrer unglücklichen Ehe und darüber, dass ein Ehemann kurz nach der Heirat alles tut, um seiner Frau zu gefallen, sich dann aber rasch ändert. Als ich Theo das erzählte, meinte er, dass wir die Ehe so betrachten sollten, als würde jeder von uns »sein eigenes Garn spinnen«. Wenn aber ein Knoten aufträte, müssten wir diesen nicht allein lösen.

Es war sehr lieb, wie er versuchte, meine Sorgen zu zerstreuen, aber eigentlich machte es das nur noch schlimmer. Wie kann es sein, dass er immer die richtige Antwort weiß? Wie kann er seine Einstellung zur Ehe bereits so perfektioniert haben?

Wie kann ich je die Frau sein, die Theo verdient hat und braucht?

BLICK AUF PARIS

Die Aufzüge sind noch nicht fertiggestellt, aber Gustave Eiffel und einige unerschrockene Begleiter erklimmen soeben die 1710 Stufen bis zur Turmspitze. Monsieur Eiffel begann seinen Aufstieg unter lautem Beifall, mit einer riesigen Trikolore unterm Arm, die ganz oben vom Mast wehen soll. Wenn sie die französische Nationalflagge ausrollen, werden einundzwanzig Schuss Salut geschossen und Geschichte geschrieben. Nun warten wir aber erst einmal alle unten am Boden mit wehenden Mänteln und legen den Kopf in den Nacken, um die schwarzen Gestalten zu verfolgen. Das Champ de Mars ist ein Windkanal, aber niemand beschwert sich.

»Ich kann immer noch nicht glauben, dass Theo diese Einladung ausgeschlagen hat«, sagt Andries, der mit weit aufgerissenen Augen die vielen anderen Gäste und Hunderte von Arbeitern betrachtet, die am Fuß des Turmes warten.

Mein zukünftiger Ehemann hat tatsächlich zwei Eintrittskarten zur offiziellen Einweihungsfeier des Eiffelturms bekommen. Die Karten wurden vor allem an berühmte Persönlichkeiten verteilt, und Edgar Degas, der dieses monströse Bauwerk nicht unterstützen wollte, hatte seine an Theo verschenkt. Andries ist völlig aus dem Häuschen. Er hüpft fast auf der Stelle vor Aufregung. Ich glaube, er hat in den vergangenen zehn Minuten mehr Fotografien gemacht als in der ganzen Zeit seit Baubeginn vor zwei Jahren, zwei Monaten und drei Tagen.

»Sieh nur, dort!« Andries bewegt seine Kamera nach rechts. Sekunden später kurbelt er schon weiter. »Hast du gesehen? Premierminister Pierre Tirard.« Ich schüttele den Kopf. »Dreihundertdreißig Meter hoch. Ein Eisengerüst, das auf vier gemauerten Pfeilern ruht. Aufzüge, die in einer Kurve an den Pfeilern hinauffahren werden.« Er zeigt mit der Kamera in Richtung des Turms, während er voller Bewunderung und Ehrfurcht Fakten und Zahlen auflistet. »Jede Plattform mit einer Aussichtsterrasse, auf drei Ebenen. Ein skelettartiges Stützgerüst mit Kupferüberzug. *Magnifique.*« Beim Wort *»magnifique«* bringt er Zeigefinger und Daumen seiner rechten Hand zusammen und führt sie an die Lippen. Nachdem er sie leicht geküsst hat, wirft er die Hand in die Luft. Mein Bruder ist heute ganz aus dem Häuschen vor Freude.

»Und wenn man sich vorstellt, dass er für die breite Öffentlichkeit erst im Mai eröffnet wird«, sage ich. »Du aber vor allen anderen hinaufsteigen wirst.«

»Ich kann Theo gar nicht genug danken.« Andries zieht mich an sich und schubst dabei meine Haube zu Boden.

»Ich hingegen kann nicht behaupten, dass mich die 1710 Stufen mit Begeisterung erfüllen.« Während ich mich nach meinem Hut bücke, lege ich den Kopf in den Nacken, um zur Turmspitze hinaufblicken zu können. »In diesem Rock.«

Andries lacht. »Unser letztes Abenteuer, bevor du heiratest, und außerdem wird Geschichte geschrieben.« Er richtet seine Kamera auf die Menge.

»Seht nur, da oben!«, ruft jemand. Auf der Spitze wird die Flagge gehisst, und die Böllerschüsse beginnen.

Ganz steif und stolz stehen wir alle da und imitieren so unbewusst das an einen Phallus erinnernde Bauwerk.

»Keine Frau hätte so etwas je entworfen«, sage ich, doch meine Worte gehen im Jubel unter.

Heute ist Paris majestätisch, mit diesem imposanten, aber ehrlichen Turm. Und in diesem Moment erkenne ich, wie beide zusammengehören. Das hässlichste Bauwerk von Paris ist gleichzeitig Kunst und männlich. Es hat etwas zu sagen. Es zelebriert die Hundertjahrfeier der Französischen Revolution, es schreit das industrielle Können Frankreichs in die Welt hinaus, es zeugt von männlicher Expertise. Frankreichs Frauen sind irrelevant, und Eiffels Turm entschuldigt sich dafür nicht.

Auf der zweiten Plattform wird ein Feuerwerk gezündet, und die geladenen Gäste applaudieren und jubeln. Andries hüpft auf der Stelle. Er ist ein kleiner Junge im Körper eines Mannes, erfüllt von Freude und Staunen.

April 1889

Wir bekamen heute ein Teeservice vom Ehepaar Hove geschenkt. Ich fragte mich sofort, wo in unserer neuen Wohnung es wohl seinen Platz finden würde.

In letzter Zeit erkenne ich mich selbst kaum wieder.

Ich bin so begeistert von unseren Gesprächen über Möbel und die Einrichtung unserer Zimmer: Ob es im Esszimmer nun einen Schrank oder ein modernes Buffet geben soll. Ob im kleinen Zimmer am besten erst mal nur Schränke aufgestellt werden sollen oder wir es für Gäste herrichten. Und so weiter und so weiter. Wir haben über Stoff für Vorhänge gesprochen, über Tapeten, Farben, Parkettfußböden – und ich genieße jede Unterhaltung zum Bau unseres Nests. Ich bin immer noch nicht dort gewesen, werde es erst nach unserer Hochzeit sehen, aber dass Theo über dieses Geschenk für mich so begeistert ist – wie kann es sein, dass ich ein solches Glück habe?

Und seit wann habe ich eine Meinung zu häuslichen Dingen? Haben die vielen Unterrichtsstunden bei Madame Sethe die letzten Wochen über mein gesamtes Wesen verändert? Freue ich mich womöglich darauf, Ehefrau zu werden?

Es gibt immer noch so viel, das wir in Bezug auf Vincents Gesundheit besprechen müssen, aber ich lenke mich zunehmend mit hausfraulichen Themen ab: Ganz unerwartet verleihen mir diese Einschränkungen Kraft. Vielleicht suche ich Zerstreuung von den schlimmen Dingen, die uns belasten, um bewusst im Hier und Jetzt zu leben, um glücklich zu bleiben mit dem, was ist. Doch mein Beinahe-Schwager ist immer in unseren Gedanken. Dass er immer noch zu krank ist, um unserer Hochzeit beizuwohnen, bleibt unausgesprochen.

Morgen reise ich nach Amsterdam, wo ich dann nicht länger Johanna Bonger sein werde – diese Person wird ausgelöscht und ersetzt. Mademoiselle Bonger wird es nicht mehr geben.

Zehn Monate nachdem ich Theo und Vincent kennengelernt habe, werde ich bereits Madame van Gogh sein.

Eine letzte Überraschung von meinem Verlobten – Clara geht es gut. Sie kehrt nach Paris zurück.

Eheschließung

Mademoiselle Johanna Gezina Bonger, aus Amsterdam,
und Monsieur Theodorus van Gogh, aus Paris,
wurden am 17. April 1889 getraut.
Einige Familienmitglieder beider Parteien waren anwesend,
ebenso einige Bekannte. Man wünschte dem frisch
vermählten Paar viel Glück und alles Gute.

TEIL II

WERDEN

SOMMER 1889
PARIS

Juni 1889

Vincent ist immer noch in Saint-Rémy. Sein heutiger Brief enthielt Einzelheiten über die Heilanstalt und hatte wohl den Zweck, Theo zu beruhigen. Vincent schreibt täglich seitenlange Auflistungen von Kosten und Dingen, die er benötigt, immer in fester Erwartung, dass sein Bruder zahlen wird, und Theo seinerseits begrüßt jede Gelegenheit, mit Vincent in Verbindung zu bleiben.

Abgesehen vom Chaos seines Bruders, haben mein Mann und ich bereits Routinen entwickelt, die uns beiden entgegenkommen.

Wir stehen um acht Uhr auf, und Theo stellt dann gleich das Gas an und setzt Wasser auf. Bis unser Tee fertig ist, sind wir beide angekleidet. Theo verlässt die Wohnung jeden Morgen gegen neun, und Madame Joseph kommt um zehn. Wir beschäftigen sie fünf Stunden täglich, und sie ist mir eine große Hilfe. Ich lerne sehr viel. Sie macht unser Bett, fegt und bereitet das Mittagessen zu, ehe sie wieder geht. An manchen Tagen kommt sie nachmittags noch einmal zurück, um beim Kochen zu helfen – das scheint in letzter Zeit häufiger der Fall zu sein und hat vielleicht damit zu tun, dass Theo sich genießbares Essen wünscht! Den Abwasch unserer Teller und Töpfe lassen wir bereits jetzt bis zum nächsten Tag stehen.

Denn, ja, Madame Joseph hilft, aber es gibt immer noch so viel zu tun. Unsere Wohnung ist gemütlich, aber gleichzeitig so vollgestellt mit Zierrat und viel zu vielen Kleinigkeiten, die poliert und abgestaubt werden müssen. Ich verstehe, weshalb Bekannte spotteten, als ich sagte, dass keine Angestellten bei uns wohnen würden, doch diese Entscheidung fühlt sich immer noch richtig an. Außerdem berät und hilft mir Clara gern. Ich kann immer noch nicht fassen, dass sie zurück in Paris ist. Sie liebt die Unterkunft, die Theo für sie organisiert hat, und sie sieht besser aus denn je. Sie besucht uns täglich – vielleicht hat sie das Gefühl, sie müsse Hilfe bei der Hausarbeit anbieten für all das, was Theo für sie getan hat.

*Aber ich genieße es, allein einkaufen zu gehen, stumm in all dem Gedränge und Trubel der Menschen, Kutschen und Omnibusse. Ich liebe es, dass die Straßen hier leicht abwärts führen und ich bereits den besten und einfachsten Weg zurück kenne. Dass die Leute mir zunehmend zunicken und »*Bonjour*« sagen, wenn ich draußen unterwegs bin. Ist es seltsam, zuzugeben, dass ich es liebe, dass Brot und Milch vor unserer Tür abgestellt werden, und ich diejenige bin, die beides jeden Morgen hereinholt?*

Aber vor allem … ist es egoistisch, dass ich einfach gerne die Zeit anhalten und noch ein Weilchen länger lernen würde, »wie man eine gute Ehefrau ist«? Ich habe mich noch nicht einmal daran gewöhnt, Madame van Gogh zu sein.

Ich ertrage den Gedanken nicht, dass jedes Gespräch sich darum drehen wird, was in mir heranwächst.

Wie um alles in der Welt soll ich je lernen, Mutter zu sein?

8. Juni 1889
Paris

Liebster Schwager,

ich will Dir schon die ganze Zeit schreiben, denn mir ist bewusst, dass Dir seit unserer Hochzeit immer Theo meine Grüße ausgerichtet hat. Nun, da ich sozusagen Deine kleine Schwester bin, erscheint es mir wichtig, dass Du mich ein bisschen besser kennenlernst. Ich hoffe sogar, dass Du mich irgendwann so gernhast wie Deinen Bruder.

Sowohl Theo als auch ich waren sehr traurig, dass Du an unserem Hochzeitstag nicht bei uns sein konntest, aber wir leben jetzt schon seit sieben Wochen in unserem Appartement zusammen, und hier gibt es so vieles, was an Dich erinnert. Wenn Theo eine schöne Vase oder einen Krug hervorholt, kann ich fest davon ausgehen, dass Du derjenige warst, der ihm zu der Anschaffung geraten hat. Kein Tag vergeht, an dem Du nicht Teil unserer Gedanken oder Unterhaltungen bist.

Dass meine Mutter eingewilligt hat, die Hochzeit nicht in einer Kirche stattfinden zu lassen, und dass ich nicht ausgesprochen habe, was für eine Farce das gewesen wäre, hat dafür gesorgt, dass alles ohne Schwierigkeiten über die Bühne ging. Der Tag selbst war sonnig und schön, obwohl Theo und ich uns beide wünschten, er wäre rasch vorbei. Wir verbrachten auch nur eine Nacht in Brüssel, sozusagen als Hochzeitsreise. Ich freute mich so sehr auf unsere Rückkehr nach Paris und auf unsere neue Wohnung. Als besondere Überraschung hatte Dries alles noch heimeliger gemacht – mit Blumen in den Zimmern, gemachtem Bett etc.

Zu lesen, dass Dries hier ist, ruft in Dir vielleicht eine gewisse Traurigkeit hervor, deshalb folgt jetzt ein kleiner Rundgang, damit Du Dich auch schon als unser Gast fühlen kannst.

Man betritt die Siedlung durch eine Pforte in einem Zaun, der sie von der Straße trennt. Es gibt links und rechts Häuser, und unseres hat vorne einen kleinen Garten mit Bäumen und einigen Fliederbüschen, die wunderschön blühen. Beim Betreten des Gebäudes sieht man über sich die Pferde des Parthenon, die in den Torbogen geschnitzt sind. Wir wohnen im dritten Stock links. Wenn man die Tür öffnet, betritt man den Flur, der weiß und blau tapeziert ist, genau wie das kleine Nebenzimmer. Gehen wir zuerst in den Salon. Die Wände sind weiß mit einem grauen Blumenmuster. Die neue Chiffonnier-Kommode ist aus Rosenholz – quadratisch mit fünf Schubladen und einer herausklappbaren Platte zum Schreiben. Dort sitze ich gerade und schreibe Dir diesen Brief. Es gibt bereits eine Schublade, die wir »Vincent-Schublade« nennen: In ihr bewahren wir Deine Briefe auf. Deine vertrauten gelben Umschläge, die vertraute Handschrift – wir freuen uns immer auf Post von Dir. Das Klavier steht neben der Kommode: Ein Geschenk Eurer Tante Cornelie, und ich spiele gern, auch wenn ich nie sonderlich gut sein werde. Dieses Zimmer ist damit bereits ziemlich voll. Dazu noch Sessel und zwei kleine Teppiche. Aber wir mögen es. Das Parkett ist wirklich wunderschön. Neben dem Salon befindet sich das Esszimmer, das ebenfalls recht vollgestellt ist. Weder Theo noch ich sind mit der Anordnung bisher zufrieden. Natürlich findet Dries unsere Möbelstücke gewöhnlich und ist überhaupt nicht sehr beeindruckt von unserem neuen Heim, aber für Theo und mich reicht es. Das kleine Zimmer ist momentan voller Kleiderschränke. Wir hoffen, Dich eines Tages hier als Gast begrüßen zu dürfen, deshalb wartet dieser Raum noch auf seine Verwandlung in einen Ort für den großen Vincent van Gogh.

Dein Blühender Birnbaum *hängt in unserem Schlafzimmer. Es ist das Erste, was ich beim Aufwachen sehe, und bringt mich jedes Mal zum Lächeln. Überm Klavier hängt* Die Ernte, *und im kleinen Zimmer* La Berceuse. *Die* Kartoffelesser *im Esszimmer über dem Kamin. Wir veranstalten für jeden Besucher unsere eigene Vincent-van-Gogh-Ausstellung. Ich liebe es, zu beobachten, mit welcher Ehrfurcht, welchem Staunen und welchen eindeutigen Reaktionen andere Deine Bilder zum ersten Mal betrachten.*

Heute ist Sonntag und Theo den ganzen Tag zu Hause. Ich habe Heine gelesen und glaube, noch nie auf einen solch tiefgründigen Autor getroffen zu sein, doch gleichzeitig raubt er mir den inneren Frieden. Meine Gedanken weigern sich, zur Ruhe zu kommen, nachdem ich Zeit mit ihm verbracht habe. Er hat ganz eindeutig sehr gelitten, und das erinnert mich wieder an die vielen gequälten Seelen auf unserer Welt. Manchmal ist mein einziger Wunsch, sie alle in die Arme schließen zu können.

Falls Du nun jedoch den Eindruck gewinnst, dass ich zu sehr versuche, löblich zu wirken, lass Dir versichern, dass meine Fähigkeiten als Hausfrau noch sehr zu wünschen übrig lassen. Der Reis ist diese Woche bereits zweimal angebrannt, unsere Pflaumen einmal. Der arme Theo isst trotzdem alles und versucht zu verbergen, wie scheußlich es schmeckt! Ich bin sicher, er beschäftigt unsere Magd, Madame Joseph, für zusätzliche Stunden in der Hoffnung, dass ich ihr das Kochen überlasse.

Aber wir kommen sehr gut miteinander aus. Ich liebe ihn mehr, als ich es mir je hätte vorstellen können.

Hoffentlich haben meine Ausführungen Dich nicht gelangweilt, lieber Vincent. Ich bin sicher, meine Fähigkeiten beim Briefeschreiben werden sich mit der Zeit verbessern. Ich sende Dir liebe Grüße.

Deine kleine Schwester
Jo

Juli 1889

Mein Ehemann hat einen Ausschlag. Kleine rotbraune Erhebungen zieren seine Handflächen.

Ich habe keinen Ausschlag. Dafür Fieber, immerwährende Kopfschmerzen, Müdigkeit und Appetitlosigkeit. Ich habe mit Theo bisher nicht über meinen Zustand gesprochen, und er hat nicht verlangt, dass ich medizinische Hilfe in Anspruch nehme.

Als ich Clara vorhin vom Ausschlag erzählte, wusste sie bereits Bescheid. Sie sagte sogar, dass Theo deswegen in Behandlung sei. Angeblich hat der Arzt versprochen, mein Mann könne vollständig geheilt werden, wenn er drei Jahre lang die Behandlung mit Quecksilbersalbe über sich ergehen ließe. Sie sprach davon, dass Theo und ich trotzdem gesunde Kinder haben könnten. Theo hatte sich Clara anvertraut – die beiden sind inzwischen gute Freunde –, aber vor mir versteckt mein Mann seine Scham.

So erklärt sie mir nun, sozusagen aus zweiter Hand, dass man uns drei Jahre Freiheit schenke, drei Jahre, ehe wir ein Kind in die Welt setzen wollen.

Das Problem ist nur, dass ich bereits ein Kind erwarte.

In meinem Kopf überschlagen sich die Gedanken vor lauter Möglichkeiten und Problemen.

Wie kann ich meinem Mann sagen, dass die Krankheit, die er in sich trägt, bereits auf sein Kind übergegangen sein könnte?

BLICK ÜBER DIE DÄCHER VON PARIS

Ich stehe auf dem Balkon, in meinem Nachthemd, mit Mütze, Seidenstrümpfen, Wollsocken und langer Unterhose. Ich klammere mich an das schmiedeeiserne Geländer, während der Regen auf mich herunterprasselt. Ich könnte Patientin einer Nervenheilanstalt sein, gemeinsam mit Vincent hinter Schloss und Riegel. Es würde mich nicht wundern, wenn Theo Madame Joseph losschicken würde, um einen Arzt zu holen.

Eine Mischung aus hohen und flacheren Gebäuden umgibt dieses Wohnhaus, aber unser Zuhause scheint sich im höchsten und stolzesten von allen zu befinden. Die ersten Tage nach unserer Hochzeit habe ich tatsächlich Holländerin gespielt und ins Leben anderer Haushalte und Künstler gespäht – neugierig, wie sie ihre Tage verbringen und was dort geschaffen wird –, doch heute verschwimmt meine Pariser Silhouette mit dem düsteren Himmel. Die Dächer und Wohnungen sind von Nebel bedeckt, was sie grauer und trister macht, passend zu meiner Stimmung. Die Balkone sind leer, die meisten Fensterläden geschlossen. Ich entdecke keine andere verrückte Frau, die draußen im Morgenregen steht. Ich fröstele. Eiffels Turm dort drüben in der Ferne wird immer noch hoch und aufrecht dastehen. Ich wünschte, mein Bruder wäre hier. Jetzt gerade würde ich gerne die Zeit zu dem Punkt zurückdrehen, als ich noch bei ihm gewohnt habe.

»Jo, was ist denn los?«, will Theo wissen. »Ist meine Gesellschaft so schlimm, dass du lieber hier draußen im Regen stehst?« Er lacht und hofft wohl, mein Verhalten sei eine Art komischer Witz.

Beim Klang seiner Stimme drehe ich mich um. Bestimmt hat er bereits genug von mir. Ich würde es ihm nicht zum Vorwurf machen.

»Ist es wieder dein Zahn?«, fragt er, doch ich antworte nicht. »Wir haben Chloroform …«

»Hast du Thackerays *Die Newcomes* gelesen? Dieses Buch verändert einen so sehr. Und die Beschreibung von Miss Honeymans Pension in Brighton muss auf einem echten Ort basieren. Den würde ich gerne besuchen.«

Der Regen hat meine Kleidung durchnässt. Am liebsten würde ich mich auf dem nassen Boden zusammenrollen und für immer schlafen. Ich will ignorieren, was da in mir wächst. Theo macht einen Schritt zu mir nach draußen, dann hält er inne. Entweder verliert er den Mut, oder der Regen hält ihn ab.

»Eine Reise nach England klingt wunderbar. Komm rein, und wir sprechen darüber«, versucht er, mich zu beschwichtigen – mich in die Wohnung zu locken. Ich frage mich, ob er diesen Ton wohl bei Vincent geübt hat.

»Lass mich in Ruhe«, sage ich.

Theos Nasenflügel blähen sich, dann dreht er sich um, geht nach drinnen und überlässt mich dem Regen.

Später wird er eine Erklärung erwarten, aber was soll ich ihm sagen?

»Madame Jo.« Es ist Clara. »Was ist denn los?« Ihr Tonfall ist ganz ruhig. Ich drehe mich zu ihr um. Ihre vollen Lippen, die ständige Sonnenbräune, das pechschwarze Haar und ihre Augen – all das wirkt lebendiger als je zuvor. »Sie holen sich noch den Tod, wenn Sie in Unterwäsche dort draußen herumstehen.«

Ich zucke mit den Schultern. Ich glaube, das ist mir egal.

»Soll ich Monsieur Andries holen?« Sie kann nicht verbergen, dass sie sich ärgert. Der Regen prasselt auf sie herab, und ich weiß, dass sie unsicher ist, was sie als Nächstes tun soll. Sie ist ja selbst noch nicht ganz genesen.

»Clara, geh wieder rein. Du solltest nicht hier draußen sein.« Ich wende mich wieder dem Geländer zu.

»Nicht ohne Sie«, beharrt sie. »Wollen Sie also, dass wir uns beide den Tod holen?« Ich höre das Klacken ihres Spazierstocks, als sie zu mir kommt.

»Ich liebe Theo«, sage ich. »Mein sanfter, freundlicher Ehemann. Er ist der beste Mann, den ich kenne.«

»Daran besteht kein Zweifel, oder, Madame Jo? Ist etwas anderes passiert?«

Tränen laufen mir übers Gesicht. Mein Körper sackt in sich zusammen. Meine Lippen zittern.

»Ich muss mich morgens immer übergeben.« Die Worte hängen zwischen uns in der Luft. »Übelkeit, jeden Morgen, das Korsett etwas enger.«

»Sie bekommen ein Kind«, konstatiert Clara nur. Sie steht nun direkt neben mir und greift nach meiner Hand. »Oh, Madame Jo, das ist wunder…«

Ich wende mich ihr zu und sehe ihr vor Freude strahlendes Gesicht, doch dann hält sie inne, und ihre Miene verwandelt sich. Der Regen besiegt uns beide. Sie wendet den Blick ab, und so stehen wir beide da, uns immer noch an den Händen haltend, und schauen auf das neblige Paris.

»Warum sind Sie nicht glücklich?«

»Theo hat Vincents Krankheit, und das muss bedeuten, dass er irgendwo eine andere Geliebte hat. Es ist die einzige Erklärung.« Ich schreie fast. »Er ist mit einer anderen intim.«

»Beruhigen Sie sich«, mahnt Clara. »Theo hat sich mit dieser Krankheit angesteckt, lange bevor Sie und er intim waren. Sie wissen doch, dass es vor Ihnen andere Frauen gab? Manche davon hat er mit seinem Bruder geteilt.«

Nickend wische ich mir die Nase mit dem Handrücken ab.

»Seit dem Tag, an dem Sie sich begegnet sind, hat der Mann nur noch Augen für Sie.«

»Ich war bereits schwanger, als sein Ausschlag aufgetreten ist«, sage ich. »Er muss also gewusst haben, dass er krank ist, und hat …«

»Was geschehen ist, ist geschehen«, sagt sie. »Das Kind in Ihrem Bauch ist bereits das glücklichste auf der ganzen Welt.«

»Was, wenn auch ich mich mit Theos Krankheit angesteckt habe? Was, wenn das Baby bereits krank ist?«, flüstere ich.

»Haben Sie irgendwelche Symptome?«, will sie wissen, woraufhin ich den Kopf schüttele. Das *Noch nicht* bleibt unausgesprochen. »Ich sorge dafür, dass der Doktor morgen vorbeikommt.«

Ich rühre mich nicht von der Stelle.

»Gibt es noch etwas?«, fragt Clara.

»Was wird Vincent wohl dieses Mal tun?«, murmele ich. »Es fühlt sich fast unausweichlich an.« Meine Worte sind immer noch kaum lauter als ein Flüstern. Er ist Theos Bruder, *unser* Bruder. Man wird es ihm sagen müssen. »Agostina hat sein Kind abgetrieben. Denk nur daran, wie er bisher auf unser Glück reagiert hat. Was, wenn diese Nachricht ihn dazu bringt …«

»Was jetzt am wichtigsten ist, Madame Jo, ist das Kind. Sie werden Mama und sollten sich auf das Kind in Ihrem Bauch konzentrieren.«

»Mama«, wiederhole ich. »Ich habe mich ja noch nicht einmal daran gewöhnt, Ehefrau zu sein. Ich kann nicht mal Reis kochen, ohne dass er anbrennt.«

Clara lacht. »Beim Reiskochen kann ich helfen«, sagt sie. »Und jede Mutter, die behauptet, sie wäre bereits an dem Tag, an dem das Kleine herausschlüpft, eine Expertin, ist dumm. Das braucht Zeit, und einen Berg oder zwei an Geduld.«

Ich schluchze unwillkürlich. Ich werde Mama.

»Gehen wir rein und trocknen uns ab«, sagt sie.

Juli 1889

Der Arzt hat mich gründlich untersucht. Er ist überzeugt davon, dass Mutter und Kind gesund sind, fürs Erste. Er hat mir geraten, mit Theo nicht intim zu sein.

Diese Nachricht muss ich meinem Ehemann erst noch beibringen.

BLÜHENDER MANDELZWEIG IN EINEM GLAS MIT EINEM BUCH

Theo geht mir aus dem Weg.

Als ich mich nach meinem Regenprotest abgetrocknet hatte, hatte er die Wohnung verlassen und kam erst wieder heim, als ich schon schlief. In Anbetracht der unberührten Hälfte unseres Bettes muss er den Rest der vergangenen Nacht im Sessel im Salon verbracht haben.

Immer noch allein im Bett, habe ich mir Kissen in den Rücken geschoben und zeichne. Die blassen Linien springen auf dem Papier umher, und keine will ihren Platz finden. In meinem Kopf herrscht ein Durcheinander von Gedanken – einer ängstlicher als der andere: *Was, wenn mein Mann mich bereits aufgegeben hat? Was, wenn der Arzt sich getäuscht hat, und das Kind ist krank?*

Ich schließe das Skizzenbuch. Als ich es zusammen mit den Stiften auf den Boden legen will, dreht sich mir plötzlich der Magen um, und am Rand meines Sichtfeldes verschwimmt alles, als hätte ich gerade eine ganze Flasche Wein getrunken. Die Übelkeit hält sich hartnäckig. Sie beginnt im Bauch und schießt dann den Hals hinauf. Rasch schiebe ich die Decke weg und beuge mich zur Seite, um mich in den Nachttopf übergeben zu können. Es bringt wenig Erleichterung, aber ich wische mir den Mund ab und versuche, mich wieder hinzulegen. Die Bewegung verschlimmert das Gefühl. Ich würge laut und unkontrollierbar, treffe den Nachttopf nicht. Es spritzt aufs Parkett.

Ich stöhne. Mein ganzer Körper schmerzt.

Madame Joseph kommt mit einem Wasserkrug in der einen und einem Glas in der anderen Hand ins Zimmer. Sie stellt beides auf den Fußboden neben den Kleiderschrank, ehe sie die

Vorhänge aufzieht. Ich versuche, mich auf die rosafarbenen und roten Blumen des Stoffes zu konzentrieren, doch sie tanzen vor dem hellen Hintergrund. Also richte ich den Blick auf den Boden.

Clara kommt ins Zimmer gehumpelt. Sie stützt sich auf ihren Stock und bringt in der anderen Hand einen Teller. »Madame Jo«, sagt sie. »Versuchen Sie mal, an ein bisschen Brot zu knabbern. Sie sollten was in den Magen bekommen.«

Nachdem sie ihren Gehstock ans Bettende gehängt hat, macht sie einen Bogen um das Erbrochene und kommt zu mir. Ich sehe, wie sie ein Stück Brot abbricht. Sie will es mir reichen, doch ich schüttele den Kopf. Mein Magen schlägt einen Purzelbaum. Ich bin mir nicht sicher, ob Hunger oder Übelkeit die Ursache ist.

»Das Kleine braucht Nahrung«, sagt sie.

Madame Joseph schnappt nach Luft, dann wiederholt sie lautstark: »Das Kleine!«

»Still«, rügt Clara und funkelt sie an. »Kein Wort. Monsieur Theo weiß noch nichts davon.«

»Was weiß Monsieur Theo noch nicht?«, fragt er. Seine Worte hallen laut, als er unser Schlafzimmer betritt. Er knöpft seinen Mantel auf und legt seinen Hut aufs ungemachte Bett neben Claras Gehstock.

»Verzeihung, Monsieur Theo«, murmelt Madame Joseph. Sie bückt sich nach dem Nachttopf und eilt hinaus, ehe einer von uns noch ein Wort sagen kann. Ich beobachte, wie Theo das Bild betrachtet, das sich ihm bietet: Erbrochenes auf dem Boden, Ehefrau im Bett, Wasser, Brot, ein lächelndes Hausmädchen.

»Du bist nicht krank.« Es ist keine Frage. Er spielt Detektiv, der die Hinweise wie Puzzlestücke zusammensetzt. »Und Clara will, dass du etwas isst«, fügt er hinzu. Dann macht er eine Pause. Sein Gesicht ist blass, und seine Finger trommeln unruhig auf die Bettpfosten aus Rosenholz am Fußende.

»Verlässt du mich?«, fragt er, den Blick auf die zerwühlten Laken gerichtet. »Macht dich die Ehe so furchtbar unglücklich und jetzt sogar krank?«

Ich sehe Clara an, die mir aufmunternd zunickt, doch mein Magen stöhnt. Ich wage es nicht, mich zu rühren. Wenn ich den Mund öffne, übergebe ich mich vielleicht wieder.

»Madame Jo hat wunderbare Neuigkeiten, Monsieur Theo«, erklärt Clara. »Sie fürchtet sich vor Ihrer Reaktion, weil es doch noch so früh nach Ihrer Hochzeit ist. Sie hatten Pläne.«

»Pläne? Wunderbare Neuigkeiten?«, wiederholt er. Ich sehe, was er fühlt, denn ich kann seine Miene mit Leichtigkeit lesen. Hoffnung blitzt in seinen Zügen auf. Er strahlt vor Freude. Die Augen meines Mannes funkeln vor Begeisterung, und sein Lächeln ist wie eine Sternschnuppe. Er sieht mich an, und ich erwidere seinen Blick, der dann zu meinem Bauch wandert.

»Bist du?« Ich nicke.

Tränen laufen mir übers Gesicht, als er auf mich zustürzt, sich auf seine Bettseite wirft und mich an sich zieht. Die plötzliche Bewegung lässt mir die Übelkeit wieder durch den Körper schießen, doch ich versuche, sie herunterzuschlucken.

»Das sind die besten Neuigkeiten, die allerbesten.« Ich höre, wie sein Herz laut klopft. Die Wärme seines Körpers dringt durch mein dünnes Nachthemd. So geborgen habe ich mich seit Tagen nicht mehr gefühlt.

Dann löst er sich von mir. »Aber warum die Traurigkeit?«

»Es ist …«, setze ich an.

Theo hält mich auf Armlänge von sich weg. Diese zusätzliche Bewegung ist einfach zu viel. Ich drehe mich von ihm weg zur Seite, doch der Nachttopf ist nicht da. Madame Joseph hat noch keinen frischen gebracht. Ich kann mich nicht beherrschen. Ich übergebe mich.

»Madame Jo macht sich Sorgen wegen Monsieur Vincents Verrücktheit«, erklärt Clara. Mein Körper tut währenddessen, was er will, und ich erbreche mich erneut auf den Fußboden.

»Sie hat Angst um das Baby?« Theos Stimme ist ein bisschen zu hoch. Ich höre seine eigene Sorge im Tonfall der Frage.

»Das sollten wir alle, Monsieur Theo.« Sie macht eine kurze Pause. »Aber durch die Verlobung und die Hochzeit und die ganzen Episoden Ihres Bruders ... das belastet Sie beide, und wo Madame Jo nun so unter Übelkeit leidet, und all die Komplikationen, die Frauen im Wochenbett haben können ...« Sie hält wieder inne.

Ich denke, dass sie Theo zu verstehen geben will, dass seine eigene Krankheit zu Komplikationen für das Ungeborene führen könnte. Mein Mann hat seine Geheimnisse. Ich stelle mir vor, wie er den Atem anhält und auf Claras Lösung wartet.

»Warst du beim Arzt?«, will er wissen.

»Alles in Ordnung, im Moment«, antworte ich und versuche dabei, den Kopf nicht zu bewegen.

Theo atmet erleichtert auf.

»Madame Jo hat sich gefragt, ob Sie diese Neuigkeit Ihrem Bruder vielleicht ein paar Monate verschweigen könnten. Bis sie das Schlimmste überstanden hat. Sie macht sich Sorgen, was er sich dieses Mal antun könnte ...«

Wieder Schweigen, dann ist Theo bei mir und streicht mir ein paar Strähnen aus dem Gesicht. »Hat dich das so beschäftigt? Vincent?«, fragt er. Ich nicke so wenig wie nur möglich. »Und ich dachte, du bereust es, mich geheiratet zu haben.«

»Ich will nicht, dass dieses Kind unseren Bruder wieder krank macht. Oder womöglich noch schlimmer ... Er war jetzt eine ganze Weile ruhig.« Ich starre auf das Erbrochene auf dem Boden.

»Vincent hat all unsere schönen Neuigkeiten mit seinem Drama überlagert«, sagt Theo. »Und du willst nicht, dass er unsere Freude schmälert. Wir können nicht wissen, wie er reagiert.«

»Ich bin egoistisch«, flüstere ich, doch Theo hört meine Worte.

»Nein, liebste Johanna, du hast recht«, widerspricht er. »Lass das noch ein paar Monate unser Geheimnis sein.«

»Aber nicht so egoistisch wie du«, sage ich.

Stille. Fragt er sich, ob er richtig gehört hat?

»Ich werde nicht zulassen, dass dir oder unserem Kind oder meinem Bruder irgendetwas zustößt«, sagt er.

»Und doch warst du intim mit mir, obwohl du wusstest, dass du diese Krankheit hast.«

»Jo, so war das nicht«, setzt er an. Ich höre die Unsicherheit in seiner Stimme.

Ich übergebe mich wieder auf den Fußboden.

Juli 1889

Theo dachte, ich wollte unsere Ehe beenden. Dieser Gedanke passt zu dem, was er seiner Meinung nach verdient hat. Er wusste, dass ich den Ausschlag gesehen habe. Er ging mir aus dem Weg, damit ich ihn nicht darauf ansprechen konnte.

Sobald meine Übelkeit nachgelassen hatte, redeten wir stundenlang. Er erklärte mir, er habe sich mit dieser Krankheit angesteckt, lange bevor wir uns begegnet waren. Er sagte nicht, wo. Aber dass es seit mir keine andere gegeben habe. Weshalb wir seit seiner Diagnose nicht mehr miteinander intim gewesen waren.

Er bestand darauf, dass der Arzt jeden Tag vorbeikommen solle, bis wir absolut sicher sein können, dass ich mich nicht angesteckt habe.

Später erzählte er mir, dass die Freude über die Nachricht, Vater zu werden, sich mit dem Kummer mische, dieses Glück nicht mit seinem Bruder teilen zu können, und mit den Schuldgefühlen wegen seiner Krankheit. Theo sagte, sein Kopf sei voller Korken. Ich verstehe nicht, was das bedeutet oder wie ich helfen könnte.

»Wenn mein Kopf voller Korken ist und ich mich leer fühle, musst du einfach Geduld mit mir haben«, sagte er.
»Was soll ich dann tun?«, wollte ich wissen.
»Einfach nur still neben mir sitzen.«
»Ich fürchte, wenn ich das tue, langweile ich dich irgendwann.«
»Dein Schweigen kann nie Langeweile sein«, war seine Antwort.

HERBST 1889
PARIS

BILDNIS EINER FRAU MIT ROTEM HAARBAND

Es war Rodin, der Theo den Rat gab, ich solle während der Schwangerschaft regelmäßig langsame Spaziergänge unternehmen. Rose, die Mutter seines einzigen Sohnes, hatte eine unkomplizierte Schwangerschaft und Entbindung gehabt, was Rodin ihrer täglichen Bewegung zuschrieb. Als Theo mir diesen Ratschlag überbrachte, konnte ich nicht anders, als nach Camille zu fragen.

»Ihr Weg führt auf die Nervenheilanstalt zu«, antwortete er, was mich hilflos schluchzen ließ, bis Theo versprach, eine Möglichkeit zu finden, ihr zu helfen.

Theo kommt immer noch jeden Tag in der Mittagspause von Boussod, Valadon & Cie nach Hause, doch statt zu essen, spazieren wir durch Montmartre. Ich bin nicht sicher, wer genau dafür verantwortlich ist, dass ich mich momentan ernähre wie ein Pferd: hauptsächlich von Grünfutter und Wasser, aber wenn man mir jetzt eine Karotte vor die Nase halten würde, würde ich vermutlich einen *fiacre* hinter mir herziehen. Das viele Obst und Gemüse hält mich gesund und munter, aber nun, da meine Morgenübelkeit vorbei ist, habe ich Heißhunger auf deftige Gerichte und ungewöhnliche Speisen. Der arme Theo hört sich meine Beschwerden an, seit wir in die Rue Lepic eingebogen sind, und jetzt auf dem Boulevard de Clichy kann ich mein eigenes Gewieher schon nicht mehr hören. Mein Mann hat sich dieselben Ernährungsbeschränkungen auferlegt, beklagt sich aber mit keinem einzigen Wort.

»Noch zwei Tage, bis deine Zeit des Ruhens beginnt«, wechselt Theo das Thema.

»Ich werde unsere Mittagsspaziergänge vermissen.«

»Und diese Aussicht«, ergänzt er und breitet theatralisch die Arme aus. Zuerst will ich ihn schelten, doch dann bleibe ich ebenfalls stehen. »Speichere die Gerüche und Geräusche tief in deinem Gedächtnis, Johanna.«

Ich lache. »Wie du das sagst, klingt es, als würde ich eingesperrt werden.«

»Es wird Monate dauern, bevor du wieder an die frische Luft *darfst*.«

Ich beobachte eine Weile das bunte Treiben auf dieser belebten Straße. Peitschenknallen und Kutscherrufe. Männer und Frauen machen einen Bogen um Fiaker, Omnibusse und Pferdeäpfel, andere unterhalten sich in Türeingängen oder kommen lachend aus Kabaretts gestolpert. Ihre Freude, das Pariser Vergnügen, ist ansteckend.

»All das werde ich vermissen«, sage ich und lächele die Passanten an.

»Du wirst Zeit zum Malen haben.«

Das Klippklapp von Hufen erfüllt die Luft.

Ich schüttele den Kopf. »Deine Frau zu sein und dieses Kind zu bekommen, hat alles verändert.«

»Zum Besseren?«, will Theo wissen, und ich zucke mit den Schultern. Ich glaube, ja, aber das wird sich mit der Zeit zeigen. Ich gewöhne mich schließlich gerade erst daran, seine Ehefrau zu sein, und die Vorstellung, dass nun so ein kleines Wesen mit all seinen Bedürfnissen auf mich angewiesen ist, ist noch völlig unwirklich. Ich weiß, dass ich kein Interesse mehr daran habe, eine Gesellschaft für aufstrebende Künstlerinnen zu gründen, und auch nicht daran, Malen zu lernen, und doch bin ich ganz unerwartet glücklicher als je zuvor. Dieses neue Leben mit Theo erfüllt mich mit Zufriedenheit und Freude.

»Es wird alles gut.« Theos Tonfall ist ruhig und voller Überzeugung. Ich nicke, denn ich glaube ihm von ganzem Herzen.

»Ich bin trotzdem hin- und hergerissen«, sage ich. »Einerseits werde ich jetzt körperlich und geistig eingesperrt, bis unser Baby kommt, was sehr einsam ist.« Lächelnd halte ich die linke Handfläche hoch. »Und andererseits ist es eine Gelegenheit, mich zu verstecken und dieses viel zu enge Korsett nicht mehr tragen zu müssen.« Ich bewege meine Hände auf und ab wie Schalen, als würde ich die beiden Seiten meiner Situation abwägen. Die rechte Hand gewinnt. »Ohne Korsett zu leben wird purer Luxus sein. Ich kann diesen Bauch nicht länger verstecken.«

»Und denk doch nur an die ganzen sauren und salzigen Sachen, die du essen wirst, wenn das Kind erst auf der Welt ist.« Theo stupst mich mit der Schulter an und hakt sich bei mir unter. Wir setzen unseren Spaziergang fort.

»Wann muss ich mich endlich nicht mehr für jeden Bissen rechtfertigen, den ich zu mir nehme? So ein Druck auf werdende Mütter«, beschwere ich mich. »Dass ich die komplette Verantwortung dafür tragen soll, dass unser Kind kein säuerliches Gemüt entwickelt.« Ich lege die Hand auf den Bauch.

Da höre ich eine Stimme.

»*Bonjour*, Monsieur van Gogh.« Sie steht links von uns in der geöffneten Tür zum Café du Tambourin, Zigarette in der einen Hand, Bierglas in der anderen. Wie lange beobachtet sie uns schon? Als wir sie sehen, bleiben wir stehen.

»Mademoiselle Voort«, grüßt Theo und tippt sich an den Hut. Sara lächelt. Ihre vollen Lippen glänzen, und ihre mandelförmigen Augen blitzen. Ihre Schönheit ist atemberaubend. Ihr Blick ruht auf meinem Mann.

»*Bonjour*, Sara«, sage ich.

Für einen kurzen Moment sieht sie mich an, und dabei verschwindet alle Wärme, die sie Theo gegenüber gezeigt hat. »Mademoiselle Bonger«, erwidert sie.

Ich lächele und korrigiere sie nicht. Stattdessen beobachte ich, wie ihr Blick zu meiner Hand wandert, die immer noch auf meinem Bauch ruht. Ich nehme sie nicht weg. Ich lächele. Ich weigere mich, Mitleid mit jemandem zu empfinden, der ständig versucht, meine Beziehung zu zerstören. Sie schluckt, blinzelt ein paarmal und holt tief Luft. Stille. *Sie weiß es.*

»Sie sehen sehr … *gut* aus«, sagt sie schließlich. Ihre unnatürlich dunklen Augenbrauen ziehen sich in gespielter Sorge zusammen.

»War noch nie glücklicher.« Ich höre meine Stimme und die übertriebene Begeisterung darin. »Das Eheleben bekommt uns.« Ich sehe, wie sie sich windet, doch ich empfinde keine Reue.

Theo legt mir den Arm um die Schultern. »Guten Tag noch«, sagt er und schiebt uns an der Tür zum Le Tambourin vorbei. Er will sie ebenso schnell hinter sich lassen wie ich.

»Wir sehen uns bald, Theo«, ruf sie noch, doch keiner von uns beiden dreht sich um.

»Bist du mit ihr verabredet?«, frage ich. Theo lacht.

»Sie sieht mich überall«, antwortet er, und ich bohre nicht nach.

Oktober 1889

Meine Zeit des Hausarrests hat begonnen, und unsere Unterhaltung beim Mittagessen heute drehte sich um unseren gemeinsamen Wunsch, Vincent würde eine Frau finden, die ihn genug liebte, um sich um ihn zu kümmern. Theo überlegte sogar, dass vielleicht am besten jemand passen könnte, der selbst ähnliche Tiefen der Hoffnungslosigkeit wie Vincent durchlebt hat – diese Idee, dass oft die Traurigsten die besten Gefährten sind.

Ich weiß nicht, ob ich dem zustimmen kann. Ich hätte Sorge, dass sie bloß gegenseitig ihren Kummer vergrößern würden.

Dann sprachen wir mal wieder darüber, dass Wahnsinn und das Erschaffen »wahrer Kunst« irgendwie zusammenzugehören scheinen. Theo meinte, Vincent betrachte sich als Monticelli – aus diesem Grund besitzt Theo einige von dessen Werken. Der Maler starb für seine Kunst, und Vincent bewundert das oder identifiziert sich vielleicht sogar mit dem wahnhaften Verhalten des Künstlers. Es erinnert mich wieder daran, dass Genialität immer auch Zerbrechlichkeit bedeutet und der kleinste Knacks dafür sorgen kann, dass alles einstürzt.

In letzter Zeit habe ich viel über meine eigene Zerbrechlichkeit nachgedacht – und auch über die von Theo, Vincent, Camille, Agostina, Rodin und Sara. Sind wir nicht alle gleich? Klammern wir uns nicht alle an unseren kostbaren gesunden Verstand, während wir uns durchs Leben tasten?

Auch über mein Bedürfnis, diese Idee der »wahren Kunst« zu verstehen, muss ich noch mehr nachdenken. Seit unserer Heirat habe ich nicht mehr gemalt, und auch meine Skizzen sind selten geworden – aber bis jetzt habe ich mich noch kein einziges Mal gefragt, weshalb eigentlich. Vielleicht bin ich das geworden, was Camille und Agostina hassen, doch erst jetzt frage ich mich, ob diese Veränderung in mir tatsächlich negativ bewertet werden muss. Ich habe mein Streben nach künstlerischem Tun aufgegeben und stattdessen entschieden, Ehefrau und dann Mutter zu sein. Die Verwandlung von unabhängig zu verheiratet zu schwanger ging zu schnell, und so klammere ich mich nur noch mühsam an mein Selbstverständnis.

Könnte es sein, dass eine starke Frau zu sein bedeutet, die Wahl zu haben? Ja, ich wähle diese Rollen bewusst aus (wenn auch in sehr rascher Abfolge) und nehme sie dankbar an, statt ungewollt etwas zu erfüllen, was von mir erwartet wird. Camille und Sara haben diesen Luxus nicht: Keine Wahl zu haben zerstört ihren Geist.

Weshalb macht mich das dann zu einer Schande für ihre Weiblichkeit?

Weshalb versuchen Frauen, diejenigen zu verurteilen und zu verachten, die lediglich versuchen, sich treu zu bleiben?

BLÜHENDER GARTEN MIT PFAD

Nach einer Woche zu Hause genieße ich bereits den Gedanken, nun monatelang keinen Fuß vor die Tür setzen zu müssen. Der Arzt hat mir versichert, dass es mir gut geht und ich mich immer noch nicht bei Theo angesteckt habe. Mein Kind ist in Sicherheit. Ich bin nicht länger in ein Korsett eingeschnürt. Es ist himmlisch.

Wir liegen auf dem gemachten Bett, ich auf der Seite. Mein Kopf ruht auf einem Kissen, und Theo hat sich dicht an meinem geschwollenen Leib zusammengerollt. Er erzählt unserem ungeborenen Kind vom jüngsten Verkauf, den er für Monet getätigt hat.

»Du sprichst von Monet, als wäre er die Personifikation der ganzen Bewegung«, sage ich lachend.

»Und man kann sagen, dass dein Vater heute Durant-Ruel und Georges Petit besiegt hat«, erklärt er meinem Bauch.

»Wohl kaum besiegt.« Wenn ich lache, wackelt mein Bauch. »Aus deinem Mund klingt das, als wärst du ein großer Krieger.« Ich lege die Hand auf die Wölbung und streiche kreisend über mein Nachthemd. »Dein Vater ist ein Angsthase«, sage ich, woraufhin das Baby mit einem sanften Tritt antwortet.

»Leg deine Hand da hin«, sage ich zu Theo. Wir warten. Das Baby tritt wieder. Theos Augen werden groß, und er strahlt.

»Er widerspricht dir!«, verkündet er mit einem tiefen Lachen.

Ich runzele die Stirn. »Er?«

»Ich weiß bei solchen Dingen Bescheid, und Clara gibt mir recht.« Er tippt sich an die Nase, als würden die beiden ein Geheimnis teilen. »Wäre ein weiterer van-Gogh-Mann denn ein schrecklicher Gedanke?«

Ich schüttele den Kopf. »Ein wunderbarer Gedanke«, erwidere ich lächelnd. »Es ist schön, dass du heute Abend früher nach Hause gekommen bist. Zwei Stunden mehr mit dir.«

Seine Freude zeigt sich in den Fältchen in seinen Augenwinkeln. »Nach unserem Mittagessen wäre ich beinahe gar nicht mehr zur Arbeit zurückgekehrt. Es fällt mir zurzeit schwer, euch beide zu verlassen.«

»Doch wenn du's nicht tust, was für Neuigkeiten könntest du uns dann überbringen?«

Wir lächeln uns an, und als Theo in die Hände klatscht, wird er mit einem weiteren Tritt belohnt.

»Lausebengel.« Wieder reibe ich meinen Bauch. »Geht es dir gut?«, will ich wissen. Theos Gesicht ist ein bisschen zu blass, und er wirkt, als hätte er noch mehr abgenommen.

»Nur etwas überarbeitet.«

Er verbirgt seine Krankheit nicht länger vor mir. Dafür versichert er sich immer wieder beim Arzt, dass es unserem Kind gut geht. Manchmal lege ich im Geist Listen an, wer ihn infiziert haben könnte, frage mich, ob Sara dasselbe Leiden mit sich herumträgt – ob es das ist, was sie mit den van-Gogh-Brüdern verbindet.

»Bist du hungrig?«, frage ich, um diesen Gedanken zu verscheuchen. »Wir könnten heute Abend mal etwas Besseres essen als immer nur Grünzeug.«

Lächelnd wendet Theo seine Aufmerksamkeit wieder meinem Bauch zu. »Ich habe heute mein siebzigstes Monet-Bild verkauft. Andere sprechen von meiner Strategie, darüber, dass Monets Erfolg damit zu tun habe, dass ich einen einzelnen Künstler so hervorgehoben hätte. Dein Onkel natürlich …«

Er verstummt, und ich sehe, wie er den Blick starr auf den roten Bettüberwurf gerichtet hat. In den vergangenen Wochen haben wir nicht viel über Vincent gesprochen. Wir haben den Namen seines Bruders sogar eher gemieden, seit Theo von der Schwangerschaft erfahren hat. Wir hegen beide Schuldgefühle, Vincent nicht an unserer Freude teilhaben zu lassen. Sein Name ist wie ein feuchter Fleck in der Ecke des Raumes – wir wissen beide, dass er da ist, doch wir meiden diesen Bereich.

»Ich ertrage es nicht, dass wir es ihm noch nicht erzählt haben«, flüstere ich.

»Wirklich?« Als ich zur Antwort nicke, erhellen sich Theos Züge. »Dann lass uns diese wunderbare Nachricht nicht länger verstecken. Dries weiß Bescheid, und da ist es nur richtig, dass wir auch den Rest unserer Familien informieren.«

»Ich bin sicher, Sara hat es sofort begriffen«, sage ich. »Es würde mich überraschen, wenn es sich in den Niederlanden noch nicht herumgesprochen hätte.« Schweigen. Theo sieht mich nicht an. »Was ist denn?«, frage ich, dann muss ich gähnen.

»Nichts, sie …« Wieder Stille. Ich bedeute ihm fortzufahren. »Lass uns Vincent an unserer Freude teilhaben lassen«, sagt er und gähnt nun ebenfalls. »Er ist in letzter Zeit so ausgeglichen und verbringt die Tage mit Malen.« Wieder nicke ich ihm zu. »Ich hab dir die fertige *Sternennacht* noch gar nicht gezeigt, die er geschickt hat. Ein Dorf im Mondlicht. Die obere Hälfte der Bildmitte wird von Wirbeln dominiert.«

Ich gähne wieder.

Theo steigt vom Bett und deckt mich mit seiner Hälfte des Überwurfs zu, ehe er mich auf die Stirn küsst. Die Stoppeln seines Bartes kitzeln. »Ruh dich aus«, sagt er auf dem Weg zur Tür.

»Zuerst werde ich Vincent schreiben«, sage ich.

»Ich wecke dich in einer Stunde oder so, damit du dich vorbereiten kannst.«

»Worauf?« Ich suche nach einer gemütlichen Haltung.

»Monsieur Pissaro und sein Sohn. Sie essen heute mit uns zu Abend. Wir haben erst …«

»Das Baby.« Ich deute auf meinen dicken Bauch. Theo lächelt.

Ich werde immer vergesslicher, müder, weinerlicher. Und schiebe es stets auf unser ungeborenes Kind. Schnell streichele ich noch einmal meinen Bauch. *Es tut mir leid, mein Herz.*

13. Oktober 1889
Paris

Mein lieber Schwager,

ich habe ganz herrliche Neuigkeiten, die ich mit Dir teilen möchte. Wir können sie einfach nicht länger für uns behalten. Theo und ich werden in den nächsten Monaten Eltern werden.

Wir wünschen uns einen Jungen, und ich würde ihn gerne Vincent nennen, nach Dir, seinem Patenonkel, falls Du mit dieser Ehre einverstanden bist? Wir hoffen, keine Ausflüchte wegen mangelnder Mittel zu hören, denn Deine Aufgaben als Patenonkel werden nie finanzieller Natur sein. Ich ziehe Theo gerne damit auf, dass das Baby auch ein Mädchen sein könnte, aber in meinem Herzen kann ich ihn mir nur als Vater eines Sohnes vorstellen.

Um ehrlich zu sein, war ich zuerst nicht unbedingt glücklich, als ich feststellte, dass ich ein Kind erwarte. Es ist nicht so, dass ich Babys nicht mag, aber ich habe immer noch Schwierigkeiten mit der Vorstellung, Mutter zu werden. Ich lerne doch gerade erst, was es heißt, Deinem Bruder eine gute Ehefrau zu sein. Ich habe mich so sehr gesorgt, dass wir die Nachricht zurückgehalten haben aus Angst, unser Kind könnte krank oder schwach sein, sich womöglich nicht so entwickeln, wie es sein sollte. Auf den Schultern der Mutter liegt eine große Last, ein gesundes Kind auf die Welt zu bringen und diese Tortur selbst zu überleben. An manchen Tagen mag ich mir gar nicht ausmalen, was alles schiefgehen könnte. Aber wir haben einen guten Arzt, der mir versichert hat, dass gesundes Essen und viel Ruhe Wunder wirken kann.

In letzter Zeit muss ich oft an das Bildnis des Roulin-Babys denken, das Du gemalt hast. Ist es falsch, uns ein gesundes, kräftiges Kind zu wünschen, mit dicken Backen und schönen Augen, genau wie Du sie in diesem Bild festgehalten hast? Der Kleine wirkte wie ein Ausbund an Munterkeit! Wir hoffen sehr, dass Du bereit bist, eines Tages Deinen Neffen zu malen.

Theo wird auf Deinen anderen Brief wegen der Leinwand antworten und Dir morgen die benötigte Menge schicken. Er ist immer noch sehr erschöpft und sieht auch gar nicht gut aus, aber Monsieur Pissaro und sein Sohn werden bald hier sein. Ich hatte ganz vergessen, dass sie heute Abend mit uns speisen werden, und nun haben sie das Pech, in den Genuss meiner Kochkünste zu kommen.

Für heute verabschiede ich mich von Dir, aber ich freue mich auf Deine Antwort auf unsere schönen Neuigkeiten.

Deine Schwägerin
Jo

14. Oktober 1889
Saint-Rémy

Liebe Schwägerin,

Was für ein schöner Brief mich da heute Morgen erreicht hat. Meine herzlichen Glückwünsche zu Euren Neuigkeiten. Ich habe bereits Post von der entzückenden Sara Voort erhalten, worin sie behauptet, Deinen dicken Bauch gesehen zu haben, und fragt, ob ich weitere Einzelheiten wüsste.

Ich war mir nicht sicher, wie sie das hätte feststellen können, wo doch die Pariser Frauen so allerlei Stoff in ihren Röcken tragen, und tat ihren Tratsch als solchen ab. Ihr seid frisch verheiratet, da werden solche Neuigkeiten schließlich erwartet, nicht wahr? Wir wissen beide, dass Mademoiselle Voort gern zwischen uns Wirbel macht. Ich fürchte, sie sieht uns für immer darin verbunden, von Monsieur und Madame van Gogh zurückgewiesen worden zu sein. Ich schickte ihr keine Antwort, denn ich war mir sicher, dass ich die erste Person wäre, der Ihr es erzählen würdet, wenn Ihr ein Kind erwartet.

So heiße ich Eure Nachricht nun willkommen und freue mich darauf, meinen Neffen in den nächsten Monaten zu begrüßen. So Gott will, nehme ich die Ehre der Patenschaft gerne an, aber nur, wenn Ihr beide davon überzeugt seid. Wenn es eine andere, passendere Person für die Rolle gibt, werde ich nicht beleidigt sein.

Dasselbe gilt dafür, das Kind nach mir zu nennen. Wäre es nicht besser, den Kleinen nach seinem Vater oder nach unserem Vater zu benennen? Das kommt mir vernünftig vor, und ich bin sicher, Theo wird zu diesem Thema eine Meinung haben. Sprecht weiter darüber und lasst mich wissen, wie Ihr entscheidet. Ich sende Euch meine besten Grüße und versichere Euch, dass Ihr in meinen Gedanken seid.

Was Deine Sorge bezüglich Theos Wohlergehen betrifft, so kann ich Dir versichern, dass ich selbst erlebt habe, wie wechselhaft der Gesundheitszustand meines Bruders sein kann. Mitunter wirkt er schwach und blass, doch er erholt sich immer wieder. Ich bin überzeugt davon, dass er eine innere Kraft besitzt, sich zu berappeln. Ebenso weiß ich, aus meiner eigenen weitreichenden Erfahrung, dass Theos Liebe und Sorge für eine sichere Geburt des Kindes sorgen wird. Gute Gesundheit ist so wichtig – geistig und körperlich für Dein Ungeborenes wohlauf zu sein –, und ich bin sicher, dass Du die beste Versorgung bekommst, liebe Schwägerin. Die Natur wird ihren Weg gehen, und ich bin bereits davon überzeugt, dass Du einen kräftigen Jungen zur Welt bringen wirst.

Was für ein Glück, ein Kind zu haben! Oh, die Vaterschaft zu erleben. Ich beneide Euch beide.

Ich war heute schon beim Arzt. Verzeih mir, dass ich ihm Eure Nachricht erzählt habe, doch ich musste über diesen Neid sprechen. Er redete von meiner Genesung und den kleinen Fortschritten, die ich jeden Tag mache. Er meinte, erst wenn ich ein ganzes Jahr ohne weiteren Anfall geschafft habe, könne ich mich als geheilt betrachten. Und doch fürchtet er, die nächste Attacke könnte jeden Tag auftreten, und dass es mir zwar besser geht, aber noch ein weiter Weg vor mir liegt. Der Arzt sagte, selbst das kleinste Ereignis oder eine Nachricht könnte einen weiteren Zusammenbruch auslösen, aber Eure Neuigkeiten haben mich in keiner Weise verletzt.

Ich warte immer noch auf Antwort bezüglich der finanziellen Angelegenheiten, werde Theo aber morgen ein weiteres Bild schicken. Sein letztes Paket mit Farbe und zehn Meter Leinwand ist bereits aufgebraucht.

Auch wenn ich jetzt nicht mehr trinke, verbrauche ich wesentlich mehr Geld, als wir anfänglich dachten. Wie kann das sein? Vielleicht haben mir immer die anderen das Bier bezahlt! Die Anstalt ist teurer als meine bisherige Bleibe. Ich würde gerne mehr produzieren, aber die Preise für Material schnellen in die Höhe, und ich versuche, im Rahmen meiner Mittel zu leben. Nüchtern zu sein bedeutet für meinen Geist Raum und Klarheit, die ich begrüße. Manche würden es als negativ betrachten, dass meine Gedanken frei wandern können, doch ich erfreue mich an dieser Erkundung. Ich fühle mich gut. Um genau zu sein, liebe Schwägerin, wirst Du mich wohl kaum wiedererkennen, wenn Du mich das nächste Mal siehst.

Wann kommt Ihr beide zu Besuch?

Richte Theo aus, dass ich schreiben werde, sobald ich seine Antwort zum Thema Finanzen erhalten habe. Ich konnte mit diesem Brief einfach nicht warten, da ich meine herzlichsten Glückwünsche sofort überbringen wollte.

Tout à toi
Vincent

WINTER 1890
PARIS

Januar 1890

Jeden. Einzelnen. Morgen. Des vergangenen Monats. Hat Theo mich mit einem »Ich frage mich, ob er wohl heute kommt« begrüßt.

Zuerst amüsierte es mich. Nun lässt meine Geduld mit jedem Tag nach.

Falls er diese Worte morgen früh wieder ausspricht, werde ich ihm ins Gesicht brüllen.

Abgesehen von seiner Ungeduld erfüllt mich seine völlige Überzeugung, dass ich einen Jungen gebären werde, mit Angst. Was, wenn »sie« auf die Welt kommt. Wird er enttäuscht sein? Wird er sich wünschen, das arme Ding in mich zurückstopfen zu können?

Doch eigentlich ist es eine andere Angst, die mich umtreibt. Eine ständige, alles vereinnahmende Furcht: Was, wenn sich der Arzt geirrt hat und mein Kind die Krankheit seines Vaters hat?

Bitte, lass mich für Theo einen gesunden Jungen zur Welt bringen. Lass es das erste Anzeichen dafür sein, dass alles gut wird und ich keine schlechte Mama sein werde.

MARCELLE ROULIN ALS BABY

Ich bin überzeugt, dass mein Mann inzwischen allen in Paris von der Schwangerschaft erzählt hat, aber nur Andries und Clara besuchen mich. So kurz vor der Niederkunft erwartet die feine Gesellschaft, dass ich mich vor den Blicken der Öffentlichkeit verstecke. In der Vergangenheit habe ich gegen jede lächerliche Regel, die mich einschränken wollte, rebelliert, doch die Befreiung vom Korsett übertrifft alles andere. Mein riesiger Bauch ist frei unter meinem locker geschnittenen Nachtgewand. Manchmal beobachte ich, wie mein Kind versucht, sich mehr Platz zu verschaffen. Manchmal bin ich überzeugt davon, dass meine Innereien voller blauer Flecke sein werden, weil das Baby täglich versucht, sich den Weg frei zu treten.

Theo kommt ins Zimmer gestürzt, Mantel und Melone noch nicht ausgezogen, und stellt eine riesige Leinwand am Fußende des Bettes ab. Eine dünne Schicht Schnee schmilzt in der Krempe seines Huts. Weiße Flocken zieren seine Schultern. Er blickt auf meinen Bauch.

Ja, ich bin immer noch schwanger. Ja, das Baby ist immer noch nicht gekommen. Los, frag schon. Wenn du es wagst.

Er deutet meine Miene richtig und lächelt wissend. »Zeit zum Mittagessen?«, fragt er. »Was für köstliches Gras gibt es heute?«

»Ich habe dich vermisst«, sage ich.

»Ich werde unsere Ehe als Erfolg betrachten, wenn du in fünfzehn Jahren immer noch dasselbe empfindest, nachdem wir uns wenige Stunden lang nicht gesehen haben.« Er legt seinen Hut und die eingewickelte Leinwand aufs Bett. »War Bonger heute nicht da?«

»Nur kurz. Er hatte Neuigkeiten«, sage ich, und Theo wartet darauf, dass ich fortfahre. »Er hat sich verliebt.«

»Wie bitte? Das hat er gesagt?«

Ich muss lachen. »Ich bin mir nicht sicher, ob er es selbst schon bemerkt hat, aber als er von Annie van der Linden sprach, strahlte sein ganzes Gesicht vor Freude. Wir kennen sie seit unserer Kindheit, aber er hat sie vor zwei Wochen wiedergetroffen.«

»Und nun kam er her, um dir das zu erzählen?«

»Drei unbegleitete Ausflüge mit ihr, und er ist völlig in sie vernarrt. Er meinte, sie hätte ›kein Wort zu viel und kein Wort zu wenig‹ gesagt. Angeblich ist sie eher zurückhaltend, intellektuell – alles, was Mama nicht mag.«

»Ich nehme mal an, er will nicht, dass eure Mutter davon erfährt?«, fragt Theo, und ich lächele bestätigend. »Warum war sein Besuch so kurz?«

»Er wollte unbedingt die *Exposition Universelle* besuchen. Die Tatsache, dass Annie noch nie dort gewesen ist, machte meinen Bruder ganz zappelig.«

»War er mit seiner Boxkamera bewaffnet?«

»Und genug Begeisterung für zwanzig Männer«, antworte ich. Theo lacht. »Was macht der Schnee?« Mein Gatte reibt die Hände, um sie aufzuwärmen, ehe er sie auf meinen geschwollenen Leib legt.

»Hallo, mein Kleiner«, sagt er. Dieselbe tägliche Routine – zuerst der Bauch, dann Zeit für mich. Theo verkörpert Freude und Aufregung: Beides strahlt aus jeder seiner Poren trotz der Erschöpfung, die er irgendwie nicht loswird. Jeder Tag, der vergeht, bringt ihm sein Baby näher. »Scheußliches Wetter da draußen. Im Grunde ist es Regen, und auf dem Pflaster bleibt auch nichts liegen. Ich bin auf dem Heimweg sogar ausgerutscht. Da mag ich mir gar nicht vorstellen, wie ungemütlich es bei Bonger auf dem Champ de Mars ist.« Theo macht vor, wie er mit rudernden Armen versucht hat, das Gleichgewicht zu halten. Wir müssen beide lachen.

Letzte Woche hat der Arzt gesagt, ich müsse jetzt im Bett bleiben. Mein ungeborenes Kind verlange, dass ich mich ausruhe, aber allein zu sein mit meiner Angst vor der Geburt ist Folter. Ich habe immer noch kein Interesse daran, zu malen oder zu zeichnen, und schon der Gedanke daran, ein Buch zu lesen, lässt mich gähnen. Ich bin ruhelos. Ich warte darauf, dass mein Kind endlich kommt. Clara verbringt so viel Zeit wie möglich hier bei mir, doch sie hat immer noch ihre eigenen Behandlungen, nach denen sie ruhen muss. Theo hat – auf Mamas Anweisung hin, die selbst »viel zu beschäftigt« ist, um auszuhelfen – Madame Joseph für zusätzliche Stunden angestellt. An manchen Tagen erinnert sie mich ein bisschen zu sehr an meine Mutter, und ich ertrage ihre herrische Art nicht. Ihr fehlt es an Einfühlungsvermögen, und es gelingt ihr auch nicht, ihr Unverständnis darüber zu verbergen, dass ich so wenig Geschick im Haushalt zeige. Sie spricht mitunter in einem Ton mit mir, der mir das Gefühl gibt, als Mutter bereits versagt zu haben.

»Wie gefällt dir dein neues Zuhause?«, will Theo wissen. Er deutet auf das Entbindungsbett, das wir laut Madame Joseph unbedingt anschaffen mussten. Dadurch hause ich nun im *cabinet de debarras* – der Abstellkammer. Der kleine Raum steht immer noch voll mit Schränken, das neue Bett passt so eben noch hinein und hat mich so zu einem Gast in der eigenen Wohnung gemacht.

»Leicht, portabel und ein bisschen, wie am Abgrund zu schlafen«, antworte ich.

»So schön?« Ich werfe ein Kissen nach ihm, doch es landet nur auf meinen Beinen.

»Was hast du mir mitgebracht?«, frage ich und zeige auf die Leinwand. Ich rechne mit einem neuen Monet, aber als er das Bild auswickelt und hochhält, ist der Künstler sofort zu erkennen.

»Er hat es für dich geschickt.« Theo kommt ans Kopfende des Bettes und reicht mir eine Notiz. Dann küsst er mich auf die Wange.

Liebe Schwägerin,

ich wünsche mir, dass das nächste van-Gogh-Baby genauso gesund wird wie dieses Kind. Ich freue mich darauf, ihn eines nahen Tages malen zu können. Ich denke oft an Dich, Johanna, und hoffe, dass es Dir und Deinem ungeborenen Sohn gut geht.

Ich kann nicht anders, als dafür zu beten, dass wir uns wieder besuchen werden.

Tout à toi
Vincent

»Er klingt einsam«, sage ich und blicke fragend zu Theo auf. »Ich habe immer Angst, wenn wir einen Brief bekommen. Glaubst du, wir werden je aufhören, uns davor zu fürchten, was er tun könnte …« Ich hole tief Luft. Mein Mund ist trocken. Ich befeuchte mir die Lippen und greife nach dem Wasserglas auf dem Nachttisch.

»Warte, ich helfe dir.« Theo eilt zum Glas. Dann stellt er das Bild in meine Nähe. Ich betrachte es. Es ist wieder das Roulin-Baby.

»Ich glaube, er bereitet sich auf das Porträt seines Neffen vor.« Theo hält mir das Glas an die Lippen, damit ich einen Schluck trinken kann. »Das hier ist das fünfte Bild von diesem Jungen, und ich kann mich an kein anderes Kleinkind erinnern, das er so gründlich studiert hätte.«

Ich nehme noch einen Schluck.

»Genug?« Ich nicke.

»Es ist ziemlich hässlich«, sage ich. Theo murmelt etwas, das ich nicht ganz verstehe. Stattdessen betrachte ich weiterhin das Gemälde. Etwas daran beunruhigt mich, doch ich wende den Blick trotzdem nicht ab. »Die kontrastierenden Farben im Hintergrund lassen das Kind noch mehr hervortreten.«

»Ich mache aus dir doch noch eine Kunsthändlerin«, meint Theo und bringt mich damit zum Lächeln.

Mühsam rolle ich mich auf die Seite, damit ich meinen Mann ansehen kann, wobei das Bett unter meinem Gewicht knarrt. »Ich verstehe immer noch nicht, weshalb wir dieses Monster kaufen mussten.«

»Madame Joseph behauptet, es wäre eine Sünde, in dem Bett zu gebären, in dem das Kind empfangen wurde.« Theo zwinkert mir zu.

»Klingt wie etwas, das Mama predigen würde.« Mein Blick wandert zur offenen Tür, weil ich fürchte, die Haushälterin könnte lauschen. »Kannst du heute Nachmittag hierbleiben?«

»Ich muss leider wieder zurück. Ich warte auf eine Rahmenlieferung.« Er schweigt, aber er lächelt. Was auch immer er denkt, es macht ihm Freude.

»Was denn?«

»Für Vincents *Sonnenblumen*. Die vierte Version. Es gibt da eine kleine Holzecke, die ich lassen werde, aber ich glaube, ein weißer Rahmen drum herum wäre herrlich. Erinnerst du dich an Père Tanguy?«, fragt er, und ich nicke.

»Du hast gesagt, er entdeckt die, die heute noch unbekannt sind.«

»Genau. Und er will Vincent in der Rue Clauzel 14 ausstellen, doch es fehlt ihm noch ein zentrales Werk, um das Talent meines Bruders zu zeigen.«

Ich klatsche vor Freude in die Hände. Theos Begeisterung ist ansteckend. »Und du glaubst, *Sonnenblumen* könnte das Richtige sein?«

Theo nickt. »Sonnenblumen sind das Symbol meines Bruders, und das ist eines meiner Lieblingsbilder unter all seinen Werken. Das Interesse wächst.« Theos Leidenschaft greift auf mich über wie ein Ausschlag. Unwillkürlich muss ich meinen Bauch durch die Decke hindurch kratzen. Er hat bereits seit so vielen Jahren in Vincent investiert, jeden Ansatz finanziert, ohne je den Glauben zu verlieren. Mein Gatte ist ein loyaler Mann, doch er hätte

Vincent selbst dann unterstützt, wenn sie nicht verwandt wären. Unser Bruder besitzt ein bemerkenswertes Talent.

»Es heißt sogar, er könnte nächstes Jahr eingeladen werden, in Brüssel auszustellen. Ich glaube, der Erfolg wird Vincent retten.« Er spricht so schnell, dass die Worte ineinander übergehen, und holt dabei kaum Luft. »Wenn es ihm gelingt, weitere Nervenzusammenbrüche zu vermeiden, könnte er sogar mehr in unsere Nähe ziehen.«

Bei den letzten Worten sehe ich seinen Körper in sich zusammenfallen. Alle Begeisterung verlässt ihn, als er sich aufs Bett sinken lässt.

»Du machst dir Sorgen, dass er hier alles anders findet«, sage ich.

Theo zieht mich an sich und drückt mich fest. Seine Bewegungen sind fast hektisch. Ich lege mein Ohr an seine Brust und höre sein Herz schlagen. Dieses Geräusch spendet mir Trost. In diesem Moment fühle ich mich sicher.

»Bitte stirb nie«, flüstere ich und fange an zu weinen.

Theo kichert leise, und das Wackeln überträgt sich auf mich. »Ich habe nicht vor, dich jemals zu verlassen.«

»Ich würde den Klang deines Herzens zu sehr vermissen.«

»Jo, was ist denn nur los mit dir?«

»Ich hoffe, der Arzt hat recht, dass das Baby sich nicht angesteckt hat …«

Er versucht, sich zu lösen, doch ich halte ihn fest, noch fester.

»Er hat es eine Million Mal überprüft. Ihr seid beide gesund.«

»Und wieder ein Teil von Vincents Welt zu sein macht mir Angst. Er ist noch lange nicht gesund, seit der letzten Attacke ist kein Jahr vergangen … Theo, er hat sich das Ohr abgehackt.«

»Ein Stück davon.« Schweigen. Ich höre ihn seufzen, ein Laut, der tief aus seinem Inneren kommt. Er stimmt mir zu, ich spreche lediglich aus, was mein Ehemann sich bereits überlegt hat.

»Ich möchte, dass wir als glückliche kleine Familie leben können … ich weiß, das macht mich zu einer egoistischen Schwester, aber wir sind keine Spezialisten. Wir sind nicht das, was Vincent braucht.«

»Ich weiß.« Seine Stimme ist kaum lauter als ein Flüstern. »Ich glaube, ich zwinge mich meinem Bruder auf. Ich will, dass er Möglichkeiten hat, dass er das Beste aus sich herausholen kann, ein Teil unserer Familie ist. Er war zu viele Jahre meine Priorität.«

»Ist es an der Zeit, unsere kleine Familie an erste Stelle zu stellen?«, frage ich. Theo antwortet nicht. Vielleicht nickt er oder schüttelt den Kopf. Er streichelt mir übers Haar. Zuerst kleine Bewegungen, doch dann ziehen seine Finger Kreise über meine Kopfhaut.

Ich lege eine Hand auf meinen gewaltigen Bauch und schließe die Augen.

Januar 1890

Madame Joseph schläft neben meinem Bett.
Anweisung des Arztes.
Sie glauben, das Baby kann jeden Moment kommen.
Es ist dringend.
Muss auf die Welt kommen.
Und jetzt,
wegen dieser Worte,
wegen ihrer ernsten Stimmen.
Kann ich nicht.
Will ich nicht.
Angst hat mich gepackt.
Überkreuze die Beine.
Versuche, die Wellen des Schmerzes in meinem Bauch zu ignorieren.
Was, wenn das Kind auf seiner Reise aus mir heraus stirbt?
Der Schmerz kommt.

Wieder.

FRAU, NEBEN EINER WIEGE SITZEND

Ich habe mich nie für jemanden gehalten, der sich auf den ersten Blick verlieben könnte. Immer habe ich mich über die Albernheit frischgebackener Mütter lustig gemacht, die gurrend ihre hässlichen Babys betrachteten, als wären sie kleine Kunstwerke.

Und dann kam mein Sohn auf die Welt.

Ich lag mit aufgestellten Beinen auf dem Rücken. Clara stand am Fußende, Chloroform und Zange griffbereit. Madame Joseph kniete neben ihr. Keine von beiden hatte mit der Eile gerechnet. Er wollte entkommen, leben, seine Eltern kennenlernen. Mein Junge hatte genug davon zu warten, bis ich endlich bereit war. Er wollte jetzt sofort seinen ersten Atemzug tun.

Ich sah ihre Angst. Sie war ihnen ins Gesicht geschrieben, als mein Junge mit dem dritten Pressen aufs Entbindungsbett geschossen kam. Mein gesamter Körper stieß ihn heraus, und der Arzt kam viel zu spät. Ich verlor alle Kontrolle. Die gewaltige Kraft seiner Geburt ließ mich zerrissen und entsetzt zurück.

Und nun, in der Stille, sitzt Theo ein wenig unbeholfen kerzengerade auf einem Stuhl neben unserem Bett. Er ist steif, weil alles so ungewohnt ist: als hätte er irgendwie vergessen, wie es ist, er selbst zu sein. Unser Sohn liegt eingewickelt in den Armen meines Mannes. Ich kann nicht aufhören, die beiden anzusehen. Nur wenige Stunden alt, und ich erkenne so wenig an ihm. Unser Sohn ist winzig. Ein Bündel an Möglichkeiten. Theos Hände wirken zu groß, seine Finger zu lang. Unser Junge ist ein Wunder. Blonde Haarsträhnen. Die Finger zu einer kleinen Faust geballt. Eine flach gepresste Nase. Er hat ein Muttermal, einen winzigen roten Fleck in der Falte seines rechten Handgelenks. Er ist perfekt. Wie kann etwas so Kleines jeden Aspekt eines Lebens verändern?

Mein Ehemann beugt sich tiefer über unser Baby, und ich beobachte, wie er seinen Sohn betrachtet. Das ist Glück.

»Was denkst du?«, frage ich schließlich nach Minuten der Stille.

»Ich präge ihn mir ein«, antwortet er. »Um sicherzugehen, dass ich ihn jedem Menschen beschreiben kann, der danach fragt, und vor allem denen, die es nicht tun.«

»Ich glaube, ich habe noch nie ein schöneres Kind gesehen.«

»Viel hübscher als dieser Roulin-Bengel«, sagt er.

Ich schaue Theo an. Seine Augen glänzen, und ich sehe, wie sich eine einzelne Träne aus dem Winkel löst.

»Mein Junge«, sagt er. Ich höre den Laut, als die Träne auf dem Gesicht des Kindes landet. Unser kleines Wesen krümmt sich, und sein Mund bewegt sich. Als Theo lacht, erschreckt das Geräusch unseren Sohn. Er öffnet die Faust, streckt die Finger und reißt die blauen Augen weit auf.

»Ich setze große Hoffnung in dich«, sagt Theo sanft. Er streichelt ihm über die Wange. »Ich werde dir alles beibringen, was ich weiß.« Das Kind entspannt sich wieder. Die Finger rollen sich ein, die Augen schließen sich. »Aber erst einmal, sein Name. Ich weiß, wir hatten überlegt …« Er sieht mich an. Rechnet mit einer Diskussion. Seine Augen und Lippen lächeln gemeinsam, als er mir bedeutet zu sprechen.

»Wir könnten ihn immer noch Theodorus nennen, nach deinem Vater und euch beiden zu Ehren«, sage ich und lächele über die winzige Faust meines Sohnes. »Ich würde für dich töten, mein Junge.«

»Und du hattest Angst, du könntest keine mütterlichen Gefühle entwickeln!«, meint Theo. »Aber nicht Theodorus.«

Ich nicke zustimmend. Ich verstehe.

»Ich will ihn Vincent Willem nennen«, sagt Theo. »Wir werden noch mit anderen Kindern gesegnet sein. Viele, viele weitere Kinder. Eines von ihnen wird meinen Namen tragen.«

Ich lache und hebe warnend den Finger. »Zu früh«, sage ich. »Viel zu früh, mein Lieber.«

»Ich hoffe auf sechs oder sieben«, scherzt er, doch dann zuckt sein Gesicht. Ein ernster Gedanke ist ihm durch den Kopf geschossen. »Denk nur, welche Ehre wir Vincent erweisen. Sein Name wird weiterleben.«

»Glaubst du, Dries wird beleidigt sein?«

Er zuckt mit den Schultern. »Er wird zweifelsohne Annie heiraten, und dann bekommen sie eigene Kinder.«

»Vincent könnte auch immer noch heiraten und selbst ein Kind kriegen.« Meinem Ton fehlt die Überzeugungskraft. Ich sehe Theo an. Wir wissen beide, wie unwahrscheinlich das ist. Vielleicht akzeptieren wir zum ersten Mal, dass die Hoffnung auf Vincents Genesung mit jedem neuen Anfall weiter schwindet.

»Dann sind wir uns also einig?«, fragt Theo.

GEBURT

31. Januar 1890
Vincent Willem,
Sohn von
Monsieur und Madame
Theo van Gogh.

Februar 1890

Dries' Gesicht, als er seinen Neffen das erste Mal sah! Die Bewunderung eines Onkels. Er war völlig aus dem Häuschen und weinte sogar. Mein Herz war leicht: Er liebte Baby Vincent auf der Stelle.

Dann befahl er mir, die Augen zu schließen. Ich tat wie geheißen. Ich hörte, wie seine Schritte den Raum verließen und wie er wiederkam. Nervöses Lachen und dann: »Augen auf.«

Da stand mein Bruder vor mir und hielt Berthe Morisots Die Wiege *in der Hand.*

»Für mich?«, fragte ich, und Dries nickte.

Er habe es, wenige Wochen nachdem es mich in der Galerie Durand-Ruel so in seinen Bann gezogen hatte, gekauft, erzählte er mir. Da war ich gerade erst ein paar Tage in Paris gewesen. Ich schluchzte so laut, dass Madame Joseph ins Zimmer gelaufen kam. Was für eine Freude – mein Bruder hat ein so großes Herz.

Seine Worte: »Ich war mir sicher, dass dieser Tag kommen würde.«

SELBSTBILDNIS VOR DER STAFFELEI

Theos Miene ist niedergeschlagen, als er den Umschlag neben mich aufs Bett legt und dann unseren Sohn in der Wiege betrachtet. Der kleine Vincent ist erst neun Tage alt, doch sein Vater scheint bereits alle Freude verloren zu haben.

»Dr. Peyron hat geschrieben«, sagt Theo.

»Wegen deines Bruders?« Er nickt langsam. Die Angst trifft mich wie ein Schlag in die Magengrube. »Lebt er?«

Theo sieht mich an. Wieder nickt er.

Ich öffne den Brief und lese, so schnell ich kann. Ein weiterer Nervenzusammenbruch. Kurz nach der Geburtsanzeige, was erklärt, weshalb wir weder eine Antwort noch Glückwünsche erhalten haben.

»Dr. Peyron bittet darum, dass wir unsere glücklichen Neuigkeiten auf ein Minimum beschränken«, erklärt Theo.

»Ich weiß, dass er uns nicht unsere Freude nehmen will«, erwidere ich. Theo seufzt.

»Ich weiß nicht, ob er das will oder ob es lediglich eine Folge davon ist. Wir richten unser Licht auf alles, was ihm fehlt und was er sich wünscht.«

Ich blicke zur Wiege hinüber: Reinheit, Glück, Zufriedenheit.

»Peyron sagt, er ist nicht in der Lage zu malen und auch nicht, sich zu unterhalten … Was ist nur aus meinem Bruder geworden?«

Sein Tonfall schmerzt mich. Seine Worte scheinen in dem kleinen Raum widerzuhallen. Dieser sensible Mann empfindet alles so intensiv. Ich sehe, wie er sich über die Wiege beugt und mit dem Zeigefinger über die Wange seines Sohnes streicht. Tränen rinnen ihm über das Gesicht.

»Lass uns tun, was der Arzt vorschlägt.«

»Ich habe so viel und Vincent so wenig.« Seine Lippen zittern beim Formen der Worte. »Ist die Welt so grausam?«

»Ich wünschte, ich könnte dir deine Schuldgefühle nehmen.« Ich schwinge die Beine aus dem Bett und stelle mich neben Theo. Er legt mir den Arm um die Schultern, und ich lehne den Kopf an ihn. So stehen wir schweigend da. Wir sind beide wie gebannt vom Anblick unseres schlafenden Sohnes. Baby Vincent gibt winzige Schluckauf-Laute von sich, und sein Körper zuckt dabei jedes Mal. Ich beuge mich vor, um die Hand auf seine eingewickelte Brust legen zu können. *Ich bin da, du bist nicht allein, ich werde dich nie verlassen.*

»Er hatte alle Möglichkeiten. Mehr noch als du«, sage ich. Der Klang meiner Stimme weckt das Baby. Ich nehme das kleine Bündel aus der Wiege und halte es dicht an meinen Hals. Dort spüre ich seinen Mund an meiner Wange, auf der Suche nach Nahrung – und bereit für Protestgeschrei.

»Dr. Peyron verlangt nach weiterem Geld«, berichtet Theo.

»Du gibst mehr für Vincents Unterhalt aus als für uns drei zusammen.«

»Er hat ja sonst niemanden.« Theos Stimme ist ganz leise. Die Schlichtheit seiner Worte lässt sie noch eindringlicher wirken.

Ich wiege mein Baby in meinen Armen, um es zu beruhigen. »Vielleicht könnte er es mit einem anderen Beruf versuchen? Vielleicht können wir ihn überzeugen, dass das Leben eines mittellosen Malers zu seiner Konstitution nicht mehr passt.«

Theo schüttelt den Kopf. Jede Bewegung wirkt angestrengt. Mein Mann ist völlig erschöpft. »Sein Erfolg wird nicht mehr lange auf sich warten lassen«, sagt er. »Und was das angeht …«

Ich bedeute ihm fortzufahren.

»Degas hat angeboten, dich zu unterrichten. Ein Geschenk zu Vincents Geburt. Vielleicht könntet ihr zusammen …«

Baby Vincent hat wieder Schluckauf. Das leise Geräusch erdet mich: Es erinnert mich daran, was wirklich wichtig ist.

»Bitte richte Degas meinen besten Dank aus«, erwidere ich, »aber ich habe kein Interesse mehr daran, Künstlerin zu sein. Alles, was ich brauche, befindet sich hier in diesem Raum.«

Februar 1890

Theo sprach vorhin von den Qualen seines Bruders, und wir unterhielten uns darüber, dass Vincents beste Werke aus seinem Leiden heraus entstanden sind. Theo meinte, dass ein Künstler dann etwas Wesentliches zu sagen hat, wenn er ehrlich und ohne Furcht zu seiner Wahrheit steht.

Theo wird immer argumentieren, dass der wahrhaftigste Ausdruck der ist, der direkt aus dem Herzen kommt. Dass der Künstler uns immer nur zeigt, was die Welt ihm offenbart. Mein Mann spricht offen über Künstler und den Einfluss ihres Schmerzes auf die Arbeit. Aber trotzdem: Heißt das, dass Menschen immer nur dann bemerkenswert sein können, wenn sie wirklich gelitten haben? Und will Theo damit sagen, dass erst nach dieser Pein ihr Tun wirklich gesehen wird, ihre Meinung zählt und ihre Stimme endlich gehört wird?

Das heißt … ich kann entweder ein zufriedenes Leben führen oder ein bemerkenswertes?

Niemals beides?

DER MANN IST AUF SEE

»Milch tropft aus mir heraus«, sage ich. »Trinkt er nicht genug?«

»Das Baby holt sich, was es braucht, Madame Jo«, beruhigt mich Clara. »Wir können Ihr Nachthemd noch mal wechseln.«

Baby Vincent ist drei Wochen alt. Er schläft in seiner Wiege, aber meine Brüste sind hart und prall. Meine Fähigkeit, Milch zu produzieren, ist ausreichend bewiesen: Sie tropft aus meinen Brustwarzen, die ich versuche, nach innen zu drücken, damit das Kribbeln aufhört.

»Mein Körper scheint zu glauben, es ist Fütterungszeit«, sage ich.

Clara blickt auf die Uhr am Kamin. »Noch eine halbe Stunde. Monsieur Theo wird uns umbringen, wenn wir uns nicht an seinen Plan halten.«

Ich sitze auf dem Stillsessel im Kleinen Zimmer, die Finger immer noch auf der Brust. Aus dem Fenster kann ich auf den Zaun hinunterschauen, der die Siedlung Pigalle von der Straße trennt. Buben jagen sich das Sträßchen rauf und runter, zwei Mädchen sitzen zusammen auf einer Treppenstufe am Nachbarhaus und flechten sich gegenseitig die Haare. Ihre Kleidung ist zerrissen, zu klein und zu dünn für einen Pariser Winter: keine Jacke oder Umhang in Sicht. Da ist noch ein anderes Mädchen, nicht viel älter als die beiden auf der Treppe. Vielleicht ihre Schwester. Sie ist es, die ich beobachte, wie sie auf und ab spaziert. Sie versucht mit aller Kraft, älter zu wirken, frecher, mutiger. Sie trägt die Haare offen und zu große Schuhe. Sie fühlt sich nicht wohl in ihrer Haut, und ihr zuzuschauen macht mich nervös. Sie hat Angst, aber sie versucht, vor ihren Geschwistern furchtlos und selbstbewusst zu wirken. Dann verschwindet sie in einem Eingang. Ich sehe, wie ein Mann ihr folgt.

Ich stehe auf und öffne das Fenster. Ich will mehr sehen, will etwas zu den Kindern hinunterrufen. Die Zimmertür öffnet sich vorsichtig und mit einem Knarren.

»Verzeihung, Madame«, sagt Madame Joseph. »Eine Mademoiselle Voort will Sie unbedingt sprechen. Sie meinte, es sei ›in Ihrem besten Interesse, sie nicht abzuweisen‹.«

Ich werfe Clara einen Blick zu, die zwar die Augenbrauen hochzieht, dann aber nickt. Sie hat recht. Ich muss diese Frau hereinlassen.

»Und hält sich für eine Lady …«, murmelt Clara. »Der Kleine ist gerade mal drei Wochen alt. Sie sollte wissen, dass man keine Besuche macht, solange Sie im Wochenbett liegen.«

Doch dann ist sie da, hier im Kinderzimmer, mit raschelnden Röcken. Saras Blick huscht durchs Zimmer, bis er an der Wiege hängen bleibt. Sie stürzt darauf zu. Beim Gehen bindet sie ihr Mantelet auf und zieht die Handschuhe aus. Ihre Turnüre wippt bei jedem Schritt. Sie rümpft die Nase, schnuppert. Aus ihrem Gesichtsausdruck schließe ich, dass es sich um einen unangenehmen Geruch handelt: wahrscheinlich eine Mischung aus meinem Schweiß und den Exkrementen meines Sohnes.

Sara hingegen ist sehr elegant, makellos und bestens vorbereitet. Ich bin nichts dergleichen. Ich kann mich gar nicht erinnern, wann ich mir das letzte Mal die Haare gebürstet habe. Ich bin ausgezehrt. Eine wunde junge Mutter in einem Nachtgewand mit Milchflecken. Ich rieche nach Baby-Erbrochenem und Feuchtigkeit. Wenn das hier ein Wettbewerb ist, hat sie bereits gewonnen. Ich warte darauf, dass sie mich aufklärt, weshalb sie hierhergekommen ist, aber Sara beugt sich über die Wiege. Baby Vincents Augen sind offen, die winzigen Fäuste links und rechts neben seinem Kopf.

»Was für ein kräftiger kleiner Junge«, sagt sie. »Und wie nett, dass ihr ihn nach Vincent benannt habt und nicht nach seinem Vater.« Sie dreht sich um und studiert mein Gesicht. Als würde sie nach etwas suchen. Beim Lächeln zeigt sie die Lücke zwischen ihren Schneidezähnen, ehe sie sich wieder der Wiege zuwendet.

»Was für dicke Backen er hat und so blaue Augen.« Schweigen. Dann funkelt sie mich wieder an. Für jemanden von solcher Schönheit sieht sie heute hässlich aus und klingt auch so. »Hast du was von Vincent gehört?«

Ich habe keine Kontrolle über die Reaktionen meines Körpers. Ihr Tonfall lässt mir die Hitze ins Gesicht schießen. Diese Frau hasst mich. Sie hasst mein Baby. Sie hasst, dass ich das Leben habe, das sie sich wünscht. Sie wirkt so drängend, fast schon hysterisch.

»Ja, er schreibt … wenn er kann.« Ich wähle meine Worte mit Bedacht.

»Er hat mir erzählt, dass du nur schreibst, wenn du dich mit etwas brüsten kannst.« Sara spielt mit einer Haarsträhne. Sie schauspielert wieder.

»Ich bin sicher, mein Mann wäre traurig, das zu hören«, sage ich und sehe, wie sie bei den Worten »mein Mann« das Gesicht verzieht. *Ein kleiner Sieg*.

»Ich wette, er ist ein Unruhestifter, wie sein Papa«, sagt sie nun.

»Wer?«

»Vincent«, antwortet sie und zeigt auf die Wiege. Sie scheint etwas andeuten zu wollen. Sie will etwas loswerden, aber ich habe keine Geduld für ihre Spielchen. Clara hebt das Baby aus seinem Bett. Ich bleibe reglos in meinem Stillsessel am Kamin sitzen, bis sie mir den Kleinen auf den Schoß legt.

»Ich bin sicher, es gibt einen Grund für Ihren Besuch«, sage ich.

Wieder Schweigen. Sara mustert mich von Kopf bis Fuß. Ihr Blick bleibt ein wenig zu lang an den Milchflecken hängen.

»Bin ich der einzige Mensch, dem auffällt, dass dein Kind seinem Onkel Vincent wie aus dem Gesicht geschnitten ist?«

»Mein Sohn ist ein van Gogh, Mademoiselle Voort, und aus diesem Grund erwarte ich sogar, dass er seinen Verwandten ähnelt.« Ich hebe meinen Sohn an die Brust. Meine Brustwarzen stechen, und aus der rechten schießt Milch.

Sara stützt die Hände in die Hüften und lacht laut. Sie klingt völlig überdreht. »Die Wahrheit wird ans Licht kommen. Auf die eine oder andere Weise«, sagt sie. »Wir wissen beide, dass die van-Gogh-Brüder gerne teilen.« Dann dreht sie sich um und stolziert aus dem Zimmer, wobei sie die Hüften wie zu Musik schwingt. Das Knallen der Tür erschreckt meinen Sohn. Er fängt an zu weinen.

»Die ist durch und durch schlecht«, murmelt Clara.

»Hat sie gerade wirklich behauptet, Vincent sei der Vater des Kindes?«

»Diese Frau trägt den Teufel in sich. Sie will unbedingt Unfrieden stiften.«

Mein Körper fängt an zu zittern. »Aber ich habe nicht …«, stammele ich.

»Ich weiß«, beruhigt mich Clara.

»Aber was, wenn sie es Theo erzählt …«

STERNENNACHT ÜBER DER RHONE

Seit der Geburt seines Sohnes kommt Theo jeden Tag pünktlich mit dem letzten Glockenschlag um vier Uhr von der Arbeit nach Hause. Heute zucke ich zusammen, als ich die Wohnungstür höre.

»Ich hatte vorhin bei der Arbeit höchst *interessanten* Besuch«, berichtet er, als er das Zimmer betritt. Er legt seinen Hut aufs Bett und nimmt Baby Vincent aus meinen Armen. »Hallo, mein Junge.« Wir sehen zurzeit beide ziemlich müde aus. Er hebt das eingewickelte Baby hoch, um es auf die Stirn zu küssen.

Während ich darauf warte, dass er mehr erzählt, kriecht die Angst in mir hoch.

»Mademoiselle Voort.«

»Wird sie uns denn nie in Ruhe lassen?« Ich schreie fast. »Diese verrückte Frau war heute auch hier. Wer, bitte schön, besucht eine Mutter während des Wochenbetts? Ohne Einladung!«

»Sie kam mit einer Theorie zu mir«, berichtet Theo. »Dass du unser Kind Vincent nach seinem Vater genannt hast.« Er hält inne und studiert mein Gesicht. Ich gebe mir größte Mühe, mir keine Gefühle ansehen zu lassen. Dann lacht er, laut und schallend. »Ich habe ihr gesagt, sie soll sich medizinische Hilfe holen. Sie ist verrückter als mein Bruder.«

»Ich verstehe nicht, wieso du sie je geliebt hast.«

Seine Miene wird sofort ernst. »Ich habe immer nur dich geliebt. Sie hat behauptet, Vincent hätte dich am Tag vor unserer Hochzeit besucht. Es hätte ein Treffen gegeben.«

»Sie lügt«, erwidere ich. »Ich war den ganzen Tag bei meiner Familie in Amsterdam.« Meine Stimme ist zu laut. Als ich vom Bett aufspringe, erschrecke ich das arme Kind. Es quäkt aus Protest, doch ich eile nicht zu ihm, denn es spürt sonst nur meine

Angst und wird ebenso unruhig wie ich. Stattdessen laufe ich im Zimmer auf und ab.

»Johanna«, flüstert Theo. Er legt den Kleinen an seine Schulter und wiegt ihn sanft hin und her. Ich beobachte meinen Mann. Seine Augen sind groß, und er scheint nicht zu wissen, was er glauben soll. »Was ist los mit dir?«

»Sie macht mich so wütend. Trägt Lügen zu dir, die ich dann widerlegen muss.« Meine Stimme zittert wie Wackelpudding.

»Aber ich glaube kein Wort von dem, was sie sagt.« Theos Tonfall ist besänftigend, doch da ist noch etwas anderes. Ich bin so durchdrungen von Furcht, so hochgradig alarmiert und bereit zum Sprung. Schweigen.

»Sag's mir«, fordere ich.

»Ich mache mir Sorgen wegen ihrer Hysterie.«

»Wie bitte? Was ist denn da noch?«

»Sie ist völlig besessen. Meinte, sie wäre immer noch bereit, meine Frau zu werden«, berichtet er. »Sie würde Baby Vincent eine gute Mutter sein.« Er sieht mir dabei nicht in die Augen.

»Und warum sagt sie so etwas? Davon fängt man doch nicht einfach aus dem Nichts heraus an.«

»Johanna, bitte.« Er spricht so leise, dass ich ihn kaum verstehe, und wiegt dabei immer noch unser weinendes Kind. »Mir ist klar, dass ich sie wohl irgendwie ermutigt haben muss, ohne es zu wollen.«

»Sie respektiert mich nicht als deine Frau.«

Theo schweigt einen Moment, dann sagt er: »Und das tut mir furchtbar leid.«

»Ich dachte, sie wäre weg. Dass sie uns in Ruhe lassen würde. Hast du sie hinter meinem Rücken getroffen?«

»Sie taucht einfach in der Galerie auf, tut so, als würde sie sich für Kunst interessieren.« Wieder Schweigen.

»Wie oft?« Auf einmal ist mir eiskalt, meine Zähne klappern.

Schweigen.

»Wie oft?«, wiederhole ich.

»Jeden Tag, monatelang.«

»Weshalb hast du nichts …« Ich kann meinen Satz nicht beenden. Mein ganzer Körper bebt.

»Ich hatte die Situation unter Kontrolle.«

»Wohl kaum«, schreie ich, und Baby Vincent weint.

»Ich wollte nie, dass sie ihren Wahnsinn zu uns nach Hause trägt. Bitte geh wieder ins Bett«, fleht er. »Du bist ja leichenblass.«

Meine Knie zittern. Schweiß sammelt sich unter meinen schmerzenden Brüsten. In meinem Kopf hämmert es.

»Was, wenn sie diese Gerüchte überall herumerzählt?« Ich setze mich auf die Bettkante, um mich dann hinlegen zu können. »Mein Ruf …«

»Seit wann interessierst du dich für solche Dinge?«

»Ich interessiere mich für dich und dein Ansehen. Ich interessiere mich für Ungerechtigkeit. Wir müssen unseren Sohn beschützen.« Ich kann die Tränen nicht aufhalten. »Sie will uns zerstören«, schluchze ich.

»Und das wird ihr nie gelingen«, erwidert Theo. Er legt den Kleinen zu mir aufs Bett und hockt sich daneben, damit er den Arm um mich legen kann. »Nichts auf dieser Welt könnte unsere kleine Familie kaputt machen.«

»Weshalb gibst du dich mit dieser Frau ab?«

»Höflichkeit, ein schlechtes Gewissen wegen meines Verhaltens damals und auch Mitleid, aber damit ist ab heute Schluss«, erklärt er. »Ich habe ihr klargemacht, dass ich mit ihrem Vater sprechen werde.«

»Aber …«

»Kein Aber. Ab heute ist damit Schluss«, wiederholt er. Ich lehne mich an seine Schulter, und wir schweigen einige Minuten lang. »Diese Frau hat den Wahnsinn gewählt.«

»Ich wünschte, ich würde mich besser fühlen«, sage ich. »Diese ständige Erschöpfung, und heute haben die Blutungen wieder angefangen.«

»Ich werde den Arzt herbitten«, verspricht Theo, und ich streichele seinen Arm.

»Glaubst du, mein Interesse an Kunst ist auch nur gespielt«?, will ich wissen. »Wie bei Sara?«

»Dein Fokus hat sich verändert«, erwidert er. »Aber ich habe keinen Zweifel daran, dass die Kunst bald wieder ein Teil deines Alltags sein wird.« Um ihn zu ermuntern, fortzufahren, stupse ich ihn mit dem Ellbogen an.

»Ich habe übrigens auch bessere und sogar ganz erstaunliche Neuigkeiten. Vincent hat heute geschrieben, dass er ein Bild für seinen Neffen gemalt hat. Wie es scheint, trägt der Junge zur Genesung seines Onkels bei«, berichtet Theo. Ich spüre, wie er sich entspannt. »Er nennt es *Mandelblüte* und wird es schicken, sobald die Farbe getrocknet ist. Es ist sein erstes Werk seit dem letzten Zusammenbruch, sein erster Aufenthalt in der Natur, und bei jedem Pinselstrich dachte er an seinen Neffen.«

Ich lächele in mich hinein. Familie ist alles. »Hat er angedeutet, was wir erwarten dürfen?«

»Sein Brief war voller Begeisterung, fast schon freudig. Er sprach davon, zerbrochene Linien des Impressionismus und einige Tupfer Divisionismus verwendet zu haben. Er meinte, es würde funkeln und das neu geborene Leben feiern.«

»Wie wunderbar.«

»Vielleicht dieses Mal …« Ich höre sein Lächeln.

»Vielleicht wird das der Anfang seiner Genesung sein.«

»Ein Bild, um es ins Zimmer unseres Jungen zu hängen, damit sein Onkel immer in seinen Gedanken ist«, sagt Theo.

FRÜHJAHR 1890
PARIS

März 1890

Die heftigen Blutungen hören einfach nicht auf. Schon die zweite Woche Bettruhe, und ich fühle mich als Mutter zunehmend unzulänglich. Clara und Madame Joseph kümmern sich um den Kleinen und bringen ihn mir nur zum Stillen. Theo schleppt jeden Tag neue Bilder an, vermutlich um meine Kreativität zu stimulieren. Ich nannte das heutige Bild hässlich und meinte, ich würde es nicht in unserem Heim hängen haben wollen. Vielleicht habe ich das Wort aus persönlicher Frustration benutzt, aber was folgte, war eine mehr als einstündige Debatte, die mich dazu brachte, über Kunst und mich selbst auf eine Weise nachzudenken, wie ich es noch nie zuvor getan habe.

Theo meinte, ich würde das Wort »hässlich« häufig benutzen. Zum Beispiel um Eiffels Turm zu beschreiben. Und auch Vincents Roulin-Baby hätte ich als hässlich bezeichnet.

»Habe ich das?«, fragte ich zurück. Ich dachte oft an dieses Porträt und war entsetzt, dass ich offenbar auf diese Art über ein Kind gesprochen habe.

Theo bat mich, noch einmal über das Bild vor uns nachzudenken. Es stammte von einem der modernen Maler.

Er fragte: »Weshalb ist es hässlich?«

Ich antwortete, der Künstler hätte sein Modell bewusst so ausgesucht und mit Kostüm in eine Umgebung platziert, die die Hässlichkeit verstärkte.

Theo: »Oder hat der Künstler einfach nur dargestellt, was da war, vor seinen Augen, voller Ehrlichkeit? Vielleicht stellt das, was du hässlich findest, für einen Maler nur die Wahrheit dar.«

Das warf mich völlig aus der Bahn. Ich schwieg mindestens eine Minute lang, ehe ich ihn bat, den Gedanken weiter auszuführen.

Daraufhin erklärte mir Theo, dass seine Arbeit und seine Erfahrungen in der Kunstwelt ihm ermöglichten, das »hässliche« Bild zu schätzen, denn es zwinge ihn dazu, über sein eigenes Unbehagen nachzudenken. Er sagte, obwohl ich das hässliche Werk ablehnte, würde mein Blick immer noch davon angezogen werden. Ich wäre trotzdem in seiner Traurigkeit und Unerfreulichkeit gefangen, denn es enthielte ein Versprechen von etwas, wovor ich Angst verspürte.

»Und das«, verkündete Theo voller Begeisterung, »ist wahre Kunst.«

Endlich – die Erklärung, nach der ich gesucht habe!

Er beschrieb, dass das, was ich geschmacklos oder vulgär fand, in Wirklichkeit meine Seele angesprochen habe, ich mir aber nicht zugestehen könne, eine Verbindung zu diesem Werk zu formulieren, aus Angst, was das über mich enthüllen würde.

»Wenn wir Kunst betrachten, dann sucht unser Gehirn nach Vertrautem und nach Klarheit«, sagte er. »Verbindung bringt Wahrheit zutage, und wer wäre schon mutig genug, auszusprechen, dass er eine solche Hässlichkeit in sich trägt?«

MANDELBLÜTENZWEIG

Theo betritt im Bademantel das kleine Zimmer, und ich sehe, wie sich bei meinem Anblick sein Gesichtsausdruck verändert. Das Entbindungsbett wurde schon vor einem Monat entfernt, sodass nur noch Baby Vincents Wiege hier steht. Dieser Raum hatte nie Gelegenheit, Gästezimmer zu werden, und nun ist er Kinderstube.

»Ich bin aufgewacht, und du warst nicht da«, sagt er. Ich weiß, dass ihn das in Panik versetzt haben wird. Ein Monat Bettruhe, und die schweren Blutungen haben nachgelassen. Nun drängt man mich, mit dem Stillen aufzuhören. Ich weiß, ich bin übermüdet und es würde mir zusätzlich Ruhe verschaffen, dem Jungen Kuhmilch zu geben, aber es ist die einzige Zeit, in der ich mich wirklich wie seine Mama fühle.

»Ich dachte, du wärst weg.«

»Wohin denn?«, frage ich zurück. »Ich war doch seit Wochen nicht mehr draußen.«

»Hast du geschlafen?«, will Theo wissen, und ich nicke.

Ich kann ihm nicht erzählen, dass ich aus einem Albtraum hochgeschreckt bin, in dem Sara Pläne schmiedete, mir mein Kind und meinen Mann wegzunehmen. Ich verharre immer noch in diesem Zustand zwischen Schlaf und Wirklichkeit, ohne Theo ganz zu verzeihen, wie er sich in meinem Traum verhalten hat.

Theo kommt zu mir ans Fenster und legt mir den Arm um die Schultern. Ich habe die Vorhänge zurückgezogen. Die Sonne ist bereits aufgegangen, die Aussicht aber noch mit einem dünnen Nebelschleier verhangen. Die Umrisse der Gebäude sind unscharf, sodass ich nicht ganz ausmachen kann, wo ein Haus endet und das nächste beginnt.

»Paris setzt immer eine gute Miene auf, findest du nicht?«, frage ich, doch Theo bleibt stumm. »Prachtvolle Monumente, riesige offene Plätze, genug Wohnhäuser für die Reichen, um ein angenehmes Leben in Luxus zu führen, obwohl die ganze Zeit …«

»Was denn, Johanna?«

»Wenn man die Augen öffnet, sieht man die Wahrheit, oder?« Theo denkt einen Moment lang nach, dann nickt er. »Wie Hässlichkeit und Kunst. Die gut betuchten Pariser können sich in ihren herrschaftlichen Wohnungen einschließen, sich hinter ihren bewachten Eingängen und dicken Vorhängen verstecken und im Sommer an die Küste flüchten. Doch die Geheimnisse und Lügen, die bleiben. Die Wahrheit findet immer einen Weg an die Oberfläche.«

»Was versuchst du, mir zu sagen?«

Ich zucke mit den Schultern, denn ich weiß es selbst nicht so genau.

»In jeder Stadt gibt es reiche, obdachlose, verlorene, geliebte und einsame Menschen«, sagt er.

»Und in jedem Heim«, flüstere ich, doch mein Mann hakt nicht nach. Ich will ihn nach Sara fragen, danach, was passiert ist, als er mit ihrem Vater gesprochen hat. Ich will sogar wissen, ob er sich die Krankheit bei ihr geholt hat. Mein Leben war in letzter Zeit zu abgeschottet; die Räume schrumpfen immer mehr zusammen.

»Kommst du morgen mit mir an die frische Luft?«, fragt er. »Der Arzt hat gesagt, es geht dir jetzt gut genug.«

Ich lehne mich an ihn. »Es war bisher einfach zu heiß«, seufze ich. »Zumindest für mich. Und andere gehen mit unserem Baby spazieren.« Das Wetter hat uns einen Vorgeschmack auf den Sommer gegeben, der vor uns liegt.

Ich betrachte die Wand gegenüber. Das Gemälde seines Onkels hängt über Baby Vincents Wiege neben einer Rembrandt-Radierung mit Goldrahmen. Bei Tageslicht betrachtet der Kleine gern Vincents blühenden Zweig. Der blaue Himmel ist so präzise um die Blüten herumgemalt, in verschiedenen Blautönen, dass er ganz echt wirkt. Manchmal frage ich mich, ob eine verborgene Nachricht darin steckt, eine, die nur ein Verwandter lesen kann. Jetzt schläft das Baby und nuckelt am Daumen.

»Ich dachte, ich hätte den Kleinen gehört«, sage ich.

Theo betrachtet seinen schlafenden Sohn. »Er entwickelt sich prächtig«, meint er. »Und seine Persönlichkeit kommt jeden Tag ein bisschen mehr zum Vorschein.«

»Der Junge ist ein Denker«, sage ich. »Ich stelle mir vor, dass er mal ein großer Philosoph wird.« Mit dem Ärmel meines Nachthemds wische ich mir über die Stirn.

»Du magst den Winter lieber«, stellt Theo fest, und ich nicke.

»Diese nahende Weite des Sommers beunruhigt mich. Womöglich sitze ich dann immer noch hier fest.« Vincent gibt einen kleinen Laut von sich, als hätte ihn sein Traum erschreckt. Stumm beobachten wir, wie unser Sohn wieder in tiefen Schlaf findet.

»Von was er wohl träumt?«, überlege ich.

»Höchstwahrscheinlich von deinen Brüsten«, meint Theo. Er dreht mich um und zieht mich an sich. Seine Lippen berühren meinen Mund, ehe sie über meine Wange wandern. »In meinen Träumen tauchen sie jedenfalls häufig auf«, flüstert er, und sein warmer Atem kitzelt an meinem Ohr.

Wir hatten seit Monaten keinen sexuellen Kontakt mehr. Anweisung des Arztes – ich hatte die Blutungen, und Theo schließt seine Behandlung ab. Wir sind nun nicht ganz ein Jahr verheiratet, und ich sorge mich immer noch, dass sein Interesse an mir nachlässt und er sich anderweitig orientiert. Sara spukt mir immer noch viel zu oft im Kopf herum. Aber ich will ihn, ich sehne mich nach ihm.

Seine Lippen finden wieder meinen Mund, weich, feucht, aber nicht ganz bei der Sache. »Was ist denn?«, frage ich und löse mich aus unserer Umarmung, um ihn ansehen zu können.

»Mein Bruder«, murmelt er. »Ein Brief.« Er blickt zu Boden.

»Was schreibt er denn?« Mit angehaltenem Atem und angespannten Muskeln warte ich.

»Er ist …« Immer noch kein Blickkontakt.

Panik ergreift mich. »Sag's mir.« Meine Worte sind ungewollt laut, was Theo dazu bringt, mich endlich anzusehen. Seine Augen sind gerötet und voller Traurigkeit. Ich war vorhin viel zu sehr mit mir selbst beschäftigt, um es zu bemerken.

»Er hat versucht, sich umzubringen, indem er Farbe gegessen hat«, antwortet Theo mit gesenktem Blick. Ich trete einen Schritt zur Seite, gehe im Kinderzimmer auf und ab.

»Farbe ist jetzt also eine Waffe«, wispere ich. Ich verstehe nicht ganz, was ich hier höre. »Hat er gesagt, warum?«

Theo schüttelt den Kopf. »Johanna, er ist krank.« Er wirkt so niedergeschlagen, ernüchtert.

»Was sollen wir tun, um ihm zu helfen?«

»Wir können ihn hierher zu uns einladen«, antwortet Theo. Hitze schießt durch meinen Körper, und das Zittern beginnt in meinem Kinn.

»Ich … wir …«

»Sag es«, drängt mich Theo.

»Wir können ihn nicht in die Nähe unseres Sohnes lassen.« Meine Stimme klingt hysterisch. »Das verstehst du doch, oder?« Theo reagiert nicht. »Wir können nicht wissen, was er als Nächstes tun wird.« Ich verschränke die Arme vor der Brust, meine Nase zuckt, meine Augen jucken.

»Er betrachtet sich selbst als geheilt. Er sprach davon, Saint-Rémy zu verlassen.«

»Aber wie? Man hat uns gesagt, er muss ein Jahr ohne Vorfälle schaffen. Und Farbe zu essen ist wohl kaum das Verhalten eines …«

»Er sagte, als er die Farbe aß, konnte er nur daran denken, seinen Neffen zu treffen, und dass das jetzt sein einziges Ziel sei. Selbst Dr. Peyron scheint überzeugt davon.«

»Versucht Dr. Peyron, einen kranken Mann loszuwerden?« Das Zittern breitet sich nun in meinem ganzen Körper aus.

»Es ist das Beste.«

»Das Beste? Für wen?«, will ich wissen.

Mit den Fingern wische ich meine Tränen weg, die mir aus lauter Enttäuschung und Wut in die Augen geschossen sind. Dann sehe ich meinen Mann herausfordernd an. Ich bin unnachgiebig, ich bin müde, verloren, verängstigt. Ich will, dass Theo ebenfalls dieses überwältigende Bedürfnis verspürt, unseren Sohn zu beschützen. Dass er es nicht tut, bringt mein Inneres zum Kochen.

»Solange mein Bruder mein Fleisch und Blut ist, werde ich alles in meiner Macht Stehende tun, um ihm zu helfen.«

»Er ist nicht mein Fleisch und Blut, aber er ist trotzdem mein Bruder«, erwidere ich. Mit einem Kopfschütteln bedeutet Theo mir, dass ich nicht verstehe, was er fühlt.

Mit dem Finger zeige ich auf unser in der Wiege schlafendes Kind. »Du bist vor allem Vater. Unseren Sohn zu beschützen sollte deine wichtigste Aufgabe sein. Hast du Vincent eingeladen, hier bei uns zu wohnen?«

Schweigen.

»Theo?«, brülle ich. Baby Vincent kräht. Wir halten beide inne und beobachten, wie der Kleine ein wenig zappelt und dann wieder einschläft.

»Ich habe ihm geschrieben …« Es ist ein Flüstern.

»Und?«, zische ich. Warum erzählt er es mir nicht einfach, warum muss ich ihm jedes Wort aus der Nase ziehen? Mir bricht am ganzen Körper der Schweiß aus.

»Dass es am besten wäre, wenn er in unsere Nähe zieht«, antwortet er. »Aber nicht hierher. Nicht in diese Wohnung.«

»Wohin?«

»Auvers-sur-Oise. Im Nordwesten von Paris.«

»Und wann?«

»Bald«, sagt er.

Daraufhin verlasse ich wortlos das Zimmer und knalle die Tür hinter mir zu. Ich höre Baby Vincent als Antwort losbrüllen. Doch ich kann nicht zulassen, dass Theo mir die Erleichterung ansieht, dass mein Schwager nicht hier bei uns wohnen wird.

Ich hasse es, dass ich es nicht schaffe, ein besserer Mensch zu sein. Dass ich es auch gar nicht sein will.

3. Mai 1890
Paris

Liebe Johanna,

es tut mir leid, aber ich werde es heute zum Mittagessen nicht nach Hause schaffen. Monet hat um ein Treffen mit mir um ein Uhr gebeten, und um zwei erwarte ich Gachet.

Tausend Küsse an Dich und unseren Jungen
Theo

PORTRÄT DES DR. GACHET

Ich bin überrascht, als ich ihn die Wohnung betreten höre. Montag bis Freitag hat er es nicht zum Mittagessen nach Hause geschafft: Besprechungen und fordernde Künstler, sagte er. Er arbeitet zu viel und wirkt ständig erschöpft. Als er das Kinderzimmer betritt, liest er gerade einen Brief und sieht weder zu mir noch dem Baby auf meinem Schoß auf.

»Es ist vollbracht«, verkündet er, den Blick immer noch aufs Papier geheftet.

»Was denn?« Etwas an seinem Tonfall lässt mich zusammenzucken, und ein kalter Schauer läuft mir über den Rücken.

»Vincent wurde aus der Heilanstalt in Saint-Rémy entlassen. Er ist nach Auvers-sur-Oise gezogen.« Theo reibt sich die müden Augen. »Er freut sich darauf, uns oft zu treffen.«

»Wo wohnt er?«, frage ich in möglichst neutralem Tonfall.

»Für sich allein, aber unter Aufsicht eines Arztes.« Er liest in seinem Brief weiter. »Dr. Gachet.« Dann hält er sich die Hand vor den Mund, weil er plötzlich heftig husten muss, wie so oft in letzter Zeit. »Vincent findet Auvers wunderschön. Strohgedeckte Dächer, pittoresk, ländlich.« Seine Stimme klingt belegt und angestrengt.

Schließlich blickt Theo vom Brief auf und sieht mich an. Er erwartet eine Reaktion, doch ich biete ihm nichts. Ich will erst mehr hören, ehe ich einen Kommentar abgebe. Also wendet er sich wieder dem Papier zu.

»Dr. Gachet ist eine ziemliche Persönlichkeit. Selbst kunstambitioniert. Ich habe ihn letzte Woche getroffen. Hab ich dir ja erzählt.« Als ich den Kopf schüttele, lacht er. Es klingt sehr heiser. »Vincent hat eine Unterkunft für dreieinhalb Francs am Tag gefunden.«

Wieder sieht er mich erwartungsvoll an.

»Was denn?«

»Hasst du ihn jetzt wieder?«

Der Laut, den ich von mir gebe, klingt guttural, fast animalisch und kommt aus meinem tiefsten Innern. Nein, ich hasse Vincent nicht, aber womöglich fange ich an, mich selbst zu hassen. Wie kann ich meinem Mann verständlich machen, dass Vincents Rückkehr in unsere Welt Panik in mir auslöst? Dass sein Bruder bereits jetzt unseren Frieden bedroht. Dass ich Angst habe, wie Theo damit klarkommt, falls Vincent sich etwas antut. Unsere Blicke begegnen sich, doch ich schweige. Es ist unsere erste Unterhaltung über Vincent seit zwei Wochen. Mir war nicht bewusst gewesen, dass der Umzug so schnell vonstattengehen würde. Vielleicht dachte ich sogar, es würde alles verzögern, wenn wir nur nicht darüber sprechen.

Theo wendet sich wieder seinem Brief zu und liest eine Liste von gewünschten Materialien laut vor. »Zehn Meter Leinwand, zwanzig Bogen Ingres-Papier …«

»Eine Liste nach der anderen«, murmele ich bissig.

»Ein Künstler braucht nun mal sein Material«, verteidigt ihn Theo. »Wie du dich sicher erinnern kannst.«

Wie grausam. Ich weiß schon gar nicht mehr, wann ich das letzte Mal einen Pinsel in der Hand hatte.

»Er schreibt dir diese endlosen Geschichten, stellt finanzielle Ansprüche, aber man kann ihm nichts aus deinem Leben erzählen. Um sich Künstler nennen zu können, muss man doch auch vom Erlös der eigenen Arbeiten leben können, oder?«

»Dann ist man also nur Schriftsteller, wenn man etwas veröffentlicht hat, eine Mutter ist keine Mutter mehr, sobald das Kind das Haus verlässt, ein Stuhl ist kein Stuhl, wenn ein Bein bricht.«

»Du bist die Bank von Vincent van Idioten-Gogh.« Ich bin so laut, dass es Baby Vincent erschreckt.

Theo lacht. Es ist ein nervöses, heiseres Lachen tief aus seinem Hals, das einen weiteren Hustenanfall auslöst. »Idioten-Gogh?«, wiederholt er lächelnd. Doch seine Augen lächeln nicht. Sie sind weit aufgerissen und voller Angst.

»Shhhh, shhhh«, beruhige ich Klein Vincent und funkele dabei Theo an, der sich wieder seinem Brief zuwendet.

»Der Arzt hat eine teurere Pension vorgeschlagen, für sechs Francs am Tag, doch Vincent hat die günstigere Unterbringung vorgezogen.« Er hält inne, als warte er darauf, dass ich meine Vorwürfe zurückziehe und Vincent für seine Sparsamkeit lobe.

»Er nimmt deinem Sohn das Essen weg«, sage ich, und Theo lacht wieder.

»Du stillst den Jungen doch.«

Ich stehe auf und lege mir das Kind an die Schulter. Ich kann nichts nach ihm werfen oder wenigstens protestierend die Arme ausbreiten.

»Du bist ein aufgeblasener Idiot«, schimpfe ich. »Genau wie dein Bruder.«

Theo sieht mich herausfordernd an und hebt die Hände, wie um meine Worte abzuwehren.

»Was, zum Teufel, ist nur los mit dir, Johanna?«, fragt er. »Wann hat diese Hässlichkeit begonnen? Wann hast du aufgehört, dankbar zu sein für das Leben, das wir teilen? Ich erkenne dich kaum noch wieder!«

»Du verlangst, dass ich mich dafür interessiere, was *dein* Bruder macht«, schimpfe ich weiter, »aber du hast es nicht für nötig befunden, über diese Pläne mit mir zu reden?«

»Er ist *unser* Bruder.« Sein Tonfall ist sanft. Theo versucht, vernünftig mit mir zu reden. »Ich soll dir die allerbesten Grüße ausrichten.«

»Warum versuchst du nicht alles, um unseren Sohn vor der Verrücktheit seines Onkels zu beschützen?«, schreie ich, woraufhin das Baby zu weinen anfängt. Es hat Angst, genau wie ich. Ich wiege es hin und her, aber zu schnell und aufgeregt, als dass ich es damit beruhigen könnte. Klein Vincent lacht glucksend und bringt mich damit zum Lächeln. Ich lasse ihn noch ein bisschen mehr hopsen, und er lacht wieder.

»Vincent fragt, wann er uns besuchen kann«, krächzt Theo, »oder ob wir mal sonntags zu ihm kommen.«

Ich antworte nicht, sondern gehe zur Tür, das Kind an der Schulter. Im Vorbeigehen drehe ich mich so, dass Theo den Kleinen nicht sehen kann.

»Johanna.« Er folgt mir.

Ich reagiere nicht, denn ich will ihm meine Tränen nicht zeigen. Als er nach meiner Schulter fasst, zucke ich weg, obwohl ich mir wünsche, er würde mich in die Arme nehmen. Ich hasse mich selbst für das Bedürfnis nach seinem Trost.

»Wir sollten reden.« Es ist fast ein Wimmern.

Da schließlich sehe ich ihn an.

»Ich liebe dich, weil du allen auf der Welt hilfst, denen du helfen kannst«, sagt er. »Du schenkst Liebe, wo du nur kannst.«

Nun fließen meine Tränen erst richtig. Theo nimmt das Baby, küsst es auf die Stirn und bettet es an seine Schulter. Immer wieder wische ich mir übers Gesicht, während ich sehe, wie zärtlich der Vater mit seinem Sohn umgeht.

»Ich weiß, du hast Angst, aber ich verspreche dir, dass ich dich oder unseren Jungen niemals in Gefahr bringen werde.« Ich sehe, dass er die Wahrheit sagt. »Aber mein Bruder braucht uns.«

Ich nicke. Ich weiß, dass er das tut. Es ist unsere Pflicht, Vincent zu helfen.

»Was, wenn wir nicht stark genug sind, um auszuhalten, was er mit sich bringt?«

»Die Angst vor dem Sturm kann den Sturm auch nicht aufhalten«, erwidert Theo und zieht mich an sich. Wir drei: unsere Familie.

Mai 1890

Theo hat vom Arzt ein neues Mittel gegen seinen Husten bekommen und schläft bereits, völlig erschöpft. Ich habe den unruhigen Vincent zu Bett gebracht, doch meine Gedanken kehren ständig zu dieser Frage zurück, die mein Ehemann mir gestellt hat: »Wann hat diese Hässlichkeit begonnen? Wann hast du aufgehört, dankbar zu sein für das Leben, das wir teilen?«

Nun liege ich hellwach da und denke darüber nach, dass »hässlich« und »schwierig« oft zusammen verwendet werden, wenn jemand über Frauen spricht. Eine schwierige Frau ist eine mit einer eigenen Meinung. Sie folgt einem Weg, den Männer mit Leichtigkeit beschreiten. Wenn Frauen ihre Stellung und ihr Schicksal akzeptieren, können sie schön sein. Wenn sie eine Stimme haben oder eigene Wünsche, sind sie hässlich. Das ist so tief verwurzelt – auch ich benutze diese Wörter.

Wie kann es sein, dass mir erst jetzt klar wird, dass Frauen von der Angst bestimmt werden, mit einem dieser Wörter gebrandmarkt zu werden? Als »hässlich« oder »schwierig« abgestempelt zu werden, weckt Unbehagen und birgt auch Zurückweisung – und was tun wir? Wir Frauen fügen uns der männlichen Erwartungshaltung und den Forderungen. Es wird uns immer wieder eingeflüstert: eine Drohung, um unser Handeln und unsere Entscheidungen in Angst zu hüllen.

Aber warum gilt »hässlich« als schlimm? Warum ist »schwierig« gleichbedeutend mit böse? Sind diese Worte nicht einfach nur Konzepte, die sich gar nicht richtig definieren lassen? Einfach nur Wahrnehmungen? Und doch werden diese Wörter als Waffen benutzt.

Macht, Macht, Macht.

Habe ich meine eigene Frage beantwortet, weshalb Frauen sich gegenseitig verurteilen? Suchen wir nicht alle nach unserem Platz innerhalb der Männerwelt? Stellen wir uns nur mal vor, wir Frauen täten uns alle zusammen und würden verlangen, dass unser Beitrag zu ihrem Erfolg als solcher geschätzt und gehört wird!

Camille, Agostina, Sara, Mutter – sie alle faszinieren mich, aber gleichzeitig sehe ich auch ihre Traurigkeit, ihre Hässlichkeit und ihre schwierige Art.

SOMMER 1890
PARIS

BILDNIS VON ADELINE RAVOUX

Wir sind mit ihm im Gasthof Ravoux verabredet. Vincents Zimmer liegt über dem Lokal. Bei unserer Ankunft steht er draußen, in einem blauen Arbeitskittel und mit Strohhut auf dem Kopf.

»Theo, Johanna.« Vincent umarmt seinen Bruder und küsst mich auf beide Wangen. Er riecht nach altem Tabak und Essig. Er wirkt größer, kräftiger, die Schultern irgendwie breiter. Vielleicht sehe ich aber auch nur zum ersten Mal, wie schmächtig und ungesund Theo im Vergleich zu ihm wirkt. Vincent streicht über die dünnen Haarbüschel meines schlafenden Sohnes. »Kommt. Lasst uns etwas trinken.« Mir fällt auf, dass seine Schulter unter dem verletzten Ohr ein wenig nach unten hängt. Er nimmt den Hut ab und öffnet die Tür zum Gasthof. Wir gehen hinein.

Ich hatte nicht damit gerechnet, dass es innen so gemütlich sein würde. Ich zähle zehn gewachste Eichentische, von denen nur drei besetzt sind. Leise Unterhaltungen erfüllen den Raum. Es riecht köstlich nach *coq au vin*. Vincent geht zu einem Tisch ganz hinten, am weitesten von der Tür entfernt, und wir nehmen auf den drei Stühlen Platz.

»Lass mich mal meinen Neffen sehen«, sagt Vincent und beugt sich vor, um Vincent das erste Mal richtig anzuschauen. Ich beobachte seine Miene, doch er zeigt keinerlei Regung und schweigt.

»Er schläft gerade, also können wir uns ungestört unterhalten«, meint Theo. Vincents Blick richtet sich auf seinen Bruder, und er lächelt.

»Wie sehr ich es vermisst habe, dein Gesicht zu sehen!«, sagt er. Seine Fröhlichkeit ist ansteckend, und Theo lacht. »Aber warum bist du so dünn und blass?«

»Er arbeitet zu viel. Ist abends immer todmüde«, antworte ich.

»Das hält diesen kleinen Mann aber nicht davon ab, nachts zu krähen und seinen Pa zu wecken. Der erste Zahn, glaube ich.«

»Aber ich habe Hunger wie ein Bär«, erklärt Theo und lacht wieder. Es klingt heiser und unvollständig.

»Stimmt. Er trinkt jetzt jeden Morgen rohes Ei in Cognac und verlangt abends die doppelte Fleischportion.« Ich streichele Theos Arm.

»Dieser Husten …«, setzt Vincent an.

»Kommt und geht«, unterbricht ihn Theo. Die Brüder glauben, ich würde ihre stumme Kommunikation nicht bemerken: den Blickkontakt und das Kopfnicken.

Ein hübsches blondes Mädchen in blauem Kleid mit passendem Band in seinen offenen Haaren kommt an unseren Tisch. Sie schenkt zwei Gläser Wein ein und lächelt Vincent an. Dann hält sie inne, als würde sie darauf warten, vorgestellt zu werden, aber nach einer Minute des Schweigens geht sie wieder.

»Eine Freundin von dir?«, frage ich und sehe der zierlichen Gestalt hinterher. »Wie alt ist sie, fünfzehn?«

»Dreizehn.« Auch Vincents Blick folgt ihr. »Sie steht mir nächste Woche Modell.«

Ich schaue Theo mit hochgezogener Augenbraue an.

»Du musst mir dann das Bild schicken« ist alles, was mein Mann dazu sagt.

Wirklich? Auf mein Kopfschütteln reagiert Theo nur mit einem Schulterzucken.

»Ich male das in einer Sitzung«, erklärt Vincent und steckt sich die Pfeife an. Dann winkt er ihr über den Tresen hinweg zu. »Ich habe sie schon gezeichnet, aber die Familie fand es nicht ähnlich genug.« Er schüttelt den Kopf. »Ich hoffe, das Gemälde gefällt ihnen besser.«

»Sollen wir essen?« Theo betrachtet die anderen Gäste, die Eintopf in sich hineinlöffeln.

»Hast du Hunger?«, frage ich Vincent. Er ist kräftiger, hat eine gute Gesichtsfarbe und wirkt glücklicher, als ich es erwartet hatte.

»Mademoiselle Voort hat mir geschrieben«, sagt er, statt meine Frage zu beantworten. »Habt ihr gewusst, dass sie von ihrer Familie verstoßen wurde und nun in Paris zur Untermiete wohnt?«

»Ich glaube, sie arbeitet als Modell«, sagt Theo.

Ich sehe ihn mit aufgerissenen Augen an. *Wie bitte?* »Warum hast du mir das nicht erzählt?«

Theo greift über den Tisch hinweg nach meiner Hand. Ich lasse zu, dass sich unsere Finger verschränken, dann sehe ich Vincent an. Er starrt mit gerunzelter Stirn auf seine eigenen Hände, die mit gelber und blauer Farbe verschmiert sind. Ich frage mich, was er wohl denkt. Hätten wir diesen intimen Moment vermeiden sollen? Andererseits ist das hier die normalste Unterhaltung, die ich je mit Vincent van Gogh geführt habe. Es ist fast so, als würde ich ihm das erste Mal begegnen.

»Johanna, Schwester«, sagt er, ohne mir dabei in die Augen zu sehen. »Ich wollte dich mal in einer unsittlichen Pose malen.«

»Ja, daran erinnere ich mich durchaus«, antworte ich, ohne Theos Reaktion zu beobachten.

»Und … und dafür möchte ich mich entschuldigen.«

Ich sehe, wie Theo strahlt.

»Ich würde dich immer noch gerne malen, aber jetzt, um deine Schönheit für immer festzuhalten«, fährt Vincent fort. »Ich bewundere deine Großartigkeit und deine Stärke, und ich möchte, das andere das auch tun.«

Theo steht auf und geht zu seinem Bruder, um ihn zu umarmen.

»Na, dich haben sie ja gut gefüttert in Saint-Rémy«, sagt er und klopft Vincent auf den Bauch.

»Im Gegensatz zu dir bin ich ziemlich fett und fröhlich.« Die beiden van Goghs lachen, und der Klang ihres Lachens erfüllt das Lokal. »Wie sehr ich euch beide vermisst habe.«

»Der Junge wird bald aufwachen«, sage ich. »Lasst uns essen.«

»Ja, und später hat Gachet euch eingeladen, seine vielen Tiere anzuschauen. Katzen, Hunde, Hühner, Hasen, Enten, Tauben.

Mein Namensvetter wird sie alle lieben.« Vincent streckt die Hand aus und streichelt seinem Neffen über den Kopf.

So fühlt sich Glück an. Viel zu lange haben wir auf diese Normalität gewartet.

Juni 1890

Nachdem wir uns von Vincent verabschiedet hatten, sprachen wir begeistert darüber, wie anders mein Schwager mich jetzt offenbar sieht. Ich fragte Theo, ob er auch sonst einen Wandel bemerkt hätte, was die Wahrnehmung von Frauen in der Kunstwelt betrifft. Er lachte nur und entschuldigte sich dann, als er meinen erbosten Blick sah!

Doch dann wurde er ganz aufgeregt und beschrieb eine Veränderung, die ihm tatsächlich aufgefallen war – und zwar unter den Künstlerinnen selbst. Er berichtete, dass seiner Meinung nach Berthe Morisot Frauen so malt, wie sie sich selbst wahrnehmen, statt nach den Wünschen der Männer. Dass sie durch ihre Kunst die Kontrolle über ihren eigenen Körper behält und ihren Modellen dasselbe zugesteht. Dass jedes ihrer Selbstporträts dem Betrachter zuruft: »Das bin ich. So will ich von dir gesehen werden.« Wie sie sich über Erwartungen und Wünsche der gaffenden Männer hinwegsetzt – was diese Männer aber noch gar nicht bemerkt haben.

»Wenn ihre halb nackten Frauen auf den ersten Blick erotisch wirken, dann revidieren die unregelmäßigen Pinselstriche bei intensiver Betrachtung diesen Eindruck wieder«, sagt er. »Und andere Künstlerinnen haben zugehört.«

Was für ein Fortschritt!

Vincent will mich nicht länger auf der Leinwand besitzen – auch das ist ein Fortschritt.

17. Juni 1890
Auvers-sur-Oise

Liebster Theo,

nach unserem gemeinsamen Sonntag war ich wirklich glücklich. Ich freue mich, dass wir nicht länger so weit voneinander entfernt sind, und hoffe, dass wir oft Gelegenheit haben werden, uns zu sehen. Ich bete, dass Dein Husten sich bessert und Du meinem Rat folgst, Dich diese Woche auszuruhen. Anbei findest Du eine Liste der Farben, die Du für mich bestellen musst.

Ich habe viel und schnell gearbeitet. Vielleicht ist das meine unbedeutende Art, auszudrücken, wie unglaublich rasch die Zeit in Deinem Leben vergeht. Andererseits fühle ich mich gestärkt und beflügelt, nachdem ich euch alle gesehen habe.

Aktuell arbeite ich an einem Feld mit Mohnblumen, und außerdem gibt es noch eine kleine fertige Leinwand mit Bergen und einer Zypresse mit einem Stern. Anfang der Woche habe ich das Porträt der Tochter der Familie, bei der ich wohne, fertiggestellt. Ein junges Mädchen in Blau vor einem blauen Hintergrund. Vielleicht erinnerst Du Dich an sie? Es befindet sich auf einer Leinwand mit der Nr. 15. Zuvor habe ich eine Nachtszene vollendet, mit zwei dunklen Birnbäumen vor einem gelblichen Himmel mit Weizenfeldern. Und die verbleibende Leinwand – ein Meter lang und fünfzig Zentimeter hoch – will ich schließlich dafür verwenden, Weizenfelder zu malen, Pappeln, eine Reihe blauer Hügel am Horizont und vielleicht sogar einen Zug, der eine weiße Rauchwolke durch die grüne Landschaft hinter sich herzieht.

Ich hoffe auch, Mademoiselle Gachets Porträt nächste Woche zu malen, vorausgesetzt, ich habe eine neue Leinwand.

Ich würde im Lauf des Sommers sehr gern für ein paar Tage nach Paris kommen, aber jetzt gerade beschäftigt mich meine Kunst zu sehr. Eines Tages, da bin ich mir sicher, wirst Du eine Möglichkeit finden, meine Arbeiten in einem Café auszustellen.

Alles Gute für Deinen Kleinen und ein fester Händedruck für Dich und meine Schwägerin.

Tout à toi
Vincent

SCHÄDEL MIT BRENNENDER ZIGARETTE

Auf den Straßen ist heute Abend viel los. Kutschen jagen übers Pflaster, um wohlhabende Pariser pünktlich im Theater, in Bars oder Kabaretts abzuliefern. Abends herrscht in Paris das bunte Leben. Es ist Juli und das erste Mal seit über zehn Monaten, dass ich ausgehe. Der Lärm und die Masse von Menschen werden mir bereits zu viel.

»Pass auf, eine …« Andries drückt mich nach hinten in einen Hauseingang, als eine Kutsche vorbeidonnert.

»*Pardon, pardon*«, ruft er und winkt dem Kutscher, als der Fiaker weiterjagt. Ich höre das Knallen der Peitsche den Boulevard de Clichy hinunter und den Ruf: »*Hé, la-bas!*«

»Jo, wo bist du heute Abend nur mit deinen Gedanken?« Ich werfe meinem Bruder einen Seitenblick zu. Sein ovales Gesicht ist immer noch makellos. Er sieht keinen Tag älter aus, wohingegen ich in weniger als einem Jahr um zehn Jahre gealtert bin.

»Das Baby hat wieder die ganze Nacht gebrüllt. Ich bin sicher, dass diese verunreinigte Kuhmilch ihn vergiftet, aber der Arzt will einfach nicht auf mich hören«, sage ich. »Zahnen. Immer sagt er Zahnen. Ich werde ihm stattdessen Eselsmilch geben.«

Andries hakt sich bei mir unter, und gemeinsam flanieren wir über die Pflastersteine. Wir weichen anderen Paaren aus, wobei mein Bruder denen höflich zunickt, die er kennt. Andere rufen eine Begrüßung quer über die Straße. Ich halte den Blick auf den Boden gesenkt, denn mir ist nicht nach Unterhaltungen mit Bekannten zumute. Ich muss mich sehr beherrschen, um nicht auf der Stelle nach Hause zurückzurennen.

Theo ist in Den Haag, um mit dem Sammler Hendrik Willem Mesdag über ein Bild von Corot zu sprechen, und Andries bestand auf einem gemeinsamen Abend. Ich sagte, ich sei dazu nicht in der Lage. Eine Woche Liegen hatte mich nach einem weiteren Anfall von Blutverlust zwar kuriert, aber es machte mich nervös, so weit von unserer Wohnung entfernt zu sein. Mein Bruder wollte jedoch kein Nein akzeptieren und erklärte mir, wie sehr er unsere Abenteuer vermisse. Er weiß nicht, dass ich mitgehört habe, was er murmelnd mit Clara im Flur besprochen hat. Die geflüsterten Worte »Hysterie« und »paranoid«.

»Ich bin Mutter, und mein Sohn ist unruhig. Ich kann ihn nicht lange allein lassen«, sage ich.

»Clara kümmert sich doch um ihn«, versucht er, mich zu beruhigen. »Es ist für alles gesorgt, und meine Schwester von früher hätte diesen Ort geliebt.« Er bleibt vor einem Gebäude stehen, an dem ein schwarzer Trauerflor mit weißem Band angebracht ist. Ein einzelner Sargträger mit schwarzem Cape und Zylinder öffnet die Tür und bedeutet uns, in die Dunkelheit einzutreten.

»Ist jemand gestorben?«, frage ich verwirrt, weil alle Zeichen auf Tod hindeuten, ich drinnen aber bereits Gelächter hören kann.

Andries schiebt einen schweren Vorhang beiseite. Als meine Augen sich langsam ans Dämmerlicht gewöhnen, klammere ich mich an meinen Bruder, denn der plötzliche Lärm und das seltsame Ambiente drohen mich zu überwältigen. Große Holzsärge sind in diesem höhlenartigen Raum verteilt. Darauf stehen flackernde Kerzen und menschliche Schädel. Obwohl alles nach einer Beerdigung aussieht, sind hier viele Leute versammelt, die alle sehr betrunken und sehr ausgelassen wirken.

»Was ist das für ein Ort?«, frage ich und fürchte mich. »Sind wir bei meiner eigenen Beerdigung?«

»Nein. Im Kabarett des Todes«, antwortet Andries. »Hat gerade erst eröffnet.«

»Aber der Mann dort trinkt aus einem menschlichen Schädel.« Ich zeige auf einen Gast. Der hat mich wohl gehört, denn er hebt den Schädel, als würde er mir zuprosten. »*Santé.*«

»Was um alles in der Welt …« Mein Blick fliegt durch den Raum. Der Tod umgibt uns, als wäre während meiner Bettruhe eine riesengroße Katastrophe eingetreten, doch Frauen mit Perlenketten und Männer mit Melone amüsieren sich prächtig. Offenbar wird hier das Leben gefeiert, und alle lachen dem Tod ins Gesicht.

»Kunst und Bier«, sagt Andries. Er breitet die Arme aus, wie um mich bei sich zu Hause willkommen zu heißen. »Nichts ist so, wie es zunächst scheint. Rodin liebt es hier.«

»Und Camille?«, frage ich hoffnungsvoll, doch Andries schüttelt den Kopf.

»Sie hat mit der Bildhauerei aufgehört.«

Camille ist von der Gesellschaft ausradiert worden. Sie existiert nicht länger. Kreative Frauen in Paris verschwinden, wenn ihre Männer keine Verwendung mehr für sie haben. Ihre Geschichten bleiben unerzählt.

»Oh, sieh dir nur diese Details an!« Mein Bruder zeigt auf verschiedene Ecken des düsteren Raumes. Die Wände sind mit Schädeln und Knochen dekoriert, komplette Skelette sitzen auf Stühlen neben den Gästen. Ein großer Kronleuchter aus Menschenschädeln hängt von der Decke. Die Luft ist erfüllt von abgestandenem Rauch, und das Lachen wirkt deplatziert. Der Tod wird umworben, dem Tod wird gehuldigt. In einer Ecke durchtrennt eine Guillotine menschliches Fleisch.

»Die Guillotine da.« Ich erschaudere und kann mein Entsetzen nicht verbergen. »Ist das deine Vorstellung von einem entspannten Abend?«

»Sie machen Vorführungen an echten Leichen«, sagt Andries, als würde das als Erklärung ausreichen. »Lass uns einen giftigen Trank aus einem künstlichen Schädel zu uns nehmen.«

»Dries«, sage ich.

»Jo, das ist alles nur zum Schein«, versichert er mir. »Die Illusions-Vorführung nachher ist umwerfend. Eine Frau wird sich direkt vor deinen Augen in ein Skelett verwandeln.«

»Ich sollte zu Hause bei meinem Sohn sein«, krächze ich. Wir stehen in der Schlange der Gäste, die warten, einen Platz zugewiesen zu bekommen.

»Nonsens«, widerspricht Andries. Er lacht. »Und jetzt genug gejammert. Willst du meine Neuigkeiten hören?«

Ich nicke.

»Ich habe mir die Wohnung im Erdgeschoss eures Hauses angeschaut.«

»Wie bitte? Hast du nicht gesagt, unsere Wohngegend sei …« Er wischt meinen Einwand beiseite.

»Theo und ich denken darüber nach, unser eigenes Geschäft zu gründen.«

Wie bitte? »Er will seine Stelle aufgeben? Aber er zahlt auch für Vincent …«

»Wenn ihr euch gut versteht, Annie und du, denk doch nur, wie wunderbar das sein wird.«

Das würde es, aber ich verstehe nicht, weshalb Theo so etwas nicht mit mir bespricht. Und doch, mit Andries in Paris zu leben fühlt sich fast an wie ein Traum, es gibt kaum eine Erinnerung aus meiner Kindheit, in der er nicht vorkommt. Meinen Bruder wieder in meiner Nähe zu haben, Klein Vincent könnte ihn täglich sehen … ich muss unwillkürlich lächeln.

»Wirst du Annie heiraten?«, frage ich, und mein Bruder nickt.

»Sobald ich kann. Ich habe sie heute Abend auch hierher eingeladen …« Ich glaube, er sorgt sich, wie ich reagieren könnte. Ich gebe ihm einen spielerischen Klaps, um ihm zu signalisieren: *Alles in Ordnung*. Zeit allein mit meinem Bruder ist inzwischen sehr rar. Wir haben neue Wege beschritten und ein neues Leben begonnen. Ich will daran auch nicht unbedingt etwas ändern, aber heute Abend hatte ich wohl ein bisschen gehofft, wir könnten die Zeit anhalten. Zwei Jahre zurückdrehen. Einfach nur wieder Bongers Schwester sein.

Ein Mönch nähert sich uns, in jeder Hand einen Schädel. »Müde Reisende, willkommen. Lasst mich einen passenden Sarg für euch auswählen.«

»Ist das ein echter Mönch?«, flüstere ich, und mein Bruder lacht.

»Er spielt nur eine Rolle. Nichts davon ist echt, Jo. Das weißt du doch.« Natürlich tue ich das. Dieser Ort imitiert die Pariser

Kunstwelt – nichts ist so, wie es zuerst den Anschein hat, und wenn man sich zu lange damit beschäftigt, verliert man den Verstand.

Mein Bruder legt mir den Arm um die Schultern, während wir dem Mönch zu einem hölzernen Sarg umgeben von Stühlen folgen. Nachdem wir uns gesetzt haben und ich mich geweigert habe, meinen Umhang abzulegen, stellt der Mönch unsere Schädel auf den Sarg. Eine Glocke läutet, ein Trauermarsch wird gespielt. Einige der Besucher stehen auf. Der Mönch führt sie in eine zweite Kammer. Unheilvolle Vorahnung.

»Was zur Hölle?«, frage ich.

»Genau«, erwidert mein Bruder lachend. Meine Sorge und Verwirrung amüsieren ihn, doch dann springt er auf und wedelt mit den Armen durch die Luft. »Da ist sie.«

Ich hätte die Annie aus unserer Kindheit nicht wiedererkannt. Sie ist schlank, blond und wirkt wie eine Engländerin. Wie die Mädchen, die ich früher auf Illustrationen in Büchern bewundert habe. Ihr Gesichtsausdruck ähnelt vermutlich meinem, als ich ein paar Minuten zuvor diese Räumlichkeiten betreten habe. Auch sie hat definitiv Angst, wo sie hier gelandet ist, während sie sich an den Särgen vorbei einen Weg durch den Raum bahnt. Sie ist eindeutig Holländerin in einer Pariser Welt. Vor allem aber hat mein Bruder sie ins kalte Wasser der Unterwelt geworfen und scheint nun zu beobachten, ob sie schwimmen kann.

»Jo, du erinnerst dich an Annie? Inzwischen ist sie außerordentlich schlau und perfekt«, verkündet Andries, und ich strecke ihr die Hand hin.

10. Juli 1890
Auvers-sur-Oise

Mein Bruder (und meine Schwägerin?),

Bonger hat mir geschrieben, dass er das Appartement unter euch besichtigt hat und – als wäre das noch nicht genug der Neuigkeiten – dass Ihr überlegt, zusammen ein Geschäft zu gründen. Dass Du ein unabhängiger Kunsthändler sein wirst, begeistert mich, aber weshalb haben wir Brüder darüber nicht gesprochen? Machst Du Dir Gedanken, ob diese Unternehmung von Erfolg gekrönt sein wird, wo Du doch sowohl eine Familie als auch diesen gescheiterten Maler hier zu finanzieren hast?

Darf ich daraus schließen, dass Du mir das Brot aus dem Mund nimmst und stattdessen Bonger fütterst? Habe ich etwas falsch gemacht?

Mich verfolgt das Gefühl, dass ich für Dich zur Last geworden bin, doch Du weißt sicherlich, dass ich täglich sklavisch an meiner Kunst arbeite?

Vincent

11. Juli 1890
Paris

Mein lieber Vincent,

bitte verzeih, dass ich diese ersten Überlegungen von Bonger und mir nicht mit Dir geteilt habe! Wobei es ja nichts Ungewöhnliches ist, dass er mit unnötiger Hast voranprescht und allen davon erzählt! So schnell diese Verhandlungen begannen, so schnell sind sie nämlich auch wieder beendet.

Wenn ich ganz ehrlich sein darf, ich vermute, dass Annie ihn bereits unter ihrer Fuchtel hat. Bonger behauptete, mein Enthusiasmus sei nicht so groß wie seiner, was das Geschäft anbetrifft. Ich habe ihm erklärt, dass ich in letzter Zeit unglaublich erschöpft bin und mich wirklich für nichts anderes interessiere als für Essen und Schlafen. Er deutete sogar an, dass wir sie vielleicht nur deshalb in der Wohnung unter uns haben wollten, damit Annie als eine Art Magd für Johanna dienen könnte. Ich kann mir nicht vorstellen, dass Bonger von sich aus zu diesem Schluss gekommen sein könnte, daher vermute ich wie gesagt, dass Annie hinter dieser Veränderung steckt. Du kannst Dir vermutlich vorstellen, wie meine Frau reagiert hat! Allerdings beschäftigt unser Kind sie immer noch die meiste Zeit, denn der Junge will sich einfach nicht beruhigen. Jo erholt sich gerade erst von einer weiteren Woche Bettruhe, und so ist dieser van-Gogh-Haushalt ein ziemlich müder.

Was für Dich jedoch zählt, ist, dass Bonger einen Rückzieher gemacht hat, was die untere Wohnung betrifft und ebenso alle Pläne bezüglich einer gemeinsamen Geschäftsidee. Er spricht sogar davon, nach Amsterdam zu ziehen, wenn er heiratet. Ich will Dir keine zusätzlichen Sorgen bereiten, aber ich möchte Boussod, Valadon & Cie trotzdem gerne verlassen. Mir fällt immer mehr auf, wie lang meine Arbeitstage sind – bin ich nicht deshalb auch ständig so erschöpft? –, und dass die Bezahlung nicht ganz angemessen ist, doch vielleicht werde ich diese Bedenken erst einmal mit den Leuten dort besprechen.

Wäre dieser eigene Kunsthandel etwas, das ich ernsthaft in Erwägung ziehe, oder wenn es um dringende finanzielle Anliegen ginge, hätte ich Dich persönlich besucht. Ich hoffe, mein lieber Bruder, dass Du weiterhin guter Gesundheit bist, und dass Du Hilfe bei Dr. Gachet suchst, falls es etwas gibt, das Dich beschäftigt. Er kann Dir vielleicht auch etwas anbieten, falls die Melancholie zurückkehrt.

Schreib mir, so bald Du kannst. Ich lege diesem Brief fünfzig Francs bei.

Herzliche Grüße von Jo, von Deinem Neffen und von Deinem Dich liebenden Bruder

Theo und Jo

12. Juli 1890
Auvers-sur-Oise

Mein lieber Bruder (liebe Schwägerin?),

besten Dank für Deinen Brief und den beiliegenden Fünfzigfrancschein.

An manchen Tagen will ich Dir wegen so vieler Dinge schreiben, aber heute sehe ich dafür keinen Anlass. Stattdessen werde ich mich nur meiner Malerei widmen. Die Leinwand fordert meine volle Aufmerksamkeit, und ich bin fest entschlossen, es genauso zu schaffen wie diese anderen Maler, die Du täglich ausstellst und verkaufst.

Hirschig wohnt nun ebenfalls hier. Er hat mich gebeten, zu fragen, ob Du die Farben auf beiliegender Liste für ihn besorgen könntest, und ich habe meine Bestellung des Allernötigsten ebenfalls hinzugefügt. Vielleicht kannst Du beides gemeinsam versenden, aber wenn Du mir die Kosten mitteilst, wird Hirschig Dir das Geld schicken.

Bald mehr, und viel Geschäftserfolg bei Boussod, Valadon & Cie.

Herzliche Grüße an Jo und an meinen Neffen.

Tout à toi
Vincent

Von: *Dr. Paul Gachet*
An: *Theo van Gogh*

Dringend. Kommen Sie sofort nach Avers. Vincent hat eine Schussverletzung.

Juli 1890

Das Telegramm kam spät gestern Nacht. Das Hämmern an der Tür weckte uns.

Theo wollte nicht, dass ich ihn begleite. Er bestand darauf, dass ich in Paris bleibe, denn das Baby ist immer noch so unruhig, meine Blutungen nur einigermaßen unter Kontrolle, und er rechnet damit, dass ihn das Schlimmste erwartet.

Ich weiß nicht, ob Vincent lebt oder tot ist.

Mir ist ganz elend vor Angst. Es gibt einfach keine Ruhepause. Ist das nun der Moment, in dem meinem Schwager gelingt, woran er bisher gescheitert ist?

29. Juli 1890
Auberge Ravoux

Meine liebe Johanna,

ich begreife einfach nicht, was ich hier erlebe. Mein Bruder bricht vor meinen Augen zusammen, und ich bin außerstande, ihn zu retten. Ich versuche, zu verstehen, was genau passiert ist, aber da ist so viel, das keinen Sinn ergibt.

Gestern aß Vincent zu Mittag, wie er es immer tut, doch danach ging er sofort hinaus zu den Weizenfeldern. Während seines Aufenthalts hier hat er jeden Tag mindestens ein Werk vollendet und machte keinerlei Anstalten, langsamer zu werden. Als er bei Einbruch der Dämmerung immer noch nicht zurückgekehrt war, machte man sich Sorgen, denn mein Bruder ließ nie eine Mahlzeit aus.

Die Besitzer des Gasthauses saßen draußen, als Vincent schließlich auf sie zugestolpert kam. Das war gegen neun Uhr. Er hielt sich den Bauch. Jemand fragte ihn, ob alles in Ordnung sei, und er murmelte einige Worte, ehe er den Gasthof betrat und die Treppe zu seinem Zimmer hinaufstieg. Der Wirt, ein gewisser Vater Ravoux, ein freundlicher Mann, hatte den Eindruck, dass etwas nicht stimmte. Er ging zu Vincents Zimmer und fand ihn dort stöhnend auf dem Bett liegend vor. Als er ihn fragte, ob er krank sei, hob Vincent das Hemd und zeigte eine Wunde.

»Ich habe versucht, mich umzubringen«, sind die Worte, die mein Bruder von sich gab!

Wie es scheint, hat er sich mit einem Revolver angeschossen und dann das Bewusstsein verloren. Er sagte zu Vater Ravoux, er »hätte versucht, sich zu erledigen«, hätte aber den Revolver nicht mehr gefunden. Wo kann der geblieben sein? Der wird doch nicht aus seiner Hand verschwunden sein? Vincent behauptete, er hätte schließlich die Suche aufgegeben und sei zum Gasthof zurückgekehrt.

Ravoux schickte nach dem Arzt. Gachet kam meinem Bruder zu Hilfe und verband die Wunde. Dann schickte er das Telegramm, um mich zu informieren. Doch es war Ravoux, der die ganze Nacht bei Vincent blieb. Er zündete Vincent die Pfeife an, redete mit ihm und lauschte, wie mein Bruder vor Schmerzen stöhnte.

Als ich hier ankam, rannte ich den ganzen Weg vom Bahnhof zum Gasthaus und erreichte es gleichzeitig mit zwei Gendarmen. Jemand hatte sie von einem versuchten Selbstmord in Kenntnis gesetzt. Ich folgte Vater Ravoux und den Gendarmen zu Vincents Zimmer. Zuerst erkannte mein Bruder mich nicht, sondern konzentrierte sich auf Ravoux' Erklärungen, welches Vergehen Vincent nach französischem Gesetz begangen hätte. Niemand habe das Recht, sich das Leben zu nehmen, doch mein Bruder beharrte, es sei sein Körper und er könne damit tun, was er wolle.

»Wolltest du denn sterben?«, habe ich ihn gefragt, und da sah Vincent mich das erste Mal an.

»Ja«, antwortete er mit einem Lächeln. »La tristesse durera toujours.«

Die Traurigkeit wird immer bleiben! Liebste Johanna – was sollen wir nur tun?

Ich dachte, er würde noch mehr sagen, doch dann überwältigten ihn Lethargie und Schmerz. Die Gendarmen wurden angewiesen zu gehen, und ich nahm auf dem einzigen Stuhl im Zimmer neben Vincents Bett Platz. Ich küsste ihn, unsere Köpfe nebeneinander auf einem Kissen.

»Ich stehe nicht mehr fest auf zwei Beinen, aber jetzt, wo du hier bist, habe ich Frieden«, sagte er später zu mir. »Du bist der einzige Mensch auf dieser Welt, der mir Liebe geschenkt hat.«

Jetzt ruht er, aber es bricht mir das Herz. Er wirkt kleiner, so in Laken gewickelt und der Welt entrückt. Es herrscht eine Stille hier im Raum, die mir Angst macht. Mein Bruder schläft zu friedlich. Ich fürchte, er könnte nicht mehr aufwachen, und darum kann ich nicht von seiner Seite weichen.

Morgen schreibe ich mehr. Küss meinen kleinen Jungen von mir und fühle Dich tausendmal umarmt.

Dein Dir treu ergebener
Theo

Juli 1890

Heute kein Brief von Theo. Ich habe ihm geschrieben, aber keine Antwort erhalten. Ich weiß, dass seine Zeit und seine Gedanken seinem Bruder gewidmet sind, und so sollte es auch sein, aber ohne Nachricht werde ich rastlos.

Nachdem wir Vincent vergangenen Monat besucht hatten, waren wir uns beide einig, wie gut er aussah. Ich dachte wirklich, er wäre ein für alle Mal geheilt. Nun vermisse ich stattdessen Theo und denke pausenlos an Vincent. Dass er nie wirklich Glück empfunden hat, dass ich ihn nicht zu uns hierher eingeladen habe, dass er die Hoffnung aufgegeben hat.

Ich mag mir gar nicht vorstellen, wie durch und durch einsam und verzweifelt er gewesen sein muss, um den einzigen Ausweg aus seinem Schmerz darin zu sehen, sich selbst zu erschießen. Mein einziger Trost ist, dass Theo an seiner Seite weilt.

Darf ich hoffen, dass mein Mann die Dinge schlimmer dargestellt hat, als sie in Wahrheit sind?

Ich warte.

Ich fülle die Tage mit Tätigkeiten im Haushalt und meinem Sohn. Ich beobachte das Staunen, mit dem der Kleine diese Welt entdeckt – er greift nach Dingen, brabbelt vor sich hin. Bald wird unser Junge sechs Monate alt sein, und ich rechne damit, dass es nicht mehr lange dauern wird, bis er deutlich »Mama« sagen kann. Ich empfinde das beklemmende

Bedürfnis, mich an unser Glück zu klammern und dieses Leben, unseren Sohn, mit Theo zu teilen. Wir gehören zusammen. Seit Monaten quälen wir uns mit anhaltenden Krankheiten herum, einer nach dem anderen, und nun kippt unsere Erleichterung in eine Dunkelheit, die schwärzer ist als alles, was wir bisher erlebt haben.

Ich sehne mich danach, dass wir alle wieder hier in diesem Nest sind, dass es Vincent wieder gut geht und wir uns alle erholen.

IRIS

Jedes Klopfen an der Tür macht mir Angst: Es könnte ein Telegramm sein, das mir Vincents Tod mitteilt. Zwei Tage sind seit Theos Brief vergangen, und die Furcht wächst.

»Keine Nachrichten sind vielleicht gute Nachrichten«, sage ich zu meinem schlafenden Kind.

»Johanna«, höre ich hinter mir die Stimme eines Mannes. Für den Bruchteil einer Sekunde glaube ich, es ist Vincent.

Er ist nicht tot. Alles wird gut.

Voller Erleichterung drehe ich mich um, doch ich sehe Theo in der offenen Tür stehen. Sein Körper ist gebeugt, und er hat die Arme um den mageren Oberkörper geschlungen.

»Vincent?«, frage ich. Er nickt, dann bricht die Trauer aus ihm heraus: Er stolpert, und ich eile zu ihm. Sein ganzer Körper wird von Schluchzern geschüttelt. Ich führe ihn zum Stillsessel. Dort knie ich mich vor ihn, die Hände auf seinen Oberschenkeln, und warte, bis er bereit ist zu reden.

Minuten vergehen, während denen unser Sohn friedlich in seinem Bettchen schläft, ohne etwas zu merken. Ich beobachte. Ich lausche, wie Theo nach Luft ringt.

»Ich bin ihm nicht von der Seite gewichen, bis es vorbei war«, sagt er schließlich.

Ich höre, wie schwer ihm das Schlucken fällt. Ich bette meine Wange auf sein Knie.

»Er wollte sterben«, flüstert er.

Ich warte.

»Er hat aufgegeben. Das war kein Unfall.« Er hustet. »Er wollte sterben, damit die Traurigkeit weggeht.« Schweigen. »Er fand so wenig zum Glücklichsein im Leben.«

Wieder Schweigen. Minuten vergehen.

»Er fiel ins Koma«, flüstert er, doch ich hebe den Kopf nicht, um ihn anzusehen. »Und starb am 29. Juli gegen ein Uhr morgens, aber ich habe gewartet. Später habe ich seinen Tod im Rathaus gemeldet.«

»Wo ist er jetzt?«, will ich wissen.

»Immer noch in Auvers. Er liegt in einem Sarg, umgeben von seinen Leinwänden. *Iris* hängt an der Wand. Die Farbe ist noch feucht. Am Fuß des Sarges sind …« Wieder Stille, dann ein Schluchzer. Ich kann meinen Mann in seinem Kummer nicht ansehen. »Am Fuß seines … Seine Palette und Pinsel liegen unten an seinem Sarg«, sagt Theo heiser.

»Das, was er am meisten geliebt hat«, flüstere ich und spüre, wie Theos Beine zittern.

»So viele Sträuße und Kränze. Andere Künstler, die in Auvers leben, kamen vorbei«, berichtet er. »Morgen wird er an einem sonnigen Platz begraben …«

Die Gesellschaft verlangt, dass Frauen ihre Tränen bei Begräbnissen zurückhalten. Mir wird die Teilnahme also nicht gestattet sein. Ich bewege meine Wange nicht von Theos Knie. Stattdessen lausche ich seinem Schluchzen, und mein Kopf bewegt sich mit seinem Zittern. Was gäbe ich jetzt darum, wieder Johanna Bonger zu sein. Ihr zu erklären, wie kostbar innerer Frieden ist, ihr zu zeigen, welche Kraft es gibt, geliebt zu werden und zu lieben. Ihr den Wert von Dankbarkeit und Wahrheit zu zeigen. Ich würde ihr raten, das Glück beim Schopf zu packen. Ich würde ihr sagen, dass nichts bleibt, wie es ist, sondern alles vergeht.

»Ich hätte netter zu ihm sein sollen«, flüstere ich.

Tränen laufen mir über die Wangen, und Rotz tropft von meiner Nase auf Theos Hose.

»Warum hat er mir nicht gesagt, wie verzweifelt er ist?« Theos Schluchzer unterstreichen jedes Wort. »Die Leute haben gesagt, er wirkte ruhiger und gesünder. Es ergibt keinen Sinn …«

»Das tun solche Dinge selten«, sage ich.

August 1890

Trauer bedeckt alles.

Welch ein großes, erstaunliches, bemerkenswertes Talent. Ist das nun alles vergangen und für immer begraben?

Gleichzeitig sehe ich zu, wie der Mann, den ich liebe, mir entgleitet. In Tiefen des Verlusts, die ich nicht zu durchdringen vermag.

Meine kleine Familie ist zerstört. Mein Mann ertrinkt. Die Liebe meines Lebens ist kaum noch wiederzuerkennen.

Theo ist verloren, er ist furchtbar krank. Er verliert ständig an Gewicht.

Er weigert sich zu schlafen, zu essen. Stattdessen ist er vom unmöglichen Wunsch besessen, die Zeit zurückzudrehen, um seinen Bruder zu retten.

Heute weigerte er sich, Baby Vincent zu halten. Er behauptete, der Name sei ein Fluch, dass es in seiner Familie immer nur einen Vincent van Gogh geben könne. Er betrachtete unseren Sohn, als wäre dieser für den Tod seines Onkels verantwortlich.

Ich kann nicht akzeptieren, dass irgendetwas hiervon wahr ist.

BAUMWURZELN UND BAUMSTÄMME

Mein Mann geht wieder zur Arbeit. Ich hatte gehofft, es würde ihn ablenken, Bilder zu verkaufen, aber stattdessen gibt er seine Künstler auf und weist sie zurück. Einen Monat nach Vincents Tod wird mein Mann von der Krankheit und dem Geist seines Bruders aufgezehrt.

»Ich muss mich auf Vincents Gedenkausstellung konzentrieren«, sagt er. »Oktober, vielleicht November. Wenn die Pariser zurück in der Stadt sind.« Er wischt sich die Stirn mit einem Taschentuch, während er durch den Salon wankt. »Es ist wichtig, dass man bei der Ausstellung alle Werke meines Bruders zusammen sehen kann. Nur so werden andere seine Kunst vollkommen verstehen können.«

»Aber nicht auf Kosten deiner Gesundheit«, mahne ich strenger als beabsichtigt. »Sieh dich doch an. Du kannst dich kaum noch auf den Beinen halten. Du hast eindeutig immer noch Fieber, und glaube ja nicht, dass du diesen neuen Ausschlag vor mir verstecken kannst.«

»Du Nervensäge!«, schreit er mich an, voller Gift. »Das ist für *Vincent*. Das ist alles, was für mich zählt.«

Ich mache einen Schritt auf ihn zu. Ich will, dass er mir in die Augen sieht und meine Sorge erkennt. »Du weißt, ich liebe deinen Bruder, aber sind seine Bilder wichtiger als deine Gesundheit? Du stehst so kurz vor der völligen Erschöpfung.«

Er beißt die Zähne zusammen. Sein Blick ist wild. Dann ohrfeigt er mich. Ich stolpere nach hinten, fliehe aus seiner Reichweite und fasse nach meiner Wange, um das Brennen zu lindern.

Atemlos blickt er auf seine Hand, als gehöre sie nicht zu ihm, als wäre sie kein Teil von ihm. Dann sieht er mich fassungslos an. »Es tut mir leid. Johanna, oh Gott, Jo. Es tut mir so leid. Ich weiß auch nicht …«

»Wage es nie wieder, die Hand gegen mich zu erheben!«, kreische ich, doch dann sehe ich, wie Theo plötzlich zu Boden sackt, wie er am ganzen Leibe zitternd auf allen vieren kriecht.

»Ich weiß nicht mehr, wer ich bin. Was ist, wenn ich mich mit dem Wahnsinn meines Bruders angesteckt habe? Er liegt den van Goghs im Blut.« Beim Sprechen hält er den Blick starr auf den Parkettboden gerichtet. »Ich habe es unserem Sohn vererbt.« Seine Worte klingen verzweifelt und voller Angst.

»Ich verstehe, dass es deine Pflicht ist, dafür zu sorgen, dass Vincents Talent nicht in Vergessenheit gerät«, sage ich, die Hand immer noch an der Wange. »Aber du fehlst uns. Dein Sohn und ich, wir beide brauchen dich.«

»Sara Voort hat mir letzte Woche jeden einzelnen Tag geschrieben.« Theo starrt immer noch zu Boden. »Sie behauptet, Vincent hätte sich umgebracht, weil er dich geliebt hat.«

»Und das glaubst du ihr?« Ich versuche, ruhig zu klingen, und verschränke die Hände hinterm Rücken. Ich kann nicht einschätzen, wie mein Mann darauf reagieren wird.

»Sein Tod ergibt keinen Sinn. Sieh nur.« Mit zitternden Fingern zieht er ein Blatt Papier aus der Tasche, faltet es auseinander und legt es vor sich auf den Fußboden. Ich knie mich ihm gegenüber hin, immer noch auf Distanz. Das Holz ist hart und kalt. Ich kann die Kästchen mit Auflistungen nicht richtig lesen, aber ich sehe die vielen Pfeile und unterstrichenen Namen.

»Du glaubst, er wurde umgebracht?«, frage ich. Theo nickt.

»Fünfundsiebzig Bilder in den letzten siebzig Tagen seines Lebens«, sagt er. »Gärten voller Blumen, wogender Weizen, Panoramalandschaften …«

»*Krähen über Weizenfeld* war sein letztes Gemälde«, entgegne ich. »Erinnerst du dich an diese bösartigen Vögel? Wie sie das Blau des Himmels zerteilten? Das spiegelt doch sicher seinen Geisteszustand wider und …«

»Das war nicht sein letztes. Noch am Morgen bevor ihn der Schuss traf, hat er ein *sous-bois* gemalt. Voller Sonne, voller Hoffnung. Man fand es auf seiner Staffelei im Weizenfeld.« Er macht eine Pause, weil er ins Taschentuch hustet. Ich warte. »Es handelt sich um eine verflochtene und ungewöhnliche Studie von Baumwurzeln. Weshalb ein Bild anfangen und es dann unvollendet lassen, um sich umzubringen? Für Vincent war die Kunst sein Ein und Alles. Er hätte das Bild beendet, bevor …«

»Könnte es sein, dass er damit ausdrücken wollte, dass er froh war zu sterben?«, frage ich.

»Nein, das ergibt für mich keinen Sinn.«

Ich rutsche nach hinten, weg von seiner Wut. »Für uns beide ergibt der Wunsch, sich das Leben zu nehmen, an sich keinen Sinn. Wir können uns gar nicht vorstellen, welche Qualen jemanden dazu bringen, den Tod als Ausweg zu betrachten.«

»Aber wer schießt sich in den Bauch? Wie ist das überhaupt möglich?« Theos Stimme wird mit jeder Frage lauter. Er zeigt auf verschiedene Kästchen. Seine Finger zittern, seine Worte werden undeutlicher. »In allen Berichten steht, dass er zufrieden und ruhig war und überhaupt nicht auf dem Weg der Selbstzerstörung.«

Ich stehe auf, um außerhalb der Reichweite meines Mannes zu gelangen. »Keiner von uns kann wissen, was in seinem Kopf vor sich ging.«

»Weshalb bist du so sicher, dass niemand sonst beteiligt war?« Mit finsterem Blick starrt er mich an.

»Mord ergibt auch keinen Sinn. Wer sollte Vincent töten wollen? Warum glaubst du nicht an Selbstmord?«, frage ich. »Der Mann hat sich sein Ohr abgeschnitten. Er hat Farbe gegessen.«

Theo blickt zu Boden, dann legt er seine Hand auf den Bauch. »Ich fühle es hier drin«, sagt er. Ich nicke. Ich betrachte meinen Ehemann und seine detaillierten Diagramme. Er versucht verzweifelt, einen Sinn in Vincents Chaos zu finden.

»Wenn er sterben wollte, warum hat er sich dann nicht in den Kopf geschossen? Der Winkel hat nicht gestimmt, die Kugel ging nicht durch den Körper.« Theo redet ganz schnell. »Er muss erschossen worden sein.« Seine Hände formen sich zur Pistole. »Peng, peng.« Der Laut klingt gehässig, während er mit den Fingern in die Luft feuert und ich erschrocken die Arme um mich schlinge.

»Ich weiß einfach, dass er erschossen wurde, aber von wem? Wen würde mein Bruder schützen wollen?«

»*La tristesse durera toujours*«, sage ich.

»Ich weiß, du willst jetzt nach vorne schauen.«

»Theo, du bist krank, du brauchst Hilfe. Ich möchte, dass wir uns unser Leben zurückholen. Der Geist deines Bruders ...«

»Er verfolgt dich?« Seine Augen werden schmal, und ich schüttele den Kopf ein wenig zu heftig.

»Nein, aber das, was ich hätte tun sollen oder können, um ihm zu helfen«, erkläre ich. »In den zwei Jahren, die ich ihn kannte, hat er ...«

»Zur Beerdigung sind viele gekommen. Was, wenn einer von ihnen der Mörder ist? Wer hat ein glaubhaftes Motiv? Warum hat Vincent auf dem Sterbebett seinen Mörder geschützt? Warum hat er mir nicht gesagt, wer es war?« Seine Worte überschlagen sich. Er hat kein Interesse an meinen Gedanken. »Ich dachte, er würde mir sein Leben anvertrauen.«

Es ist mir so wichtig, dass er mich hört, dass ich zu meinem Mann durchdringe. »Du wirst es nie wissen«, sage ich klar und deutlich. »Aber du wirst dich selbst wahnsinnig machen, wenn du weiterhin ...«

»Ich war im Leben nicht genug für ihn da, da ist es das Mindeste, was ich jetzt ...«

»Was hat Vincent zu Dr. Gachet gesagt, als man ihm mitteilte, dass man sein Leben retten könne?« Mein Tonfall ist immer noch streng.

»Dass er es dann einfach noch mal machen muss«, murmelt Theo.

»Und trotzdem glaubst du nicht, dass Vincent durch Selbstmord gestorben ist? Ich bitte dich.« Ich gehe zu ihm und nehme seine Hände, halte sie fest. »Bitte, Theo. Ich flehe dich an. Lass los. Zusammen können wir dafür sorgen, dass die Welt erfährt, was für ein unglaublicher Künstler er war. Aber lass uns wieder eine Familie sein. Lass uns nach vorne schauen.«

HERBST 1890
PARIS

September 1890

Theo hat Paul Durand-Ruel gebeten, bei uns vorbeizukommen und sich Vincents viele Bilder anzuschauen. Er war überzeugt davon, dass Paul sie sofort für eine Ausstellung würde haben wollen. Bis zehn Uhr musste die gesamte Wohnung aufgeräumt sein, und Clara nahm das Baby zu einem Spaziergang mit in den Park.

Der arme Paul stand ganz verwirrt da und wusste überhaupt nicht, wie er auf Theos hektisches Verhalten reagieren sollte. Ich versuchte, meinen Mann zu beruhigen, aber er pries geradezu fieberhaft mit detailliertesten Ausführungen jedes einzelne Werk an. Ich bin sicher, dass ich bereits nach einer Viertelstunde hörte, wie Paul sich unter einem Vorwand verabschieden wollte. Letztlich blieb der freundliche Mann eine ganze Stunde und kam nicht einmal dazu, die Bilder zu sehen, die in Auvers entstanden sind.

»Vincents Kunst könnte zu kontrovers sein«, sagte er zum Schluss, und auch: »Ich melde mich innerhalb einer Woche.«

KUMMER

Was jetzt?

Das denke ich, als ich das Schlafzimmer betrete. Seit zwei Monaten geht es mit ihm bergab, wochenlang hat er Diagramme und Namen von Verdächtigen auf Leinwand gekritzelt, die er an die Wände unseres Salons genagelt hatte. Nun sitzt Theo an der Kante unseres Bettes, mein Skizzenbuch aufgeschlagen auf dem Schoß und Briefe ringsherum verstreut. Ich habe nichts zu verbergen, aber das Eindringen in meine Privatsphäre bildet eine neue Verschlechterung.

»Durand-Ruel sagte eine Woche«, krächzt er. »Er hat gelogen.«

»Vielleicht hat er einfach viel zu tun mit …«

»Ein Monat lang schweigen bedeutet, er weigert sich, meinen Bruder auszustellen«, sagt er. Ich erwidere nichts. Ich weiß, wie sehr ihn das schmerzt, und mein Mann steht sowieso schon kurz vor dem Zusammenbruch und an der Schwelle zum Wahnsinn. »Unsere Liebe war nie gleich stark, oder?«

Wie bitte? Der Themenwechsel überrumpelt mich völlig. Ich schweige erst einmal und suche in seinem Gesicht nach Hinweisen.

»Ich habe meine Kündigung eingereicht. Ich arbeite nicht mehr bei Boussod, Valadon & Cie.«

»Du bist erschöpft. Warte, ich hole dir deine Medizin.« Ich schicke mich an, das Zimmer zu verlassen.

»Diese Tropfen machen mich erst recht verrückt!« Ich warte. Theo holt tief Luft. »Ich habe dir vertraut. Habe dir alles von mir geschenkt, und *so* zahlst du es mir zurück?« Er zeigt auf mein Skizzenbuch. Sein ruhiger Tonfall macht mir Angst.

»Wovon redest du?«

»Was wirst du heute wohl schreiben, liebste Ehefrau?«, gibt er zurück. »4. Oktober 1890, Ehemann findet heraus, dass ich eine dreckige Hure bin?« Er knurrt förmlich. Ein kehliges Geräusch tief aus seinem Innern. »Sag's mir. Du und Vincent zusammen. Die ganze Zeit. Steht das hier irgendwo? Besuchst du ihn immer noch, wenn ich bei der Arbeit bin?«

Immer noch? Ich halte inne.

»Also?«, knurrt er.

»Was? Wie bitte? Weshalb denkst du so etwas?« Fassungslos stehe ich in der Tür und drehe meinen Ehering am Finger. Ich habe überhaupt keine Ahnung, was ich als Nächstes tun soll.

»Lacht ihr über den dummen, gutgläubigen Theo? Darüber, wie du mich mit deinen Lügen getäuscht hast.« Er hat die Augen weit aufgerissen. »Wie nachlässig ich doch war, dir mein Herz, meine Seele anzuvertrauen.«

Ich stehe stocksteif und halte den Atem an. Woher kommen diese Anschuldigungen?

»Wissen alle Künstler in Paris Bescheid? Lachen hinter meinem Rücken alle über mich? Alle wissen, dass mein Bruder noch lebt.«

»Vincent ist tot«, sage ich und sehe, wie er zusammenzuckt. Er schüttelt heftig den Kopf. Rasch mache ich einen Schritt auf ihn zu, will meinen Mann trösten. »Zwischen mir und Vincent ist nie etwas passiert«, sage ich. »Wie kommst du denn darauf?«

»Enthielten seine Bilder Botschaften für dich?«, will er wissen. Ich seufze.

»Ich habe euch zusammen gesehen«, sagt er.

»Wo?«, frage ich. »Wann?«

»Heute Morgen. In der Küche.«

Wie soll ich darauf nur reagieren? Vincent ist tot und begraben. Theo halluziniert. Was für neues Unheil zieht da auf?

»Habt ihr abgewartet, bis ihr richtig zusammen sein könnt? Für immer?«

»Theo, lass mich deine Medizin holen.« Ich versuche, ruhig zu klingen, denn ich spreche mit einem kranken Mann. Aber welche Art Hilfe braucht er?

»Ich werde nie mehr der sein, der ich war, bevor ich dich traf«, sagt er, die Augen auf seine Schuhe gerichtet.

»Und das ist schlecht?« Nun klinge ich offensichtlich zu abwehrend, denn sein Blick durchbohrt mich wieder.

»Du machst *mich* für deine Hinterhältigkeit verantwortlich?« Er schlägt so heftig mit der Faust auf das Skizzenbuch, dass das Bett wackelt und er selbst ins Schwanken gerät.

»Nein«, sage ich mit erhobenen Händen. Seit zwei Monaten lebe ich in diesem ständigen Zustand der Panik. Der Mann, den ich kannte und liebte, ist mit seinem Bruder gestorben. Diese Kopie ist völlig unberechenbar und falsch.

»Du bist immer das Opfer, nicht wahr, Johanna?« Er lacht gackernd, ohne jede Freude. Der Schweiß rinnt ihm von der Stirn über die Wangen bis in den Bart. Er ist krank, sehr krank. »Du Ärmste, völlig unschuldig, und überhaupt nicht verantwortlich für den Untergang der Gebrüder van Gogh.«

»Lass mich den Arzt holen. Er wird …«

»Wann hast du aufgehört, um mich zu kämpfen?«, ruft er, und ich senke den Kopf. »Wann hast du aufgehört, für deinen Sohn zu kämpfen?«

»Ich habe nie aufgehört zu kämpfen«, flüstere ich. »Du bist alles für mich.« Schweigen. »Wir können Hilfe holen. Es geht dir nicht gut. Theo. Bitte«, flehe ich und mache einen Schritt Richtung Bett, doch er hebt die Hand. Er will, dass ich mich von ihm fernhalte. Ein Hustenanfall unterbindet weitere Worte. Ich warte und trete dabei unruhig von einem Fuß auf den anderen.

»Hast du ihm geschrieben, ihm von unserer Ehe erzählt, von meinen Schwächen, was du an mir nicht magst?«

Ich schüttele den Kopf. »Natürlich nicht«, erwidere ich immer noch flüsternd. Ich bin bereits besiegt.

»Mein Bruder betrachtet all meine Frauen als sein Eigentum, als etwas, auf das er ein Anrecht hat.« Jedes Wort ist scharf und von Bitterkeit durchdrungen.

»Ich will dich. Nur dich. Von dem Moment an, als ich dich das erste Mal gesehen habe.« Ich versuche, den Mann aufzuwecken, den ich einst kannte. Meine Lippen zittern, meine Worte vibrieren.

Lachend tut er meine Gefühle ab, aber ich kann ihn nicht aufgeben.

»Du hast mich verändert. Du hast das Beste aus mir herausgeholt. Du hast mir gezeigt, wie man liebt. Bitte, Theo, bitte lass mich den Arzt rufen.«

Er funkelt mich böse an, und ich sehe, wie sich seine Miene verändert, seine Augen groß werden.

»Planst du die Flucht mit meinem Bruder? Steht das alles hier drin?« Er schwenkt mein Skizzenbuch durch die Luft. »Hat das schon vor unserer Verlobung angefangen? Hat Vincent die Wahrheit gesagt? Damals, du und er, auf Bongers Teppich …«

»Nein«, widerspreche ich heftig. »Du bist alles, was ich je wollte.«

»Bin ich jedes Mal aus deinen Gedanken verschwunden, wenn du mit ihm zusammen warst? Als er heute Morgen in dir war? Wie oft hast du ihn in Auvers besucht?« Er lallt so, dass man ihn kaum noch versteht.

»Nur das eine Mal, mit dir und unserem Jungen«, flüstere ich.

»Lügnerin!«, brüllt er. Es hallt im Zimmer wider. Dann schlägt er mit dem Skizzenbuch aufs Bett. »Du bist eine Hure. Ich habe euch heute Morgen zusammen gesehen!«

»Theo, bitte …«

»Ich kenne dich überhaupt nicht, oder?« Er springt vom Bett auf und kommt auf mich zu. Fuchtelt mit dem Buch vor meinem Gesicht herum, so dicht, dass die Kante meine Nase trifft. Ich versuche, es zu packen, aber er ist zu schnell. Er versteckt es hinter seinem Rücken und grinst mich höhnisch an.

Die Hitze steigt in mir empor. »Was willst du von mir hören?«

»Dass es dir leidtut. Das wäre mal ein Anfang.« Seine Spucke landet auf meiner Wange.

»Aber ich habe nichts …«

»Ich werde das hier lesen und herausfinden, wer du wirklich bist.« Schwankend umklammert er das Skizzenbuch. Ich bewege mich nicht, als er mich damit erneut an der Nase trifft, zittere ich am ganzen Leib. »Diese Person, die Freude daran hat, die Gebrüder van Gogh zu zerstören.«

»Theo«, flehe ich. »Bitte.« Ich kann die Tränen nicht mehr aufhalten, also lasse ich ihnen freien Lauf. »Lies es. Ich habe nichts zu verbergen.«

»Du bist die einzige Frau, die ich je geliebt habe«, flüstert er. Mit diesen Worten dreht er sich um und taumelt zurück zum Bett. »Aber ich war dir nie genug.«

»Du bist mehr als genug. Du bist alles, was ich brauche.«

Er lässt sich auf die Bettkante mir gegenüber fallen. In diesem Moment sieht er Vincent ähnlicher als sich selbst. »Was verbirgst du sonst noch, Madame van Gogh?« Seine Augen glühen. »Ist das Baby überhaupt mein Sohn?«

Schweigen: unheimlich, voller Schwärze. Plötzlich ist der Gesichtsausdruck meines sanften Ehemannes verletzlich und unschuldig. In diesem Moment ist er wieder ein kleiner Junge, der verzweifelt versucht, alles wiedergutzumachen. Was für ein furchtbarer Verlust. Alles hat sich verändert, alles, was wir teilen, ist zerbrochen. Er hat seinen Frieden verloren, ich die Liebe meines Lebens. Aber während ich das denke, habe ich unbewusst innegehalten, habe beobachtet, anstatt zu sprechen. Mein Schweigen fasst er als Eingeständnis auf.

»Natürlich ist er dein Sohn.« Ich klinge zu hektisch, und meine Antwort kommt zu spät. »Ich war nie mit Vincent intim.« Ich klinge, als würde ich Ausflüchte suchen. Ich möchte gerne mehr sagen, klar und überzeugend wirken, aber es ist zu spät.

»Du hast ihn nach *seinem* Vater benannt!«, bellt er. Dann knurrt er mich wieder an.

»*Du* hast ihn nach *deinem* Bruder benannt«, korrigiere ich und verschränke die Arme vor der Brust. »Ich wollte ihn Theodorus nennen, nach *dir*, nach *seinem* Vater.«

Schweigen.

Jetzt breche ich in Tränen aus. »Du bist meine einzige Liebe. Der Vater meines Kindes. Meine Zukunft!«, schluchze ich.

»Zukunft?« Sein Lachen klingt hart und heiser. »Wir haben keine Zukunft.« Ich sehe seinen Schmerz, seine Angst, seine Abscheu. Und ich sehe seinen Hass. »Du hast mir alles genommen«, sagt er.

Er springt vom Bett auf und wirft mir das Skizzenbuch an den Kopf. Ein gezielter Wurf. Der Schmerz kommt sofort. Er lenkt mich ab, und in diesem Augenblick stürzt sich Theo auf mich. Seine Kraft ist überraschend, sie kommt aus seinem Innersten. Er stößt mich. Mein Kopf schlägt auf dem Parkett auf, und Schmerz explodiert in meinem Schädel. Ich bin wie benebelt, kann mich nicht mehr wehren. An meinen Röcken schleift er mich in die Mitte des Zimmers. Dort kniet er sich mit einem Bein auf meine Brust, den Stiefel auf meinem Arm, und umfasst mit beiden Händen meinen Hals. Er drückt zu, immer fester.

Ich ringe nach Atem, ich hechele, mein Kopf droht zu bersten. Zu viel Schmerz, überall Pein. Ich versuche, den Kopf zu schütteln, doch sein Griff ist zu fest. Schweiß tropft von seinem Kinn auf mein Gesicht. Mit aller Macht drückt er zu.

Ich habe keine Kraft mehr.

Da wird die Schlafzimmertür aufgerissen.

»Monsieur Theo«, kreischt Clara, und Baby Vincent schreit mit. Das Geräusch lenkt ihn ab, holt ihn zurück. Er löst seine Finger, sodass ich mich befreien kann. Clara kommt mit Baby Vincent auf dem Arm herein und versucht zu begreifen, was passiert ist.

Theo blickt hoch. Sieht sie und springt auf.

Er schwankt auf die beiden zu. Versucht, das Baby zu packen. Er zieht an Vincents Armen, an seinem kleinen Hals, aber Clara dreht sich sofort weg. Sie schützt das schreiende Kind mit ihrem Körper vor seinem Vater. Da stürzt er sich auf Clara – ein Fausthieb, ein Schlag, ein Tritt, er zieht an ihren Haaren, versucht, sie umzudrehen, versucht, an meinen kleinen Jungen zu kommen.

»Hilfe«, brüllt Clara. »Hilf mir!«

»Theo!«, will ich rufen. Dann versuche ich zu schreien. Meine Stimme ist kratzig, meine Kehle wund.

Ich krieche auf die beiden zu und reiße dabei eine Lampe, einen Stuhl, Bücher zu Boden. Es klappert und knallt – ich versuche, so viel Lärm wie möglich zu machen.

Und es funktioniert. Madame Joseph kommt ins Zimmer geeilt. Sie zerrt Theo von Clara weg und dreht ihm die Arme auf den Rücken, doch er tritt immer noch mit den Füßen. Sein ganzer Körper zuckt und windet sich unter Madame Josephs ungeahnter Kraft.

»Ich bringe euch alle um«, schreit er. »Ihr seid der Teufel!« Doch dann richtet sich sein Blick gen Decke. Er wirft den Kopf hin und her, als wäre eine Biene darin gefangen.

Etwas stimmt nicht. Etwas verändert sich. Etwas in seinem Kopf lenkt ihn ab.

»Mach, dass es aufhört. Mach, dass das aufhört!« Seine Stimme ist leiser, und die Worte klingen gequält.

»Shhhh, Monsieur Theo«, sagt Madame Joseph, aber er scheint sie nicht zu hören.

Nun hustet er, wird vom Husten geschüttelt. Seine Augen sind geschlossen. Alles geschieht wahnsinnig schnell.

»Lass ihn los!«, rufe ich, und die Worte schmerzen beim Verlassen meines Mundes.

Madame Joseph sieht mich an. Sie weiß nicht, ob sie meine Anweisung befolgen soll, aber ich nicke. Selbst diese kleine Bewegung sendet Schmerzwellen durch meinen gesamten Körper. Das lenkt mich eine Sekunde lang ab, und als ich den Blick wieder auf Madame Joseph richte, sehe ich, wie sie ihren Griff lockert.

Mein Mann fasst sich an die Brust. Seine Augen sind immer noch geschlossen, sein Mund halb offen.

»Theo!«, schreie ich.

Er sinkt zu Boden.

Oktober 1890

Theo lebt.

Sie haben ihn zuerst ins Hospital La Maison Dubois gebracht, aber nun weilt er in einer Klinik in Passy.

Er leidet unter einer Krankheit des Gehirns. Sie sagen, der Tod seines Bruders hätte ihm den Verstand geraubt.

Die Ärzte vermuten, dass er sich nicht mehr erholen wird.

Ich habe vergessen, wie sich Normalität anfühlt.

Ich habe zu lange in diesem Sturm existiert. Unser Glück war von viel zu kurzer Dauer.

LANDSCHAFT MIT KUTSCHE UND ZUG

»Jo!«

Natürlich erkenne ich die Stimme sofort. Ich drehe mich um und lasse den Blick über die wogende Menge an Reisenden schweifen. Nur dieses eine Wort, und ich verwandle mich vor dem Gare du Nord in ein hässliches, heulendes Häufchen Elend. Weiß der Himmel, was die anderen Passagiere denken: ein Kleinkind im Arm, kein Ehemann, ein Koffer zu meinen Füßen, tränennasse Wangen. Baby Vincent kräht, als Fremde uns anrempeln.

Dann sehe ich ihn. Meinen Bruder: groß, mit der Melone in der Hand winkend, rufend, kämpft er sich gegen den Strom der ankommenden Reisenden. Ich schiebe Vincent auf die andere Hüfte und versuche, Andries durch Tränen hindurch anzulächeln, meinem Sohn zu versichern, dass alles gut wird. Er schiebt sich an anderen Reisenden und ihren schwankenden Gepäckträgern vorbei.

»Was machst du hier?«, stammele ich.

»Habe gehört, dass du den Nachtzug nach Utrecht nehmen willst«, sagt er.

»Aber wer …«

»Clara.« Er beugt sich herunter und küsst den kleinen Vincent auf den Kopf. Mein Sohn streckt die Hand aus, um Andries am Mantelkragen zu packen. Irgendwie wirkt mein Bruder heute nicht ganz so aus dem Ei gepellt wie sonst: Er hat Flecken am Hals, und die Spitzen seines Schnauzers haben sich nicht zähmen lassen. »Ich dachte, ich leiste dir Gesellschaft.« Mit einem Kuss löst er Vincents Finger. Er hat kein Gepäck bei sich, was darauf hindeutet, dass er überstürzt aufgebrochen ist.

»Sie haben gesagt, Theos Zustand ist viel ernster, als es der von Vincent war.«

Andries nickt, und sein Blick huscht von einem Passanten zum nächsten. Er kann mir nicht in die Augen sehen. Das lässt mich gleich wieder Rotz und Wasser heulen. Bevor ich mir jedoch mit dem Blusenärmel über die Augen wischen kann, reicht Andries mir sein seidenes Taschentuch. Ich trockne mir das Gesicht und schnäuze mich so laut, dass es wie eine Trompete klingt. Der kleine Vincent lacht glucksend. Als ich meinem Bruder das Taschentuch wieder hinstrecke, schüttelt er den Kopf. Stattdessen zieht er mich an sich. Er küsst mich auf die Stirn und legt mir den Arm um die Schultern.

»Wir werden das zusammen durchstehen«, sagt er.

»Es besteht nicht der kleinste Funken Hoffnung.«

Letzte Woche habe ich versucht, Theo zu besuchen, als er noch in Paris war, doch man erlaubte es mir nicht. Da stand ich mit dem Baby im Arm und flehte sie an, mich wenigstens für fünf Minuten zu meinem Mann zu lassen, aber sie schickten mich weg. Sie sagten, ich müsse Theo Zeit lassen, sich an seine neue Umgebung zu gewöhnen. Aus der Ferne, durch die Streben des Eisentors, konnte ich ihn mit einer Krankenschwester im Garten sehen. Er wirkte zwar gebeugt, konnte aber gehen. Das beruhigte mich einerseits, andererseits machte es mich traurig. Törichterweise schöpfte ich Hoffnung, mein Mann würde sich wieder ganz erholen. Fünf Tage später erklärte man mir, dass er bereits nach Utrecht verlegt wurde, in eine Einrichtung für geistig Kranke.

»Sag mir alles, was du weißt«, fordert Andries mich auf.

»Ich habe erst von der Verlegung erfahren, als mir der Arzt, also der aus der psychiatrischen Klinik in Utrecht, schrieb, dass Theo aufgeregt und verwirrt dort angekommen sei. Angeblich hatte er nicht die leiseste Ahnung, was für ein Tag es war oder wo er sich befand«, berichte ich. »Sie haben ihn in einem Isolationszimmer untergebracht.«

»Und da hast du beschlossen, mit einem Baby dorthin zu fahren?« Er zerzaust meinem Jungen sein blondes Haar. »Was glaubst du denn dort vorzufinden?« Die Bahnhofsuhr schlägt zwei. Andries bückt sich nach meinem Koffer.

»Sie sagen, es ist eine allgemeine Lähmung als Folge seiner Syphilis-Infektion.« Eine Welle der Scham überrollt mich.

»Ihr seid alle monatelang krank gewesen.« Ich nicke, denn das stimmt.

»Aber unser Arzt hat behauptet, dass weder der Junge noch ich infiziert sind.«

»Möchtest du, dass ich ihn trage?«, bietet er mir an, aber ich schüttele den Kopf. Ich brauche den kleinen Vincent nahe bei mir. Ich muss auf ihn aufpassen.

Andries dreht sich um und geht Richtung Bahnsteig. Sein Tempo ist etwas zu schnell, sodass ich mich beeilen muss, um Schritt zu halten, obwohl ich kaum noch Kraft habe. In den vergangenen zwei Jahren habe ich ein ganzes Leben gelebt. Und im letzten Monat kommt es mir so vor, als würde auch ich langsam den Verstand verlieren.

»Diese Müdigkeit und Rastlosigkeit haben uns alle erschöpft.« Ich seufze. »Wenn Theo einfach nur schlafen könnte«, sage ich, vor allem zu mir selbst, doch Andries dreht sich um und lächelt.

»Und du glaubst, dich zu sehen, wird ihm helfen?«

»Davon bin ich fest überzeugt.«

Mein Bruder bedeutet uns, ihm durch die Menge zu folgen. Meine Worte hallen als Echo hinter mir nach: *Es besteht nicht ein Funke Hoffnung.*

November 1890

Der Besuch war eine Katastrophe.

Man brachte uns in ein Zimmer mit einem Tisch und drei Stühlen. Theo wurde hereingeführt und blieb mit seiner Krankenschwester bei der geschlossenen Tür stehen. Er weigerte sich, näher zu kommen.

»Schau mal, dein Sohn ist hier«, sagte ich.

Langsam kam er auf uns zu, den Blick bei jedem Schritt auf Baby Vincent gerichtet, doch seine Miene blieb ausdruckslos. Dann, als er uns erreicht hatte, schaute er den Jungen wütend an und brüllte: »Ich kenne dich nicht!«

»Theo«, sagte ich, und er blickte mich an, als würde er mich zum ersten Mal sehen. Dann warf er einen Stuhl in Richtung Tür. Dries stellte sich schützend vor mich. Da gab mein Ehemann einen Laut von sich, wie ich ihn noch nie gehört hatte. Ein hohes Kreischen so voller Entsetzen. Mein Sohn stimmte mit angsterfülltem Gebrüll ein, und ich stand nur weinend da, nicht in der Lage, denen zu helfen, die ich liebe.

Die Schwester eilte zu Theo und brachte ihn eilig aus dem Zimmer.

Sie haben darum gebeten, dass wir ihn in Utrecht nicht mehr besuchen – erst wenn sich wieder Ruhe und Vernunft eingestellt haben, falls überhaupt.

Ich habe trotzdem Angst, dass der Tag kommen wird, an dem ich sein Gesicht vergesse. An dem ich nicht mehr in der Lage sein werde, die Augen zu schließen und seine Stimme zu hören. An dem ich unseren Sohn anschaue und mir wünsche, dass er mal seinem Vater ähnlich wird.

Was soll ich unserem Jungen über seinen Vater erzählen? Wie soll ich je genug Worte finden, um einen Mann zu beschreiben, den er nie kennenlernen wird?

OLIVENBÄUME

Clara weigerte sich strikt, sie in die Wohnung zu lassen, stattdessen holte sie mich aus dem Kinderzimmer. Langsam ging ich zur Wohnungstür und legte mir dabei stumm zurecht, was ich sagen würde. Irgendwie hatte ich schon damit gerechnet, demnächst Sara Voort gegenübertreten zu müssen. Nun bin ich vorbereitet.

Doch alles, was ich sehe, ist eine weitere erschöpfte, kaputte Frau. Sara steht in der geöffneten Tür. Mit bewusst aufrechter Haltung trete ich ihr entgegen. Sie jedoch hat den Blick gesenkt, und ihre Schultern hängen nach vorn. Der Verband an ihren Handgelenken zeugt von ihrem jüngsten Versuch, sich aus dem Leben zu stehlen.

Alles, was ich mir zurechtgelegt habe, scheint auf einmal nichtig und unnötig grausam.

»Und?«, sage ich stattdessen nur. »Weshalb bist du hier?«

»Ich wollte nach Theo fragen«, antwortet sie, ohne mich anzusehen.

»Theo befindet sich in einer Gummizelle, zu seiner eigenen Sicherheit ...« Ich muss schlucken, um meine Gefühle unter Kontrolle zu halten. »In Isolation.«

Sie blickt auf. Ihre braunen Augen sind verquollen und von roten Äderchen durchzogen, ihr herzförmiges Gesicht fleckig. Sie ist erschöpft. Wir sind beide am Ende.

»Pa schickt mich fort. Nach London«, nuschelt sie. Ihre Unterlippe zittert. »Ich wollte mich entschuldigen, bevor ich gehe.«

Ich reagiere nicht.

»Ich habe ihn als meinen Mann betrachtet«, murmelt sie. »Er war meine erste Liebe. Ich habe mich ihm hingegeben. Er sagte, wir würden heiraten ... ich dachte, du hast ihn mir gestohlen.«

»Und?«, frage ich, die Hände in die Hüften gestützt. Ich bin auf alles vorbereitet.

»Du kanntest ihn nur so kurz.« Sie schluchzt. »Es tut mir unendlich leid, dass ich mich eingemischt habe …«

»Bitte hör auf.« Auf einmal verlässt mich aller Kampfgeist. Ich trete zurück und würde gerne die Tür schließen. Ich kann ihren Kummer nicht auch noch ertragen, mein eigener wiegt schon schwer genug.

Doch Sara legt die Hand auf den Türrahmen, um mich am Weggehen zu hindern. »Vincent hat mir von ihrem grausamen Spiel erzählt«, sagt sie. »Wie er eingewilligt hat, mich zu übernehmen, nur um meine Gedanken von Theo abzulenken.«

»Das war unverzeihlich«, sage ich kopfschüttelnd. »Aber ich war nie deine Feindin. Ich bin nicht verantwortlich dafür, wie dich die van-Gogh-Brüder behandelt haben.«

»Ich habe mich so nach Zeit mit ihm gesehnt. Aber immer, wenn er mit mir zusammen war, waren seine Gedanken woanders.«

»Wenn er mit dir zusammen war?« Die Panik ist sofort wieder da.

»Ich habe mich ihm Tag für Tag aufgedrängt. Probleme erfunden, die er lösen sollte, von Lügen berichtet, die Vincent mir erzählt hatte. Jede Ausrede, mit ihm zu sprechen, ihn zu sehen, war mir recht, aber …«

Ich bedeute ihr fortzufahren.

»Theo hat mich jedes Mal abgewiesen. Er hat immer nur dich geliebt.«

Ich versuche gar nicht erst, meine Tränen zu verbergen. Als Sara die Hand ausstreckt, weiche ich zurück.

»Du hast versucht, meine Ehe zu zerstören«, sage ich mit möglichst neutralem Tonfall, der weder meine Wut noch meine Erleichterung verraten soll. Aber ich bin dankbar für die Wahrheit. »Du hast so getan, als gäbe es mich gar nicht.«

»Es tut mir leid. Ich schäme mich«, sagt sie. »Nicht zu genügen …« Sie schluchzt zwischen den Wörtern. »Ich wollte so gerne du sein, aber dann hoffte Vincent auf eine Beziehung mit dir, und ich dachte, er könnte dich von Theo ablenken.«

Nun begreife ich. »Du hast versucht, die beiden van-Gogh-Brüder bei ihrem eigenen Spiel zu schlagen?«

»Sie haben mich zerstört, mich hässlich gemacht.«

»Hörst du überhaupt, was für Unsinn du da redest?«, frage ich, ein wenig zu laut. Sara verzieht das Gesicht.

»Aber ...«

»Kein *Aber*«, ahme ich ihren Tonfall nach. »Du bist einem Mann hinterhergelaufen, der dich jedes Mal zurückgewiesen hat. Du wusstest das, aber du hast trotzdem nicht lockergelassen. Das ist deine Wahrheit, aber sie haben dich nicht zu etwas Hässlichem gemacht.« Sara hört mir zu, erwidert nichts, sondern beobachtet mich nur. Ich atme tief ein und aus. »Die Brüder van Gogh haben dich nicht zerstört. Du hast bewusst die Rolle der hysterischen Frau gewählt, und ich musste deine intriganten Versuche ausbaden.«

»Ich weiß.« Nun studiert sie ihre Stiefelspitzen.

»Aber du bist immer noch hier, immer noch am Leben«, sage ich. »Versuche zumindest, ehrlich zu bleiben. Mach dir bewusst, dass du selbst für dein Verhalten, deine Entscheidungen und dein Glück verantwortlich bist.«

»Es tut mir leid«, wiederholt sie wieder so leise, dass ich es kaum verstehe. Ich höre ihre Trauer, die meiner gleicht. Der Schmerz, die Schuldgefühle, die Scham, der Verlust – wir klammern uns beide an unsere geistige Gesundheit. Wir haben beide genug gelitten.

»Du musst anders mit den unsinnigen Anforderungen der Gesellschaft an uns Frauen umgehen. Sei frecher, mutiger, lerne, dich aufzulehnen.«

Sara sieht mich mit Tausend Fragen an. Trotz meiner Tränen muss ich lächeln. »Betrachte London als Neuanfang. Ich kenne dort Leute, verständnisvolle Leute. Sie werden dir helfen.«

»Warum bist du so nett zu mir?« Sie ist verwirrt. Damit hat sie nicht gerechnet, und sie glaubt auch nicht, dass sie diese Reaktion verdient hat.

Ich reiche ihr die Hand. »Wir sind es beide leid.« Sara verschränkt ihre Finger mit meinen. »Aber glaubst du nicht auch, dass wir stärker und weiser geworden sind dank der van-Gogh-Brüder? Sie haben uns beide verändert.«

»Zum Besseren?«, fragt Sara, und ich nicke.

Ich bin wie sie: eine Frau, die an ihren Entscheidungen und ihrem Verhalten zerbrochen ist. Wir wagen es beide, ehrlich zu dem zu stehen, was wir sind.

»Weißt du, was ich jetzt gerade wirklich brauche?«, frage ich.

Sara schüttelt den Kopf.

»Jemanden, der mir zuhört, wenn ich über Theo rede. Jemanden, der mir Geschichten über den Mann erzählen kann, den ich liebe.«

»Das kann ich tun.« Sie lächelt. »Ich habe ihn auch geliebt.«

Ich nicke. Das hat sie. Also trete ich beiseite und lasse Sara in mein Zuhause.

TEIL III

ERHEBEN

WINTER 1891
PARIS

26. Januar 1891
Paris

Mein liebster Theo,

gestern Abend bist Du gestorben.

Drei Monate voller Sehnsucht. Drei Monate, in denen ich Dich jeden einzelnen Tag vermisst habe. Drei Monate, in denen ich Dir in Gedanken Briefe geschrieben habe – Worte, die Du nie erhalten wirst. Jetzt bin ich Deine Witwe. Jetzt werde ich Dich nie wieder sehen.

Ich durfte Dich nicht noch einmal besuchen. Stattdessen hat Dein Arzt geschrieben. Die Fakten auf vergilbtes Papier gekritzelt. Du hast zwei epileptische Anfälle erlitten und nach dem zweiten das Bewusstsein nicht wiedererlangt. Dein Herzschlag wurde schwächer, Deine Atmung flacher, und gegen halb zwölf gestern Abend hast Du diese Welt verlassen. Bereits jetzt beneide ich alle, die Dich länger kannten als ich. In diesem Moment hasse ich sie. Ich ertrage es nicht, dass Du Deinen Bruder Dein ganzes Leben lang geliebt hast und mich nur so kurze Zeit. Vor allem aber verabscheue ich mich selbst dafür, solch hässliche Gefühle zu empfinden. Doch wir waren füreinander nur dreißig Monate lang Teil unseres Lebens. Gerade mal einundzwanzig Monate war ich Deine Madame van Gogh. Ich bin erst achtundzwanzig, Du warst kaum dreiunddreißig. Unsere Zahlen sind ungenügend.

Und obwohl es in Wirklichkeit bereits Monate her ist, seit Du uns verlassen hast, kommt es mir so vor, als dürfte ich erst heute trauern. Unser Sohn schläft. Sie glauben, dass auch ich schlafe, doch ich kann nicht. Unsere Wohnung ist zu still. Ich bin sicher, Clara und Madame Joseph stehen reglos in der Küche herum, um ja kein Geräusch zu machen. Sie haben nicht begriffen, dass die Abwesenheit von Lärm mich nur noch mehr belastet.

Ich habe vorhin Sonnenblumen gekauft. Für Dich. Sie stehen in einer Vase neben dem gerahmten Foto von unserem Hochzeitstag. Ich betrachte diese Fotografie und denke daran, wie viel Angst wir beide um Vincent hatten, was er sich antun könnte. An manchen Tagen durchdringt seine Traurigkeit all die freudigen Momente in unserer viel zu kurzen gemeinsamen Zeit. Jeder Künstler hat eine Geschichte über meinen Mann zu erzählen. Meine Geschichten und Erinnerungen an unsere Reise der Liebe enthalten so viel Sorge um Vincent van Gogh.

Theo, am liebsten würde ich schreien. Ich will es vom Balkon schreien. Das ist nicht gerecht! So sollte unsere Geschichte nicht enden. Warum durften wir unsere Liebesgeschichte nicht zu Ende bringen, mein wunderbarer Mann? Wo sind die guten Zeiten, an die ich mich klammern kann? Weshalb durchdringt Dein Verlust jeden meiner Gedanken?

Ich brauche Dich. Dein Sohn braucht Dich.

In fünf Tagen wird unser Junge seinen ersten Geburtstag feiern. Du wirst ihm nie alles beibringen können, was Du weißt. Er wird den Rest seines Lebens nach Dir suchen. Die Erinnerungen anderer Menschen an Dich aneinanderreihen und sie zu seinen eigenen machen. Du musst jetzt für mich zur Tür hereinkommen, unseren kleinen Vincent hochnehmen, mich in Deine Arme ziehen und mir sagen, dass alles gut wird.

Ich weiß nicht, wie ich ohne Dich Madame van Gogh sein soll. Ich weiß nicht, wie ich ohne Dich ich sein soll.

Ich wünschte, ich könnte unsere kurze gemeinsame Zeit noch einmal zurückdrehen. Dann würde ich zu diesem Abend zurückkehren, als ich Dich das erste Mal sah. So steif und völlig deplatziert im ausgelassenen Treiben des Moulin de la Galette. Ich weiß noch, wie ich dachte, Du siehst aus, als wärst Du aus Holz geschnitzt. Dein schicker Gehrock saß eng an deinen schmalen Schultern, ganz zugeknöpft. Alles an Dir steif und unnachgiebig. Und trotzdem konnte ich nicht aufhören, Dich anzusehen. Mein erster Abend in Paris. Ich war so verloren und so voller Scham, und trotzdem erkannte ich mich in Dir wieder. Eine sofortige Verbindung. Ich habe mich fast nicht getraut zu blinzeln – aus Angst, Du könntest verschwinden.

Und so fühle ich mich jetzt wieder. Zu viel Angst, um zu schlafen, doch diesmal weil ich weiß, dass ich beim Aufwachen diesen ganzen Schmerz noch einmal ertragen muss. Noch heftiger. Mit noch mehr Sehnsucht. Mit dem Wissen, dass es real ist – dass ich Dich nie wieder sehen werde. Unsere Fäden sind miteinander verwoben, mein liebster Theo. Gemeinsam waren wir stärker als jeder für sich allein. Ich vermisse den Klang Deines Herzens.

Wie verabschiede ich mich von der Liebe meines Lebens? Wenn mich jeder Tag, jeder Blick auf unseren Sohn an Deine Abwesenheit erinnern wird.

Es ist so falsch. Es darf nicht sein.

Ich werde Deinen Tod jeden Tag leben, bis ich sterbe.

Ruhe in Frieden, mein liebster Mann. Ich werde für immer Deine Ehefrau sein.

Tout à toi
Jo

Januar 1891

Der erste Geburtstag unseres Sohnes, und mein Mann wurde bereits in Utrecht beerdigt.

Edgar Degas war heute hier. Bei unserer ersten offiziellen Begegnung sprach Theo davon, dass er mich Degas vorstellen würde, und ich habe aufgehört zu zählen, wie oft ich einem Treffen ausgewichen bin.

Ein freundlicher, rundlicher Herr, der schnelles Französisch spricht und dabei wild mit den Händen gestikuliert. Wir redeten nicht über meine fehlenden künstlerischen Ambitionen, sondern er erzählte mir, dass er nicht mehr malt, weil er Probleme mit den Augen hat. Er weiß die Fotografie sehr zu schätzen, was Andries erfreuen würde. Ich wünschte nun, ich wäre bereit gewesen, Edgar zu treffen, als Theo noch am Leben war. Ich wünschte, Theo hätte mit uns hier sitzen und sich an der Unterhaltung beteiligen können. Ich vermisse das Lachen meines Mannes, seinen Witz und seine Hand in meiner.

Theos Abwesenheit hat mich unvorbereitet getroffen. Der arme Degas wusste kaum, wie er mit einer schluchzenden Frau sprechen soll.

Oder vielleicht doch. Er ignorierte meine Tränen und redete lange über Theos Fähigkeiten und Theos Vermächtnis, während mein Sohn in meinen Armen schlief.

13. Februar 1891
Amsterdam

Meine liebste Jo,

ein schneller Brief, aber einer, der rasches Handeln erfordert!

Du weißt doch, als ich Dir von meinem Umzug zurück nach Amsterdam erzählt habe, meintest Du, auch Du würdest Paris gerne verlassen, um näher bei mir und Annie zu sein? Nun, ich habe die perfekte Möglichkeit gefunden, wie wir Euch beide in unsere Nähe holen und du dabei noch Unterhalt verdienen kannst.

Annie hat eine Freundin, deren Eltern in Bussum wohnen, etwa fünfundzwanzig Kilometer südöstlich von hier. Sie besitzen eine Pension, die sie nicht länger betreiben können, und suchen jemanden, der ihren Platz einnimmt.

Ich war heute dort und kann nur sagen: Jo, es ist perfekt. Perfekt für Dich und den kleinen Vincent. Sie hatten viele Interessenten, aber ich habe mit ihnen gesprochen und ihnen eine schöne Geschichte erzählt, wie intelligent, fleißig und charmant Du bist! Möglicherweise habe ich auch erwähnt, dass Du vor Kurzem Witwe geworden bist und der Junge keinen Vater mehr hat. Sie haben eingewilligt, alle weiteren Verhandlungen ruhen zu lassen, bis sie Dich getroffen haben.

Kannst Du nach Amsterdam kommen? Bring meinen Neffen mit. Wohnen könnt Ihr bei uns.

Dein Dich liebender Bruder Dries

MOHNBLUMEN

Clara erwartet uns in der Wohnung, als ich aus Amsterdam zurückkehre. Auf dem Herd köchelt ein Eintopf, und sie hat die Stapel von Gemälden aus dem Flur weggeräumt. Sie meinte, sich zu beschäftigen würde ihr helfen, weil auch sie Theo vermisse.

»Ich habe beschlossen, Paris zu verlassen«, sage ich. Ich tauche einen Löffel in den Eintopf und puste darauf. »Ich fühle mich hier nicht zu Hause. Nicht mehr. Eigentlich habe ich nie hierhergehört.«

Ich warte auf Claras Reaktion und befürchte, sie könnte versuchen, mich umzustimmen.

»Wann?«, fragt sie, ohne mich anzusehen. Stattdessen spielt sie lieber Verstecken hinter einem Taschentuch mit meinem Sohn.

»In zwei Monaten.« Ich koste den Eintopf und muss lächeln. »Kommst du mit? Wir werden in den Niederlanden wohnen, in der Nähe von Dries und Annie. Und eine Pension führen.«

Sie sieht mich aufmerksam an, um sicherzugehen, dass meine Worte kein grausamer Scherz sind. »Ich hatte Sorge, Sie würden mich nicht fragen!« Sie strahlt über das ganze Gesicht. »Abendessen gibt es erst in einer halben Stunde.« Sie schnappt sich den kleinen Vincent und tanzt mit ihm voraus zur Tür hinaus. Der Kleine quiekt vor Vergnügen, als wir den Salon betreten.

»Ich habe kein einziges Mal darüber nachgedacht, wie riesig Vincents Sammlung an Gemälden, Skizzen und Illustrationen sein würde«, seufze ich.

Als Witwe von Theo van Gogh bin ich auf einmal in den Besitz sämtlicher Werke und Briefe von Vincent gekommen. Die schiere Menge überwältigt mich. Ich lasse den Blick durch den Salon schweifen. Die Wände hängen bereits so voll mit Bildern, dass man das grau-weiße Blumenmuster der Tapete kaum noch ausmachen kann. Mein Schwager hat in den zehn Jahren seiner künstlerischen Tätigkeit mehr als zweitausend Kunstwerke geschaffen, darunter achthundertsechzig Ölgemälde. Ich besitze nun neunhundert Einzelstücke, die ganze Wohnung ist voll.

Das Klavier ist seit Theos Zusammenbruch nicht mehr gespielt worden. Stattdessen bedecken nun Vincents Skizzen die Tasten. Jedes einzelne Blatt ist kostbar, jedes Werk einzigartig, wichtig. Auf dem *chiffonier* türmen sich Gemälde, einige lehnen am Boden stehend daran. Viele sind kaum durchgetrocknet. Die »Vincent-Schublade« ist offen und quillt über mit den vertrauten gelblichen Umschlägen mit der unverkennbaren Handschrift. Aber da ist noch andere Korrespondenz. Hunderte und Aberhunderte von Briefen, die Vincent in seinem Leben geschrieben und erhalten hat, so viele an und von Theo.

»Und ich weiß auch schon, was ich mit alledem machen werde.« Ich deute auf die chaotische Sammlung. Sara sieht mich erwartungsvoll an und setzt den kleinen Vincent auf den Fußboden. »Abgesehen von der Pension werde ich das vollenden, was Theo begonnen hat.«

»Die Erinnerungsausstellung?«, fragt Clara. Mein Sohn krabbelt auf Händen und Knien um uns herum.

»Und noch mehr. Dries hat mir das vorgeschlagen. Zuerst war ich eher zurückhaltend, weil ich dachte, die Aufgabe wäre zu groß für mich.«

Clara lächelt. »Sie sind die stärkste Frau, die ich kenne.«

»Ich bin aber auch eine Frau, die keinerlei Erfahrung mit dem Verkauf von Gemälden hat.«

Clara zuckt mit den Schultern. Sie versteht nicht, worauf ich hinauswill.

»Mut allen Widrigkeiten zum Trotz«, erkläre ich, was Clara noch mehr zu verwirren scheint. Vincent packt meinen Rock und zieht sich daran hoch. Wir sehen zu, wie er sich wackelig durchs Zimmer bewegt und sich dabei an den Bilderstapeln festhält. Noch ist er nicht mutig genug, die ersten freien

Schritte allein zu machen. »Ich werde das Werk meines Mannes für ihn vollenden«, sage ich. »Ich werde mich an seinen Plan halten.«

Ich bin sicher, einige werden mich für eine Märtyrerin halten, aber sie täuschen sich. Ich habe eine Entscheidung getroffen – so werde ich wieder aufstehen. Es wird mir ein Gefühl der Sinnhaftigkeit geben und mir dabei helfen, meine Wut und Trauer über das, was die van-Gogh-Brüder und ich durchgemacht haben, zu überwinden: wir drei in diesem schmerzhaften Dreieck aus Liebe, Verletzung und Eifersucht.

»Vielleicht fühle ich mich schuldig, weil ich überlebt habe«, sage ich. »Vielleicht macht mir das auch Mut.«

»Ist das denn überhaupt wichtig?«, fragt Clara. »Ihr Junge ist bereits froh, dass er seine Mama hat, und wir wollen auch nicht vergessen, dass er etwas zu essen und ein Dach über dem Kopf braucht.« Sie streicht mir sanft über den Arm. »Sie tragen schon genug Last auf den Schultern, ohne auch noch Schuldgefühle dazuzupacken.«

Ich lächele. Clara ist eine weise Freundin. »Ich liebe nun mal Kunst und habe von Theo so viel gehört und gelernt, dem besten Kunsthändler in ganz Paris.«

»Und?«, fragt sie.

»Und ich werde Vincent van Goghs Kunst in die Welt tragen. Ich werde andere dazu bringen, zu erkennen, was für ein Genie er war. Ich werde die Bilder die Geschichte meines Schwagers erzählen lassen.« Nach einer kurzen Pause füge ich hinzu: »Egal wie lange es dauert.«

Clara klatscht in die Hände. Ihr Lächeln ist breit und ermutigend. Mein Sohn kichert auf dem Fußboden und klatscht ebenfalls. Für ihn ist es ein Spiel. »Monsieur Theo hat immer gesagt, sein Bruder sei ein Genie.« Sie applaudiert wieder, damit Klein Vincent sie nachahmt. »Er war überzeugt davon, Monsieur Vincent würde einer der großen holländischen Maler werden.«

Sie hat recht, und ihre Unterstützung stärkt meine Zuversicht. »Deshalb kann ich nicht zulassen, dass einer der Brüder ins Vergessen gerät«, sage ich. »Nur so kann ich anfangen, Frieden mit mir selbst zu schließen, und Theos Vermächtnis fortsetzen.«

Die ganze Zugfahrt über habe ich über Andries' Vorschlag nachgedacht. Ich bin erst seit einundzwanzig Monaten eine van Gogh, aber mein Sohn ist einer. Er wird immer ein van Gogh sein. Ich habe die Pflicht mir selbst und meinem Jungen gegenüber, meine Traurigkeit und auch meine Einsamkeit beiseitezuschieben. Aber mehr als das: Mein Bruder hat recht – ich habe eine Verpflichtung, eine Berufung, auch eine Bürde, die Arbeit meines Mannes fortzusetzen. In die Welt hinauszurufen, dass Theo van Gogh mit seinem unermüdlichen Glauben an die Kunst seines Bruders recht hatte. Theos Hingabe an Vincents Bilder wurde nie von geschwisterlichem Pflichtgefühl genährt. Nein, mein Ehemann war der Erste, der die Größe von Vincents Talent erkannt und verstanden hat.

Ich klatsche in die Hände, und mein Sohn lässt den Bilderrahmen los, um es mir nachzumachen. Er fällt auf sein Hinterteil und überlegt eine Sekunde lang überrascht, ob er weinen soll. Schnell nehme ich ihn auf den Arm und drehe mich, bis er kichert.

»Ich werde die Gemälde deines Onkels der Welt präsentieren«, erkläre ich ihm. »Ich werde die Aufmerksamkeit großer Kunsthändler und Sammler, ja von allen Menschen auf ihn ziehen. Das hatte dein Pa vor. Das hätte er getan. Oh ja.« Ich lasse ihn auf und ab wippen, und er lacht wieder.

»Eine zierliche Frau mit Baby im Arm? Die werden sich noch umschauen, Madame van Gogh!«, sagt Clara lachend.

Ich nicke. Das werden sie. Gleichzeitig ist mir die Ironie des Schicksals nicht entgangen: Gerade in meiner Trauer habe ich meinen Mut entdeckt. Ich werde dazu gezwungen, aufzustehen und die Sicherheit genau der Dinge zu verlassen – das Dasein als Ehefrau und die Mutterschaft –, die mich einst mit Angst und Zweifeln erfüllt haben. Und doch wage ich es nun, als unerfahrene Kunsthändlerin danach zu streben.

»Lass dir eines gesagt sein«, verkünde ich und wackele lächelnd mit dem Zeigefinger vor Vincents Gesicht herum. »Eines Tages wird die Welt den Namen van Gogh kennen und bewundern.« Ich blicke meinen Sohn an, der mich anstarrt. Seine hellblauen Augen beruhigen mich – diese Augen und Gesichtszüge, und auch sein sanftes Wesen – er ist genau wie Theo.

FRÜHJAHR 1891
PARIS

DIE KARTOFFELESSER

»*Pardon*. Ich bitte um Verzeihung für die Unordnung. Ich packe gerade Gemälde für unseren Umzug am Wochenende ein.«

Ein weiterer Besucher ist gekommen, um sich Vincents Kunst anzusehen. Das Interesse daran ist sprunghaft gestiegen. Seit sich herumgesprochen hat, dass die Bilder Paris verlassen werden, sind jeden Tag ungebetene Besucher aufgetaucht. Nun stehen dieser Fremde und ich in meinem Salon.

»Wir ziehen nach Bussum, in die Nähe von Amsterdam«, sage ich. »Die frische Luft wird wunderbar sein, aber womöglich wird es mir fehlen, jeden Tag Eiffels Turm zu sehen.« Unwillkürlich blicke ich zum Fenster. Wie sehr wir beide im Lauf der vergangenen zweieinhalb Jahre doch gewachsen sind.

»Verkade und Serrurier haben mir nahegelegt, bei Ihnen vorbeizuschauen«, erklärt er.

»Sie bewundern Vincents Kunst«, sage ich und richte meine Aufmerksamkeit wieder auf meinen Gast.

»Vielleicht«, erwidert er. Er ist so groß wie ich und doppelt so rund. Sein Zylinder thront immer noch auf seinem Kopf. Ich bin mir nicht sicher, weshalb er die Fäuste geballt hat. Mit starrem Blick, gerunzelter Stirn und herausgestreckter Brust marschiert dieser Mann durch meinen Salon.

»Wobei ich mich frage, weshalb Sie all das mitnehmen wollen …« Seine Armbewegung umfasst die vielen Bilderstapel im ganzen Raum.

Über dem Kamin hängt Vincents *Sonnenblumen*. An der Wand gegenüber, über dem *chiffonier*, befindet sich *Sternennacht über der Rhone*. Über Theos Sessel *Boulevard de Clichy*. Über dem Klavier *Die Ernte*, daneben *Blühender Obstgarten*. Die Wände sind übervoll mit Bildern.

Vincent van Gogh atmet noch immer Ölfarbe in diesen Raum.

Der Stapel von Briefen, die Theo und Vincent sich geschrieben haben, liegt auf dem Sekretär des *chiffoniers*. In den einsamen Abenden des Monats nach Theos Tod habe ich die Briefe nach Datum sortiert. Ich wusste, dass ich in ihnen meinen Ehemann wiederfinden würde. Zuerst hasste ich sie. An manchen Tagen überlegte ich sogar, sie zu verbrennen und stattdessen so zu tun, als wäre ich die wichtigste Person in Theos Leben gewesen. Doch Abend für Abend wurde das Lesen der Briefe zu meiner Belohnung dafür, den Tag überstanden zu haben. Briefe, die sich durch ihr ganzes gemeinsames Leben ziehen. Zu sehen, zu hören und zu verstehen, weshalb mein Mann seinen Bruder so sehr geliebt hat. Die Gelegenheit, Vincent vor seiner Krankheit kennenzulernen. Die Worte darin brachten mir Trost und Dankbarkeit, dass Theo in seinem Herzen Platz für mich und dann für unseren Sohn geschaffen hat.

»Man ließ mich wissen, dass Sie die Gemälde loszuwerden wünschen«, sagt er. »Ich bin gekommen, um Sie davon zu erleichtern. Sagen wir drei Francs das Stück. Derselbe Preis wie eine Hure. Nein, sagen wir zwanzig Francs für alles zusammen. Ich könnte die Leinwand wiederverwenden und …«

»Da sind Sie wohl vergebens gekommen«, unterbreche ich ihn kühl. »Vincents Sammlung steht nicht zum Verkauf.« Das *Und für Sie schon gar nicht* bleibt unausgesprochen.

»Sie glauben, Sie bekommen ein besseres Angebot? Für solches Zeug?« Er zeigt auf die *Sonnenblumen*, die vierte Version, mit dem kleinen Holzdreieck und dem weißen Rahmen.

»Das tue ich.«

Sein bereits unsympathisches Gesicht verzieht sich zu einer höhnischen Fratze.

»Diese Gemälde sind sehr rar und sehr kostbar. Sie werden zusammen ausgestellt und dann werden die Betrachter seine Kunst verstehen.« Ich höre die Stimme meines Ehemannes, ich verkörpere seine Überzeugung.

»Madame van Gogh, Sie sind eine charmante junge Dame«,

entgegnet er, »aber dass Sie so übereifrig von einem Thema schwärmen, von dem Sie rein gar nichts verstehen, macht mich wütend.«

»Wie freundlich von Ihnen, mich zu Hause aufzusuchen, um mich zu kritisieren.« Ich verschränke die Arme vor der Brust und sehe ihn herausfordernd an. Er wendet als Erster den Blick ab.

»Ich wollte das Werk des *großen* Vincent van Gogh mit eigenen Augen sehen.«

Dieser arrogante kleine Mann macht sich über mich lustig, aber er hat offensichtlich noch nicht begriffen, dass ich auf sein Angebot nicht einzugehen gedenke. Mir liegt nichts daran, dass er mich mag, und ich bezweifle, dass er in der Lage ist, einer Frau gegenüber Respekt zu zeigen.

»Das haben Sie ja nun«, entgegne ich. »Sie finden sicher selbst den Weg hinaus. Ich muss hier zusammenpacken. So viele Gemälde von Vincent, um die ich mich kümmern muss.« Ich zeige auf die Holzkisten, die einen Stapel neben dem Klavier bilden.

»Ach, Expertin fürs Verpacken von Bildern sind Sie auch noch?«, höhnt er. »Kunstkritikerin, Kunsthändlerin, Kunstverpackerin. Welche Fähigkeiten besitzen Sie denn sonst noch so?«

»Es gibt am Boulevard de Clichy einen Schreiner. Er hat von einem Künstler gelernt, wie Bilder zu verpacken sind. Und der hat es mir beigebracht.«

Er gibt Laute des Missfallens von sich und weicht meinem Blick aus. Es hat den Anschein, als hätte ich seit Theos Tod eine gewisse Direktheit erlangt, die manchen Männern unangenehm ist. Wenn einem in Paris alles genommen wird, kann man in Selbstmitleid versinken – oder mit Überzeugung kämpfen. Das habe ich von Agostina, von Camille, von Clara und sogar von Sara gelernt. Ich bin im Alter von achtundzwanzig Witwe, mit einem gerade mal einjährigen Kind: Ich habe nichts mehr zu verlieren. Ich bin in der Lage, mich selbst zu versorgen, und will niemanden außer meinem Sohn beeindrucken. Ich muss nicht mehr nach den Regeln dieses Mannes spielen.

»Wer erlaubt Ihnen eigentlich, mich zu kritisieren, *Monsieur*?«, frage ich.

»Ich bin Henri Chevrolet.«

»Ja und?«

»Sie sind von Sentimentalität geblendet. Verkaufen Sie das Werk, dann sind Sie es los. Ihrem kritischen Verständnis fehlt …«

»Aber Sie haben Ihres perfektioniert«, unterbreche ich seine Tirade. »Sagen Sie mir, Monsieur Chevrolet, was ist Ihre breite Erfahrung in der Kunstwelt?«

»Ich bin Künstler.«

»Und ich bin Kunsthändlerin.«

»Wohl kaum«, erwidert er. »Ihre Trauer will Vincent van Gogh in einen Gott verwandeln.«

»Mein Schwager ein Gott?« Ich lache. »Da täuschen Sie sich in mir. Vincent van Gogh war ein kreatives Genie und manchmal ein hässlicher Mensch. Doch die Welt wird seine Wahrheit sehen und ihn dafür lieben.«

Er lacht.

»Sagen Sie mir, Monsieur Chevrolet«, fahre ich fort. »Wird sich in einhundert Jahren irgendjemand an Ihren Namen erinnern?«

»Die Leute vergessen Vincent bereits …«

»Haben Sie von Julian Leclercq gehört?« Er schüttelt den Kopf. »Wirklich? Ich bin überrascht. Er ist ein bekannter Kunstkritiker und -kenner.«

Er verzieht das Gesicht. »Ich brauche keinen Unterricht in …«

»Zusammen planen wir bereits, wie wir Vincents Anerkennung ausweiten. Der Wert seiner Arbeiten steigt.« Ich klinge wesentlich selbstbewusster, als ich mich fühle.

Er lacht wieder, doch es ist ein nervöses, unsicheres Lachen. »Dann mal viel Glück Ihnen beiden.«

»Monsieur Leclercq ist ein Mann, der nicht so schnell lockerlässt. Ich leihe ihm acht von Vincents besten Werken, und es wird eine Retrospektive geben. Das ist erst der Anfang, aber Vincent van Gogh steht kurz davor …«

»Sie langweilen mich. Eine hässliche Frau, die sich für eine Kunsthändlerin hält. Noch nie habe ich einen solchen …«

Ich lache. »Denken Sie an meine Worte, Monsieur Chevrolet«, sage ich. »Sie werden schon sehen. Und wenn ich bis zu meinem letzten Atemzug brauche, wird eines Tages jeder Künstler, Kunstliebhaber und Kunstkritiker auf der Welt den Namen Vincent van Gogh kennen.«

»Sie sind genauso verrückt wie der ohrlose Maler.«

April 1891

Habe ich dieses Leben mit Theo geträumt? Meine zu kurze, himmlische Ehe – war das ein Traum?

Ich war auf eine Weise verliebt, die ich nie für möglich gehalten hätte, und liebte über jede Erwartung hinaus, die ich je hatte, doch nun frage ich mich, ob ich mir diesen wunderbaren Mann nur eingebildet habe. Dass ich lange geschlafen und dabei den herrlichsten Traum geträumt habe.

Als ich damals in Paris ankam, schrieb ich in mein Skizzenbuch, ich wäre lieber einen Sommer lang glücklich, als dieses Glück auf ein ganzes Leben verteilen zu müssen.

Diese Worte möchte ich ausradieren.

Was gäbe ich darum, die Zeit zurückdrehen zu können.

Und doch muss ich von vorn anfangen. Morgen. Aber nicht mit Theo.

Der kleine Vincent, Clara und ich verlassen Paris. Ein neues Leben. Eines, bei dem ich weiterhin versuchen werde, ehrlich und freundlich zu sein, damit mein Junge seine Mama nie mit Verachtung wird ansehen müssen.

Ich bin einsam und verlassen, aber es gibt auch Hoffnung. Sie versteckt sich tief in den Schatten. Ich habe viel Arbeit vor mir und muss auch auf meine Gesundheit achten, meinem Kind zuliebe – meinem kleinen Engel. Und doch begleitet mich der Verlust meines geliebten Theo jeden einzelnen Tag.

FRÜHJAHR 1891
BUSSUM

ZWÖLF SONNENBLUMEN IN EINER VASE

»Frische Luft, ruhiges Städtchen, gesundes Kind«, murmele ich, vor allem um mich selbst zu überzeugen, dass ich die richtige Entscheidung getroffen habe. Mit Vincent auf der rechten Hüfte drücke ich die Klinke herunter und schiebe die Tür mit der linken auf. Clara folgt mir mit einem kleinen Koffer in jeder Hand.

Die Tür schwingt auf und donnert gegen die Wand, was Vincent zusammenzucken lässt.

»Willkommen in der Villa Helma«, verkünde ich. »Unserem neuen Zuhause.«

Ich stelle Vincent auf seine kleinen Füße. Mama nannte ihn einen späten Läufer und meinte, das sei ein Zeichen für Unterentwicklung. Natürlich gab sie den van Goghs die Schuld. Aber mein Sohn ist perfekt. Mir wäre egal, wenn er nur van Gogh ohne einen Hauch von Bonger wäre. Er ist immer noch unsicher in seinen neuen Lederschühchen. Seine Füße fühlen sich damit etwas zu schwer für seine kräftigen Oberschenkel an.

Ich spreche mit meinem Sohn jetzt holländisch. Manchmal frage ich mich, ob er die Schleifen und Schnörkel der französischen Sprache vermisst. Ob er verwirrt ist, weshalb ich ihm diese Sprache weggenommen habe. Ich schüttele den Kopf. Mein Kleiner hat in seinen fünfzehn Lebensmonaten schon so viel verloren.

»Der heutige Tag stellt einen Neuanfang dar, Vincent.« Ich verstrubbele ihm die blonden Locken. Vincent macht einen wackeligen Schritt nach vorn. Der Eingangsbereich ist weitläufig – meine Stimme hallt in der Leere wider.

»Willkommen zu Hause«, sagt Clara, schiebt sich an mir vorbei und geht auf die Treppe zu. Sie ist die letzten zwei Wochen schon hier gewesen, während ich mich noch bei Andries und Annie erholt habe. »Warten Sie nur, bis Sie sehen, was ich mit dem Zimmer von unserem kleinen *Meneer* Vincent gemacht habe.«

Es dauert einen Moment, bis mir bewusst wird, dass ich die neue Besitzerin einer Pension in Bussum bin. Hier werde ich wohnen. Die Villa Helma ist bezaubernd. Ein großes Haus in der Koningslaan, einer ruhigen Straße, mit sonnigem Garten: das Heim einer Familie. Nur dass meine Familie aus mir, Vincent und Clara besteht. Es sind keine weiteren Kinder geplant, und kein Ehemann wird von einem harten Arbeitstag nach Hause zurückkehren. Stattdessen werden mein Sohn und ich in diesem geräumigen Haus mit seinen sieben Schlafzimmern wohnen, und wir werden den Platz mit Leben und Fremden und Künstlern füllen und mit allem anderen, was Mama entsetzlich findet.

»Klopf, klopf.«

Vincent plumpst auf sein Hinterteil und gibt ein Quäken von sich, aber ich glaube nicht, dass er sich wehgetan hat. Nein, mein persönlicher Aufpasser teilt mir lediglich mit, dass ein Fremder in der Nähe ist. Vielleicht will der einzelne Laut sagen, dass er ihn nicht als besorgniserregend betrachtet.

»Ich mache das schon«, ruft Clara von der Treppe aus, doch ich schüttele den Kopf.

Ich wende mich der immer noch offen stehenden Haustür zu. Der Besucher steht bereits auf der Schwelle, die Faust erhoben, um noch mal ans Holz zu klopfen.

»Kann ich Ihnen helfen?«, frage ich. Ich nehme Vincent hoch und gehe mit ausgestreckter Hand auf den Fremden zu. Nach einem kurzen Zögern schlägt er ein.

»Ich bin Jan. Jan Veth«, sagt er. »Ihre Magd hat erwähnt, dass Sie heute ankommen …«

»Jo«, sage ich. »Johanna van Gogh.«

»Ich weiß«, erwidert er. »Ich wohne nebenan. Ich bin Maler, Dichter, Kritiker, Dozent – das können Sie sich aussuchen.«

Und sofort bin ich auf der Hut. Mein Ausatmen klingt fast

wie ein Schnauben. Ich bin nicht in Stimmung für einen weiteren arroganten Mann, der mir sagt, was ich mit Vincents Kunst tun oder lassen soll.

»Mein Heim ist eine Art Salon. Ich würde sogar fast sagen, es ist das Zentrum der Zivilisation hier in Bussum«, erklärt er.

Ich nicke, weiß aber nicht genau, welche Reaktion er erwartet. Ich bin Theo van Goghs Witwe. Nichts von dem, was er sagt, beeindruckt mich. Er wirkt allerdings irgendwie nervös, fast schon linkisch. Vielleicht bringt ihn mein Schweigen aus der Fassung. Er dreht sich um und zeigt auf die Straße hinaus. Ich schlurfe ein paar Schritte nach vorn und versuche, an Vincent vorbeizublicken, doch ich kann nichts entdecken. Was habe ich erwartet? Eine Staffelei vor seinem Haus?

»Ich wollte mich entschuldigen«, sagt er. Seine Wangen sind hochrot, und ein Schweißtropfen rinnt ihm die Nase entlang.

»Wofür?«

»Ich habe van Goghs Kunst abgetan. Vor ein paar Jahren habe ich ihn mal getroffen und die Gewalt in seiner Pinselführung …«

»Ja, und?«, hake ich nach, denn nun bin ich schon neugierig, weshalb er das Gefühl hat, um Verzeihung bitten zu müssen.

»Das hat mich abgestoßen.«

Ich seufze tief – geht das schon wieder los! Noch ein Mann, der meine Pläne infrage stellen will. »Ich bin mir nicht sicher, was Sie hier wollen, Meneer Veth.«

»Jan, bitte.«

Ich will, dass er geht.

»Sie sagte, dass Sie heute ankommen.« Mit dem Kopf deutet er Richtung Treppe.

»Clara«, sage ich. »Meine Schwester.« *Nicht Dienstmädchen.* Sein Blick wandert zwischen Clara und mir hin und her, und man kann ihm ansehen, wie verwirrt er ist, aber ich füge keine weitere Erklärung hinzu.

»Da wollte ich einfach Hallo sagen.« Er sieht mich beim Sprechen nicht länger an. Stattdessen huschen seine Augen durch den leeren Flur. Offensichtlich sucht er nach etwas oder jemandem.

»Kann ich Ihnen sonst noch irgendwie behilflich sein?«, frage ich.

»Nein … ich meine, nicht wirklich.« Nun blickt er zu Boden. Peinlich berührt, ertappt worden zu sein. Aber wobei, ist mir nicht ganz klar.

»Meine Reaktion auf seine Kunst war bedauernswert konventionell. Ich bin hier, um mich zu entschuldigen. Ich habe mich getäuscht, aber auch weil … Es ist so … Ich hatte gehofft, mehr von seinen Bildern zu sehen.«

»Vincents?« Ein Lächeln breitet sich auf meinem Gesicht aus.

»Meine Frau hat gesagt, ich soll warten, aber …«

Ich lache, und Jan Veth sieht mich aufmerksam an. Er weiß nicht, ob ich mich womöglich über ihn lustig mache. Ihn auslache. Ich trete einen Schritt vor und umarme ihn mit meinem freien rechten Arm. Bestimmt wünscht sich der arme Mann, vom Erdboden verschluckt zu werden. Der kleine Vincent windet sich in meinem Griff. Er will zurück nach unten und seine Umgebung erkunden. Also stelle ich meinen Sohn auf die kurzen Beine, und er wackelt los, einen unsicheren Schritt nach dem anderen. Als ich ihm meine Hand reichen will, lehnt er sie ab. Er ist unabhängig und hat einen starken Willen. Also wende ich meine Aufmerksamkeit unserem Gast zu.

»Mein Bruder, Dries, hat den Transport meiner Sachen hierher vor zwei Wochen organisiert. Clara hat dafür gesorgt, dass Vincents Gemälde aufgehängt werden«, erkläre ich, obwohl er das vermutlich bereits weiß. Ich bin zurück in den Niederlanden. Da spricht sich alles schneller herum. »Kommen Sie«, sage ich. »Dann mache ich Sie offiziell mit Vincent van Gogh bekannt.«

Ich dirigiere Klein Vincent in Richtung Wohnzimmer und bedeute unserem Gast, mir zu folgen.

»Ein paar Bilder habe ich bei Julien Tanguy in Paris gelassen«, erkläre ich, als wir das Wohnzimmer betreten. »Père Tanguy. Er besitzt ein kleines Geschäft für Malereibedarf in Paris. Kennen Sie ihn? Ich habe erst vor Kurzem seine Bekanntschaft gemacht, nachdem Theo …« Ich beende den Satz nicht. Noch bin ich nicht bereit, mit einem Fremden über Theo zu sprechen.

Jan scheint gar nicht aufgefallen zu sein, dass ich verstummt bin. Er antwortet nicht. Stattdessen tritt er näher an den Kamin heran. Auch ich schweige weiterhin. Ich will den Bann nicht brechen, mit dem Vincents Kunst ihn belegt hat. Zu sehen, wie andere Vincents Talent entdecken, ist eine meiner neuen Lieblingsbeschäftigungen. Vielleicht bewerte ich die Betrachter sogar, die emotionale Tiefe in dieser ersten Reaktion. Jan erzielt ein gutes Ergebnis. Es scheint, als hätte er vielleicht sogar vergessen zu atmen.

Über dem Kamin hängt Vincents *Sonnenblumen*. Und diesem Meisterwerk gegenüber, über dem großen Bord, befindet sich *Die Ernte*. Azurblauer Himmel, Landschaft in Grüntönen – man kann die Hitze fast spüren, die auf Arles herunterbrennt. Wenn er sich umdreht und Richtung Tür blickt, sieht er über meinem Kopf *Boulevard de Clichy*. Könnte ich in dieses Bild hineinsteigen, in diese Erinnerung an unser kostbares Montmartre, würde die Rue Lepic gleich hinter der rechten Ecke des Rahmens liegen. Oder vielleicht sieht er auch links an mir vorbei, wo neben dem weißen Porzellan der Paraffinlampe drei von Vincents japanischen Drucken hängen. Ungewöhnliche besondere Effekte, intensivfarbige Flächen, aber was für eine frohe Atmosphäre unser Bruder da erschuf!

Vincent van Gogh erhellt meine Umgebung immer noch mit seinen Farben. Das ist es, was Theo gewollt hätte, was er verlangt hätte. Vincent ist der Mensch, den mein Ehemann in seinem Leben am meisten geliebt hat. Ihre Briefe, ihre Worte, haben mir das gezeigt. Manchmal male ich mir aus, dass sie diese Briefe in dem Wissen schrieben, dass ich sie eines Tages lesen würde – und welche Erleichterung mir das bringen würde. Dann kann ich mir die Liebe vorstellen, die Baby Vincent erfahren hätte – wären die van-Gogh-Brüder gesund an Leib und Seele gewesen. Und das spendet mir Trost.

»Père Tanguy wollte Vincents *Sonnenblumen*. Theo hatte sie ihm versprochen. Es gibt mehrere Versionen, aber diese vierte

Fassung war die liebste meines Mannes. Er überlegte lange, bis er beschloss, diese kleine hölzerne Ecke zu lassen, und er wählte diesen weißen Rahmen.« Ich zeige auf das Bild. »Ich konnte mich nicht davon trennen. Es ist unsere Verbindung zu Theo.«

»Vincent ist besser als in meiner Erinnerung«, sagt Jan. »Ich meine, ich habe gehört, dass er gut war, aber das hier ...« Seine Armbewegung schließt den ganzen Raum ein. »Ich sehe seine große Demut. Dass er nach dem Schmerz im Kern der Dinge sucht.«

»Es gibt noch viele weitere«, sage ich. »Hunderte.«

»Hunderte?« Er quiekt förmlich. Freude und Aufregung sind ihm deutlich anzumerken.

»Es sind noch nicht alle ausgepackt«, erkläre ich und sehe seine Enttäuschung. »Darf ich Ihnen eine Tasse Tee anbieten?«

Er zögert. »Wenn es nicht zu viel Mühe macht«, antwortet er und entdeckt, dass Klein Vincent an meinen Röcken zerrt. »Darf ich?«, fragt er. Ich nicke. »Wir haben inzwischen fünf.« Er nimmt meinen Sohn auf den Arm. Der versucht, nach seinem Bart zu fassen und an den rotbraunen Haaren zu ziehen.

»Vincent«, mahne ich streng. Seine Unterlippe zittert. In diesen Momenten, in denen er schmollt und weint, sieht er seinem Onkel am ähnlichsten.

»Sie haben ihn nach dem Maler benannt?«, fragt Jan und drückt den Kleinen an sich.

»Ja. Wir haben nicht damit gerechnet, dass er unser einziges Kind sein würde.«

Ich weine. Kein Schluchzen, sondern eher ein langsames, unaufhaltsames Rinnen von Tränen. Das passiert mir in letzter Zeit häufig. In diesem Stadium ist meine Trauer unkontrollierbar, aber ich akzeptiere das. Ich versuche nicht länger, sie vor anderen zu verstecken.

»Was den Tee angeht«, meint Jan. »Lassen Sie uns doch zu uns rübergehen. Nehmen Sie Vincent mit. Meine Frau würde Sie sehr gerne kennenlernen.«

Ich nicke zustimmend. »Das wäre schön.«

SOMMER 1891
BUSSUM

5. Juni 1891
Paris

Sehr geehrte Madame van Gogh,

ein kurzer Brief, um Sie wissen zu lassen, dass ich fest entschlossen bin, mein Versprechen Ihnen gegenüber zu halten. Obwohl ich noch nicht das Interesse wecken konnte, auf das ich gehofft hatte, bin ich weiterhin damit beschäftigt, eine Retrospektive zu organisieren, die Kunstliebhaber in den Genuss der grandiosen Entwicklung der Gemälde Ihres Schwagers bringt.

Bitte verlieren Sie also nicht die Hoffnung. Selbst wenn es Jahre brauchen sollte, es wird eine Ausstellung geben: eine, die das Werk des großen Vincent van Gogh wirklich zeigt und feiert.

Ihr Freund
Julien Leclercq

Juni 1891

Nur ein Wimpernschlag, seit mein Ehemann und ich auf dem Entbindungsbett im Kleinen Zimmer saßen, umgeben von winzigen Baumwollleibchen, die Köpfe voller Fragen über unseren ungeborenen Sohn. Nun ist das Kind da, aber der Vater nicht mehr!

Ich bin es so müde, mir wegen allem Sorgen und Gedanken zu machen. Die Pflicht, die Verantwortung, auch die Zukunft – sie lasten schwer auf meinen Schultern und zwingen mich in die Knie.

Ich habe mir zu viel aufgebürdet.

Ich habe etwas versprochen, das ich nicht halten kann.

Ich werde scheitern und sowohl Vincent als auch Theo enttäuschen. Sie werden vergessen sein, weil ich als Kunsthändlerin versage.

Oh Theo, mein liebster Theo – Du fehlst mir in jedem Laut unseres Sohnes, in seiner Mimik und seinen Bewegungen. Ich kümmere mich um ihn, ich sorge für ihn mit der Kraft von zwei Eltern, aber warum hast Du uns so früh verlassen?

Ich lese Deine Briefe an Vincent immer und immer wieder. Ich lese jedes einzelne Wort, lese zwischen den Zeilen.

Wir brauchen Dich so sehr. Ich liebe Dich so sehr. Du hast mich gedrängt, ein besserer Mensch zu sein, und heute Abend sorge ich mich, was aus mir wird. Ich habe Angst, dass ich Deinen Plan nicht zum Erfolg führen kann.

Ich glaube nicht, dass ich es allein schaffe.

WIESE MIT GELBEN BLUMEN

Wir sitzen am Esstisch. Vincents Briefe und Skizzen liegen auf der Holzplatte ausgebreitet. Essen, Trinken und kleine Kinder haben keinen Zutritt zu diesem Raum. Es sind drei Monate seit unserem Einzug in die Pension vergangen, und ich bin von der künstlerischen Gemeinde am Ort aufgenommen worden, aber die Tatsache, dass ich keine Fortschritte mit Vincents Kunst gemacht habe, entmutigt mich. Jan bot mir bei unserem ersten Zusammentreffen seine Unterstützung an, aber meine Tage waren seither geprägt von Haushaltsaufgaben und neuen Routinen. Vielleicht habe ich auch bis jetzt gebraucht, um mir einzugestehen, dass ich diese Pflicht allein auf keinen Fall erfüllen kann. Das könnte niemand.

»Du brauchst dich doch nicht zu entschuldigen«, sagt Jan. »Nutze alle Kontakte, die du hast, Jo. Es geht vor allem darum, eine Anhängerschaft für Vincent zu gewinnen.«

Jan Veth ist ein außergewöhnlicher Mann. Ein begabter Maler und Poet, mit kreativem Gespür, aber auch ein Kritiker und Lehrender. Er besitzt Weisheit, Güte und Integrität im Überfluss und ist schnell zu einem guten Freund geworden. Ich habe keinen Zweifel, dass sein Angebot zu helfen in der Überzeugung begründet liegt, dass Vincents Kunst ein breites Publikum verdient hat.

»Du weißt doch, dass ich acht von Vincents besten Werken bei Julien Leclercq in Paris gelassen habe? Er war fest entschlossen, eine Retrospektive zu veranstalten, zu der er französische Kunstsammler und Händler zusammentrommeln wollte«, berichte ich. »Aber gestern schrieb er, dass er noch nicht genügend Interesse wecken konnte, ich aber nicht die Hoffnung aufgeben solle. Als wäre ein Scheitern möglich. Er meinte sogar, es könne Jahre dauern.«

»Jahre?« Jan schiebt seine Brille mit den kleinen runden Gläsern den Nasenrücken hinauf.

»Ich hatte gehofft, dass es mehr anfängliches Interesse gäbe.«

Jan nickt. Das hatte auch er gehofft.

»Die Aufgabe fühlt sich ein bisschen zu groß für mich an. Wo ich doch auch einen Sohn habe und eine Pension führen muss«, sage ich. »Da habe ich meine Pflicht vernachlässigt …«

»Ich habe hier in Bussum und in den Niederlanden viele Kontakte«, erwidert Jan. »Lass uns eine Ausstellung zusammenstellen, und dann noch eine und noch eine. Wir können jedes Mal ein bisschen größer werden.« Er hält inne und denkt über das nach, was er gerade gesagt hat. »Vielleicht wäre es geschickt, seine weniger bekannten Bilder neben den Meisterstücken zu zeigen.«

»Um den Wert dieser weniger bekannten Bilder zu steigern?«, frage ich. Ich weiß, wie das funktioniert. Ich muss lächeln. Es macht mich so glücklich, wie sehr Jan Vincents Kunst inzwischen bewundert, und dass auch er die Genialität darin sieht. Theo hätte ihn gemocht. Mein Mann hat mir so viel beigebracht, aber der Gedanke an ihn ist wie ein körperlicher Schmerz. Eine Sehnsucht, sein Lachen zu hören, seine Lippen auf meinen zu spüren.

»Glaubst du, es wird Jahre dauern?« Ich wende mich der Gegenwart zu, um nicht in die Vergangenheit abzustürzen.

»Keine Ahnung«, sagt er.

»Aber es wird geschehen«, sage ich mit Nachdruck. Es war richtig, ihn um Hilfe zu bitten. Allein schon über all das zu reden bewirkt, dass ich mich nicht mehr so überwältigt fühle von der Aufgabe, die vor mir liegt.

Jan applaudiert, um seine Zustimmung auszudrücken. Seine Begeisterung ist ansteckend. »Wir könnten die Werke auch ausleihen. Das würde dazu führen, dass die Leute Vincents Kunst kennenlernen. Verleihe sie an alle, die danach fragen.« Er zeigt auf mein Blatt Papier: Ich soll mir alles aufschreiben. Dann habe ich ein Dokument, das ich studieren kann, wenn die Größe der Aufgabe mich wieder zu erdrücken droht.

»Und wir werden dafür sorgen, dass Kritiker Artikel über jede Ausstellung schreiben«, sage ich.

»Wir werden dafür sorgen, dass die Leute über Vincent van Gogh sprechen, und, glaub mir, in den Niederlanden werden sich die Leute sehr für seine Arbeiten interessieren«, fügt Jan hinzu. »Wir werden das so machen, dass es kaum eine Zeitung gibt, die nichts über ihn zu berichten hat.«

»Und was schreiben sie dann über mich?«, frage ich. »Dass ich den Kopf voller Schulmädchenflausen habe. Dass ich bestenfalls wichtigtuerisch und sentimental bin?«

»Wäre das denn so schlimm?«, gibt er zurück.

Ich werfe die Arme in die Luft und blicke zur Decke hinauf, als schickte ich ein Gebet gen Himmel. »Sollen sie mich doch unterschätzen.«

Er lacht, doch dann deutet er wieder auf mein Papier, und ich notiere rasch einige weitere Punkte.

»Sobald wir das Interesse hier geweckt haben, präsentieren wir van Goghs Arbeiten einem internationalen Publikum«, erklärt Jan. »Du wirst dich in allen künstlerischen Kreisen Westeuropas etablieren.«

Ich höre auf zu schreiben. Ich kann mir noch nicht einmal ansatzweise vorstellen, wie das aussehen soll. Ein Blick auf Jan zeigt mir, dass er mich beobachtet. Ist ihm klar, dass er zu viel von mir erwartet? Dass ich mich wohl kaum …

»Was ist denn?«, fragt er.

»Ich habe an das Rijksmuseum in Amsterdam geschrieben. Theo wollte so gerne, dass sie Vincents Werk dort zeigen.« Mein gesamter Körper windet sich.

»Zu früh, Jo.«

Ich nicke. »Sie lehnten eine Ausleihe jeglicher Gemälde von Vincent ab. Ich bin sicher, sie haben sich köstlich amüsiert.«

»Hast du mit einer anderen Antwort gerechnet?« Ich zucke

mit den Schultern. Als ich Paris verließ, war ich fest entschlossen, aber ich hatte noch nicht begriffen, was für eine Mammutaufgabe da vor mir lag. Inzwischen hat mich die Realität eingeholt und drückt mich zu Boden. Als hätte ich damit rechnen können, dass irgendetwas in Verbindung mit den Gebrüdern van Gogh einfach sein könnte.

»Es wird funktionieren.« Jan lächelt. Er zeigt nicht den Hauch eines Zweifels. »Hast du immer noch alle von Theos Kontakten?«

Ich nicke. Ich habe sie bereits aufgeschrieben. Unter einigen Skizzen und Briefen finde ich das kleine Notizbuch und reiche es Jan.

»Dann wirst du dich bei allen Freunden von Theo melden, bei Vincents Freunden und bei den vielen Bewunderern der beiden auf der Welt.«

Auch das schreibe ich auf. Jan blättert durch das Notizbuch. Immer wieder hält er inne, lächelt, liest die vielen Namen.

»Sei mutig, bleib hartnäckig. Wenn du eine Galerie selbst mieten und bezahlen musst, tu's. Glaubst du an seine Kunst?«

Ich nicke wieder. Das tue ich wirklich.

»Ich kann zu wichtigen Händlern in den Niederlanden und in Frankreich Kontakt aufnehmen«, sagt Jan. »Kennst du Paul Cassirer?«

Ich schüttele den Kopf. »Ich nicht, aber vielleicht erinnert er sich an Theo.«

»Biete ihm zehn Prozent, aber sei bereit, auf fünfzehn Prozent Provision für jedes Werk, das er verkauft, hochzugehen. Lass ihn sein Netzwerk nutzen, um van Goghs Arbeiten auf der ganzen Welt zu platzieren.«

»Aber ich habe keine Galerie …«

Jan hebt die Hand, um meinen Einwand im Keim zu ersticken. »Musst du auch nicht. Nutze stattdessen Kontakte und Kunsthändler, lass sie die Preise für dich aushandeln.«

Schweigen. Etwas beschäftigt mich immer noch.

»Er muss in einem Museum hängen, in einer öffentlichen

Kunstausstellung«, sage ich. »Das wollte Theo für seinen Bruder.«

Jan zieht ein Taschentuch aus der Brusttasche und nimmt seine Brille ab. Ich sehe zu, wie er vorsichtig die Gläser poliert, während er über meine Worte nachdenkt. »Es gibt keine Abkürzungen. Das könnte Jahre dauern«, sagt er schließlich. »Es ist eine große Aufgabe.«

Wir sitzen einen Moment schweigend da.

»Ich werde dafür sorgen, dass es passiert«, erkläre ich dann. »Das Ziel ist es, dass Vincents Arbeiten gesehen und geschätzt werden.«

Lächelnd setzt Jan seine Brille wieder auf. Er befürwortet, was ich tue, er unterstützt mich. Ich bin ihm so dankbar.

»Außerdem habe ich noch seine Briefe. Sie sind bemerkenswert. Ich habe mir überlegt …« Ich stocke, doch Jan bedeutet mir fortzufahren.

»Wir könnten den Werken kurze Zitate beifügen«, schlage ich vor. »Das macht ihn einzigartig. Die Gegenüberstellung seiner Worte und seiner Kunst. So können die Leute Vincent auf beide Arten begreifen.«

»Darf ich sie lesen?«, fragt er. Ich nicke. »Du wirst dir Feinde machen. Die Kritiker werden deine neuen Methoden angreifen. Sie werden sich auf dein Alter stürzen und auf die Tatsache, dass du eine Frau bist. Sie werden sagen, du versuchst, Kunst neu zu definieren.«

»Dann lass sie doch. Sie werden mich nicht ernst nehmen. Und ich werde ihnen zeigen, dass sie sich gewaltig täuschen.«

Jan klatscht wieder. »Dann hast du also einen Plan?« Er deutet auf mein vollgekritzeltes Blatt.

»Die Zeit ist auf meiner Seite. Ich werde der Welt nach und nach Gemälde und Zeichnungen präsentieren«, erkläre ich. »Statt den Markt damit zu fluten.«

»Eine Frage habe ich noch«, sagt er. »Warum, Jo? Hat dich schon jemals jemand gefragt, warum du dein Leben der Familie van Gogh widmest?«

Ich lächele. »Theo hat immer gesagt, sein Bruder sei ein Genie, dass er einer der großen holländischen Maler werden könnte. Ich kann diese Sammlung nicht einfach für mich behalten. Es ist meine Pflicht. Es ist das, was ich tun muss, im Andenken an meinen Mann und an Vincent.«

FRÜHJAHR 1892
BUSSUM

März 1892

Die Kerkhovens, die im hinteren Flügel des Hauses wohnen und nicht viel von mir brauchen, haben mich naiv glauben lassen, dass eine Pension zu führen keine große Sache sei. Aber gestern war ich nur am Herumrennen, um mich um eine neue Familie und ihre fünf Kinder zu kümmern. Heute kam Mevrouw Ballot an – eine seriöse Dame aus Den Haag mit unglaublich schönen blauen Augen –, und wir haben bereits zwei Unterhaltungen über George Eliot geführt.

Gleichzeitig bringt mir die Arbeit die Ablenkung, die ich immer noch brauche, und ich verdiene viel mehr Geld, als ich je für möglich gehalten hätte. Clara ist inzwischen vollkommen zu Hause hier, und sie ist mir eine unvergleichliche Hilfe mit dem Jungen und auch beim Kochen.

Die Ruhe macht mir jedoch zu schaffen. Wie jetzt gerade: Ich sitze still neben meiner Lampe, und draußen braut sich ein Sturm zusammen. Vincents und Theos Briefe liegen in einem Haufen auf meinem Schoß. Durchs Fenster sehe ich die Lichter in den Häusern anderer Leute.

Ich hasse es, dass ich mich immer noch so allein und verlassen fühle, obwohl Theos Tod nun schon über ein Jahr zurückliegt.

Doch dann wandern meine Gedanken zu Vincent, und ich mag mir gar nicht vorstellen, wie oft auch er sich so gefühlt haben muss. Ich empfinde eine solche Traurigkeit, dass ich ihn jetzt schließlich wirklich verstehe – wenn auch zu spät.

BLÜHENDER KASTANIENBAUM

Wir biegen um die Ecke und spazieren eine kleine Kastanienallee entlang. Mein Gang ist heute federnd, denn unterwegs werden wir aufregende Entwicklungen besprechen und Entscheidungen treffen.

»Dann hältst du es also für eine gute Idee? Das wäre eine Verkaufsausstellung mit fünfundvierzig Gemälden, vierundvierzig Zeichnungen und einer Lithografie«, sage ich zu Jan Veth.

Er streicht sich über den Bart, während er über seine Antwort nachdenkt. »Aber wo?«

»Ich werde drei Räume im ersten Stock des Café Riche in der Passage mieten.«

»In Den Haag?«

Ich nicke. »Ich habe es mir angesehen. Es gibt dort viel Platz und Licht, um die Bilder gut zu zeigen.« Es kribbelt in meinem Bauch. »Glaubst du, ich habe genug Zeit, das alles auf die Beine zu stellen?«

Seine Miene drückt Zweifel aus, aber dann sagt er: »Ich weiß, dass man dich nicht unterschätzen darf.«

Ich lache über seine Ehrlichkeit. An manchen Tagen glaube ich, dass er meine Unabhängigkeit und Unerschrockenheit fürchtet. An anderen Tagen sieht er, wie sehr ich mit dem langsamen Vorankommen zu kämpfen habe, mit immer wieder auftretenden Rückschlägen und Zurückweisungen. Wir gehen einige Schritte schweigend, doch mein Kopf schwirrt von der gigantischen Aufgabe, die vor mir liegt. »Ich kann gar nicht fassen, dass das wirklich passiert«, sage ich lachend. »Eine Retrospektive im großen Stil.«

»Und du meinst, 16. Mai bis 6. Juni wäre ein guter Zeitraum?«

»Ja«, antworte ich. Beim Gehen putzt er wieder mal seine

Brille. Inzwischen weiß ich, dass er das immer tut, wenn er Zeit zum Nachdenken braucht. Er hält sie gegen das Licht und wischt dann noch einmal mit dem Taschentuch nach. »Der dänische Künstler Johan Rohde sagte bereits, er würde bis zu zweihundertsiebzig Gulden für *Weizenfeld nach einem Sturm* bezahlen. Und so viele Leute haben mir versichert, dass sie einen Nachmittag vorbeikommen wollen.«

Jan lächelt. »Ausgezeichnete Neuigkeiten, Jo. Du hast so hart dafür gearbeitet. Theo und Vincent wären stolz auf dich.«

Unauffällig versuche ich, mir in den Nasenrücken zu kneifen, um die Tränen aufzuhalten. Was gäbe ich dafür, um die nächste Ecke zu biegen und Theo vor der Pension warten zu sehen. Meine Tage sind zum Bersten gefüllt: Haushalt, mein Sohn, Pläne für Vincents Werk. Alles daran begeistert mich, doch gleichzeitig vermisse ich meinen Mann bei den guten Dingen noch mehr.

Jan und ich gehen schweigend weiter. Der Frühling ist gekommen: Hoffnung und Aufblühen nach dem langen Winter. Rosafarbene Dolden schmücken die Zweige der Kastanienbäume. Einige der Blüten treiben im Wind. Lächelnd beobachte ich ihre Reise.

»Ich habe heute Morgen übrigens Blumen und einen erfreulichen Brief von Isaac Israëls erhalten.« Jan sieht mich mit hochgezogener Augenbraue an. »Er schrieb, dass nicht alles gemalt werden kann, dass es eine schmale Grenze gebe, die leicht überschritten wird.«

»Wie was zum Beispiel?«

»Sein Beispiel war die Sonne, doch er meinte, wenn mein Schwager Dinge oder Menschen im Bereich des Möglichen wählte, dann seien seine Arbeiten bemerkenswert geworden.«

Jan nickt. »Andere erkennen langsam, was Theo und du, was ihr schon lange wusstet.«

»Israëls hat Vincent sogar mit Wagner verglichen. Und er will meinen Sohn malen. Er hat uns in sein Atelier eingeladen.«

»Bei dem musst du aufpassen«, warnt mich Jan, aber ich wische seine Worte mit der Hand beiseite.

Clara hat dasselbe gesagt, doch ich mag die Freundschaft mit Isaac. Er schreibt oft und scheint ein einsamer Mensch zu sein, der seine Mahlzeiten in Cafés einnimmt. Ich glaube, wir wurden möglicherweise beide verlassen.

»Das ist ein erster Schritt«, sagt Jan.

Einen Augenblick lang frage ich mich, ob er meine Korrespondenz mit Isaac meint, und das bringt mich zum Lachen, was meinen Freund überrascht.

»Darin, Vincents Arbeiten einem Publikum zu zeigen und Anerkennung zu bekommen?«

Jan nickt und betrachtet mich aufmerksam. »Und wie fühlst du dich dabei, Jo?«

»Voller Angst, mit einer Prise Hochgefühl. Es gibt noch so viel zu erreichen.«

Mai 1892

Heute kamen Verkade und Serrurier zu Besuch. Ich liebe es, wieder französische Maler bei mir zu Hause zu empfangen. Französisch zu sprechen und Nachrichten aus Paris zu hören weckt das Heimweh nach einem Ort und einer Zeit, die es so nicht mehr gibt. Ihre Wertschätzung und Begeisterungsrufe beim Betrachten von Vincents Bildern machten mich ebenfalls sehr glücklich.

Ich kann gar nicht fassen, dass mir tatsächlich nach und nach gelingt, was ich mir vorgenommen habe. Aber langsam macht das Thema die Runde. Der Ruf meines Schwagers reicht bis über den Ozean.

So viele reisen an, um diese Ausstellung zu besuchen.

Morgen ist die Eröffnung. Eine echte Ausstellung von Vincents Werken in Den Haag.

So viel Anerkennung für van Goghs Fähigkeiten und Talent. Jene, die ihn einst ausgelacht und verspottet haben, verstecken sich bereits in den hintersten Winkeln. Ich glaube nicht, dass sie es wagen würden, ihre Meinung jetzt noch laut zu äußern.

Oh, wie sich die Zeiten ändern.

Heute habe ich zehn Gemälde an Buffa in Amsterdam geschickt, gestern zwanzig zu Oldenzeel in Rotterdam, bald wird es eine weitere Ausstellung im Pulchri geben und dann die bisher größte im Kunstzaal Panorama diesen Dezember. Ich halte mich an meinen Plan, und er geht tatsächlich auf.

Immer wieder verleihe ich Schlüsselwerke und biete dazu andere Bilder zum Verkauf an.

Eines Tages wird mein Sohn dieses Skizzenbuch lesen und sich eine Meinung über das Leben seiner Mutter bilden. Er wird meine Gedanken erfahren, meine Schwächen, die Hindernisse, die Verzweiflung und auch meine Entschlossenheit.

Was kann man seinem Kind Besseres beibringen, als niemals aufzugeben.

HERBST 1892
BUSSUM

ORPHAN MAN MIT ZYLINDER, TRINKT EINE TASSE KAFFEE

Ich hatte nicht mit Richard Holst gerechnet. Er geht an mir vorbei in die Villa Helma hinein, wedelt dabei mit einem Papier durch die Luft und nimmt seinen Zylinder ab.

»Ich konnte keinen Moment länger warten«, verkündet er.

Er ist ganz aufgeregt, aber ich zucke nur mit den Schultern wie ein trotziges Kind. Ich kann mir schon denken, weshalb er hier ist, und ich bin bereit für ein weiteres Streitgespräch wegen Vincents Briefen. Holst tupft sich mit einem Taschentuch den Schweiß von seiner übergroßen Stirn. Ich sehe, wie ein Tropfen im Zickzackkurs in seinen buschigen Augenbrauen verschwindet.

»Wegen meines Entwurfs«, sagt er und schüttelt heftig den Kopf, um den Tropfen loszuwerden. Der fällt auf die Bodenfliesen. »Die Lithografie.« Wieder schwenkt er sein Papier.

»Ihr Entwurf?« Ich kann keinen Hehl aus meiner Begeisterung machen. Das Bild ist für den Umschlag des Katalogs bestimmt. Jan und Holst helfen mir, die Vincent-van-Gogh-Ausstellung im Kunstzaal Panorama diesen Dezember vorzubereiten. »Ich kann immer noch nicht fassen, dass es …«

Ich nehme das Blatt Papier. Und bin überrascht. Der Entwurf ist gleichzeitig wunderschön und ergreifend. Eine verblühte Sonnenblume vor einem schwarzen Hintergrund. Das Wort »Vincent« schwebt über den frei liegenden Wurzeln, und über der Blüte wartet ein Heiligenschein.

»Das berührt mein Herz«, sage ich und wische mir eine Träne aus dem Augenwinkel. »Theo hätte Ihre Arbeit sehr geschätzt.«

Ich sehe Holst an, der durch den Flur Richtung Küche blickt.

»Möchten Sie etwas trinken?«, frage ich, was er bejaht.

»Ich habe mit Jan gesprochen«, meint er und geht auf meinen Salon zu.

Einmal tief durchatmen. Damit hatte ich gerechnet. »Darüber, die Briefe mit einzubeziehen.«

Ich sehe, wie er nickt. Er betrachtet die *Sonnenblumen* über dem Kamin.

Seit er selbst den Briefwechsel gelesen hat, ist Jan von meinem Vorschlag begeistert – dass wir Zitate aus Vincents Briefen mit ausstellen, damit Betrachter die Werke besser verstehen können. Jan hat sogar schon überlegt, welche Ausschnitte zu welchem Bild im Kunstzaal Panorama passen könnten. Was ich da vorschlage, ist etwas Neues, etwas, das die Kunstwelt zuvor noch nie gesehen hat. Und das Interesse an den Möglichkeiten ist bereits riesig. Holst jedoch ist nach wie vor wenig überzeugt und hält damit auch nicht hinterm Berg.

»Sie wollen doch nicht unprofessionell wirken.« Er zeigt auf das Gemälde. »Die Kunst kann für sich selbst sprechen.«

»Die Worte meines Schwagers verstärken dieses Verständnis noch«, beharre ich, doch Holst schüttelt den Kopf. »Ich weiß durchaus, wovon ich rede.«

Als er mich ansieht, weiche ich seinem Blick nicht aus. Jan hat mir erzählt, dass Holst mich für eine Frau hält, die »fanatisch ohne jedes Wissen schwärmt«. Er muss begreifen, dass seine Worte bei mir angekommen sind, mich seine Meinung aber nicht länger interessiert. Vincents Kunst und seine Briefe müssen zusammen ausgestellt werden. Sogar Jan hat mir bestätigt, dass die Zitate seine Bilder erhellen und dass dafür jetzt genau der richtige Zeitpunkt ist. Ich habe Künstlern, Kunsthändlern und Kritikern zugehört. Es gibt da eine Verschiebung in der Kunst und in der Literatur: Nun werden auch soziale und spirituelle Fragen in die Interpretation mit einbezogen. Vincent war seiner Zeit immer voraus, vielleicht war er sogar zeitlos. Seine Gemälde und Worte vereinen sich stets. Sein Leben und seine Kunst als Einheit zu betrachten fühlt sich richtig an. Mein Schwager war einzigartig. Ich kann nur hoffen, dass auch Theo diese Entscheidung gutheißen würde.

»Es werden siebenundachtzig Gemälde und zwanzig Zeichnungen gezeigt – die bisher umfangreichste Ausstellung«, erkläre ich. »Die Preise für seine Werke steigen bereits.«

Holst dreht sich lächelnd zu mir um. Geld zählt. Dieser Mann misst Erfolg in barer Münze.

»Und wenn Sie sich Vincents Bilder ansehen, werden sie von seiner Mühe erfahren, seinem Kummer, wie er sich einen Teil seines Ohres abgeschnitten hat …«, sage ich.

Ich höre sein missbilligendes Schnauben.

»Haben Sie sonst noch etwas zu sagen?«, frage ich. Holst läuft rot an. »Ich beweise Ihnen gern das Gegenteil.«

Da schüttelt er lachend den Kopf und hebt beschwichtigend die Hände. Ich muss unwillkürlich grinsen.

»Ich bin sicher, das werden Sie«, erwidert er. »Aber wie sieht es denn zuerst mit einem Kaffee und *koekje* aus?«

TEIL IV

BEHARREN

FRÜHJAHR 1914
AMSTERDAM

ZWEIUNDZWANZIG JAHRE SPÄTER

1. März 1914
Amsterdam

Mein liebster Vincent,

ich habe Dir ein Geheimnis vorenthalten: Eines, das Dir hoffentlich viel Freude bereiten wird.

Seit dem Erfolg damals im Kunstzaal Panorama werden, wie Du weißt, bei den Ausstellungen immer auch Zitate aus den Briefen Deines Onkels gezeigt. Die Gegenüberstellung von seiner Kunst und seinen Worten haben vielen Menschen Vincents Tiefe gezeigt: den unglaublichen Maler neben seiner bemerkenswerten Korrespondenz. Das hat die Leute neugierig gemacht, und sie haben nach mehr verlangt.

Und nun habe ich mehr.

Ich habe so viel Zeit damit verbracht, Vincents Briefe an Deinen Pa sorgfältig zusammenzustellen, ebenso wie die Briefe Deines Pas an seinen Bruder. Jetzt ist der Zeitpunkt gekommen: Das gesamte Werk kann von anderen gelesen werden. Heute, um genau zu sein! Die holländische und die deutsche Ausgabe des Buches erscheinen heute. Brieven aan zijn broeder – *Briefe an seinen Bruder.*

Es ist an der Zeit, dass ich die Gebrüder van Gogh mit der Welt teile – damit jeder die Genialität Deines Onkels wirklich schätzen, seinen Prozess verstehen und an seinem wunderbaren Geist teilhaben kann.

Doch, mehr als das. Nun können andere die unzähligen Briefe lesen, die sich Theo und Vincent ihr Leben lang geschrieben haben. Sie können an dieser tiefen und dauerhaften Freundschaft teilhaben, die mein Leben mit Dir geprägt hat, genau wie das Leben der beiden Brüder: der Austausch von Geschichten über Freunde, Erfolge, Enttäuschungen, Ambitionen und auch ihre außergewöhnliche Liebe füreinander, die alles überdauert hat.

Nun lege ich Dir, meinem liebsten Jungen, diese erste Ausgabe bei.

Deine Dich liebende
Mama

STILLLEBEN MIT BIRNEN IN EINER SCHALE

Wir bleiben vor dem großen weißen Haus am Ende der Eichenallee stehen. Wunderschöne rote Rosen winden sich zwischen den Latten des Zauns hindurch, die Köpfe der Sonne entgegengereckt. Hinter den Rosen stehen einige Birnbäume und Unmengen von Jasmin im Garten. Der Duft ist betörend.

»Als wäre der Jasmin ein Strauß für den einen Birnbaum, um den anderen zu heiraten«, sage ich.

Seit fünfzehn Minuten spazieren wir schweigend, Arm in Arm, mein geliebter Sohn und ich.

Ich sehe ihn in letzter Zeit viel zu selten. Er steht kurz vor dem Abschluss seines Ingenieurstudiums an der Universität in Delft und ist nur für einen Tag hergekommen.

»Ich werde Josina fragen, ob sie mich heiraten will«, sagt er plötzlich.

Man kann mir die freudige Überraschung bestimmt deutlich ansehen. »Das sind ja wunderbare Neuigkeiten.« Ich schlinge die Arme um meinen Jungen und drücke ihn fest an mich.

»Mama«, sagt er lachend. »Ich bekomme keine Luft mehr.« Ich lockere meinen Griff, und wir setzen unseren Spaziergang fort. »Ich hoffe, sie wird mich begleiten, wenn ich nach New York ziehe.«

»Mein Sohn, der Ingenieur«, sage ich. »Weder dein Pa noch ich haben das vorausgesehen, als du noch klein warst.«

»Ich bezweifle, dass ich Kunst jemals verstehen werde. Ich respektiere sie, ich respektiere dich, aber sich den ganzen Tag Gemälde anzusehen …«

Ich lächele. An manchen Tage habe ich Sorge, er könnte glauben, dass er mich mit seiner Entscheidung enttäuscht hat, nicht in den »Familienbetrieb« einzusteigen. An anderen Tagen fürchte ich, es war eine ganz bewusste Wahl.

»Bist du glücklich?«, will ich wissen, und Vincent nickt lachend.

»Mama, das fragst du mich so oft. Und, ja, ich bin es immer noch. Ich bin mit Herz und Seele bei der Sache und bisher noch nicht darüber verrückt geworden.« Wir gehen eine Weile schweigend weiter, dann: »Morgen Abend wird es passieren, richtig?«

Natürlich wusste ich, dass das der wahre Grund für seinen Überraschungsbesuch war. Er will sichergehen, dass ich nicht zusammenbreche.

»Sie werden morgen deinen Pa exhumieren und nach Auvers bringen«, bestätige ich. Wir sehen uns nicht an. Keiner von uns will sich vorstellen, was genau da ausgegraben wird.

»Das ist jetzt dreiundzwanzig Jahre her«, sagt Vincent. »Bist du wirklich sicher, dass es das ist, was du willst?«

Ich bleibe stehen, um meinem Sohn in die Augen zu sehen. Ich nicke. Das ist alles: nur ein Nicken. Und Vincent tut es mir gleich.

Denn er weiß, dass in diesen dreiundzwanzig Jahren kein Tag vergangen ist, an dem meine Gedanken nicht zu seinem Onkel und seinem Vater gewandert sind. Jahre, in denen ich ihre Worte gelesen habe, Stunden über Stunden in einer Stille, die von den intimen Gedanken und Worten der van-Gogh-Brüder erfüllt waren. Diese Briefe boten mir Einblick in eine Seite meines Mannes, die außerhalb meiner Reichweite, meines Wissens und meiner Zeit lag. Was sie füreinander empfanden, wie sie sich verstanden, ist etwas, das ich nicht wirklich begriff, solange beide noch lebten. Das bereue ich am meisten und wünsche mir von ganzem Herzen, ich wäre klüger gewesen.

Ich will nicht ausblenden, dass der Vincent, den ich kannte, sehr krank war, dass er mir oft die Freude nahm oder seine Gesellschaft schwer zu ertragen war. Doch diese Briefe zeigen eine Seite an ihm, die ich bis zu seinem Tod nicht hatte kennenlernen dürfen. Sie erklären, weshalb mein Mann Vincent so bewundert hat, und ich werde auf ewig Theo verehren. Ich zähle schon lange nicht mehr mit, wie viele Tränen ich über ihren Briefen vergossen habe, und während der letzten dreiundzwanzig Jahre habe ich durch sie und mit den van-Gogh-Brüdern an meiner Seite existiert.

»Ihre Beziehung war anders als alles, was ich seither erlebt habe«, sage ich. »Wie sonst könnte ich das besser anerkennen? Die beiden haben meinem Leben so viel Freude gebracht.«

»Und wenn du stirbst …« Ich wende mich meinem Sohn zu, der mir jedoch nicht in die Augen sehen kann. »Ich hasse es, darüber überhaupt zu sprechen«, sagt er.

»Ich werde noch viele Jahre hier sein«, erwidere ich und drücke seinen Arm. »Aber dann werde ich neben Johan beerdigt werden.«

Vincent bleibt abrupt stehen. Meine Worte haben ihn überrascht. »Obwohl er dich nicht so glücklich gemacht hat wie Pa?«

»Er war ein guter Mann.« Elf Jahre lang mein Ehemann. Ein unsicherer und einzelgängerischer Mensch, der im Schatten meiner Liebe für die Gebrüder van Gogh existierte. Vielleicht lag die wahre Stärke meines zweiten Mannes in seiner Fähigkeit, die Anwesenheit von Theo in unserer Ehe zu akzeptieren. Sein Geist lebte mit uns. »Ich will neben Johan begraben werden, um meine Dankbarkeit auszudrücken und seine Loyalität zu erwidern.«

Mein Sohn nickt. Seine blauen Augen, sein Teint – seine Ähnlichkeit mit seinem Vater überwältigt mich immer wieder aufs Neue. Theo wird ewig dreiunddreißig bleiben, während mein Sohn auf dieses Alter zurast.

»Von morgen an wird mein geliebter Theo im Grab neben seinem Vincent liegen. Dann sind sie wieder vereint«, erkläre ich. »Dieser Efeu aus Dr. Gachets Garten wird über beide wachsen.«

Vincent legt mir den Arm um die Schultern und zieht mich an sich.

»Mein Leben fing erst an, als ich deinen Pa kennengelernt habe«, sage ich, und Vincent lacht. Er hat das schon zu oft gehört. »Davor habe ich nicht wirklich gelebt. Theo hat mich gelehrt, die Augen zu öffnen, die Wahrheit zu erkennen, nach ihr zu streben und auch damit zu leben.«

»Mach dir keine Sorgen, Mama, diese Lektion hast du mir eingetrichtert«, versichert mir mein Sohn, und ich spüre, wie er mich sanft auf die Haare küsst. »Und noch so viel mehr.«

»Eliots *Die Mühle am Floss* spricht davon, wie ich von Theo und Vincent träume«, sage ich. »In ihrem Tod waren sie nicht getrennt.«

»Von morgen an«, sagt Vincent, und ich nicke.

»Sag mal« – ich lehne mich an ihn –, »habe ich dir eigentlich schon erzählt, dass Helene Kröller-Müller noch mal fünf Bilder deines Onkels gekauft hat?«

Vincent schüttelt den Kopf. »Noch mehr? Sie besitzt ja bald so viele wie du.«

Ich lache. Es gefällt mir, dass eine andere Frau, eine wohlhabende Sammlerin mit scharfem Auge, die Größe meines Schwagers ebenfalls erkennt.

»Sie hat schon neunzig Gemälde und einhundertfünfundachtzig Zeichnungen gekauft, aber getroffen habe ich sie noch nie«, berichte ich. »Angeblich interessieren sie die sozialen Aspekte, und sie möchte ihre Sammlung der Öffentlichkeit zugänglich machen.«

WINTER 1924
AMSTERDAM

WEITERE ZEHN JAHRE SPÄTER

24. Januar 1924
Brachthuizerstraat 2
Hoek Koninginneweg
Amsterdam

Mr. Charles Aitken
Direktor der National Gallery of British Art
Millbank, London

Sehr geehrter Mr. Aitken,

seit zwei Tagen versuche ich, mein Herz gegen Ihr Gesuch zu verhärten. Ich hatte das Gefühl, mich nicht von dem Bild trennen zu können, das Theos liebstes war und das ich seit mehr als dreißig Jahren jeden Tag ansehe. Doch letzten Endes war Ihr Appell zu stark.

Ich weiß, dass kein Bild Vincent in Ihrer berühmten Galerie besser vertreten würde als die Sonnenblumen, *und dass es ihn selbst,* le Peintre des Tournesols, *sehr freuen würde, sie dort hängen zu sehen.*

Ich bin daher bereit, den Postmann *zurückzunehmen und Ihnen die* Sonnenblumen *zum vereinbarten Preis zu überlassen.*

Es ist ein Opfer zugunsten von Vincents Ruhm.
Ich habe endlich das Gefühl, meinen Kampf gewonnen zu haben.

Hochachtungsvoll
Ihre J. van Gogh-Bonger

HERBST 1925
LAREN

EIN JAHR SPÄTER

TODESANZEIGE

Johanna van Gogh-Bonger,
62 Jahre alt,
wohnhaft in Laren,
Mutter von Vincent Willem,
verstorben am
2. September 1925.
Witwe von Theo van Gogh
(1857-1891)
und Johan Cohen Gosschalk
(1873-1912)
begraben auf dem Friedhof Zorgvlied

FRÜHJAHR 1990
NEW YORK

WEITERE FÜNFUNDSECHZIG JAHRE SPÄTER

BILDNIS EINER EHEFRAU

»Ja, ich berichte live aus Christie's Auktionshaus hier im Rockefeller Center in New York! Vincent van Goghs *Porträt des Dr. Gachet* wurde soeben für zweiundachtzigeinhalb Millionen Dollar verkauft!

Einhundert Jahre nach seiner Entstehung in Auvers-sur-Oise während der letzten Lebenswochen des Künstlers heißt es, das Bild zeige den Arzt, der Vincent am Sterbebett betreut hat. Und heute, vor wenigen Minuten, hat der Preis dieses Ölgemäldes alle Schätzungen übertroffen.

Van Gogh, ein holländischer post-impressionistischer Maler, ist eine der berühmtesten und einflussreichsten Figuren der westlichen Kunstgeschichte. Mit einem Kaufpreis von zweiundachtzig Komma fünf Millionen Dollar, verkauft in nur drei Minuten, ist sein *Porträt des Dr. Gachet* nun eines der teuersten Gemälde, die je versteigert wurden.

Das ist doch wirklich ein Wunder, nicht wahr? Einige würden es heutzutage nie für möglich halten, dass ein Mann, dessen Name gleichbedeutend mit Kunst ist, zu Lebzeiten vielleicht ein oder zwei Bilder verkauft hat und vor allem dadurch überlebte, dass er seine Werke gegen Essen und Alkohol eintauschte. Können wir das mal einen Moment lang auf uns wirken lassen?

Natürlich wussten andere Künstler in van Goghs Umfeld seine Arbeit zu schätzen, aber der Großteil der Öffentlichkeit erfuhrt erst nach seinem Tod von ihm.

Es war Johanna van Gogh-Bonger, Vincents Schwägerin, die es auf sich nahm, die Gemälde van Goghs der Welt zu präsentieren, und die, abgesehen von Vincents Talent, dafür verantwortlich ist, dass heute jeder den Namen van Gogh kennt.

Doch was wissen wir über diese Frau? Dass sie nur von Juni 1888 bis zum Tod ihres Mannes im Januar 1891 Teil des Lebens der Gebrüder van Gogh war – gerade mal zweieinhalb Jahre lang. Das ist total verrückt. In dieser kurzen Zeit lernte sie Theo van Gogh kennen und verlobte sich mit ihm, dann folgten Vincents psychischer Zusammenbruch, Heirat, Schwangerschaft, Geburt des Kindes, Vincents Tod, Theos Zusammenbruch und schließlich sein Tod. Eine frühere Lehrerin, die zwei Jahre Wahnsinn, Liebe und Trauer erfuhr.

Danach hätten einige im Alter von achtundzwanzig Jahren vielleicht den van Goghs den Rücken gekehrt. Doch Johanna van Gogh-Bonger ließ nicht locker. Sie verbreitete den Namen auf der ganzen Welt, verkaufte 1924, dem Jahr bevor sie starb, mindestens 195 Gemälde und 55 Zeichnungen von van Gogh, einschließlich der *Sonnenblumen* an die National Gallery of British Art in London.

Wenn man sich vorstellt, dass Johanna bei ihrer Ankunft in Paris in ihr Skizzenbuch schrieb, sie würde den Gedanken nicht ertragen, am Ende ihres Lebens nichts Großartiges erreicht zu haben! Wer hätte gedacht, dass gerade diese Frau Vincents Vermächtnis so bewahren und eine Schlüsselrolle in der Kunstgeschichte spielen würde. Doch die mutige, fest entschlossene und scharfsinnige Johanna van Gogh-Bonger wird als eine der größten Kunsthändlerinnen aller Zeiten betrachtet …«

NACHWORT

Dieser Roman ist eine fiktive Geschichte, die ihren Ursprung in einer Reise nach Amsterdam 2016 hat. Amsterdam ist zweifellos für viele Dinge berühmt, angefangen bei den Häusern entlang der Grachten, über Tulpen, Rembrandt, Clogs bis hin zu Vincent van Gogh. Das ist vielleicht der Grund, weshalb mein Dreitagestrip im Van Gogh Museum endete. Ich war damals bereits ein Fan, aber für mich war dieser Besuch aus Gründen erhellend, die über das übliche Vergnügen beim Betrachten von Vincents Bildern hinausgehen. Während meines Aufenthalts im Museum fiel mir eine Fotografie auf – sowie ein kleines Schild, das die Schwägerin des Künstlers, Johanna van Gogh-Bonger, erwähnt.

Es ist inzwischen vielfach belegt, und viele haben eine Meinung dazu, wie Vincent van Gogh im Jahr 1890 beinahe mittellos starb und für seine künstlerische Begabung wenig Anerkennung erlebt hatte. Und doch wurden seine Arbeiten elf Jahre später in einer großen Retrospektive ausgestellt und sein Ruf als wichtiger Künstler fest etabliert. Wie zahlreiche andere hatte auch ich nie infrage gestellt, wie es eigentlich zu dieser glücklichen Fügung gekommen war. Ich hatte es einfach seinem Bruder zugeschrieben, einem Kunsthändler, oder den Künstlerfreunden van Goghs.

Nach kurzer Recherche entdeckte ich, dass nach Vincents Tod, und dem darauffolgenden Tod von Theo sechs Monate später, Johanna van Gogh-Bonger – gerade mal achtundzwanzig Jahre alt – die Besitzerin und Fürsprecherin für Vincents große Sammlung an Gemälden, Skizzen, Briefen und Illustrationen wurde. Ich war entsetzt und verwundert, dass Johannas Geschichte, trotz ihrer Schlüsselrolle in der Entwicklung von Vincents posthumer Berühmtheit, mehr oder weniger ignoriert worden war. Ich wollte verstehen, weshalb sie ihr Leben dem Ruf ihres verstorbenen Schwagers gewidmet hat – und so begann meine dreijährige Obsession, Johanna in Vincents Geschichte mit hineinzuschreiben.

Während meiner Recherche verließ ich mich sehr auf ihre Tagebücher und Briefe, was ihren Charakter und ihre Stimme anging, doch da es in ihrem Archiv riesige Lücken gab, stand die Erzählung des Romans auf wackeligen Beinen. Da ich weder Historikerin noch Biografin bin, blieb mir wenig anderes übrig, als – mit viel Freude – eine kurze Ehe zu rekonstruieren und mir auszumalen, wie eine junge Witwe dazu kam, Kunstgeschichte zu schreiben. Und wie das bei einem solchen Projekt eben der Fall ist, besteht eine gewisse künstlerische Freiheit, die ich mir vor allem bezüglich Johannas Umzug nach Paris zu Beginn des Romans genommen habe. Ich kann argumentieren, dass diese Abweichung von den Tatsachen eine schnellere Entwicklung der Geschichte zuließ – abgesehen von Kommentaren zur Pariser Gesellschaft, zu Frauen und zu Vincent –, aber in Wahrheit lebte Johanna im Sommer 1888 nicht in Paris.

Briefe aus dem Frühjahr 1888 (van Gogh, T., et al., 2005) erwähnen, dass Johannas Familie sie zwar nach Paris schicken wollte, doch Andries frisch verheiratet war (3. Mai 1888) und ihre Familie sich um Johannas Gesundheit sorgte, weil diese sich von einer Schwärmerei erholen musste. Johanna wurde im Mai 1888 aufgrund gesundheitlicher Probleme ehrenhaft aus der Lehranstellung entlassen, und sie war zu dieser Zeit mit Johann Eduard Stumpff zusammen (van Gogh, T., et al., 2005). In ihren Tagebüchern schrieb sie über ihre mangelnde Willensstärke und Selbstkontrolle und wie sein Desinteresse und seine Gleichgültigkeit ihre Obsession nur noch weiter gesteigert hatten. Die Beziehung war am 11. Oktober 1888 offiziell beendet (Tagebücher Jo Bonger, 2019), und zu dieser Zeit sprach sie sogar von Reue und wie sie ihrem eigenen Glück im Weg stand, indem sie Theo abgewiesen hatte (der ihr bereits nach dem ersten Treffen einen Antrag machte). Am 15. Oktober 1888 schrieb Johanna, wie sehr sie wünschte, Andries würde eine Anstellung in Paris für sie finden (Tagebücher Jo Bonger, 2019), und auch viele andere Tagebucheinträge handeln von ihrem Lieblingsbruder. Vielleicht bietet dieser Roman eine kreative Antwort auf die Frage: Was wäre passiert, wenn Johanna Bonger im Sommer 1888 in Paris angekommen wäre?

Zu den anderen fiktionalen Ergänzungen gehört außerdem, dass Johanna zwar sehr viel las – Victor Hugo, den holländischen Dichter Nicolaas Beets, Alphonse Marie Louis Prat de Lamartine und Françoise-Alix de Lamartine-Des Roys –, aber nie selbst künstlerisch tätig war, wenn sie auch ein Interesse an Kunst hatte (Tagebücher Jo Bonger, 2019). Ich schenkte ihr den Wunsch, Maltechniken zu lernen und mehr über Kunst zu erfahren, damit sie (und die Leserinnen und Leser) die Welt erkunden konnte, die Johanna später bewohnen würde. Es gab auch keine Sara Voort, doch ihre Figur beruht auf einem kleinen Körnchen Wahrheit. Theo hatte eine Beziehung zu einer Frau, die in den Briefen nur »S« genannt wird und von der er sich trennen wollte, doch er hielt »ein plötzliches Ende für zu riskant, da es sie entweder in den Wahnsinn oder direkt in den Selbstmord treiben würde« (van Gogh, T., et al., 2005, S. 16). Die Briefe zeigen, dass Theo tatsächlich Vincent benutzte, um Frauen von sich abzulenken. Vincent seinerseits war bereit, »die Rolle des anderen Mannes zu übernehmen« (van Gogh, T., et al., 2005, S. 16). Ebenso gab es keine Clara, aber sie mit hineinzunehmen gab mir – wie auch bei Sara – die Möglichkeit, nebenbei etwas über Frauenfreundschaften und die gesellschaftliche Sicht auf hysterische Frauen zu erzählen. Auch von einem Dr. Janssen und einer arrangierten Ehe für Johanna ist nichts bekannt. Ich weiß wenig über die Beziehung zu ihrer Mutter, und obwohl in Briefen und Tagebüchern viele Geschwister erwähnt werden (sowohl in der Bonger- und der van-Gogh-Familie), bin ich aus Gründen des erzählerischen Fokus nicht weiter darauf eingegangen (die Figuren wären zu zahlreich und der Roman zu lang geworden).

Am 6. November 1888 schrieb Johanna, dass sie am kommenden Donnerstag nach Paris reisen würde und zu dieser Zeit von Theo umworben wurde (Tagebücher Jo Bonger, 2019). Das war ihr letzter Tagebucheintrag bis zum 15. November 1891, wo sie als Witwe wiederauftauchte.

Dieser Roman erzählt die fiktive Geschichte, wie Johanna in Paris bei ihrem Bruder lebte, doch von November 1888 an ist die Handlung von wahren Begebenheiten und der zur Verfügung stehenden Korrespondenz zwischen den Bongers und van Goghs inspiriert. Ich hätte natürlich noch viel mehr über Johannas Leben nach Theos Tod schreiben können. Doch wie bereits erwähnt, bin ich weder Biografin noch Historikerin und wollte stattdessen von der bemerkenswerten Frau erzählen, die zur Hüterin von Vincents van Goghs Vermächtnis wurde.

Johanna van Gogh-Bonger starb am 2. September 1925 und wurde in Amsteldk 273, auf dem Begraafplaats Zorgvlied beerdigt. Sie liegt neben ihrem zweiten Mann, Johan Cohen Gosschalk, mit dem sie elf Jahre lang verheiratet war, und nicht neben ihren geliebten van-Gogh-Brüdern in Auvers-sur-Oise.

Dr. Caroline Cauchi

DANKSAGUNG

Ich hoffe sehr, dass ich das Gespräch über Johanna van Gogh-Bonger angeregt habe, indem ich sie Vincent an die Seite stellte, damit ihre wichtige Rolle innerhalb der Kunstgeschichte deutlich wird. Vincent van Goghs Begabung und Genialität stehen dabei außer Frage. Danke, Johanna – es war mir eine Ehre und große Freude, drei Jahre lang deine Geschichte zu recherchieren und neu zu erzählen.

Ein großes Dankeschön an das fantastische Team bei One More Chapter. Danke an Charlotte Ledger – Lektorin meiner Träume – für die Begeisterung, Weitsicht und den Glauben an meine Arbeit. Es gibt nicht genug Worte, um meine Dankbarkeit auszudrücken, aber ich danke dir, dass du erkannt hast, was daraus werden könnte, und dafür, es mit mir zu verwirklichen. Ich danke auch Lydia Mason, deren Zauberkräfte als Lektorin ebenso groß waren wie ihr Enthusiasmus für diesen Roman. Charlotte und Lydia waren die besten Cheerleaderinnen und Unterstützerinnen von Jo und meiner Arbeit. Frauen, die Frauen unterstützen, sind einfach wunderbar.

Ich bin der Liverpool John Moores University so dankbar für das dreijährige Promotionsstipendium, um die Recherche fur diesen Roman durchzuführen. Ich stehe vor allem bei Professor Catherine Cole in der Schuld. Ihre beratende Begleitung, ihre Großzügigkeit und ihr Glauben an meine akademischen Fähigkeiten gingen weit über ihren akademischen Auftrag hinaus. Ich hätte weder die Recherche noch dieses Buch ohne ihre Unterstützung, den regelmäßigen Zuspruch und ihre Freundschaft abschließen können. So viele andere von der LJMU haben mich beim Schreiben dieser Geschichte (und dem Abschluss meiner Promotion) unterstützt, doch ich hatte großes Glück, Catherine

Cole, Robert Graham und Emma Roberts in meinem Prüfungskomitee zu haben. Ich wurde drei (lange!) Jahre von engagierten, mitfühlenden und talentierten Akademikern und Akademikerinnen begleitet. Ich danke außerdem Sarah Maclennan von der LJMU, die mich vom Tag der Bewerbung an durch die Pandemie hindurch angefeuert und zum Abschluss bejubelt hat.

Danke an die Autoren historischer Romane: Dough Jackson, Sara Sheridan, Kate Lord Brown, Rowan Coleman, Jill Dawson, Elizabeth Chadwick und Catherine Johnson für ihre Zeit, ihre Expertise und ihre Meinung. Danke dir, Jackie Jardine, für mehr, als ich hier erläutern möchte. Ein riesiges Dankeschön an meine wunderbaren Freunde – Kat Nokes, Philip Shell, Bernie Pardue, Alex Brown, Dave Roberts (du fehlst mir), Clare Christian, Elsa Williams, Keith Rice, Wendi Surtees-Smith, Rachael Lucas, Keris Stainton, Paula Groves, Richard Wells, Margaret Coombs und Johnny Vegas – für ihren Rat, die kleinen aufmunternden Tritte und ihren Glauben an mich. Ich liebe euch alle.

Dieser Roman handelt von einer bemerkenswerten Frau und ist einer weiteren gewidmet: Dr. Jacqueline Azzopardi. Ich werde nie genug Worte haben, um auszudrücken, wie sehr ich sie vermisse, aber gleichzeitig fühle ich mich reich beschenkt, dass eine solch außergewöhnliche Frau mein Leben beeinflusst hat. Jaka wollte schon vor vielen Jahren, dass ich an die Universität zurückkehre, und ich bereue, meine Promotion nicht während ihres zu kurzen Lebens abgeschlossen zu haben. Ich weiß, sie wäre die Erste gewesen, die »Prosit Kugina« gerufen hätte. Ich wünschte, mit allen Wünschen, die mir noch geblieben sind, dass ich mit ihr zusammen mit einem Pastizz und einem Cisk oder zwei feiern könnte.

Zu guter Letzt danke ich aus ganzem Herzen Gary, Jacob, Ben, Poppy, Ramon und Lauren. Danke, dass ihr darauf bestanden habt, dass ich die viel zu häufigen Phasen des Zweifelns und der Angst überwunden habe, danke, dass ihr mit mir Karaoke gesungen habt, danke für eure immerwährende, bedingungslose Liebe. Ich habe solches Glück, dass ihr meine Familie seid.